U0416473

本书荣获中国人民大学985工程资金资助

比较诗学

理论与实践

曾艳兵　主编

比较文学基本范畴与经典文献丛书

顾问　杨慧林　主编　高旭东

北京大学出版社
PEKING UNIVERSITY PRESS

图书在版编目(CIP)数据

比较诗学：理论与实践 / 曾艳兵主编．—北京：北京大学出版社，2017.9

（比较文学基本范畴与经典文献丛书）

ISBN 978-7-301-28437-7

Ⅰ.①比… Ⅱ.①曾… Ⅲ.①比较诗学 Ⅳ.①I052

中国版本图书馆 CIP 数据核字 (2017) 第 143370 号

书　　名	比较诗学：理论与实践 BIJIAO SHIXUE
著作责任者	曾艳兵　主编
责任编辑	于海冰
标准书号	ISBN 978-7-301-28437-7
出版发行	北京大学出版社
地　　址	北京市海淀区成府路 205 号　100871
网　　址	http://www.pup.cn　新浪微博：@北京大学出版社 @培文图书
电子信箱	pkupw@qq.com
电　　话	邮购部 62752015　发行部 62750672　编辑部 62766820
印 刷 者	三河市国新印装有限公司
经 销 者	新华书店
	660 毫米 ×960 毫米　16 开本　23 印张　290 千字
	2017 年 9 月第 1 版　2017 年 9 月第 1 次印刷
定　　价	46.00 元

目录

下编 比较诗学实践 219

绪论

从比较文学走向比较诗学

如果说比较文学从19世纪末兴起，至今也就一百多年的历史，那么，比较诗学的兴起就更是晚近的事情了，况且，比较诗学与比较文学最初的理念和原则是相悖离的。法国比较文学的代表人物基亚一再重申："比较文学不是文学比较"。在基亚看来，比较文学确切地说，就是"国际文学关系史"。基亚说："我的老师让－玛丽·伽列认为，凡是不再存在关系——人与作品的关系、著作与接受环境的关系、一个国家与一个旅行者的关系——的地方，比较文学的领域就停止了，随之开始的如果不是属于辩术的话，就是属于文艺批评的领域。"[①] 如果这种观点一直在比较文学研究领域占主导地位的话，比较诗学的产生和发展便是不可能的。比较诗学显然不是文学关系史，具体的文学关系的考证和辨析，至多只能是比较诗学研究的一个方面、一个侧面，或者一种基础，肯定不是比较诗学研究的旨意和目标。比较诗学的研究一定是"比较"的，没有"比较"的比较诗学根本就不可能存在。比较诗学，不论如何从具体的文本入手，最后一定会上升为一种抽象的、概括的理论研究，并且，这种研究自始至终都是"比较"的，以区别于其他文学批评、文

① 干永昌等编：《比较文学研究译文集》，上海译文出版社，1985年，第76页。

学理论或文艺美学。1958年，在教堂山会议上，韦勒克向法国学派的保守立场宣战，提倡比较文学研究中的平行研究。1963年艾田伯的论著出版，宣告了比较文学必然走向比较诗学的历史发展趋势。从此以后，比较诗学作为比较文学一个独特的研究领域和方法，逐渐获得了专家学者的关注和认同，并出现了一大批重要的研究成果，产生了广泛而又持久的影响。"无论如何，从20世纪60年代以来，国际比较文学研究呈现出显著的理论化倾向，其不可遏制地走向了比较诗学；事实上，比较诗学也终于成为国际比较文学界诸多精英学者选择及介入其中的主脉。我们注意到，从20世纪80年代以来，对汉语中国文学研究界给予理论性影响的那些欧美教授们，他们大多是在比较文学系任教或从事比较文学研究的优秀学者，因为，欧美高校本然就没有文艺学这个专业。文艺学是从前苏联学界引入的一个学科概念。简言之，这也是国际比较文学研究为什么走向理论化的重要学理原因之一。"[①] 自20世纪80年代比较文学研究开始在中国学术界崛起后，比较诗学便一直是国内比较文学研究领域中的主脉。

一、从诗学到比较诗学

"诗学"一词最早可以追溯到亚里士多德的《诗学》(*Poetics*)。在亚里士多德那里，诗学是"指一种其原理适用于整个文学，又能说明批评过程中各种可靠类型的批评理论"。[②] "诗学"一词源于古希腊文，其原意为"制作的技艺"。在古希腊人看来，诗人作诗，就像鞋匠做鞋一

---

① 杨乃乔编：《比较诗学读本·代序》，首都师范大学出版社，2014年，第9页。

② [加] 诺斯罗普·弗莱：《批评的解剖》，陈慧等译，百花文艺出版社，2006年，第20页。

样，靠自己的技艺制作产品。“诗学”（poietike techne）就是“作诗的技艺”的简化。因此，从该词的本义来讲似乎更应该译为“创作法、创作学”，或者干脆译成“诗术”。以后，随着这个词内涵的不断演变，诗学这个名称“早已不再意味着一种应使不熟练者学会写符合规则的诗歌、长篇叙事诗和戏剧的实用教程”①。

在古代西方，广义的诗泛指文学，而“文学”这个概念直到近代才出现，因此“诗学”也就相当于一般的文学理论。“诗学这一名词为什么能指示文学的整个原理呢？首先因为文学这一概念产生的时期较晚，要到18世纪；以前，整个语言艺术与有着实用性目的的口才情况相似，曾在很长一段时期内与各种戏剧题材诗歌、英雄史诗及抒情诗混为一谈。诗学则长期作为诗歌之理论而存在，这里的诗歌取其广义，包括所有口头创作。‘诗学’一词在其第一位真正的缔造者亚里士多德那里指的就是关于语言艺术创作的理论。”②这一传统由亚里士多德奠定之后，便一直延续下来。譬如，古罗马作家贺拉斯便有论述文艺理论的著作《诗艺》（*Ars Poetica*），法国古典主义理论家布瓦洛的经典文学理论著作则是《诗的艺术》（*l'art Poetique*）。可见，诗学作为一门理论学科的出现虽然是晚近的事，但它却有着久远的渊源和漫长的历史。总之，“诗学，或一般的文学理论，至少可以追溯到亚里士多德，但它在20世纪随着现代语言学的出现而得以重构。”③诗学指的就是文学的整个内部原理，即那种使文学之所以成为文学的东西，简言之，就是那种文学性

---

① ［瑞士］施塔格尔：《诗学的基本概念》，胡其鼎译，中国社会科学出版社，1992年，第1页。

② ［法］达维德·方丹：《诗学——文学形式通论》，陈静译，天津人民出版社，2003年，第4页。

③ ［美］维克多·泰勒、［美］查尔斯·温奎斯特编：《后现代主义百科全书》，章燕、李自修等译，吉林出版社，2007年，第360页。

的东西。

俄国形式主义批评家显然继承了这一诗学传统。鲍里斯·托马舍夫斯基说："诗学的任务（换言之即语文学或文学理论的任务）是研究文学作品的结构方式。有艺术价值的文学是诗学的研究对象。研究的方法就是对现象进行描述、分类和解释。""研究非艺术作品的结构的学科称之为修辞学；研究艺术作品结构的学科称之为诗学。"[①] 维克托·日尔蒙斯基则认为："诗学是把诗当作艺术来进行研究的学科。"他将诗学分为理论诗学和历史诗学。"普通诗学或称理论诗学的任务，是对诗歌的程序进行系统的研究，对它们进行比较性的描写和分类：理论诗学应当依赖具体的史料，建立科学的概念体系，这个体系是诗歌艺术史家在解决他们面临的具体问题时所必须的。""历史诗学主要就是研究这种个人或历史风格的更替；这些风格在零散的文学史研究中组成统一的要素。"[②] 法国当代理论家达维德·方丹将诗学的历史划分为四大理论及四个阶段：摹仿诗学，实效诗学或接受诗学，表达诗学，客观诗学或形式诗学。"诗学远不是把自己封闭在单个文本中，而是把单个文本置于一般性中，置于组成文本的各种关系之交叉点上。"[③] 如此看来，诗学不仅已经较为明确地指称一般文学理论，有时甚至可以泛指一般的"理论"。

在中国古代，"诗学"一词主要是指专门的《诗经》研究，或泛指一般诗歌的创作技巧和其他理论问题的研究。"诗与学"连在一起使用

① [苏] 鲍里斯·托马舍夫斯基：《诗学的定义》，见什克洛夫斯基等著《俄国形式主义文论选》，方珊等译，三联书店，1989 年，第 76、79 页。

② [苏] 维克托·日尔蒙斯基：《诗学的任务》，见什克洛夫斯基等著《俄国形式主义文论选》，方珊等译，三联书店，1989 年，第 209、225、238 页。

③ [法] 达维德·方丹：《诗学——文学形式通论》，陈静译，天津人民出版社，2003 年，第 134 页。

最早可能在汉代，《汉书》中有“诗之为学，性情而已”。[①] 晚唐诗人郑谷的《中年》一诗云：“衰迟自喜添诗学，更把前题改数联。”[②] 中国古代以“诗学”为书名的著作主要有：元代杨载《诗学正源》、范亨的《诗学正脔》，明代黄溥《诗学权舆》、溥南金的《诗学正宗》和周鸣《诗学梯航》。[③] 这里的诗学大体上都是指一般的诗歌创作技巧。在傅璇琮等人主编的《中国诗学大辞典》中，“诗学”即“关于诗歌的学问，或者说，以诗歌为对象的学科领域，叫做诗学。在中国，由于诗的含义有好几个层次，相应地，诗学所指的范围，也有广狭之不同。”“当‘诗’作为一个专名，是指《诗经》的时候，‘诗学’即相当于诗经学。”[④] 中国诗学的研究范围主要包括以下几个方面：(1) 有关诗歌的基本理论和诗学基本范畴；(2) 有关诗歌形式和创作技巧的问题；(3) 对于中国历代诗歌源流，或曰历代诗歌史的研究；(4) 对于历代诗歌总集、选集、别集和某一具体作品的研究；(5) 对于历代诗人及由众多诗人所组成的创作群体的研究；(6) 对于历代诗歌理论的整理和研究。可见，中国古代诗学概念大体等同于亚里士多德的诗学，但却没有生发出西方诗学后来的意涵。

现代汉语中的“诗学”概念，既不是完全西方的概念，也不是纯粹的中国古代的概念，而是在“传统”和“西方”两大资源的共同影响下，融会了较多现代意识的新生汉语文论概念。[⑤] 乐黛云先生这样界定诗学：

---

① [汉] 班固：《汉书·翼奉传》，《二十五史》，上海古籍出版社，1986 年，第 1 卷第 294 页。

② 《全唐诗》下，上海古籍出版社 1985 年影印扬州诗局本，第 1701 页。

③ 蔡镇楚：《诗话研究之回顾与展望》，《文学评论》，1999 年第 5 期。

④ 傅璇琮等编：《中国诗学大辞典》，浙江教育出版社，1999 年，第 2 页。

⑤ 徐新建：《比较诗学：谁是“中介者”？》，《中国比较文学》，2001 年第 4 期。

> 现代意义的诗学是指有关文学本身的、在抽象层面展开的理论研究。它与文学批评不同，并不诠释具体作品的成败得失；它与文学史不同，并不对作品进行历史评价。它所研究的是文学文本的模式和程式，以及文学意义如何通过这些模式和程式而产生。[①]

在乐黛云看来，诗学就是文学理论的研究。以此类推，比较诗学通常是指不同民族、不同文化体系的文学理论、文学批评的比较研究。曹顺庆说："比较诗学是一个以文学理论比较为核心内容的研究领域，它包括了不同国家、不同民族诗学的影响研究和平行研究，也包括了跨学科、跨文化诗学的比较研究。"[②] 陈跃红认为，"所谓诗学，主要是指人们在抽象层面上所展开的关于文学问题的专门研究，譬如从本体论、认识论、语言论、美学论或者从范式和方法论等思路去展开的有关文学本身命题的研讨。"比较诗学，"则肯定是从跨文化的立场去展开的广义诗学研究，或者说是从国际学术的视野去开展的有关文艺问题的跨文化研究。"[③] 钱锺书先生下面这段话被广泛引用，通常被认为是比较诗学最为贴切的定义："文艺理论的比较研究即所谓比较诗学是一个重要而且大有可为的研究领域。如何把中国传统文论中的术语和西方的术语加以比较和互相阐发，是比较诗学的重要任务之一。"[④]

比较文学在突破了法国学派的藩篱之后，不可避免地要走向跨民族、跨语言的文学共同规律的探索。美国学者亨利·雷马克指出："法国人较为注重可以依靠事实根据加以解决的问题（甚至常常要依据具体

---

① 乐黛云等编：《世界诗学大辞典·序》，春风文艺出版社，1993 年，第 4 页。

② 陈惇、孙景尧、谢天振主编：《比较文学》，高等教育出版社，1997 年，第 230 页。

③ 陈跃红：《比较诗学导论》，北京大学出版社，2005 年，第 2 页。

④ 张隆溪：《钱锺书谈比较文学与"文学比较"》，《读书》，1981 年第 10 期。

的文献)。他们基本上把文学批评排斥在比较文学领域之外。他们颇为蔑视'仅仅'作比较、'仅仅'指出异同的研究。"这就是法国学派所注重的比较文学的影响研究,而在雷马克看来,真正的比较文学,"是超出一国范围之外的文学研究,并且研究文学与其他知识和信仰领域之间的关系,包括艺术(如绘画、雕刻、建筑、音乐)、哲学、历史、社会科学(如政治、经济、社会学)、自然科学、宗教等等。简言之,比较文学是一国文学与另一国或多国文学的比较,是文学与人类其他表现领域的比较"。①

当这种比较文学的观念逐渐被比较文学研究者所接受时,1963年法国著名比较文学研究者艾田伯(Rene Etiemble)做出了"比较文学必然走向比较诗学"的断言,他在《比较不是理由:比较文学的危机》中说:

> 将两种自认为是敌对实际上是互补的研究方法——历史的探究和美学的沉思——结合起来,比较文学就必然走向比较诗学。②

将近半个世纪以来比较诗学在世界范围内的蓬勃发展以及中西比较诗学研究的实绩都充分证实了这一点。比较诗学,作为一门学科的产生和存在,并渐渐成为学术的前沿课题,主要基于以下几个方面的原因:(1)近代以来中国诗学和文论传统在世界性文艺研究格局中被矮化(dwarf)和被忽略;(2)西方文学理论在中国文艺研究领域的攻城略地和话语霸权的趋势;(3)现代中国文艺研究追求自我突破和现代性发展的策略选择。③

---

① 张隆溪编:《比较文学译文选》,北京大学出版社,1982年,第1页。

② Rene Etiemble, *The Crisis in Comparative Literature*, Herbert Weisinger and George Joyaux. East Lansing: Michigan State University Press, 1966, p.54.

③ 陈跃红:《比较诗学导论》,北京大学出版社,2005年,第3页。

比较诗学的研究热潮与20世纪70到80年代西方学术研究的理论转向不无关系。这时期，比较文学的教授们要求学生阅读的著述来自哲学、历史、社会学、人类学、心理学、宗教等各种学科，比较文学界“最热烈讨论是理论，而不是文学”。文学理论与“对尼采、弗洛伊德、海德格尔、德里达、拉康、福柯和德·曼、利奥塔等人的讨论”基本上是同义词。“在英语国家的大学中，开设较多有关近来法国和德国哲学课程的不是哲学系而是英语系。”① “在1970年代，美国文学系的教师们都开始大读德里达、福柯，还形成了一个名为‘文学理论’的新的二级学科。……反倒为接受过哲学，而不是文学训练的人在文学系创造了谋职的机会。”② “理论”本身成为焦点和中心，理论似乎可以自己生产自己，自己发展自己，任何经验和实践都不再是重要的，不可替代的。

二、比较诗学的基本理论与论争

比较诗学作为比较文学中一个独特的研究领域和方法，自有其独特性和合法性。比较诗学就是通过对不同民族、不同文化的各种文学现象的理论体系的研究，去发现和探讨全人类对文学规律的共同认识。世界各民族的文学理论体系各异，范畴不同，术语概念更是千差万别，对于那些属于不同文化渊源的文学理论，比较的基础是什么？这种比较的基础就是比较诗学的可比性问题。

我们已经充分注意并认识到了各民族文学理论体系的差异，而对

① [美] 理查德·罗蒂：《后哲学文化》，黄勇编译，上海译文出版社，2004年，第93页。

② Richard Rorty, *Looking Back at "Literary Theory"*, *Comparative Literature in an Age of Globalization*, ed. Haun Saussy, The John Hopkins Press, Baltimore, 2006, p.63.

于它们之间的相同或相似我们则往往关注不够。其实，正是在这种同异之间，比较诗学便建立了自己的可比性。因为完全的“同”，便无比较的必要；而完全的“异”，则无比较的可能。比较诗学的“同”，从根本上说在于全人类的感觉之同、道理之同、人心之同。孟子说：“口之于味也，有同嗜焉；耳之于声也，有同听焉；目之于色，有同美焉。至于心，独无所同然乎？心之所同然者何也？谓理也，义也。圣人先得我心之所同然耳。故理义之悦我心，犹刍豢之悦我口。”[①] 这里的所谓“理”和“义”就是比较的理由和基础。钱锺书进而说道：“心之同然，本乎理之当然，而理之当然，本乎物之必然，亦即合乎物之本然也。”[②] 道德最终扎根于我们的身体。正如阿拉斯代尔·麦金太尔所说：“人类的认同，虽然不仅是身体的，但基本是身体的，因此也就是动物性的认同。”“我们有形躯体生理构造如此，必然在原则上能够怜悯我们的同类。道德价值也正是建立在这种同情之上；而这种能力又是我们在物质上的互相依存为基础的。”[③] 总之，东西方文论虽然探讨问题的方法和路径不同，但目标是一致的，即都是为了把握文学艺术的审美本质，探寻文学艺术的真正奥秘。

就比较诗学的目的而言，1983 年叶维廉在台湾出版《比较诗学》一书，提出了“共同诗学”（Common Poetics）的观点和“文化模子”的理论。叶维廉认为，比较诗学的基本目标和方向就是寻找跨文化、跨国度的“共同诗学”，而“要寻求‘共相’，我们必须放弃死守一个模子的固执，我们必须要以两个‘模子’同时进行，而且必须寻根探固，必须从其本身的文化立场去看，然后加以比较和对比，始可以得到两者的

---

① 杨伯峻译注：《孟子译注》，中华书局，1960 年，第 261 页。

② 钱锺书：《管锥编》第 1 卷，中华书局，1979 年，第 50 页。

③ [英] 特里·伊格尔顿：《理论之后》，商正译，商务印书馆，2009 年，第 149－150 页。

全貌。”[1] 可惜叶维廉在其论述中并没有将这一理论贯彻到底。其实钱锺书早在20世纪40年代就明确指出：“东海西海，心理攸同；南学北学，道术未裂。”他的《谈艺录》中继而写道：“凡所考论，颇采‘二西’之书，以供三隅之反。”[2] 他认为，无论东方西方，只要同属人类，就应该具有共同的“诗心”和“文心”。[3]

如何才能寻找或建构一种跨文化、跨国度的“共同诗学”呢？这种“共同诗学”显然不能是欧洲中心主义的，也不能是东方中心主义的。美国斯坦福大学已故的刘若愚教授在英美多年，“深感西洋学者在谈论文学时，动不动就唯西方希腊罗马以来的文学传统马首是瞻，而忽视了另一个东方的、不同于西方但毫不劣于西方的文学传统”。因此，他用英文撰写了一部《中国文学理论》，该书的出现，“西洋学者今后不能不将中国的文学理论也一并加以考虑，否则将不能谈论普遍的文学理论或文学，而只能谈论各别或各国的文学和批评”[4]。刘若愚认为，“提出渊源于悠久而大体上独立发展的中国批评思想传统的各种文学理论，使它们能够与来自其他传统的理论比较”，有助于达到一个融合中西两大传统、具有超越特定理论之上的普遍解释力的世界性的文学理论。这种文学理论不再是复数的、可数的，而是单数的、不可数的。正是在这个意义上，中西文学理论的互通融合就显得尤为重要：

> 在历史上互不关联的批评传统的比较研究，例如中国和西方之间的比较，在理论的层次上会比在实际的层次上，导出更丰硕的成

---

① 叶维廉：《比较诗学》，台北东大图书公司，1983年，第15页。

② 钱锺书：《谈艺录·序》，中华书局，1984年。

③ 钱锺书：《管锥编》第1卷，中华书局，1979年，第50页。

④ 杜国清：《译者后记》，见［美］刘若愚：《中国文学理论》，杜国清译，江苏教育出版社，2006年，第261页。

果，因为对于个别作家与作品的批评，对于不谙原文的读者，是没有多大意义的，而且来自一种文学的批评标准，可能不适用于另一种文学；反之，属于不同文化传统的作家和批评家之文学思想的比较，可能展示出哪种批评观念是世界性的，哪种观念是限于某几种文化传统的，而哪种概念是某一特殊传统所独有的。如此进而可以帮助我们发现（因为批评概念时常是基于实际的文学作品），哪些特征是所有文学共通具有的，哪些特征是限于某一特殊文学所独有的。如此，文学理论的比较研究，可以导致对所有文学的更佳了解。①

但是，刘若愚的著述，主要是从西方文论的体系出发，以西方的形上理论、决定理论、表现理论、技巧理论、审美理论和实用理论为框架，对中国文论进行全面的对比分析，还没有上升到中西文论“互动”这一层面上来。所谓“互动”，就是从不同文化的视点来理解和阐释另一种文化，从而在不同的文化的激荡和照亮中产生新的因素和建构。比如“赋”是中国特有的文类，在中国古代文学中占有十分重要的地位。我们都知道李白、杜甫是伟大的诗人，殊不知他们也同时是重要的赋作者，他们在当时官场上的升迁主要便因为他们是赋作者，而不是诗人。如果赋这种文类在其他的文化中并不存在，那么，建立在这一文类基础上的理论是否具有普遍性意义？同理，如果某一理论只是建立在西方所独有的某一文类基础上，那么，这种理论的普遍性意义也同样应当受到质疑。而这个问题我们以往则重视不够。

乐黛云认为，宇文所安的《中国文论读本》无疑做到了这一点。该书从文本出发，改变了过去从文本抽取观念的做法，通过文本来讲述文

① ［美］刘若愚：《中国文学理论》，杜国清译，江苏教育出版社，2006年，第3页。

学思想，仅以时间为线索将貌似互不相关的文本连贯起来。譬如，宇文所安认为，西方文论主要是引导人去认识一个先在的概念或理念；孔子的学说则主要是引导人去认识一个活动变化着的人。“中国文学思想正是围绕着这个‘知’的问题发展起来的，它是一种关于‘知人’或‘知世’的‘知’。这个‘知’的问题取决于多种层面的隐藏，它引发了一种特殊的解释学——意在解释人的言行的种种复杂前提的解释学。中国的文学思想就建基于这种解释学，正如西方文学思想建基于‘诗学’(就诗的制作来讨论诗是什么)。中国传统诗学产生于中国人对这种解释学的关注，而西方文学解释学则产生于它的‘诗学’。在这两种不同的传统中,都是最初的关注点决定了后来的变化。”[①] 正是在此基础上，乐黛云说，宇文所安的《中国文论：英译与评论》“是中西文论双向阐发、互见、互识、互相照亮的极好范例”。

比较诗学的研究范围和领域从纵横两个方面来考察，可以分为学术概论和范畴的比较研究与跨文化诗学理论的比较研究。前者主要研究重要的文学概念和范畴，譬如文化、文学、文学批评、诗学、美学、想象、自然、典型、表现、再现、现实主义、浪漫主义、象征主义、小说、悲剧等；后者则主要研究跨文化诗学体系的异同及其缘由，如中西比较诗学、中俄比较诗学、中日比较诗学、中印比较诗学、中非比较诗学、中东比较诗学等。当然，还可以专门就中西诗学范畴进行比较，如道与逻各斯、风骨与崇高、妙悟与迷狂、隐喻和比兴、感物与摹仿、诗的误读与诗无达诂等。总之，“比较文学的最终目的在于帮助我们认识总体文学乃至人类文化的基本规律，所以中西文学超出实际联系范围的平行研究不仅是可能的，而且是极有价值的。这种比较惟其是在

---

① [美] 宇文所安：《中国文论：英译与评论》，王柏华、陶庆梅译，上海社会科学出版社，2003 年，第 18 页。

不同文学系统的背景上进行，所以得出的结论具有普遍意义。”[1] 钱锺书的《谈艺录》以及1979年出版的《管锥编》被认为是中西比较诗学研究的典范。

也许正是在这一意义上，中国的比较文学似乎并没有经历从比较文学走向比较诗学这一过程，而是从一开始就直接进行比较诗学的探讨和研究。中国比较文学的先辈们大都不是从实证影响研究开始，而是一开始就径直进入了比较诗学研究领域。中国比较文学初期的最大成就，就体现在中西比较诗学研究上，譬如梁启超、王国维、鲁迅等均可视为中西比较诗学的先驱学者。

不过，关于中西诗学的比较研究，余虹教授的观点值得关注和重视。余虹认为，非西方文化圈中并无什么“诗学”，因此，“中西比较诗学”这一概念并不成立。“‘中西比较诗学’这一称谓在根本上取消了中国古代‘文论’与西方‘诗学’的思想文化差异，以及现代汉语语境中这两大语词的语义空间差异，独断式地假定了‘文论’与‘诗学’（文学理论）的同一性。”[2] 譬如，有学者指出：

> “中西比较诗学”是什么意思呢？“诗学”并非仅仅指有关狭义的“诗”的学问，而是广义的包括诗、小说、散文等各种文学的或理论的通称。诗学实际上就是文学理论，或简称文论。如果说比较文学指文学的比较研究的话，那么比较诗学则指文学理论的比较研究。但是，我们何以不用“比较文艺学”，“比较文论”，“比较文艺理论”而偏偏用“比较诗学”呢？直接的理由固然是返回到古希腊的“诗学”概念去，但这种返回的意义难道仅仅在于称呼本身吗？事实上，

---

① 张隆溪：《钱锺书谈比较文学与“文学比较”》，《读书》，1981年第10期。

② 余虹：《中国文论与西方诗学》，三联书店，1999年，第3页。

由“文艺学”、“文论”返回到“诗学”概念，包含着一个根本性意图：返回到原初状态去。原初并非仅仅指开端，原初就是原本、本原、本体，因而返回原初就是返回本体。

余虹认为，“这段话最为明确地表达了一种西方中心主义的偏见。在此，‘诗学’显然是按西方样式来理解的，在从‘诗学＝文学理论’到‘文学理论＝文论’的推论中有一种非法跳跃，而在将‘诗学’视为‘本体’并要求‘文论’返回到‘诗学’概念的推论中更是充满了西方中心主义的独断。……当‘中西比较诗学’论者将中国古代‘文论’名之为‘诗学’之后，他会不知不觉地先行按西方‘诗学’模式选择、增删中国古代文论素材，从而虚构出一种‘诗学化文论’，然后将其与西方‘诗学’进行比较。由于‘诗学化的文论’已非中国古代文论的实事本身，因此，所谓的‘中西诗学比较研究’往往是在中国古代文论缺席情形下的比较研究。”那么，在比较诗学的研究中如何才能清除“西方中心主义”，进入真正平等的对话和研究呢？余虹认为，“适当的研究姿态与策略是在承认双方的结构性差异的前提下，既不从中国古代‘文论’入手，也不从西方‘诗学’入手，而是站在两者之间去进行比较研究。”“只有在‘文论’和‘诗学’之外去寻找一个‘第三者’才能真正居于‘之间’而成为比较研究的支点与坐标，这个‘第三者’当然是更为基本的思想话语与知识框架。”[①] 具体地说，这个“第三者”就是现代语言论和现代生存论。

---

① 余虹：《中国文论与西方诗学》，三联书店，1999 年，第 5、6 页。

三、比较诗学的方法与厄尔·迈纳的启示

如果说比较文学研究的基本方法就是历史考证与美学批评，前者归因于比较文学的影响研究；后者归属于比较文学的平行研究，那么，这两种研究方法自然也属于作为比较文学研究分支之一的比较诗学。当然，从发生学的意义来说，作为不同文化语境中孕育而成的诗学或文论概念或命题几乎没有相互影响或启示的可能，因此第一种方法对于比较诗学研究而言似乎没有多少意义。而美学批评是一个比比较诗学古老得多的概念，它自然不属于比较诗学，只是恰好可以被比较诗学所利用或重用。比较文学最重要的基本研究方法就是比较，比较是比较文学的一种观念，一种学术研究的出发点，但是比较的方法并不只属于比较文学。早在1886年，爱尔兰学者波斯奈特（H. M. Posnett，1855—1927）在《比较文学》一书中就明确指出："就某种意义而言，获得或者传播知识的比较方法一如思想本身一样古老；就另一种意义而言，比较的方法（comparative method）是我们19世纪的特别荣耀。一切理性，一切想象力，都在主观的意义上运作，然而它们却借助诸种比较与差异，在客观的意义上从人传递给人。""基督教传教士们正在把中国的文学与生活如此生动地带回家，带给欧洲人……自那些岁月以来，比较的方法已经被运用到除了语言之外的许多学科；而且许多新的影响已经被结合起来，使得欧洲的思想变得比以前任何时候更加容易比较与对照。"[①] 当然，比较文学的"比较"亦有其独特之处，即这是一种跨文化的比较研究。这种比较不只是"求同"，而且还要"探异"，既有类比，又有对比。在"异同比较"中发现各民族文学的特色和独特价值，寻求相互的理解、

① [爱尔兰] 哈钦森·麦考莱·波斯奈特：《比较文学》，姚建彬译，中国社会科学出版社，2015年，第2、70、72页。

沟通和融合。比较文学由比较的方法进而扩展到所谓“阐发法”、“文化模子寻根法”、“对话法”，但这些方法均不属于比较文学独有的方法。鉴于比较诗学难以有自己独特的理论和方法，二者似乎难以分离、不可分离，于是，有学者索性将二者合并在一起展开论述：可比性及“共同诗学”的寻求；东西方诗学的差异及其文化根源的探寻；比较诗学的阐发研究与对话研究。[①]

正因为如此，陈跃红在《比较诗学导论》一书中并未论述比较诗学的方法，而是直接论及中西比较诗学的方法思路。从比较诗学的方法到中西比较诗学的方法，这中间原本是应该有转换和过渡的，但陈跃红将这些都省略了。他认为，中西比较诗学的方法问题首先是有关传统和现代的阐释学问题。他说：“所谓比较诗学意义上的阐释学展开，实际上就是借助现代阐释学的理论和方法原则，立足于中国文论追求的现代性主题，以西方理论范式为参照系，以现代人的认识能力作为基本维度，以中西古今对话为方法，对传统文论从整体观念、理论逻辑、论述范畴、术语概念、修辞策略等等方面展开阐释性言说，对其各个方面的理论话语层面加以界定和探讨。”[②] 其次是对话问题，对话包括两个方面：古今对话和中西对话；前者是关乎“传统诗学的现代性展开”，后者关乎“互为主体的应答逻辑”。显然，阐释和对话绝非比较诗学的独特方法，如此看来，比较诗学或许根本就没有自己的专属方法。

果然，在乐黛云、陈跃红、王宇根、张辉合作撰写的《比较文学原理新编》中，作者写道：“比较文学像其他学科一样经常使用描述、解释、比较等诸多不同的具体研究方法，但这些方法是所有学科所共有的，其中的任何一个都不能独自成为比较文学的方法论，只有当我用跨

---

① 陈惇、孙景尧、谢天振主编：《比较文学》，高等教育出版社，2014 年，第 186－192 页。

② 同上书，第 125 页。

文化与跨学科这一观念将这些具体方法组合起来形成一个方法整体时，才能形成比较文学的方法论……我们不讨论比较诗学的具体研究方法，而将重点放在其方法论基础上，也就是说，到底是什么使比较诗学在具体方法的运用上呈现出自己的特异性。”[①] 简言之，比较诗学的方法论基础就是跨文化阐释。

在杨乃乔主编的《比较文学概论》中则通过比较视域与比较诗学的相互关系来界定比较诗学的学科本质：“我们不妨可以从比较诗学研究的角度给比较视域下一个定义，比较视域是比较诗学在学科上成立并且得以展开学术研究的基点——本体，是比较诗学研究者对中外诗学及其相关学科进行汇通性研究所秉有的一种眼光，不同于国别诗学研究的是，比较视域决定了比较诗学在学科上的成立以研究主体定位，把跨民族、跨语言、跨文化与跨学科作为自觉展开研究的前提条件，以中外诗学之间的互文性、中外诗学及其相关学科之间的互文性为自己的研究客体，追问包容在两种互文性之间诗学理论的普遍性原则与差异性原则，从而使比较诗学研究者能够在一个国际的、全球的、宽阔的、包容的与开放的研究视域中有效地回答和解决中外诗学的诸种理论问题。”[②] 于是，这里的比较诗学便成了一种汇通古今与中外文学理论的第三种诗学，比较诗学也就走向了另一种诗学。

近百年来，比较诗学的研究成果斐然，举世瞩目，但是，真正论述“什么是比较诗学”的著作并不多见。比较学者大多自觉或不自觉地从事着有关比较诗学的研究，但通常并不在乎研究的性质和名称，这当然多少还是令人感到有些缺憾。1990 年，美国当代著名日本文学、英国

---

① 乐黛云、陈跃红、王宇根、张辉：《比较文学原理新编》，北京大学出版社，2014 年，第 179—180 页。

② 杨乃乔主编：《比较文学概论》，北京大学出版社，2014 年，第 423—424 页。

文学和比较文学研究专家、普林斯顿大学资深教授，厄尔·迈纳（Earl Miner，1937—2004）出版了《比较诗学》一书，是少有的几本专门论述比较诗学的著作之一。该书“是真正的跨文化论述方面第一次着力的尝试”，“是对长久存在的诗学体系所进行的历史的、比较的论述”①。因此，我们与其颇为费力地论述“什么是比较诗学的方法”，倒不如看看迈纳在《比较诗学》一书中究竟做了些什么？

迈纳的这部《比较诗学》虽然以“比较诗学”命名，但并没有泛泛到论述比较诗学的定义、原理和方法，而是从“实用”的角度探讨了比较诗学何以成为可能的问题。什么是“比较诗学”呢？迈纳认为，“恰当而严格的定义是不存在的，也许是不可行的。”不过，迈纳又认为，“比较诗学的种种独立的含义确实更多地来源于比较学者以及文论家们的实践活动。”② 原来，我们谈论比较诗学学者的实践活动就是在讨论比较诗学，我们谈论他们的实践方法也就是在讨论比较诗学的方法。

四、中国的比较诗学实践者及其成果

中国比较诗学的先辈们大多并不是从实证影响研究开始，而是从一开始就不自觉地进入了中西比较诗学的研究领域。中国比较文学初期的最大成就往往就是中西比较诗学的成果。中国比较诗学的先行者是梁启超，其后有王国维、鲁迅、朱光潜、钱锺书、王元化、宗白华等。

---

① [爱尔兰] 安东尼·泰特罗：《本文人类学》，王宇根等译，北京大学出版社，1996 年，第 58—57 页。

② [美] 厄尔·迈纳：《比较诗学》，王宇根、宋伟杰等译，中央编译出版社，2004 年，第 15 页。

梁启超流亡日本期间发表于《清议报》（1898 年 12 月）上的文章《译印政治小说序》是一篇有关小说理论的文章，亦被认为是中国最早涉及比较诗学的文章。该文强调的“政治小说”的概念，源于日本小说家和理论家的影响，而日本的小说理论又是受到英国小说理论的影响。梁启超大力倡导政治小说、翻译外国小说，在不经意间成为了中国比较诗学的先行者。

紧随梁启超之后的就是王国维。王国维于 1904 年开始在《教育丛书》上连载发表《红楼梦评论》。王国维以叔本华之哲学思想观照分析《红楼梦》，使他成为第一个系统地取用西方理论评论《红楼梦》的学者。该文分为四章：第一章“人生及美术之概观”为总论，论述生活之本质，以及生活与艺术之关系。第二章“《红楼梦》之精神”为对《红楼梦》总体精神的把握分析，第三第四章分别论述该书的美学和伦理学价值。王国维认为，《红楼梦》的价值在于提出人生的问题，并给予解决之。人生的大问题是什么？欲也，欲者，玉也。《红楼梦》开卷即叙述贾宝玉之来历：无才补天之玉而已。王国维摒弃传统索隐考证的烦琐，借用叔本华及康德的悲剧美学思想对《红楼梦》展开分析论述，开辟了中国红学研究的新领域、新途径，这是一项“前无古人，后有来者”的伟大创举。《红楼梦评论》亦成为中国比较诗学的最早的经典范例。1908 年王国维发表了《人间词话》。王国维运用了一系列西方诗学的概念和范畴，诸如“写实的”、“理想的”、“优美”、“宏壮”等来阐释中国文学与文论。陈寅恪在《静安遗书序》中论及了王国维在学术上的贡献，提出了著名的三重证据法：“取地下之实物与纸上之遗文互相释证”；“取异族之故书与吾国之旧籍互相补正”；“取外来之观念与固有之材料互相参证”。其中，“取外来之观念与固有之材料互相参证”便可看作是比较文学或比较诗学的“阐发法”。由此可见，王国维是直接援用西方理论来阐释中国文学与文论的先驱。

1908年，年仅27岁的鲁迅发表了长篇论文《摩罗诗力说》《文化偏至论》。这两篇文章被认为是比较诗学的经典之论，收在鲁迅论文集《坟》中。鲁迅具有自觉的比较意识，他说："意者欲扬宗邦之真大，首在审己，亦必知人，比较既周，爰生自觉。自觉之声发，每响必中于人心，清晰昭明，不同凡响。……国民精神之发扬，与世界识见之广博有所属。"[①] 在《题记一篇》中，鲁迅进一步指出："篇章既富，评骘遂生，东则有刘彦和之《文心》，西则有亚里士多德之《诗学》，解析神质，包举洪纤，开源发流，为世楷模。"[②] 鲁迅因为怀古而未有所获，因而"别求心声于异邦"，进而认为，"至力足以振人，且语之较有深趣者，实莫如摩罗诗派。摩罗之言，假自天竺，此云天魔，欧人谓之撒旦，人本以目裴伦。今则举一切诗人中，凡立意在反抗，指归在动作，而为世所不甚愉悦者悉入之，为传其言行思维，流别影响，始宗主裴伦，终以摩迦（匈牙利）文士"。鲁迅在《摩罗诗力说》一文中主要论及了19世纪欧洲浪漫主义诗人拜伦、雪莱、普希金、莱蒙托夫、密茨凯维奇、裴多菲等。

一百多年过去了，鲁迅的这篇有关比较文学或外国文学的论文仍然具有理论意义和现实意义。"《摩罗诗力说》在世界文学和中国本土文化语境的双重背景中，以人类文明史和文化批判意识为视角，站在西方近现代哲学的高度，以强烈的理性批判精神，系统评介了欧洲浪漫主义诗人，并对中国诗歌发出了时代的呐喊。这就使《摩罗诗力说》当之无愧成为中国诗学现代转型的开端和标志。"[③] 比较而言，我们今天比较学者或外国文学学者撰写的论文，当下就鲜有人阅读，专业之外更是无人问

---

① 鲁迅：《坟》，《鲁迅全集》第1卷，人民文学出版社，2005年，第67页。

② 鲁迅：《集外集拾遗补编·题记一篇》，《鲁迅全集》第8卷，人民文学出版社，2005年，第370页。

③ 李震：《〈摩罗诗力说〉与中国诗学的现代转型》，《中国社会科学》，2009年第3期，第166页。

律，何谈现实意义、百年之后？

朱光潜（1897—1986）是中国现代著名美学家、文学家。他对于中国比较诗学的发展具有开创性功绩。1942年他的《诗论》由重庆国民图书出版社出版。该书旨在寻求中西美学与诗学的共同规律。朱光潜的诗学比较意识是非常自觉的、明确的。他既用西方理论解释中国的诗歌，又用中国的文论阐发西方的文学。在他看来，“研究我们以往在诗创作与理论两方面的长短究竟何在，西方人的成就究竟可否借鉴”，其方法只能是比较，“一切价值都由比较而来，不比较无由见长短优劣”。[①]

钱锺书（1910—1998）是中国现代作家、古典文学研究家，也是当代最著名的比较文学家。1929年钱锺书考入清华大学外文系。在清华上学时他用英文撰写了论文《中国古代戏剧中的悲剧》（*Tragedy in old Chinese Drama*），该文具有明显的比较诗学的意味。1948年《谈艺录》由开明书店出版。该书虽然以中国传统的诗话的形式写成，甚至连语言也用文言文写作，但在讨论中国古典诗歌时又引证了许多西方诗学的例证，这使得本书别开生面，成为中西比较诗学的典范之作。“文化大革命”期间，他完成了巨著《管锥编》。1979年《管锥编》由中华书局出版。全书旁征博引，探幽索微，是一部跨文化、跨学科的比较诗学学术巨著。

钱锺书曾经谈及比较诗学，他说：“文艺理论的比较研究即所谓比较诗学是一个重要而且大有可为的研究领域。如何把中国传统文论中的术语和西方的术语加以比较和互相阐发，是比较诗学的重要任务之一。”[②] 换句话说，钱锺书认为：“为了更好地了解中国文学，我们也许该研究一点外国文学；同样，为了更好地了解外国文学，我们该研究一点

---

① 朱光潜：《诗论·序》，三联书店，1984年。

② 张隆溪：《钱锺书谈比较文学与“文学比较”》，《读书》，1981年第10期。

中国文学。"[1] 他在《谈艺录·序言》中写道："颇采'二西'之书，……以供三隅之反。盖取资异国，岂徒色乐器用；流布四方，可徵气泽芳臭……东海西海，心理攸同；南学北学，道术未裂。"[2] 钱锺书相信，无论是东方西方，都该具有共同的"诗心"和"文心"。本乎此，比较诗学就有了安身立命之基础。这就是钱锺书所说的："心之同然，本乎理之当然，而理之当然，本乎物之必然，亦即合乎物之本然也。"[3] 钱锺书的学术追求旨在打通古今、融汇中西，"欲使小说、诗歌、戏剧，与哲学、历史、社会学等为一家"。[4] 钱锺书的论文《诗可以怨》《通感》《读〈拉奥孔〉》等均很好地贯彻了其学术理念，都是比较诗学的经典名篇。

自 1949 年至 1977 年，中国大陆的比较文学与比较诗学研究几近于无。但此时海外及台港的比较诗学研究却在悄然兴起，并逐渐发展起来。1975 年美国斯坦福大学刘若愚教授的《中国文学理论》由芝加哥大学出版社出版，该书被认为是海外第一部中西比较诗学的著作。刘若愚在《中国文学理论》中对艾布拉姆斯的诗学体系坐标图稍加改造，成了一个圆形结构。在此基础上，刘若愚将中国传统批评分成六种文学理论，分别称为形上论、决定论、表现论、技巧论、审美论以及实用论。他以这种方式进入了他的中西比较诗学研究领域。"这就是刘若愚以西方诗学体系为透镜，在适配与调整中所完成的对中国古代文学理论的分类，在中国古代文献典籍中所蕴涵的丰沛的文学批评思想与文学理论思想，也正是在中西比较诗学研究的互见与互证中澄明起来，且走向逻辑

---

① 钱锺书：《美国学者对于中国文学的研究简况》，见《写在人生边上的边上》，三联书店，2002 年，第 186 页。

② 钱锺书：《谈艺录》，中华书局，1998 年，第 1—2 页。

③ 钱锺书：《管锥编》，中华书局，1979 年，第 50 页。

④ 钱锺书：《谈艺录》，中华书局，1998 年，第 89 页。

化与体系化。”[①]

1983年叶维廉的《比较诗学》在台湾出版，这是又一部比较诗学的里程碑式的著作。该书由作者的五篇重要论文组成。在该书的《总序》中叶维廉提出寻求跨文化、跨国度的“共同诗学”和“共同美学据点”的观点，进而提出了他的著名的“文化模子”理论。《比较诗学》属于叶维廉主持的《比较文学论丛》中的一册，其余的还有周英雄《结构主义与中国文学》、王建元《雄浑观念：东西美学立场的比较》、古添洪《记号诗学》、郑树森《现象学与文学批评》、张汉良《读者反映理论》等。这些著作大部分涉及比较诗学研究，是台港比较诗学成果的集中体现。

20世纪80年代以后中国的比较诗学研究呈现迅猛发展并逐渐走向深入的势头。1979年10月王元化的《文心雕龙创作论》出版，这是一部将《文心雕龙》与西方文论相比较的典范性著作。1981年宗白华的《美学散步》出版，这是一部比较诗学，尤其是跨学科比较研究的独树一帜的成果。1988年曹顺庆的《中西比较诗学》出版，该书通常被认为是中国大陆第一部系统的中西比较诗学的专著。另外涉及比较诗学的重要的成果还有刘小枫《拯救与逍遥》（上海人民出版社，1988），张法《中西美学与文化精神》（北京大学出版社，1994）等。黄药眠与童庆炳主编的《中西比较诗学体系》（人民文学出版社，1991）和乐黛云、叶朗、倪培耕主编《世界诗学大辞典》（春风文艺出版社，1993）是20世纪90年代中西比较诗学的重要成果。

杨周翰在比较文学界享有盛誉，是中国比较文学奠基者之一。杨周翰的主要著作有《攻玉集》（北京大学出版社）、《十七世纪英国文学》

---

① 杨乃乔：《路径与窗口——论刘若愚及在美国学界崛起的华裔比较诗学研究族群》，《北京大学学报》，2008年第5期，第71页。

(北京大学出版社)、《镜子与七巧板》等，主编有《欧洲文学史》《莎士比亚评论汇编》。其中《镜子和七巧板》(1990)一书是杨周翰比较文学研究成果的集中体现。在《镜子与七巧板：当前中西文学批评观念的主要差异》一文中杨周翰阐明了本书的立意本旨："对比并简略概述当前中西流行的两种差异极大的批评方法或倾向：其中一种用镜子来标志，另一种则用七巧板来标志"。镜子指的是"当前中国的文学批评"，即文学反映论。七巧板指的是西方现代文学批评，这种批评专注于文学作品的形式。西方现代批评家犹如一位手拿手术刀的外科医师，时刻准备切开作品的各个部分，以找出一部作品的组成零件，也可以说，如同一个面对这七巧板的整套部件苦思苦想的人。"这两套批评术语的不同表明，中国批评家所专注的是反映在作品中的生活，而西方批评家则关照作品本身,不屑于费心探究作品的'外部因素'。"[①] 从"镜子与七巧板"的说法我们分明能够看到艾布拉姆斯《镜与灯》的影响，但杨周翰这里论及的并非文学，而是文学批评，确切地说是中西文学批评。

20世纪90年代以来，比较文学研究的学科化进程日益加快，研究和教学更加规范。有关比较诗学的研究也更加深入、更加沉稳、更加个性化。谈及此时中国的比较文学，盛宁指出，"比较文学的这片场地打从一开始就好像置于一面斜坡上，于是这球踢来踢去虽然也很热闹，却基本上总在自己这半场上滚动"。然而，有一本书的出版似乎稍稍地改变了这种现状，这就是张隆溪的《道与逻各斯：东西方文学阐释学》。盛宁说，该书的价值和意义"就是把比较文学这个球踢到了对方的场地上"。该书最初用英文写成，1992年由杜克大学出版社出版，1998年经四川大学冯川教授翻译成中文由四川人民出版社出版，2006年由江苏教育出版社出版。该书"与当年刘若愚先生以英文写成的《中国文学理

---

① 杨周翰：《镜子与七巧板》，中国社会科学出版社，1990年，第22页。

论》一样，是一种使中国古典文论逐步进入西方批评话语的努力”。“张隆溪认为，这里倒是平行比较一显身手的领域。关于语言和阐释问题的讨论将非西方文本也包括进来，不仅是一种视野的扩大，而且将有助于西方对于中国文学批评传统的系统理解。张隆溪说，他就是要引入一种被西方批评传统认为是‘异己’的声音，为所谓‘另一种声音’说话，他认为这样做便能超越西方文化中关于‘自我’与‘异己’的传统分野，进入一个更加广阔的经验与知识的境界。对英美学界来说，‘道’与‘逻各斯’一番对话的价值亦在于此。”① 毋庸置疑，《道与逻各斯》是近年来中国学者撰写的具有重要影响的比较诗学著作。

总之，“随着中西比较诗学研究的迅速升温，对跨越东西方异质文化文学理论的比较研究必然会引发新的理论问题”。② 新的问题引发新的思考，新的思考推动新的研究，并进而带来新的研究成果。正是在这一背景下，中国的比较诗学研究越来越走向深入、走向成熟，并成为中国当代学术研究的一个亮点。

2000 年 5 月美国哥伦比亚大学斯皮瓦克教授在加州大学尔湾分校举行每年一度的“韦勒克文库批评理论系列讲座”，题目即为“一门学科之死”。这里“一门学科”指的就是“传统的比较文学学科”。这门学科死亡之后，“一门新的比较文学”即将诞生。这门新的学科首先需要做的就是“跨越边界”。“近期的发展业已对区域研究自身的某些假设提出了挑战。例如，认为世界可以划分出可知的与自足的两种‘区域’，这种观点已经开始受到质疑，人们现在更多关注的是各区域间的变迁情况。人口变化，族裔散居，劳务移民，全球资金周转与媒体运

---

① 盛宁：《思辨的愉悦》，东方出版社，2010 年，第 230、235－236 页。

② 曹顺庆：《中西比较诗学史》，巴蜀书社，2008 年，第 502 页。

转，还有文化沟通与交融的进程，已经激励我们更加敏锐地解读区域的特征及其构成。”[①] 从区域研究到文化研究，“这种研究仍然是单语的、今世主义的和自恋的，而且也未在细读中得到充分的检验，更无法理解母语已经被积极地分割开来”。“我再次强烈地呼吁比较文学和区域研究这两股力量能够携起手来，因为时代似乎已经向我迎面而来。”[②] 法国当代著名比较文学学者伊维·谢弗雷尔在《走向比较诗学？》一文中指出：“比较诗学的研究范围，如同它探讨的文学本身一样，是广阔无边的。最终，它要建立一种真正意义上的‘文学理论’：一种建立在广泛而又坚实的基础上、研究文学的理论方法。”[③] 比较文学跨越边界，不再在传统的西方中心主义的领地故步自封，不再囿限于文学关系的实证考据研究，将越来越注重和拓展比较诗学的研究，其研究前景将无限宽阔辽远。

---

① [美] 斯皮瓦克：《一门学科之死》，张旭译，北京大学出版社，2014 年，第 3 页。

② 同上书，第 22、23 页。

③ [法] 伊维·谢弗雷尔：《走向比较诗学？》，见杨乃乔主编：《比较诗学读本》（西方卷），首都师范大学出版社，2014 年，第 212 页。

上编

比较诗学理论

第一章

韦斯坦因及其《比较文学与文学理论》

一、韦斯坦因其人其作

乌尔利希·韦斯坦因[①]（Ulrich Werner Weisstein，1925－ ）是一位德裔美籍学者，1925年11月14日出生于德国布雷斯劳。父亲鲁道夫是一名律师，母亲名贝塔·韦斯坦因。韦斯坦因1952年与艾伦（1924—1963）结婚，育有克里斯蒂娜、克劳迪娅·西塞丽。艾伦去世后，1964年5月9日，韦斯坦因与朱迪斯·史罗多缔结婚姻，育有埃里克·伍尔夫冈、安顿·爱德华。值得一提的是，韦斯坦因的孩子大都是著名的科学家。韦斯坦因先后在法兰克福的歌德大学（1947—1950）、美国的洛瓦大学（1950—1951）、萨尔茨堡大学（1951—1952）学习，研习德语语言文学、英语语言文学、艺术史、戏剧和文学批评。随后他赴美国印第安纳大学攻读比较文学、德国文学和文学批评，先后获硕士和博

① 资料部分可见于：*Contemporary Authors Online*, Gale, 2010. Reproduced in *Biography Resource Center*. Farmington Hills, Mich.: Gale, 2010.〈http://galenet.galegroup. com/servlet/BioRC〉结合有关资料加以补充。本章全部英文引文的翻译均为作者自译。

士头衔；1954 年他开始专事比较文学的研究与教学，1959 年加入美国籍。除了在美国几十所大学短期讲学之外，韦斯坦因还应邀到德国、奥地利、比利时、加拿大、荷兰、意大利、瑞典、南斯拉夫、日本、中国的几十所大学访问或讲学。他是 1974—1975 年度格根海姆奖金获得者，曾任国际比较文学学会理事会员（1970—1985）、印第安纳大学比较文学研究会主席、美国现代语言学会理事会员（1983—1986）、美国比较文学协会、美国德语教授协会会员、《比较文学与总体文学年鉴》和《德国语言文学研究》等杂志的编辑。他早年受聘于美国伯利恒的利哈伊大学，讲授德国语言文学及艺术史（1954—1958），后执教于布鲁明顿的印第安纳大学，任德语和比较文学教授（1959—退休）。

韦斯坦因学术生涯长达 50 年之久。他异常勤奋，著述甚丰，著有《比较文学导论》[①]，即后来经过翻译与修订的《比较文学与文学理论》（*Comparative Literature and Literary Theory: Survey and Introduction*）、《亨利希·曼：对其文学创作的历史批评指南》（*Heinrich Mann; eine historisch-kritische Einführung in sein dichterisches Werk*，1962）、《马克斯·弗里施》（*Max Frisch*，1967），主编或参编了《歌剧的本质》（*The Essence of Opera*，1964）、《作为国际文学现象的表现主义》（*Expressionism as an International Literary Phenomenon*，1973）、《本文和上下文：德国文学研究和比较文学之探讨》（1973）等。韦斯坦因还撰有大量文学评论，内容集中在比较

---

① Ulrich Weisstein, *Einfu hrung in die Vergleichende Literaturwissenschaft*. Stuttgart: W. Kohlhammer, 1968. 该书最初为德文版，后经韦斯坦因与威廉·里根（William Riggan）合作、经过全面的修订及调整之后译为英文（*Comparative Literature and Literary Theory: Survey and Introduction*），1973 年由印第安纳大学出版社出版发行。该英文版于 1975 年被译西班牙文、1977 年被译为日文、1981 年被译为韩语相继出版发行。1986 年，我国著名翻译家、学者刘象愚先生将该书英译本全部译出，定名为《比较文学与文学理论》，1987 年由辽宁人民出版社出版发行。

文学学科理论历史梳理和探构、比较文学理论和实践的应用（主要集中于德国和美国文学的影响和接受研究方面）以及文学和艺术比较批评三方面[①]。此外，韦斯坦因为德语文学和文化的传播作了诸多译介工作，例如，他将沃尔夫冈·凯泽（Wolfgang Kayser）、格奥尔格·凯泽（Georg Kaiser）、莱因尔德·格林（Reinhold Grimm）等人的文学或者戏剧理论著作译为英语；并将马克斯·弗里施、亨利希·曼、布莱希特（Bertolt Brecht）等德语作家的文学作品或理论著作向英语世界推广。

在学术生涯的晚期，韦斯坦因总结了自己在学科方面的理论成果。1997 年韦斯坦因撰文《从狂喜到挣扎：比较文学的兴衰》[②]有言："在这个我有幸参与其中长达半个世纪之久的比较文学学科领域，我不定期地发表的著述，范围几乎囊括了本领域从学科历史、方法论、学术组织到课程讨论的方方面面。除《比较文学导论》之外，尚包括一篇论文[③]（这篇论文可以视为对上书的补充）、一部涵盖接近十年的分量相当于一本

---

① 据不完全统计，截至 20 世纪 80 年代中期（实际上韦斯坦因此后仍有大量著述发表），韦斯坦因共发表论文约 100 篇、书评约 200 篇和艺术评述约 50 篇。此解见于刘献彪主编《比较文学自学手册》，长沙：湖南文艺出版社，1986 年 8 月版。《附录一、部分国外著名比较文学工作者简介》，第 391－393 页。

② Ulrich Weisstein, *From Ecstasy to Agony: The Rise and Fall of Comparative Literature*, Neohelicon 24:2, Sep. 1997, pp.95－118.

③ Ulrich Weisstein, "Influences and Parallels: The Place and Function of Analogy Studies in Comparative Literature" in *Teilnahme und Spiegelung: Festchrift für Horst Rüdiger* zum 65. Geburtstag, ed. Beda Allemann and Erwin Koppen, Berlin: de Gruyter, 1975, pp.593－609. 转引自 Ulrich Weisstein, *From Ecstasy to Agony: The Rise and Fall of Comparative Literature,* Neohelicon 24:2, Sep. 1997, p.95. 另外，韦斯坦因在《比较文学与文学理论》一文中也提及了此文（《影响和平行：类比研究在比较文学中的位置和作用》，《吕迪格纪念文集》，B. 阿勒曼和 E. 科彭编，柏林：德格吕特出版公司）。遗憾的是，这篇重要的论文暂时无从找到。

书的研究书评[①]，它们包括自传式的简述一份[②]，分析一份[③]，发表在专业杂志上的教学样本一份[④]，纪念文集两本[⑤]，为波隆那大学九百周年纪念日所准备的发言稿一份。[⑥]“2000年，韦斯坦因在现代语言协会的千年特别期刊上，发表了题为《上升与下降：追溯历史、展望未来》[⑦]的讲话，对比较文学发生、发展和衰落的三个阶段予以剖析；另外，韦氏相关书

---

① 指韦斯坦因用德文所写的《比较文学：第一份报告 1968－1977》，一般认为，从时间上来说该书是《比较文学导论》的续编。

② 指韦斯坦因在阿卡狄亚特别刊（纪念霍斯特吕迪格 75 周岁生日）所写的文章。转引自 Ulrich Weisstein, *From Ecstasy to Agony: The Rise and Fall of Comparative Literature*, Neohelicon 24:2, Sep. 1997, p.96。

③ 指韦斯坦因发表于 *Canadian Review of Comparative Literature* 11, 1984 上的文章 “D'où venons-nous? Que sommes-nous? Oú allons-nous? The Permanent Crisis of Comparative Literature”, pp.167－192。

④ 指韦斯坦因发表于 ACLAN (American Comparative Literature Association Newsletter) 9:1 (1979) 上的文章《印第安纳大学比较文学研究生研究》，pp.42－53。

⑤ 指韦氏两篇文章 “Komparatistik: Alte Methode oder Neue Wissenschaft?: Grundsätzliches aus Anlass einer italienischen Reise” in: *Literary Theory and Criticism: Festschrift for René Wellek* zum 80. Geburtstag, ed. Joseph Strelka, Bern: Peter Lang, 1984, I, pp.631－656, and “Assessing the Assessors: An Anatomy of Comparative Literature Handbooks” in: *Sensus communis: Contemporary Trends in Comparative Literature*, ed. Janos Riesz et al. Tübingen: Narr, 1986, p.97－113. 转引自 Ulrich Weisstein, *From Ecstasy to Agony: The Rise and Fall of Comparative Literature*, Neohelicon 24:2, Sep. 1997, p.96。

⑥ 指韦氏文章 “Lasciate ogni speranza: la letterature comparata alla ricerca di definizioni perdute” in: *Bologna, la cultura italiana e le letterature straniere moderne*, ed. Vita Fortunali (Ravenna: Longo, 1992), II, pp.43－57. The original English version of this piece appeared in *the Yearbook of Comparative and General Literature* 37, 1988, pp.98－108. 转引自 Ulrich Weisstein, *From Ecstasy to Agony: The Rise and Fall of Comparative Literature*, Neohelicon 24:2, Sep. 1997, p.96。

⑦ Ulrich Weisstein, “Aufstieg und Fall”, “Looking Backward, Looking Forward: MLA Members Speak,” *PMLA*. 115:7. Special Millennium Issue, Dec., 2000, pp.1994－1995.

评和韦氏针对学界对《比较文学导论》而发的评论所作的回应（譬如韦氏在该书的英文、中文译本序中所写的那些有针对性的或修正性的说明）也包括其中。[①]

二、韦斯坦因的比较文学“中道”观

韦斯坦因最引人瞩目的成果当属《比较文学与文学理论》。根据学者温宁格（Robert Weninger）在2006年的考察[②]（他的考察以英文、法文和德文著述为主，按照出版时间为序），比较文学领域计有八部权威之作，韦氏作品名列其中。韦勒克（René Wellek）赞其：“同类著作中最好的一本，材料翔实，布局明朗，文字清晰，论断明智且宽容，是学习研究这一学科一本理想的教材。”[③]奥尔德里奇（A. Owen Aldridge）

---

① 以下观点参见李琪著《韦斯坦因的比较文学之道》，人民日报出版社2014年6月版。个别处有改动。

② Robert Weninger, “Comparative Literature at a Crossroads? An Introduction”, *Comparative Critical Studies*, 3:1–2, 2006. xi–xix. 这八部作品为：1. Claude Pichois and André Rousseau’s *La literature comparée* (1967); 2. Ulrich Weisstein’s *Einführung in die vergleichende Literaturwissenschaft* (1968); 3. Siegbert S. Prawer’s *Comparative Literature Studies: An Introduction* (1973); 4. Hugo Dyserinck’s *Komparatistik. Eine Einführung* (1977); 5. Robert J. Clements’s *Comparative Literature as Academic Discipline. A Statement of Principles, Praxis, Standards* (1978); 6. Gerhard R. Kaiser’s *Einführung in die Verleichende Literaturwissenschaft* (1980); 7. the volume *Vergleichende Literatur- wissenschaft. Theorie und Praxis* edited by Manfred Schmeling (1981) 和 8. Peter Brooks’s *Comparative Literature in the Age of Multiculturalism* (1995).

③ [美] 乌尔里希·韦斯坦因：《比较文学与文学理论》，刘象愚译，辽宁人民出版社，1987年，见于译者前言。

肯定它“提供了关于学科发展和各种批评方法的历史考察”[①]。狄泽林克（Hugo Dyserinck）则说：“韦斯坦因的著作是迄今描述比较文学历史最全面的一本书。”[②]作者自言：“对这一领域以英文作系统的、历史的、理论性的评述，本书还是第一次。”[③]直到20世纪90年代中期，韦斯坦因就“比较文学永久危机”和定义等问题提出的讨论还不断引起学者的重视[④]。韦斯坦因在该书中将比较文学视为一门拥有自身方法论的独立学科，对比较文学的研究重点进行了学术定位，对学科历史作了国别式的回顾和梳理；同时，又以其深刻的洞见和广博的视野，将比较文学的影响研究和平行研究的学术领域加以规范和拓殖；在他最感兴趣也最得心应手的文学与艺术领域的比较研究中，韦斯坦因提出了大量富有建设性的研究方法，勾勒出极富研究潜力的蓝图，设想出独具特色的文学与各种艺术相互阐释的风格，而且他在这个领域确有大量实践成果。欲知韦斯坦因的比较文学理论天地之深广，我们必须了解韦斯坦因所走的“中间道路”与“辩证而历史地看待问题”的观点。

首先，需要澄清的是，韦斯坦因走的是一条既非美国学派也非法国学派的“中间道路”。韦斯坦因在美国学派的重镇印第安纳大学完成学业并长期执教于此，一般而言，他被视为美国学派的一员。例如，胡戈·狄泽林克在行文中提到过“乌尔利希·韦斯坦因所代表的美国模

---

① A. Owen Aldridge, “Review on Comparative Literature and Literary Theory: Survey and Introduction by Ulrich Weisstein”, Books Abroad. 48:4(Autumn 1974), p.849.

② [德] 胡戈·狄泽林克：《比较文学导论》，方维规译，北师大出版社，2009年，第172页。

③ [美] 乌尔里希·韦斯坦因：《比较文学与文学理论·序》，刘象愚译，辽宁人民出版社，1987年，第10页。

④ Charles Bernheimer, *Comparative Literature in the age of Multiculturalism*, 1995, p.163.

式”[①]，但实际情况并非如此。韦斯坦因在《比较文学与文学理论》中强调：“在尝试下定义的时候，我们愿意在自己限定的研究范围内取一条中间道路，即在法国学派的正统代表们所持的相当狭隘的概念和所谓的美国学派的阐释者们所持的较为宽泛的观点之间取中。”[②] 基于对比较文学学科历史沿革的考察，韦斯坦因认为，把比较文学仅仅限制在对“事实联系”进行孤立的研究不会有什么结果；同样，贬低事实联系，抬高纯类似的研究，则超越了科学所允许的正当目标。换言之，韦斯坦因认为法国学派有其长，拥有学术研究的可靠性，但需要摒弃其社会学、“伪文学”、“超文学”等偏颇，把精力集中在纯文学的研究上；美国学派亦有其长，但追逐单纯类似的情形已经过头，因而要在一个单一的文明范围内才能于思想、情感、想象力中发现维系传统的共同因素。韦斯坦因的学术观念后来有所变化[③]，不过，他始终强调在扎实而安全的“中间地带”进行“较为稳妥”的研究，比如通过马克斯·弗里施的日记与建筑师经历研究他的小说创作，通过亨利希·曼作品的翻译与误读研究他在美国的接受与影响，又如研究里尔克（Rainer Maria Rilke）和费尔南多·裴索亚（Fernando Pessoa）这种同时精通两种不同的语言和文学传统的诗人，这些都是在当时属于尚且鲜有关注但明显属于比较文学领域的学术问题。

其次，韦斯坦因力主“辩证而历史地看待问题”。令人困惑而又为

---

① ［德］胡戈·狄泽林克：《比较文学导论》，方维规译，北师大出版社，2009年，第78页。

② ［美］乌尔里希·韦斯坦因：《比较文学与文学理论》，刘象愚译，辽宁人民出版社，1987年，第1页。

③ 根据刘象愚先生在《比较文学与文学理论》译者前言和孙景尧先生的相关文章，韦斯坦因自1984年5月在我国南宁参加学术讨论会之后，提出了“绝对的平行”（exclusive parallels）观念，始而赞同平行研究。

人诟病的是，韦斯坦因在《比较文学与文学理论》中辨析了很多法国学派和美国学派具有代表性的定义之后，并未就定义问题得出结论，更没有制定一个统一方案。奥尔德里奇曾点评道："韦斯坦因不按常理出牌，只是对这个学科进行了一个哲学式的描绘，即比较文学是'一个民族或国家的文学与其他民族或国家文学相比的产物'。"①而这个哲学式的描绘，还是奥尔德里奇通过阅读该书自己总结出来的"定义"。究其原因，韦斯坦因认为，即便是从"比较文学"之名看起，尚需要从不同语言进行考证，因为不同语言里，"比较文学"研究的侧重点不尽相同，即存在"名"与"实"不符的研究现状，比如英文术语"可比较的文学"（Comparable Literature）等于"比较文学"（Comparative Literature）和法文"被比较的文学"（Littérature Comparée），而荷兰语和德文的术语的描述性就宽些；更何况就"文学"而言，在其词源历史上包括研究焦点的转移、实用性与非实用性的区分、科学的和美学的不同、真实的与虚幻的分界等问题。故此，韦斯坦因主张对学科理论领域里的诸如"比较文学"、"文学"、"运动"、"题材"、"主题"等术语和问题进行追根溯源的辨析，在此基础上，即便对该术语或问题得不出一致、统一的结论，起码我们了解了它们在文学史和文化史的来龙去脉。

三、《比较文学与文学理论》的理论基础

《比较文学与文学理论》原序谈到："第一章和两篇附录主要为专攻比较文学的学者而设，而第二章到第七章，作为全书的核心，则考虑了

---

① A. Owen Aldridge, "*Comparative Literature and Literary: Survey and Introduction* by Ulrich Weisstein." *Books Abroad*. 48:4, Autumn 1974, p.849.

所有对文学理论和文学史问题感兴趣的学者的需要。全书自始而终，都力图阐释某些特定的观点与概念在作为一个学科的比较文学中的具体应用。”[①]

那么，作为一门拥有自己方法论的学科，比较文学既与文学理论和文学史密切相关，又缘何能够独立存在呢？韦斯坦因如何设定其理论基础呢？他通过爬梳比较文学的历史与现状，通过列举大量实例，以“(跨）语言”和“文学（性)”双重标准将比较文学与文学理论和文学史、文学（美学的）与非文学的（人类其他表现领域，如哲学、社会学、神学、历史编写学、纯科学、应用科学等）研究区分开来，从而为比较文学勾画出一片既清晰又模糊的研究区域。就作为方法论的比较文学这个问题而言，韦氏强调的重点有两个：一是比较文学是拥有自己方法论的独立学科，他立足“(跨）语言”和“文学（性)”，以此确立了比较文学学科的研究对象，试图捍卫学科的完整性和独立性；二是重申比较文学批评和理论的工具性，他极力说明，比较文学史和批评以及理论密切相关，重要的批评观点和文学理论在不同程度上给予学科冲击、启发、夯实或完善；涵盖于批评和理论中的某些观点和概念，在作为学科的比较文学中又得到了具体的应用。

首先，在周详地比较了“民族/国家”的、“政治—历史”的标准之后，韦斯坦因认为，虽然“语言”的标准在实际研究中确实会遇到少数例外的情形，但“选择语言作为标准，来判断一种情形应属于特殊的语文研究的范围，抑或是比较文学研究的范围，可以从扫视一下某些国家的状况获得支持。”[②]韦斯坦因认为，“跨越语言界限相当于一种质的

① [美]乌尔里希·韦斯坦因：《比较文学与文学理论·作者原序》，刘象愚译，辽宁人民出版社，1987年，第10页。

② 同上书，第12页。

飞跃，并给比较学者一个新的任务——这说明了为什么翻译理论和实践的研究，对我们的事业来说是绝对重要的”。[①] 事实上多数理论家都认可这个标准。狄泽林克因此点评道：“韦斯坦因建议根据语言来划分文学研究，他的意思是，‘务必优先’注重语言的观察角度，‘因为在时间的推移中，政治界限在历史事件的逼迫下，其变化要比语言界限来得多且快’。可喜的是，韦斯坦因还超越了雷内·韦勒克一再重复的、最终将导致放弃国际文学所有划分的某些观点。”[②] 韦斯坦因并未止步于此，他进一步意识到语言既造成了比较文学学科历史的复杂性和流动性，也带来了统一术语和界定文学思潮流派的困难性，因为语言差异的背后是文学和文化观念以及表现形式上的巨大差异。他说：“语言成为比较因素。然而，当我们采用语言的或者民族的标准探讨艺术间的各种关系时，并没有说明不同媒介（语言、声音、色彩）的性质差异。”[③] 这里，韦斯坦因不仅涉及比较文学的核心因素——跨语言，也将文学之为文学的性质——声音、韵律、节奏等美学因素和符号功能考虑其中，无怪乎意大利符号学者翁贝托·艾柯（Umberto Eco）将韦斯坦因视为“符号主义者”了。

其次，韦斯坦因以“文学（性）”这个很显模糊的疆域滑动的标准来矫正当时偏离了以文学文本为主的、堆砌材料的社会学研究倾向。韦斯坦因梳理了“文学”在历史上的不同审美内涵，一方面他认为经典意义上的文学作品（纯文学）有其普遍认可的成为杰作的核心因素，另一

---

① 孙景尧选编：《新概念·新方法·新探索——当代西方比较文学论文选》，漓江出版社，1987 年，第 27 页。

② [德] 胡戈·狄泽林克：《比较文学导论》，方维规译，北师大出版社，2009 年，第 88 页。

③ Ulrich Weisstein, *Comparative literature and literary theory: Survey and Introduction*, Indiana University Press, Blooming & London, 1973, p.157.

方面他强调作品的“文学性”在历史和未来的标准并非一成不变，这就需要比较学家的胸襟和眼力以及译介和推广的实力，即如何“发现”那些尚未被主流认可的佳作。而经典外传发生影响的过程中，作为媒介的翻译将起到重要作用，在其中“亲和性”、“背叛”、“误读”、时代，甚至翻译家的社会地位等因素都将发挥各自的作用。同时，韦斯坦因也注意到立体诗、游记、日记、笔记、歌剧剧本、歌谣、漫画、肖像插图这类实现了独特的“雅和美”观念的属于类文学（或译副文学）的文本。

需要指出的是，“（跨）语言”与“文学（性）”在韦斯坦因的学术研究中并非截然分开而是形成某种互文。我们知道，“语言”和“文学”是在很多层面上是无法分割的。最小的文学单位，可以化为惯用语、套话，或者成为一种象征、幻象、隐喻时，呈现语言的节奏，表达为修辞手段，和文学传统的继承与革新、语言学的修辞理论，存在复杂而密切的内在联系。最小的语言单位，可以极具文学色彩并有极大的研究价值；文学作品中很多语言成分或者语言现象需要进行推敲；并且，像“语言”和“文学”这样包容性极强、其内核和外延常有波动的概念，想要对它们进行盖棺定论式的总结无疑是不可能的。

如此，通过历史而辩证地将“跨语言”和富有“文学性”的作品定为比较文学的研究范畴，韦斯坦因扎实而安全地将影响研究、平行研究和文学与艺术互相阐释研究纳入他的“比较文学大厦”。我们可以看到，韦斯坦因确保了比较文学研究对象的纯正性和稳妥性，从而保持了学科的独立性和开放性。换言之，韦斯坦因以西方语言学转向时期的理念对比较文学史进行反思，提出与“语言”关系密切的翻译问题，并进一步将“（跨）语言”和“文学（性）”推进到文学与艺术的比较研究范畴。韦斯坦因的思维方式在方法论上灵活而务实。这也证明出，韦斯坦因的确既非古板的法国学派，也非过于宽泛的美国学派。

四、韦斯坦因的比较文学研究贡献

韦斯坦因的《比较文学导论》被译成多国文字，博得学界多方赞誉，业内专家如李连·福斯特（LiLian R. Furst）、西莫尔·弗莱克斯曼（Seymour L. Flaxman）和欧文·奥尔德里奇均专门就德文版的《比较文学导论》或英文版的《比较文学与文学理论》著有书评[①]。李连·福斯特评价道："没有什么学科能像比较文学一样，总是对自己的宗旨和方法进行着自觉的检验。近年在法国和美国都出版了很多小册子，致力于比较文学的定义、范畴和方法论的研究。就我所知，韦斯坦因教授的这本《比较文学导论》是在德语世界的第一次尝试，他的著述思考深入，资料丰赡，尤其令人称道的部分是各国比较文学史部分。"[②] 弗莱克斯曼则点评说："首先，这是用德语进行的第一次旨在对比较文学的历史、国别和研究任务进行的详尽研究。它将成为比较研究历史上的里程碑。其次，此书深入而详尽地研究了比较文学史，是到目前为止关于我们学科的最为完好最为完整的研究。"[③] 弗莱克斯曼尤其提到，韦斯坦因深谙期刊杂志的角色之于比较文学学科发展的重要性。直到 20 世纪 90 年代中期，西方学者仍将韦斯坦因的学科观点视为学界权威。[④] 这部著作被

---

① 李连·福斯特（LiLian R. Furst）的书评见于 *Modern Language Review*, 65:1, Jan., 1970, pp.127－128；西莫尔·弗莱克斯曼（Seymour L. Flaxman）的书评见于 *Comparative Literature*, 25:1, Winter, 1973, pp.91－92；欧文·奥尔德里奇（A. Owen Aldridge）的书评见于 *Books Abroad*. 48:4, Autumn 1974, p.849。

② Lilian R. Furst. Einführung in die vergleichende Literaturwissenschaft by Ulrich Weisstein. *Modern Language Review*, 65:1, Jan. 1970, p.127.

③ Seymour L. Flaxman. Einführung in die vergleichende Literaturwissenschaft by Ulrich Weisstein. *Comparative Literature*, 25:1, Winter 1973, p.91.

④ 例如可参见 Charles Bernheimer, *Comparative Literature in the age of Multiculturalism*, 1995, p.163. 以及 Yves Chevrel, *Comparative Literature Today, Methods &* （接下页）

很多大学指定用作比较文学及相关专业的必读书目或教材。我国著名学者、翻译家刘象愚先生对《比较文学与文学理论》更有专业而精当的点评。现结合《比较文学与文学理论》和韦斯坦因后续著述，我们尝试从以下三方面总结他的学科贡献。

首先，韦斯坦因将比较文学视为一门独立的学科，所以他认为比较文学有其历史亦有其作为生命体的产生、发展和消亡。他系统而全面地梳理了比较文学史前史与现状。诚如刘象愚先生所言："在时间上，（韦斯坦因）约略涉及了学科形成之前的史前阶段和目前的状况。""在空间上，作者分述了法、德、美、意、英等国家和地区的情况，这就仿佛将一幅幅脉络清晰的历史地图置于我们眼前，既给人以时间感，也给人以空间感。"[①] 在历史的梳理中，韦斯坦因以国别为单位，对比较文学历史作了简明的回顾，对其定义、理论、重要学派及其代表人物、组织机构、期刊杂志和理论著作做了系统而简明的梳理，这些既是比较文学作为一门独立学科存在与否的重要标志，也方便后学将上述学术成果进行追根溯源的研究。与此同时，韦斯坦因认为这种对历史的梳理也有利于加强对个别术语或文学现象的理解。

其次，韦斯坦因更将比较文学视为一种方法论。他将比较文学比作一个"马路中间的孩子"，他认为，即便作为一门学科的比较文学也许迟早会被理论的巨人吃掉，但是它的原则和使步调一致的透视方法将会长久留存。与许多忧心忡忡地担心"学科死亡"的学者不同，韦斯坦因虽然扬言比较文学将永远处于"危机"之中，但他认为"试图让比较

（接上页）*Perspectives*, Trans. Farida Elizabeth Dahab. The Thomas Jefferson University Press, 1994, XV. 或 Charles Bernheimer, *Comparative Literature in the age of Multiculturalism*, 1995, p.163。

① [美] 乌尔里希·韦斯坦因：《比较文学与文学理论》，刘象愚译，辽宁人民出版社，1987 年，"译者前言"第 2 页。

文学这具庄严的尸体复活的企图是愚蠢的，恰恰相反，应该让它在平静中安息。出于实用目的而生的比较文学已死，但是，它将活在实践者的记忆中，他们知晓它的鼎盛期和它令人伤神的消亡”。[①] 韦斯坦因说，他和韦勒克秉持一样的观点，“如果‘比较’这一限定词不再发生作用时，就毫无保留地将它舍弃。……时间会告诉我们，二十年或五十年后，比较文学是否会因为离心发展而消失，它是否会作为一种新的‘总体科学’而把文学理论吞掉，或者反而被文学理论所吞并，从而成为一种‘辅助学科’。也许从长远来说，它所留下的既不是它的名称（它如此容易被人取笑），也不是它的定义（不断变化，难以统一），而是它的原则和使步调一致的透视方法”。出于同样理由，他说：“我还要再次强调文学批评和文学理论，但我仍将坚持自己的观点，即认为批评和理论，不论新旧，都是比较文学的工具和技巧，而不是其内容。”[②] 因而，韦斯坦因认为在比较文学学科发展中存留下来的研究方法更加值得铭记。

第三，韦斯坦因最为宝贵之处在于他那辩证、多元、开放、运动的思维方式，显示出宝贵的文化相对主义立场。这种思维方式首先体现在他的“中间道路”策略上，奥尔德里奇在评价《比较文学导论》时说：“大多数比较文学手册都致力于系统化和理论化，但是韦斯坦因的独特之处在于，他提供了学科发展的历史考察的同时，也提供了各种批评方法。对比较文学这个历史复杂、术语复杂和各种批评各执其道的领域，韦斯坦因采取了‘中间道路’之策，这样，就为学生以国际视角来审视蕴涵于文学之中的复杂因素提供了一种理解力。”[③] “中间道路”在这里

---

① Ulrich Weisstein, “Aufstieg und Fall”, “Looking Backward, Looking Forward: MLA Members Speak”, *PMLA*. 115:7. Special Millennium Issue (Dec., 2000), p.1995.

② [美] 乌尔利希·韦斯坦因：《比较文学与文学理论》，刘象愚译，辽宁人民出版社，1987 年，第 9 页。

③ A. Owen Aldridge, “Comparative Literature and Literary: Survey and Introduction by Ulrich Weisstein”, Books Abroad. 48:4, Autumn, 1974, p.849.

并非简单的折中或中庸，而是以富于宽容、开放、理解之心态回顾学科史、公正看待和反思学科史的偏颇之处。

基于上述考虑，韦斯坦因将著述建立在对比较文学和文学理论以及文学批评的综合考察的基础上。他既非钻入法国学派热衷的“考证”胡同，也未跃入美国学派标榜的“平行”大洋，而是将二者打通。他既关注他所擅长的德美文学的互相译介，也格外垂青于游走在“边缘”和“疆界”地带的问题和方法。他既强调要立足于优美纯正的“文学性”，也将视野投向了与之相关的造型艺术、歌剧艺术领域。因此，无论是对小小的术语进行考察，还是对横亘欧洲的文学或文化潮流进行研究，韦斯坦因都既注意到影响中相通、相似、相同的因素，也不回避它们在各自发展中的特别之处，且将背景因素融入其中加以强调，令人心服口服。

譬如，他从国际角度审视文学理论、文学史和文学批评普遍存在的一个“最令人困惑”的术语问题，为之倾注相当大的热情和精力，辨析比较不同民族语言、不同艺术领域中的术语。韦斯坦因认为，恰恰因为很多看起来常见而实则跨越了语言和文化的界限就显示出巨大差异的“术语”给比较文学研究造成了困难，所以在文学研究中统一术语并对它们从词源及历史演变上进行探讨极为重要，而这也是比较学者恰好可以施展手脚之处。他论述道：“在这一专门领域（指比较文学研究领域）中，有许多工作有待于比较学者去完成。人们特别期望正由国际比较文学学会主持编写的国际文学术语辞典，能够提供澄清这类混淆的词条。但这种澄清不应仅仅局限在西方文化之中，还应该包括不同文化背景的比较在内。”[①]

---

① [美] 乌尔利希·韦斯坦因：《比较文学与文学理论》，刘象愚译，辽宁人民出版社，1987年7月版，第103页。

思考题

1. 韦斯坦因的比较文学观是什么？
2. 韦斯坦因缘何对“什么是比较文学”这个问题存而不论？
3. 韦斯坦因所走的“中间道路”有什么积极意义？

参考书目

1. [美] 乌尔利希·韦斯坦因：《比较文学与文学理论》，刘象愚译，辽宁人民出版社，1987年。
2. 孙景尧：《新概念、新方法、新探索——当代西方比较文学论文选》，漓江出版社，1987年。
3. 李琪：《韦斯坦因的比较文学之道》，人民日报出版社，2014年。
4. Ulrich Weisstein, *The Essence of Opera*, (New York): Free Press of Glencoe, London: Collier-Macmillan, 1964.
5. Ulrich Weisstein, *Max Frisch*, New York: Twayne Publishers, 1967.
6. Ulrich Weisstein, *Expressionism As an International Literary Phenomenon; 21 Essays and a Bibliography*, Paris: Didier, 1973.
7. Ulrich Weisstein, translated by William Riggan in collaboration with the author, *Comparative Literature and Literary Theory: Survey and Introduction*, Bloomington: Indiana University Press, 1973.
8. Ulrich Weisstein, “Expressionism As an International Literary Phenomenon”, *Neohelicon: Acta Comparationis Litterarum Universarum*. 1, no. 1—2 (1973): 377—383.
9. Ulrich Weisstein, “Comparing Literature and Art: Current Trends and Prospects in Critical Theory and Methodology”, *Literature and the Other Arts* (Innsbruck, 1981) / Ed. by Zoran Konstantinovic. 19—30.
10. Ulrich Weisstein, “From Ecstasy to Agony: the Rise and Fall of Comparative Literature”, *Neohelicon: Acta Comparationis Litterarum Universarum*. 24, no.2 (1997): 95—118.

第二章

叶维廉及其比较诗学研究

一、研究领域：比较诗学、文学批评、道家美学

叶维廉（Wai-lim Yip，1937－　），美籍华裔诗人、翻译家、学者，美国加州大学圣地亚哥分校比较文学系教授，主要从事诗歌翻译、现代文学、比较诗学、中国诗学及道家美学等领域的研究与教学。叶维廉原籍广东省中山县，1948 年背井离乡随家移居香港，1955－1959 年就读于台湾大学外文系，1959－1961 年在台湾师范大学英语研究所攻读硕士。早在香港生活的时候，他就开始了现代诗的阅读与写作。读书期间，叶维廉依然有此爱好，并有机会与当时台湾诗坛的优秀诗人切磋诗艺。硕士毕业之后，叶维廉曾在香港有过短暂的中学执教经历。为了集中精力从事诗歌创作与研究，1963 年叶维廉赴美留学，先到爱荷华大学诗创作班学习。1964 年获得美术硕士后，他进入普林斯顿大学比较文学专业攻读博士学位，并于 1967 年成为该校首位比较文学博士。叶维廉的博士论文选题为美国著名现代诗人庞德（Ezra Pound）《国泰集》（*Cathay*，亦译为《华夏集》）的诗歌翻译研究，题目即《庞德的〈国泰集〉》（*Ezra Pound's Cathay*）。该论文完成于 1967 年，1969 年由普林斯

顿大学出版社出版。叶维廉指出，“这是一本通过翻译、翻译理论的讨论进入语言哲学、美学策略的比较文学的书。”[①] 1967 年 9 月起，叶维廉开始在美国加州大学圣地亚哥分校任教，并担任研究生导师，开设比较文学、翻译、庞德的研究课程，以及比较诗学、道家美学、英美现代诗、中国古典诗、中国现代诗、诗作坊、现代主义与后现代主义等课程。1970 年，叶维廉应邀回台，担任台湾大学外文系客座教授，协助建立比较文学博士班。1980 年，他又出任香港中文大学英文系客座教授、比较文学研究所所长，协助建立比较文学硕士班。1980 年起，叶维廉时常到内地高校和研究机构讲学、参加内地举办的重要学术会议，对两岸三地的比较文学研究产生深远的影响。

叶维廉被美国诗人罗登堡（Jerome Rothenberg）称为“一直致力于两个传统——美国溯源自庞德一系的现代主义、中国诗艺传统——相向地传递讯息”[②]，在将近半个世纪的诗学研究中结出了丰硕的学术成果，其主要中英文著作有：*Ezra Pound's Cathay*（《庞德的〈国泰集〉》，1969）、《中国现代小说的风貌》（1970）、*Modern Chinese Poetry 1955—65: Twenty Poets from the Republic of China*（《中国现代诗选 1955—1965：二十位台湾诗人》，1970），《秩序的生长》（1971）、*Hiding the Universe: Poems of Wang Wei*（《藏天下于天下：王维诗选并论》，1972）、*Chinese Poetry: Major Modes and Genres*（《中国古典诗举要》，1976）、《饮之太和》（1980）、《比较诗学》（1983）、《寻求跨中西文化的共同文学规律》（1987）、《历史·传释·美学》（1988）、*Lyrics from Shelters: Modern Chinese Poetry 1930—1950*（《防空洞里的抒情诗：中国现代诗选，1930—

① 叶维廉：《翻译：神思的机遇》，见《台湾文学研究集刊》，2010 年第 7 期，第 18 页。

② ［美］罗登堡：《叶维廉的风景》，杜良译，见廖栋梁、周志煌编：《人文风景的镌刻者——叶维廉作品评论集》，文史哲出版社，1997 年，第 309 页。

1950》，1992）、《中国诗学》（1992）、《解读现代、后现代》（1992）、《从现象到表现》（1984）、*Diffusion of distances: Dialogues between Chinese and Western Poetics*（《距离的消解：中西诗学对话》，1993）、《道家美学与西方文化》（2002）等。另外，他还编辑出版了《中国现代文学批评选集》（1976）、《中国现代作家论》（1976）、《中国古典文学比较研究》（1978）等书。2002年，安徽教育出版社为叶维廉结集出版了九卷本的《叶维廉文集》。

二、叶维廉比较诗学研究的理论追求

作为在早期“诗歌创作中，一直追求中西诗艺的汇通”[①]的诗人，叶维廉在其诗学研究与理论建构中，一开始就对当时中西方比较文学中流行的将中外文学现象或诗学理论进行简单的“X+Y”式、生拉硬扯、简单比附以及用西方文化土壤中生成的文学理论去生硬地阐释中国文学与诗学的研究方法有所警惕，并对由这种研究方式而来的在中西文学之间简单求同或者武断地以西方文学、文论为优，进而主张全盘西化的理论追求进行批评。正如美国诗人罗登堡所说一样，他希望成为美国现代主义与中国诗艺传统的汇通者，努力追求中西文学之间的美学汇通与文化交融。

第一，寻求中西文学的美学汇通。

① 乐黛云：《为了活泼泼的整体生命——〈叶维廉文集〉序》，《广东社会科学》，2003年第4期，第139—144页。

这在他的“文化模子”理论[①]以及其对中国古典诗与英美现代诗美学的汇通式研究中明显地显露出来。

在叶维廉看来，东西方文化明显属于根源不同的文化，由这种文化异质带来的肯定是东西方文学与诗学“模子”的不同。叶维廉支持东西方文学的比较研究，支持在比较研究中寻求两者“难得”的“共相”，但反对直接用一种文化中的文学与诗学“模子”去硬套另一种文化与诗学的现象，从而获得一种似是而非的异中之同。他提出，应该在对异质文化的文学与诗学研究中，放弃死守一个文化“模子”的固执，跳出自身“模子”的限制，对异质文化的文学现象、文学观点的“模子”从其本身的文化立场进行重新认识，对两种文化“模子”同时进行寻根溯源，不断加以比较，才能在全面认识两者面貌的同时，求得“难得”的“共相”。叶维廉坚信，异质文化间一定有“超脱文化异质限制的‘基本形式及结构行为’”，一定有“语言学家所鼓吹的‘深层结构’”[②]，相信异质文化间互相尊重、互相包容的文化交流，能够找寻到超文化异质与语言限制的“共认的核心”，但也坚决反对以一个文化的既定形态去征服另一个文化的形态。闭关自守固不可取，丧失自我或霸权征服，也不是合理的文化选择与文化态度。

基于“文化模子”的理论，叶维廉在扬弃了上述比较文学研究中不当的倾向之后，选择了在中西文学间进行美学汇通的文化方案。应当说明的是，这个文化选择方案并非叶维廉首创。根据徐葆耕的研究，中西

① 叶维廉是在《东西比较文学中模子的应用》这篇文章中，集中探究并提出他的“文化模子”理论的，“模子”理论提出之后，在国内外比较文学界产生了重大的影响，究其原因，我认为是这个理论一定程度上解决了中西文学比较研究中的异质文化间如何平等交流与对话的困惑与难题。这篇文章于 1975 年 8 月先发表在《中外文学》杂志上，后收录到专著《比较诗学》中。

② 叶维廉：《比较诗学》，东大图书公司，2007 年，第 17 页。

文学间进行美学汇通的尝试至少可以追溯到清人张之洞。后来，则由吴宓、钱锺书等人在现代诗学研究中传承下来[①]。在叶维廉的行文中，汇通（Convergence）一词，应与“会通”同义。“会通”出自《易传·系辞传上》中“圣人有以见天下之动，而观其会通，以行其典礼”一句，后来刘勰在《文心雕龙·通变》篇中有过“凭情以会通，负气以适变”的用法。从易学上讲，“会”意为阴阳相遇、会和，“通”意为阳变阴、阴变阳的交替循环，与“穷”相对。“会通”之意为阴阳相交、相合，求同存异，推陈出新。据童庆炳研究，刘勰使用“会通”一词，主要意为融会贯通文学发展的古今，求文学的新变以适应时代的需要[②]。如此看来，融会古今中西文化、文学与诗学的多样性特质，以形成一个新的，既从多样性中来，又超越于此多样性的，并且能够解释与涵盖此多样性的普遍性原则或曰“共相”，应该是“会通”题中应有之意。叶维廉在诗学研究中，对中国古典诗与英美现代诗的美学汇通，明显蕴含这样的理论追求。在《语法与表现》一文中，叶维廉在论及这篇文章的研究目的时，说“本文乃就中国文言的特色及其固有的美学上表达的特长而论其对于西方诗人的可能性，另外又从西方文化的模型美学理想的求变而逼使语言的革新论其对我们所提供的新的透视”，他真切希望能借此引发两种语言两种诗歌的美学汇通与文化交融。

第二，寻求中西共同的文学规律。

寻求中西文学的美学汇通，必然导向中西文学之间“共相”或“共同的文学规律”的探寻。五四时期就有人提出所谓共同的文学规律，而且持有这样的假定：文学一律，中西相同。有学者研究指出，“五四新

① 徐葆耕：《会通派如是说——吴宓集》，上海文艺出版社，1998年，第3页。

② 童庆炳：《〈文心雕龙〉“会通适变”说新解》，《河北学刊》，2006年第6期，第124—128页。

文化运动之后，中西比较诗学可以分为两个流派，一个是主流的西化派……胡适、鲁迅等……另一派是非主流的融通中西派，他们试图在中西文学理论中寻找共通的具有普遍性的文学观念，……吴宓认为东西方诗学根本就是大同小异……钱锺书认为‘东海西海，心理攸同；南学北学，道术未裂’”[①]。钱锺书沿着吴宓所开辟的“汇通东西之精神思想”，“以创造今世之中国文学”的诗学研究与人才培养的道路，探索“中西文化的共性与人类审美心理的普遍性”[②]，提出寻求跨越异质文化、跨越不同学科的人类共同的“诗心”与“文心”的概念。而叶维廉先是在《东西比较文学模子的应用》（1975）一文中，提出来“共相”的概念[③]，而后在《〈论语比较文学丛书〉总序》（1983）中提出了在跨文化、跨国度的文学作品及理论之间寻求共同的文学规律（Common Poetics）的概念。我们认为，这个概念的提出，无疑也承继着中国现代诗学研究的传统。

那么，应该怎样寻求中外文学间共同的文学规律呢？这个问题“在我当研究生的时代，完全没有被提出来，完全没有人帮我解读。因为在西方的学院里，用西方柏拉图、亚里士多德以来的批评模子去评理文学被视为一种‘当然’！”[④]在这种情况下，叶维廉开始写作比较诗学的论文，希望在写作中慢慢探索出解决之道。他先是提出了“文化模子”的理论，后来又在“文化模子”理论的基础上，做出进一步思考与探索，终于摸索出了寻求共同的文学规律的可行模式。在叶维廉看来，“为了寻求建立可行的共同文学规律的基础，首要的就是，要认识到：如果我

---

① 高旭东：《比较文学实用教程》，北京大学出版社，2011 年，第 197 页。

② 徐葆耕：《会通派如是说——吴宓集》，上海文艺出版社，1998 年，第 204 页。

③ 所谓“共相”，原为佛教用语，与自相（不共相）相对，谓几种事物的共通相，叶维廉用来作为对应于柏拉图的 ideal forms、亚里士多德的 universal logical structures 概念。叶维廉使用的“共相”一词，或可译为不同事物的共同特征，或普遍规律等。

④ 叶维廉：《比较诗学》，东大图书公司，2007 年，第 5 页。

们只局限于一种文化的模子中，是绝对无法达到共同的基础的。……我们必须避免独钟单一文化的角度”，我们必须“打破将某一文化的理论假定视作唯一永恒的文学权威的做法”，同时“以两种、三种文化模子出发”，对“不同文化体系理论的基源作哲学上的质疑：问它们源于何处，它们做了何种衍变，并努力去了解它们在单一文化系统里和多种文化范围里的潜能、限制及派生变化。”在此基础上，在它们彼此之间做互照互对互比互识的比较、对比研究，进而发掘与提出在单一文化里不易提出的问题，并将这些问题“导归到语言、历史、文化三者不可分割的复合基源之中”[①]，找到彼此间的汇通之处，从而寻求建立共同的文学规律的基础。

第三，寻求中西文学共同的美学据点。

需要注意的是，叶维廉在承继前辈学者的理论追求——寻求中西共同的文学规律时，一直并提另一个概念，即“共同的美学据点”（Common Aesthetic Grounds）。这个术语是叶维廉比较诗学研究的创新与发展，清晰地体现出他对寻求共同的文学规律的理论追求的进一步思考。从对“共同的美学据点”的探求，我们发现叶维廉一方面在对中西文学进行寻根探底式的研究中，将自己的研究触角延伸到了美学、哲学的领域；另一方面则在具体的诗学研究中思考应该如何实现中外文学的汇通以及对共同的文学规律的探寻。

叶维廉的“据点”说，是受到美国著名文学理论家艾布拉姆斯（Meyer Howard Abrams）的文学批评“四要素”[②]说的启示，并在前辈学者（如刘若愚）对其进行调整的基础上修正、转化而来的。艾布拉姆斯

---

① 叶维廉：《叶维廉文集》（第1卷），安徽教育出版社，2002年，第48－61页。

② ［美］M. H. 艾布拉姆斯：《镜与灯——浪漫主义文论及批评传统》，郦稚牛、张照进、童庆生译，王宁校，北京大学出版社，2004年。

提出，艺术作品（文学作品）总要涉及四个要素，即作品、作者、世界与读者，并以作品为中心点，围绕作品与其他要素的关系，将西方的文学理论概括为四类：摹仿说、实用说、表现说和客观说。叶维廉化用了艾布拉姆斯的“四要素”说，提出了自己的“五据点”说。这五据点，包括作者；作者观感的世界（物象、人、事件）；作品；承受作品的读者；作者所需要用以运思表达、作品所需要以之成形体现、读者所依赖来了解作品的语言领域（包括文化历史因素）。根据这五据点之间的彼此联系与关系，叶维廉提出了六种理论，即观感运思程式的理论、由心象到艺术呈现的理论、传达目的与效用理论、读者对象的确立、作品自主论。在叶维廉看来，在中西比较文学研究中，要寻求共同的文学规律，首先要做的，就是要在由五据点而来的上述六种批评导向理论中，找出它们各自在中西文化美学传统里生成演化的同与异，互照互对互比互识，从而印证中西文学间跨文化美学汇通的可能性。

当然，叶维廉所提出的“共同的美学据点”，我们也不能仅仅理解和认定为上面说的五个据点，虽然叶维廉的比较诗学研究显然是在这由五据点发展而出的六种批评导向的领域之内展开的。根据叶维廉的论述，我们认为对共同的美学据点的寻找，并不能由此止步。叶维廉认为，我们应在六种批评导向里，进一步寻求中外文学的共同的美学据点，进一步找寻到中外文学的汇通点。叶维廉对“五据点”说的讨论与概括建立在他自身的诗学研究实际的基础上。我们现在来研究他的据点理论，必须厘清叶维廉所说的据点的具体涵义，更重要的是要把握叶维廉追求建立共同的美学据点的诉求：他其实是要告诉我们，寻求中西文学间共同的文学规律，寻求中西文化的汇通，必须要找到理论研究的汇通点，找准汇通点，才能避免比较文学研究中的任意比附，才能找到中西文学中研究对象间的可比性，才能真正实现中西文学跨文化的汇通。

三、叶维廉比较诗学研究的研究方法

在叶维廉比较文学研究的起步阶段，并没有成熟的适合用于中西文学比较研究的方法。西方学者还在法国学派的影响研究与美国学派的平行研究中争论不休，中国现代学者也还在直接援引西方理论解释中国文学以及对中西文学现象简单比附的实践中慢慢探索。没有直接可以依循的研究方法，又立志实现中西比较文学研究的突破，叶维廉在研究中多方汲取学术资源，逐渐形成了独具特色的研究方法。

第一，关注文学的表现媒介——语言。

台湾学者张汉良在研究文章中，将叶维廉的比较诗学研究方法概括为："叶先生文学秩序的生长过程标示出一个不变的方向，即透过中西（英）语言的特质，以及它们所反映的心智状态与美感意识，从事消极的比较与积极的汇通"[①]。这个概括是非常准确的。叶维廉对语言以及语言背后的思维方式与美学思想的关注，在他的"五据点"说中可以明显地看出来。他的"五据点"说相对于"四要素"说，多出的一个据点或者要素，就是语言，就是"作者所需用以运思表达、作品所需要以之成形体现、读者所依赖来了解作品的语言领域（包括文化历史因素）"[②]。不仅如此，叶维廉在五据点的图示中还将艾布拉姆斯四要素图示中原本处于中心位置的"作品"置换为"语言"，显示了他对语言的重视。叶维廉的中西诗学研究文章，几乎均是从语言的角度，对中国古典诗歌与英美诗歌进行同异全识的比较研究。

---

① 张汉良：《语言与美学的汇通——简介叶维廉的比较诗学方法》，见廖栋梁、周志煌编：《人文风景的镌刻者——叶维廉作品评论集》，文史哲出版社，1997年，第353页。

② 叶维廉：《比较诗学》，东大图书公司，2007年，第9页。

值得注意的是，同是对文学表现媒介——语言的关注，叶维廉与其他诗学学者对语言关注的对象却是不同的。在中国现代诗学研究者中，朱自清、钱锺书受到新批评理论的影响，注重对文学作品的细读，注重对一部作品中文字和修辞成分间复杂的相互关系和歧义（多种含义）做细致的分析，主要关注语言的词汇、意象和象征。而叶维廉对语言的关注，则转向了语法、句法、词性以及语言的本质等方面。不仅如此，叶维廉对语言的研究和发掘，已经透过了语言的本体而将研究的触角伸向了语言背后的思维方式与美学思想。在叶维廉看来，中国古典诗歌中语言的特点，如语法的自由、词的多元性、意象的并置、限制（限指、限义、定位、定时等）元素的消除、对语言框限作用的规避等，使得古典诗歌“脱尽心智的痕迹而接近经验的本身，就是艺术进而自然”[①]。而英文语言的分析性、演绎性、推理性及直线串联的逻辑，对世界的概念化处理，使得西方诗歌易于陷入抽象化、人格化与说教化，从而剥夺了自然天然的美感。在这语言特质的背后，叶维廉发现是各文化特殊的思维方式与美学思想在起支配的作用，在中文（文言）背后的是以道家思想为主导的“重天机而忘自我”的哲学思想以及“以物观物”的美学感物观物及表达程式，而在英文背后的却是以希腊哲学与基督教思想为主导的主客二分的思维方式以及“以我观物”的美学感物观物及表达程式。

叶维廉对语言的关注以及他对语言关注点的不同，究其原因，一方面应与作为诗人翻译家的叶维廉在中文与英文两种语言之间翻译诗歌的经验有关，另一方面也与作为诗学研究学者的叶维廉对费诺罗萨（Ernest Fenollosa）、庞德（Ezra Pound）的诗歌创作、翻译及诗学理论的研读、探究有关。叶维廉诗学研究的起点就是庞德的《国泰集》。庞德的《国泰集》对中国古典诗歌的翻译策略以及经庞德整理、作序、加

① 叶维廉：《比较诗学》，东大图书公司，2007年，第68页。

注发表的费诺罗萨的《汉字作为诗的表现媒介》中对汉字作为诗歌表现媒介之优越性[①]的揭示，与叶维廉因翻译而对语言结构抱有的关注恰相吻合。费诺罗萨与庞德关于中国文字、文法的观点发表之后，在中西比较诗学研究中引起极大的争议，支持者认为他们发现了作为诗歌媒介的汉字的“密码”，是“现代诗学的一项杰出成就”，而反对者如刘若愚等则认为他们由于对汉字的误解以及误释，“把读者引入了歧途”[②]。叶维廉则在这样的争议当中，汲取其中合理的理论资源，形成了自己的语言学解诗观。

第二，历史的考证与审美的思考之结合。

叶维廉将这样的研究范式命名为“历史与美学的汇通”，并在自己的诗学研究中自觉实践。关于这点，我们同样可以从他的“五据点”说中明确看出。首先，叶维廉把文化历史因素引入到他的理论图示之中，彰显出他对文化历史因素的重视。他对文化历史环境的解释，包括了广阔的社会文化内容，“包括‘物质资源’、‘民族或个人生理、心理的特色’、‘工业技术的发展’、‘社会的型范’、‘文化的因素’、‘宗教信仰’、‘道德价值’、‘意识形态’、‘美学理论与品位的导向’、‘历史推势（包括经济推势）’、‘科学知识与发展’、‘语言的指义程式的衍化’……”[③]在叶维廉看来，正是在这广阔的社会历史文化内容，或曰历史文化语境

---

① 这篇著名的论文的英文题目为“The Chinese Written Character as a Medium for Poetry by Ernest Fenollosa... An Art Poetica, with a Forword and Notes by Ezra Pound”，中文题目是根据台湾学者杜国清先生对文章的翻译而来，杜先生的翻译文章，发表在《中外文学》杂志，1979 年第 12 期，第 78—101 页。大陆学者赵毅衡先生也有译本，题为《作为诗歌手段的中国文字》，发表在《诗探索》，1994 年第 3 期，第 152—172 页。

② [美] 刘若愚：《中国诗学》，赵帆生、周领顺、王周若龄译，河南人民出版社，1990 年 8 月。

③ 叶维廉：《比较诗学》，东大图书公司，2007 年，第 13 页。

之中，作者观感世界、运思为文，作品生长成形、出版传播，读者阅读接受、批评反馈。认识到这一点，文学研究又岂能仅仅局限于对文本内部的孤立研究，而不从事对文学作品外部的历史考证与文化辨析？同时，叶维廉也认识到，如果文学研究从文本的内部研究向外转，从事外部研究，又应该要规避完全走出作品之外，背弃作品之为作品的美学属性，仅仅将研究的焦点集中在社会文化现象的缕述上的偏向。于是，将历史与美学汇通，将历史考证与美学的思考相结合，顺理成章地成为叶维廉的诗学追求与研究范式。

叶维廉的论文《中国古典诗和英美诗中山水美感意识的演变》，就是这种历史的考证与审美的思考相结合的研究的典型。叶维廉分别以王维和华兹华斯的诗为中西诗歌的经典代表展开研讨。他认为王维的诗之所以与华兹华斯的诗在观物应物的表现程序上显示出极大的不同，根底在于他们所处的文化传统以及他们各自在传统之中的演变。在叶维廉看来，中国古典山水诗中的观物、示物的态度，是与道家哲学在魏晋时期的发展、中兴息息相关的。以王弼注与诠释的《老子》、郭象注与诠释的《庄子》为主流的道家哲学，为中国作者的运思与表达心态，提供了新的哲学与美学起点，他们因为道家哲学“拒绝把人为的假定视作宇宙的必然”，追求“物各其性，各得其所”，万物“物各自然”，肯定与澄清庄子的“道无所不在”，是“自本自根”的观念，而使中国作者“完全不为形而上的问题所困惑，所以能物物无碍、事事无碍地任物自由兴现。”而西方诗人囿于柏拉图以来“将宇宙现象二分，认为现象世界的具体事物刻刻变化，没有永恒价值，将之否定而追求抽象的理想的本体理念”的传统以及亚里士多德以来将人认定为秩序的主动制作者的传统，而在诗中时时穿插演绎性、分析性及说明性的语态，时时对山水自然呈现进行干扰与界说，所以诗歌所呈现出来的山水诗完全不同于中国古典山水诗的风貌。

同时，叶维廉还注意到，在西方，现象学哲学思潮的出现，引起了西方山水诗面貌的改变。现象学要求离弃抽象的系统，回归事物具体的存在，主张恢复到苏格拉底以前对于物理世界的任万物自由涌现的认识，主张回到事物本身，要求“看到具体的事物，要去直接感应事物，把事物可触可感地交给读者，而不经过抽象的过程”。于是，在这种哲学与美学思想的指导下，出现了以“意象派”为代表，在诗歌创作中追求“保持自然的形象本身”的诗人，他们开始以中国古典山水诗歌为参照，转变感物应物的程式，开拓新视野，追求新境界，逐步走近任自然自动发声的诗歌理想，开始实现中西诗歌的融合与汇通。

第三，出位之思。

在德国美学中有个术语 Andersstreben，意指一种媒体欲超越其本身的表现性能而进入另一种媒体的表现状态的美学。钱锺书先生将其称为“出位之思”。我们借用这个术语，要说明的是叶维廉比较诗学研究中，对诗与绘画、音乐、小说及影视艺术进行美学上汇通的努力。

（一）诗与绘画的美学汇通

叶维廉认为，艺术的美感经验的核心，不受其表现媒体本身的限制与左右，是需要在媒体性能之外去考虑与寻找的，所谓“意在言外”、“玄外之音”，就是这个意思。“一首理想的诗要能从文字的桎梏里解放、活泼泼地跃出来呈现在读者之前”[①]，一幅理想的画，则要“避过外在写实的一些细节而捕捉事物主要的气象、气韵。”[②] 诗与画“都要求超越媒体的界限而指向所谓‘诗境’、所谓‘美感状态’的共同领域。”[③] 这样的

---

① 叶维廉：《比较诗学》，东大图书公司，2007 年，第 171 页。

② 同上书，第 176 页。

③ 同上。

共同领域或按照叶维廉的说法称为共同的“美学据点”，就是诗与画超越自身的表现媒介而在美学上的汇通之处。

从这共同的美学据点反观诗歌，叶维廉发现，诗人使用文字创作诗歌时，就必须消弭文字的“述义性”、“说明性”、“推理性”，“转而依赖一种音乐与绘画的结构或程序”，“让诗有一个独立性的存在，直接与读者‘说话’或作戏剧性的呈现”[①]，从而达到诗歌创作的理想境界。此时的文字，“如夜中的火花，使我们在一闪间看到字外的意义”，“如水银灯，点亮一刻的真趣”[②]。中国传统绘画中的散点透视，或曰“旋回视灭点”、“多重视灭点”，“使我们从多重角度同时看到现象的全貌”[③]，叶维廉认为中国诗也是如此。中国古典诗歌创作中，诗人观物、感物视点的灵活运动，使得他们摆脱“以我观物”的视角的局限，获得“以物观物”的姿态，从而诗歌中有了物象的独立性、意象的并置及事象的强烈视觉性，也使读者有了可以自由出入、回环涵咏的空间，并且读者在感悟诗歌意境的同时，还可以参与诗歌境界的再创造从而获得更丰富的美感体验。

（二）诗与电影的美学汇通

汉字“六书”造字法中的“象形”与“会意”，近代以来引起了西方学者的关注与争议。在费诺罗萨、庞德将关注点聚焦在象形字与会意字，并引起了美国现代诗歌在语法表现上发生重大变化的同时，另外一位学者、电影导演爱森斯坦也在会意字的结构上获得了启发，发明了电影艺术中“蒙太奇”手法——“把意义单一、内容中立的画面（镜头）

① 叶维廉：《比较诗学》，东大图书公司，2007年，第179页。

② 同上书，第172页。

③ 同上书，第42页。

组合成意念性的脉络与系列”[1]。叶维廉同时发现了这两种有趣的现象，并用“意象并置”或者“叠象”的概念，对庞德等诗人对英文的“语法切断”以及爱森斯坦的“蒙太奇”手法进行了概括与汇通，并借助这个美学的据点，反观中国古典诗与英美诗歌。

意象的并置，语法的切断，使得中国古典诗歌像电影一样，让滔滔欲言的“自我”敛声，避免以人为的法则规矩天机，转变视自己为万物主宰的观念，让自我融会在世界里，消除主客，物我共通，超脱西方时间观的限制，过滤掉作为时间征兆的前置词、连接词及时态变化，从而达到“提升意象的视觉性，保持物物间的空间对位和张力的玩味，依着物现物显的过程，以近似电影的水银灯的活动做‘如在目前’、‘玲珑透澈’的演出”[2]的效果。英美古典诗歌,则因为英语语言的说明性的主导程序将诗歌的意象按照自我的逻辑进行串联，而失去这种任景物直现读者目前的直接性。而英美现代诗歌，虽努力进行诗歌语言语法的变革与调整，试验进行语法的切断、空间的切断，追求意象的并置，但叶维廉还是发现，英美现代诗人们仍然无法真正做到“忘我”、“无我”，也就无法进入“物我通明”的关系之中，无法“重认及拥抱真世界”。

四、叶维廉比较诗学研究的贡献与影响

叶维廉曾在《我和三、四十年代的血缘关系》（1977）一文中，追思与探究过其诗歌创作与20世纪三、四十年代中国现代文学史上的诗人与诗歌的“血缘”关系[3]。在这篇文章里，叶维廉为我们勾勒出了20

---

① 叶维廉：《庞德与潇湘八景》，台大出版中心，2008年，第52页。

② 同上书，第48页。

③ 叶维廉:《我和三、四十年代的血缘关系》,《中外文学》,1977年第12期,第4—35页。

世纪三、四十年代的诗人[①]、诗作对其创作产生深刻影响的清晰脉络，也使我们清晰地看到了中国现代诗歌在历史变迁之后在“异度空间”的曲折传承与继续生长。虽然叶维廉在诗学研究方面，没有像这篇文章一样的追思其诗学理论的生长与中国现代诗学传统的专门文章，但我们也可以从他的自述性文章中，发现零零星星的有关论述。而且，从上文的分析中，我们也会发现，不论是叶维廉比较诗学研究的理论追求，还是其研究方法，都或隐或显地浮现出诸如钱锺书、朱光潜、宗白华、梁宗岱、朱自清、闻一多、刘若愚等现代诗学研究者的影子。这些都表明了叶维廉的诗学研究与中国现代诗学传统的血缘关系。

叶维廉在他的诗学研究中，对前辈学者的继承，在他从事诗学研究的时间（1963 年起）与空间（美国）里，显得弥足珍贵。叶维廉攻读普林斯顿大学比较文学博士时，整个美国甚至西方的比较文学研究，还是在西方文化圈之内，无论是法国学派的影响研究，还是美国学派的平行研究，他们的比较研究还不曾或很少有跨越异质文化的理论视野与批评实践。“有许多美国的学校，毫无计划地请你去修中国文学的课和修英国文学的课，仿佛修了两面的课，方法便唾手可得。”于是，在这样的背景之下，要从事中西比较文学研究，要么“还是用一个文化的模子去主宰另一个文化的文学，因循歪曲”，要么就是认清这种研究方法的弊病，弃用这种研究模式而另寻路径。除此之外，并无第三条路可走。叶维廉选择第二条路，他要打破前一条路的桎梏，于是，他进入中国现代诗学研究传统中寻找资源，“从五四的一些学者，如前所述的宗白华、朱光潜、钱锺书及后来的陈世骧先生的文章里得到不少启示”。由此，他因着自己的诗学研究与写作，将中国现代诗学研究的传统带入西方学

① 在这篇文章中，叶维廉重点提到了闻一多、徐志摩、王辛笛、冯至、卞之琳、艾青、穆旦、戴望舒等诗人。

界，从而为西方学界的比较诗学研究带来了新的学术资源。

中国现代诗学研究，一开始就是在中西异质文化碰撞与交融的语境下展开的，天然带有比较诗学研究的性质。但如前所述，学者们在比较诗学研究的理论追求与研究方法探索上却存在各种偏颇与问题。我们不能否认这种研究范式的价值与实际意义，但是我们也应该反思它给中国文化、文学研究以及比较文学研究带来的负面影响。面对中外都有的比较文学研究范式中存在的问题，叶维廉在汲取与吸收中国现代诗学传统中有益的学术资源的同时，开始思考突破不加反思地援引西方文论批评中国文学以及不顾中西文学异质而生拉硬扯地进行比较研究的研究范式。叶维廉取得的突破，是文化模子理论的提出、对语言背后美学传统的发掘以及“五据点说”理论的建构。

模子理论，或曰文化模子理论的提出，一下子让中外的比较文学研究者注意到，在看似相似的文学现象背后，由于存在着异质文化的底层蕴藉，其实是有着巨大的差异的。这样的表面相似的中西文化中的研究对象，在比较研究中就不能简单地做求同的处理。同时，文化模子理论的提出，也从根本上解决了简单援引西方的文学理论来批评中国文学作品的问题。这种理论要求我们“不以某种‘文学观’来僵硬地解析或评判与之相左的文化背景下的截然不同的‘文学经验’”[①]。叶维廉提出，要在不同文化模子的文学间做比较研究，则必须对两种文学现象先做各自文化上寻根探底式的研究，做到对两者“同异全识”之后，才能寻得两种文学间难得的“共相”，或曰“共同的文学规律”。要援引不同文化模子背景下形成的文学理论去解读自己文化的文学作品，也应该在对该理论及文学现象做文化上的寻根，了解文学理论得以形成的文化语境、适用范围与概括能力之后，才能做对本土文学作品的批评与解读，否则

① 曹顺庆、吴兴明编:《中西比较诗学史》,四川出版集团巴蜀书社,2008 年,第 407 页。

极易产生某种文化文学理论对他者文化中文学作品价值与意义的误读与遮蔽。

对语言背后的美学传统的发掘，或如台湾学者张汉良所说“语言与美学的汇通”，是叶维廉对其文化模子理论在具体文学研究中的实践与延伸。而“五据点说”理论，则可以视作叶维廉对其比较诗学研究的理论性总结与实践性开拓，是叶维廉在模子理论的基础上开拓出的比较文学研究的“新的起点”。叶维廉说，“在中西比较文学研究，要寻求共同的文学规律、共同的美学据点，首要的，就是就每一个批评导向里的理论，找出它们各个在东西方两国文化美学系统里生成演化的同与异，在它们互照互对互比互识的过程中，找出一些共同美学据点的问题，然后才用相同或相近的表现程序来验证跨文化美学汇通的可能性。我们不要只找同而消除异……我们还要藉异而识同，藉无而得有……同异全识，历史与美学全然汇通”[①]。正是这样的理论创新与实践，正是这样的学术理想与胸怀，成就了叶维廉世界性的影响。在海外，叶维廉长期执教于加州大学圣地亚哥分校，并担任该校的比较文学系主任，其间来往于港台学界，“为港台比较文学界培养了一批杰出的学者，如周英雄、郑树森、古添洪、张汉良、陈鹏翔、陈清侨、廖炳辉等，形成了中西比较文学的圣地亚哥学派”[②]。叶维廉上世纪80年代以后在内地高校的讲学与交流，以及他的比较诗学作品的出版，对内地比较文学研究界更是产生了深远的影响，不仅比较文学界知名学者如乐黛云、曹顺庆、杨乃乔等人深受其诗学理论的影响，而且有众多的中青年学者以及博士、硕士研究生，以叶维廉的比较诗学理论为研究课题，发表学术文章、撰写学位论文甚至出版学术专著。

---

① 叶维廉：《比较诗学》，东大图书公司，2007年，第14页。

② 曹顺庆、吴兴明编：《中西比较诗学史》，四川出版集团巴蜀书社，2008年，第393页。

思考题

1. 叶维廉的研究领域主要在哪些方面?
2. 叶维廉比较诗学研究的理论追求是什么?
3. 叶维廉比较诗学研究的主要研究方法是什么?
4. 叶维廉比较诗学研究有哪些主要贡献?

参考书目

1. 叶维廉:《比较诗学》,东大图书公司,2007 年。
2. 叶维廉:《叶维廉文集》,安徽教育出版社,2002 年。
3. [美] 刘若愚:《中国诗学》,赵帆生、周领顺、王周若龄译,河南人民出版社,1990 年。
4. 朱光潜:《诗论》,《朱光潜全集》 (第 5 卷),中华书局,2012 年。
5. 宗白华:《美学散步》,上海人民出版社,1981 年。
6. 钱锺书:《谈艺录》,三联书店,2001 年。
7. 徐葆耕:《会通派如是说:吴宓集》,上海文艺出版社,1998 年。

第三章

厄尔·迈纳及其比较诗学体系

一、研究领域：日本文学、英国文学、比较文学

厄尔·迈纳（Earl Miner，1937—2004），中文名孟而康，美国当代著名日本文学、英国文学和比较文学研究专家，普林斯顿大学资深教授。迈纳毕业于明尼苏达大学，并获得日本研究的学士学位和英国文学的硕士、博士学位。1953—1955年他在威廉斯学院教授英语，1955—1972年任教于加州大学洛杉矶分校英文系，1972—2000年任普林斯顿大学英国文学和比较文学教授。他曾任国际比较文学学会会长，并主持国际比较文学学会下属的跨文化研究会。2004年4月20日辞世，享年77岁。他的主要研究领域包括三个方面：17、18世纪的欧洲文学，尤其是早期的英国文学、东方文学，特别是日本的古典文学，以及比较文学和比较诗学。他主要著述有《日本宫廷诗》（*Japanese Court Poetry*，1961）、《日本连歌》（*Japanese Linked Poetry*，1979）、《从弥尔顿到德莱顿的古典诗》（*The Restoration Mode from Milton to Dryden*，1974）、《从琼森到科顿的骑士诗》（*The Cavalier Mode from Jonson to Cotton*，1971）、《从多恩到考利的玄言诗》（*The Metaphysical Mode from Donne to*

Cowley，1969)，以及《比较诗学》(*Comparative Poetics*，1990) 和《失乐园：1668—1968：三百年研究综述》(*Paradise Lost, 1668—1968: Three Centuries of Commentary*，2004)。

作为一名训练有素的西方学者，迈纳精通多种语言，尤其是日文。他对东方文学充满了热情和洞见，早在大学时代就开始研究日本文学，为他日后的跨文化研究打下了坚实的基础。1994 年由于他在日本文学研究方面的特别贡献，他曾获得日本政府颁发的朝日文化奖（The Order of The Rising Sun)。“孟而康教授一直是中国比较文学的好朋友和引路人，他和中国比较文学前辈学者如杨周翰、王佐良等一直保持着深挚的友谊。”[①] 他曾多次应邀赴台湾和香港讲学。1983 年，他与斯坦福大学的刘若愚（James Liu，1926—1986）教授一起率美国比较文学十人代表团来北京参加首届中美比较文学双边研讨会并在会上宣读了论文《比较诗学：比较文学的几个理论和方法论问题》。这次研讨会被钱锺书先生誉为“不但开创了记录，而且也平凡地、不铺张地创造了历史”。[②] 1987 年，他又在美国普林斯顿大学热情接待了参加第二届中美比较文学双边研讨会的中国学者，这次大会进一步推进和发展了比较文学中的跨文化研究。

作为迈纳跨文化研究的理论结晶的《比较诗学》一书，1990 年出版后就一直“很受欢迎”。香港大学比较文学系安东尼·泰特罗（Antony Tatlow）教授认为，该书“是真正的跨文化论述方面第一次着力的尝试”，“是对长久存在的诗学体系所进行的历史的、比较的论述”[③]。

---

① 乐黛云：《见证比较文学先贤的国际友谊——悼念孟而康教授》，见《中国比较文学》，2004 年第 3 期，第 176 页。

② 杨周翰、乐黛云主编：《中国比较文学年鉴》，北京大学出版社，1987 年，第 365 页。

③ [爱] 安东尼·泰特罗：《本文人类学》，王宇根等译，北京大学出版社，1996 年，第 58—57 页。

二、比较诗学的理论基础

迈纳的这部《比较诗学》虽然以“比较诗学”命名，但并没有泛泛到论述比较诗学的定义、原理和方法，而是从“实用”的角度探讨了比较诗学何以可能的问题。

什么是“诗学”？这是一个内涵庞杂而又不断发展变化的概念，诗学这个名称“早已不再意味着一种应使不熟练者学会写符合规则的诗歌、长篇叙事诗和戏剧的实用教程”①。迈纳在《绪论》中有一个简短的定义：“‘诗学’可以定义为关于文学的概念、原理或系统。”②那么，什么是“比较诗学”呢？迈纳认为，“恰当而严格的定义是不存在的，也许是不可行的”。不过，迈纳又认为，“比较诗学的种种独立含义确实更多地来源于……比较学者以及文论家们的实践活动。”③因此，可以说迈纳的这部《比较诗学》其实就是作者自己实践活动的结果，而正是这一结果使我们明白了迈纳心目中的“比较诗学”是什么。

那么，迈纳从什么地方开始他的比较学者的实践活动的呢？首先，迈纳将普遍性的诗学体系分为两种：“其中之一在实践上是隐含不露的，这种诗学属于所有视文学为一种独特的人类活动、一种独特的知识和社会实践的文化。另一种是明晰的‘原创’（originative）或‘基础’（foundational）诗学，这种诗学只见于某些文化，而在另一些文化中则找不到。”接着，迈纳提出了自己的主要论点：“当一个或几个有洞

---

① [瑞士] 爱米尔·施塔格尔：《诗学的基本概念》，胡其鼎译，中国社会科学出版社，1992年，第1页。

② Earl Miner, *Comparative Poetics: An Intercultural Essay on Theories of Literature*, Princeton: Princeton University Press, 1990, p.4.

③ Ibid., p.12.

察力的批评家根据当时最崇高的文类来定义文学的本质和地位时，一种原创诗学就发展起来了。”显然，迈纳所关注的是原创诗学，而原创诗学来源于对文类理论的研究。“文学理论需要一种文学概念——一种假定的诗歌总体，但事实上，这种所谓的总体只是一批已知的单个范例性作品，即经典而已。可是，这些极端的东西不能满足所有的需要，因而明显需要第三个概念：即有关同类诗归集或归类的概念。”迈纳认为，文类一般是指戏剧、抒情诗和叙事文学，这些属于基础文类（foundation genres）。“文类三分的概念对一种诗学体系的起源来说是必要的，无论这种源头是含蓄的（如抒情诗之于近东文化）还是明晰的（如戏剧之于西欧）。”一种文化中的诗学体系，必须建立在此文化中占优势地位的“文类”基础之上。“当某个天才的批评家从被认为是最有影响的文类出发去解释文学概念时，这个文化体系中系统、明确而具有创造性的诗学就应运而生了。”[①]

在西方，亚里士多德正是在戏剧这一基础文类上创造了摹仿诗学，“这不足为奇，因为它建立在戏剧的基础上，而戏剧是一种再现的文类”。在东方，中国的诗学是在《诗大序》的基础上产生的，日本诗学则是在纪贯之的《古今集》日文序的基础上产生的。也就是说，以中国和日本为代表的东方诗学产生于其古老的抒情诗。迈纳将这种“基于抒情作品的不同种类的诗学统称为‘情感—表现的’（affective-expressive）诗学，因为这种诗学认为，诗人受到经验或外物的触发，用语言把自己的情感表达出来就是诗，而正是这种表现感染着读者和听众”。[②] 至于叙事文学，则似乎没有哪个原创性诗学是基于这种文类产生的。接着，

---

① Earl Miner, *Comparative Poetics: An Intercultural Essay on Theories of Literature*, Princeton: Princeton University Press, 1990, p.7, p.217, p.8, pp.23－24.

② Ibid., pp.24－25.

迈纳重点对这三种基础文类——戏剧、抒情诗和叙事文学的特征进行了分析和清理。

戏剧“似乎是要再现生活中激动人心的场景，如：对白（台词）、角色扮演、反面角色的运用、起承转合、高潮，甚至我们在世界这个舞台上死去时被抬走的最后一幕”。戏剧的主要特征是“疏离”（estrangement）和“内引”（engagement)。“由于我们被置身于作为真实而再现的东西和我们所想象的真实之间，我们便被分成了两半，即被‘疏离’了。”“这便是我们在还笑得出声来的时候却能体会出难受和已经感到难受时却还能笑出来的东西。”“内引”则紧随疏离，并攻其要害。“当我们震惊于戏剧虚构而跳将起来的时候,内引却让我们泰然落座。”[①] 亚里士多德正是在戏剧的这种“疏离”和“内引”特征上创造了摹仿诗学。日后西方诗学无论如何发展变化，甚至叛逆，终摆脱不了摹仿诗学的影响与制约。

“抒情诗似乎是最原始、最基本的艺术……。抒情诗所以伟大，主要在于其强大的动人的力量……。”抒情诗是“具有极端共时呈现性的文学”，它的根本特征就是“强化”这种共时呈现。对仗、重复、象征、比喻、隐喻和意象以及在叙述中增加一个抒情的瞬间都是人们熟悉的抒情诗所使用的强化方式。另外，“抒情诗中不存在‘元抒情诗’（metalyric）的问题。抒情诗的某个部分也许比其他部分更集中、更强烈，但它不像元戏剧和元叙事那样会打断自己”。[②]

与抒情诗比，叙事文学是“具有极端历时延续性的文学”。“对叙述文来说，运动的连续性是如此重要以致成了与其他文类相区别的标

① Earl Miner, *Comparative Poetics: An Intercultural Essay on Theories of Literature,* Princeton: Princeton University Press, 1990, p.34, p.39, p.38, p.50.

② Ibid., p.83, p.103.

志。”叙事的连续性通过“序列与情节”这两种因素得以实现。由于叙述文学不属于原创性诗学的基础文类，因此，西方的叙述文学更接近于摹仿诗学，而东方的叙述文学则更接近于“情感—表现”诗学。“在必然与摹仿说对立的反摹仿叙事文和按情感—表现传统写成的叙述文之间仍然存在巨大的鸿沟。”在叙事文学中，叙事视点和叙事注意点非常重要。迈纳在比较分析了日本作家紫式部的《源氏物语》、英国诗人弥尔顿的《失乐园》和女作家简·奥斯汀的《劝导》等作品后肯定地说：“在情感—表现叙事中注意点趋向于占据视点在摹仿叙事中一般所占据的中心地位。”迈纳认为，“这是一个只能通过跨文化比较研究才能获得的结论。”[①]

通过对以上三种基础文类的研究，迈纳便考察和分析了“不同文化体系中系统性诗学的起源和发展”，这便给迈纳的《比较诗学》“提供了一个理论基础”。[②] 在迈纳的《比较诗学》中，“诗学体系自身乃从迈纳所谓的‘基础的’文类派生而来，这些文类因而决定着所有表述的性质，并因而决定着那些在文化上可能的基本期待”[③]。

三、比较诗学的视野和特征

迈纳为什么从文类学入手进行他的比较诗学的研究呢？因为迈纳认为，以往的比较诗学研究在实践上还存在一些障碍。“这些障碍多来自

---

① Earl Miner, *Comparative Poetics: An Intercultural Essay on Theories of Literature,* Princeton: Princeton University Press, 1990, p.87, p.143, p.194, p.202.

② Ibid., p.23.

③ ［爱］安东尼·泰特罗：《本文人类学》，王宇根等译，北京大学出版社，1996年，第57页。

集体意志和观念而非论题本身，其中多数难以克服，有的则无法逾越。集体意志以一些已不成为理由的理由限制了研究的取材范围。”“另一个障碍是人们一直对‘比较诗学’中的‘比较’一词未加足够重视。”迈纳在这里所说的集体意志和观念中既有文化中心主义、民族中心主义，又有千百年来形成的对文学和文学研究的思维定势。人们对“比较诗学”中的“比较”重视不够，并不是他们的研究没有“比较”，而是指他们在比较诗学的研究中并未有意识地破除或者超越文化中心主义、民族中心主义和传统的思维桎梏。“在已有的实际研究中，比较主要是文化内部的，甚至是国家内部的。歌德和席勒经常被拿来比较，而就我们所知，高村光太郎和聂鲁达则很少有人比较过。比较诗学显然不只是比较两位伟大的德国诗人，而且也有别于中国的德国文学研究或俄国的意大利文学研究。”如何破除和超越比较文学及比较诗学中的这些障碍呢？迈纳指出了一条可行之路：“只有当材料是跨文化的、而且取自某一可以算得上完整的历史范围，‘比较诗学’一词才具有意义。”或者更确切地说：“‘跨文化的……文学理论’只不过是‘比较诗学’的另一种说法而已。”[①] 迈纳终于从“跨文化”中找到了突围之路。

迈纳曾说过一句有关比较文学的名言：“灯塔下面是黑暗的。”灯塔照亮了别人，但它若想照亮自己则必须发现另一座灯塔。这句话形象地道出了迈纳对比较文学精神实质的理解和把握。迈纳在他的《比较诗学》中写道：“援引他国文化中的证据，使我们看到自己的文化中早就该看到的东西，是很有用的。”“研究诗学，如果仅仅局限于一种文化传统，无论其多复杂、微妙和丰富都只是对单一的某一概念世界的考察。考察他种诗学体系本质上就是要探究完全不同的概念世界，对文学的各

---

① Earl Miner, *Comparative Poetics: An Intercultural Essay on Theories of Literature*, Princeton: Princeton University Press, 1990, pp.3－5.

种可能性作出充分的探讨，作这样的比较是为了确立那些众多的诗学世界的原则和联系。”并且，“比较的规模决定着比较的性质，当然也决定着比较的结果”。[①] 如果“比较”只是在“单一的某一概念世界”（同质文化）里进行，那么，这种“比较”便只能算是一种手段和方法；如果“比较”是在“完全不同的概念世界”（跨文化）中进行，那么，这种“比较”就是真正意义上的比较文学或比较诗学。因此，在迈纳的比较诗学中真正的“比较”必须是异质对象的比较。

比较文学及比较诗学作为文学研究的一个独立学科已有一百多年的历史。在这百年多的历史中，比较文学的发展一直没有完全摆脱欧洲中心主义以及西方文化霸权的影响和制约。多少年来，西方学者一直将目光集中在由亚里士多德奠基的摹仿诗学上，认为这种摹仿诗学不仅统领了西方诗学两千多年，而且是放之四海而皆准的真理。“批评家们凡是想实事求是地给艺术下一个完整的定义的，通常总免不了要用到‘摹仿’或是某个与此类似的语词，诸如反映、表现、摹写、复制、复写或映现等，不论它们的内涵有何差别，大意总是一致的。”[②] 总之，西方诗学日后的任何发展变化都受制于这一基础诗学。“它们仅仅作为某个特定文学系统的翻版或变体才有存在的意义，才可以得到理解。正如我们所看到的，传统西方文学史观一直与摹仿说相关，即使当其变体发展到极端成为反摹仿说时亦如此。”迈纳一针见血地指出：“总是存在一种霸权主义的假定，认为西方的文学活动乃取之不竭的宝藏，我们可以在另一文学中找出它的对应物，这种对应物有别于西方文学，足以证明它所处的从属地位。”譬如，“根据西方小说的特定规范去判断西方之外的现

---

① Earl Miner, *Comparative Poetics: An Intercultural Essay on Theories of Literature*, Princeton: Princeton University Press, p.208, p.7, p.21.

② ［美］艾布拉姆斯：《镜与灯》，郦稚牛等译，北京大学出版社，2004 年，第 9—10 页。

代——甚至前现代的——文学性散文叙事”，迈纳认为，这是一种“邪恶的错误倾向”。“这不是相对主义，也不是比较文学，而是基于愚昧和恐惧基础之上的欧洲中心主义。”①

迈纳指出，因为摹仿诗学在其原创阶段占主导地位的文类是西方戏剧，因此，建立在这一文类基础上的诗学在西方具有普遍有效性，但一旦存在着一种并非建立在戏剧之上的诗学，那么，这种诗学就不可能是摹仿诗学，摹仿诗学也不可能对这种诗学具有有效性。在通过长期的研究和考察后，迈纳发现东方诗学是建立在抒情诗基础之上的，它是有别于西方摹仿诗学的“情感－表现”诗学。迈纳还特别说明了他采用“情感－表现”诗学这一术语的理由：“对于以抒情诗为基础的诗学而言，我用‘情感－表现的’这样一个术语来形容它。我之所以不用‘非西方的’这一术语，有两个充分的理由。首先，即使撇开这些观念中的帝国主义与霸权主义色彩不论，在‘是（西方的）’与‘非（西方的）’之间作出比较是行不通的。其次是为了找到一个颇为准确的术语以与‘摹仿论’抗衡。”②

正如我们不能用摹仿诗学来限定与评判“情感－表现”诗学一样，我们同样不能用“情感－表现”诗学来限定与评判摹仿诗学。刘若愚先生说得明白：“一种文学中产生的批评标准未必适用于另一种文学，而比较文学传统不同的作家和批评家对文学的思考或许可以揭示出哪些批评概念具有普遍意义，哪些概念则只适用于某些文化传统，哪些概念又只属于某一特定的传统。”③迈纳则认为，“没有任何一种诗学可以包容

---

① Earl Miner, *Comparative Poetics: An Intercultural Essay on Theories of Literature*, Princeton: Princeton University Press, 1990, pp.225－227.

② Ibid., p.9.

③ James J. Y. Liu, *Chinese Theories of Literature*, Chicago and London: The University of Chicago Press, 1975, p.2.

一切”，“每种诗学体系不可避免地都只是局部的、不完整的，因为可供利用的材料受到了限制”。因此，迈纳坚持诗学研究应当不再仅局限于单一的摹仿诗学研究，而是把眼光和视野投向东方，乃至整个世界，那么，这种诗学就是一种真正的比较诗学，是一种跨文化的诗学研究。“我们在研究中所考察的文学越是广泛多样，所建构的比较诗学理论也就越为坚实可信，当然其中涉及的相对主义诸问题也就越为复杂。”迈纳在《比较诗学》结尾处一再强调：“比较诗学只能建立在跨文化研究的基础之上。”“通过跨文化研究，我们可以避免把局部当作整体，把暂时当作永恒，更有甚者，把习惯当作必然。”①

迈纳在《比较诗学》一书中还提供了许多跨文化比较研究的实例。譬如在第二章《戏剧》中“戏剧实例”一节，迈纳首先在同一文化内部比较分析了普劳图斯（Titus Maccius Plautus）、莫里哀（Molière）、德莱顿（John Dryden）和克莱思特（Heinrich von Kleist）笔下的安菲特律翁故事的不同结局，指出它们的“主要不同处在于剧作家对神的处理”，它们都属于“一种变相的摹仿论，一种受到恐吓的摹仿论”。接着迈纳对贝克特（Samuel Beckett）的《等待戈多》（*En attendant Godot*）与日本作家世阿弥（Zeami Motokiyo）的能剧《松风》进行了跨文化的比较研究。贝克特的反摹仿论其实仍然源于摹仿论，“贝克特采用了恰被他拒斥的摹仿假设，而这正是其剧作的力量所在，正是我们为之所动的根本原因”。而《松风》则不遵从摹仿说，“不管作出何种选择，它都不会涉及摹仿或反摹仿的戏剧。它乃是一种基于强烈情感激动之上的表现剧。……它是世阿弥对基于抒情诗之上的诗学的修正”。正是由于诗学观念的不同，西方剧作家便大量采用虚构的素材，而东方剧作家，尤其

---

① Earl Miner, *Comparative Poetics: An Intercultural Essay on Theories of Literature,* Princeton: Princeton University Press, 1990, p.19, p.238.

是日本剧作家则着意选用真实的材料。在西方剧作家那里，只要证明是事实，那就并非虚构；在东方剧作家那里，只要证明不是虚构，那就是事实。“埃斯特拉贡脱下的那只靴子是一只真靴子，他和弗拉基米尔两人那不合时宜的帽子是真呢帽。然而，《松风》中姐妹的水车和水桶却是精巧的小道具，姐妹俩从中看见了假想的月光和在假想的海水中的倒影。”[①] 迈纳通过这种跨文化的比较分析，使我们对西方戏剧重视摹仿的逼真性，以及东方戏剧重视表演的虚拟性和假想性有了追根溯源的理解和认识，并给我们提供了许多有意义的思考和问题。

四、比较诗学的困境和出路

比较诗学的性质和特征既然是跨文化的，各种不同文化显然又存在着差异、矛盾，甚至对立，那么，我们该怎样评判这些不同的文化，我们以怎样的标准、理论或者观念去评价各种不同的文化？西方文化霸权和欧洲中心主义显然是迈纳所反对的，东方中心主义与民族主义也是迈纳所担心和警惕的。比较诗学如何消解欧洲中心主义、东方中心主义、民族主义，以及传统思维习惯和定势，迈纳提出了相对主义理论。“相对主义——在某种意义上支配着所有的历史思想……。对于特定时间而言，其特征与它们所产生文化与时代有关。这一假定显然与诗学有关。”面对“比较学者们”所普遍忽视的“比较”问题，迈纳说：“相对主义能够通过对不同体系的文学的语言和历史的理解而跨越（架设桥梁面对

① Earl Miner, *Comparative Poetics: An Intercultural Essay on Theories of Literature*, Princeton: Princeton University Press, 1990, p.61, p.66, pp.68－69.

的鸿沟)。”[①] 关于相对主义的具体内容，迈纳分析了以下几个方面：

第一，文学的自主性是相对的。文学是一门独立自主的学科，但它的自主性又是通过与其他学科知识的转换而实现的，因此，文学的独立性是相对的。“各种独立的知识之间并非简单地相关，因为关系是多种多样的，也就是说，一种知识同另一类知识之间相互转换或利用的性质或程度是各不相同的。”[②]

第二，文类的划分是相对的。“用规划性术语构想的文类也具有相对性。”迈纳说：“相对而言，每一种文类里所公认的区别性特征，其他文类中也有。‘疏离’和‘内引’在戏剧中能找到，在抒情诗和叙事文中也可以找到。同样，抒情诗的‘呈现’和‘强化’也能在戏剧和叙事文中找到，叙事文的‘运动的连续’和‘实现’在其他两种文类中也能够找到。”

第三，文本中的事实与虚构是相对的。一方面，“完全虚构的作品将是无法理解的”。另一方面，“我们是通过虚构性而获得事实性的，从这一点来说，事实依存于虚构”。同时，“虚构离开了假定的事实是不可能存在的”。总之，“事实性与虚构性，这两个概念是相互关联的，但在逻辑上事实先于虚构”。[③]

第四，文学史中的相对主义。首先历史是相对主义的：“历史事件因其发生时间和地点、文化和历史时期的不同而不同。”“历史这一词模糊不清，它既指被认为是实际发生或原始的事件，又指对这些事所作的口头或文字描述。后者是对前者的记录，但一般都要经过中间媒介的过滤。”文学史既然是历史的一部分，因此，它也必定是相对主义的。“实

---

① Earl Miner, *Comparative Poetics: An Intercultural Essay on Theories of Literature*, Princeton: Princeton University Press, 1990, pp.214－215.

② Ibid., p.213.

③ Ibid., p.228, p.218, p.223.

际上被称为‘历史’的东西几乎无一例外地建立在以前的作品之上，对过去和现在的思想观念既有采纳，又有摈弃。此外，必须提醒注意的是，历史中惯性重复的力量比革新变化的力量要大得多。”① 总之，文学成分之间的这种相对性在本质上是在所难免的。

但是，如果我们一旦确认了相对主义原则，问题又会随之而来。如果一切都是相对的，那就意味着，在比较研究中任何有意义的工作都不能展开，任何有意义的结果都不可能获得。因为相对主义与科学性、确定性、稳定性背道而驰。佛克马（Douwe W. Fokkema）无疑清楚地看到了这一点，他说：“文化相对主义本身包含着对其他文化模式的宽容，然而它又把这种态度带到了那些不宽容的文化的研究之中……。科学研究的目的在于取得放之四海而皆准的结果，文化相对主义正与此原则背道而驰。”迈纳则宣称：“如果在一种文化中，对文类的偏好就如此不同，那么，对于跨文化的比较诗学，我们还抱有什么希望呢？自然我们必须有所选择，因为我们必须前行。大多数人试图将选择的根据建立在相对主义上。这一问题已得到非常简明而不无反讽的描述：‘比较的中介不是一下子就能获得的’。”并且，“在文学研究中，比较的中介不仅不能一下子就获得，而且压根儿就不会获得”。②

相对主义如果贯彻到底，必定走向自己的反面，其自身便会发展成一种绝对主义。如果一切都是相对的，那么相对就变成了绝对，而“相对”本身也应相对地看待；如果“相对”也是相对的，那么，相对主义就不可能是普遍的、恒久的。如何走出相对主义困境？迈纳的办法是：“控制相对主义”，“辨识被比事物形式上的共同特征”。具体的辨识

---

① Earl Miner, *Comparative Poetics: An Intercultural Essay on Theories of Literature*, Princeton: Princeton University Press, pp.216−217.

② Ibid., pp.231−232.

方法有三种：推论性的（inferential）、评判性的（judicial）和实用性的（pragmatic）。

推论性的方法是基于历史事实的，即有关文类学的研究。既然存在着“摹仿诗学建立在戏剧文类上，而其他生成性诗学建立在抒情文类上”这一事实，那么，比较诗学的任务就是根据这些历史事实去推论它们的意义。“相对主义的基础转变为某种特定的系统诗学，以此作为与基础文类相关的系列推论。一旦我们发现了赋予某一文类特殊地位的结果，我们就可以开始我们的比较活动……。但它通过使其变得为人所熟知而为比较学者驯化了相对主义。”评判性的方法是推论性方法的一种延伸，是“对个人所做的假设进行精心的悬置与检查。这牵涉到确认其原则，将其视为偏见，检查这种偏见来自何处，并且寻找其他的思路”。当然，这样做是非常困难的，因为我们总是充满偏见。迈纳说：“我和中国文学原则的冲突是因为中国文学的观点对我来说特别难以接受。我受到的关于文学批评的教育使‘遗传谬论’（genetic fallacy）原则在我的心目中变得根深蒂固。”实用性方法则是评判性方法的扩展。这种方法是实用主义的，“原因在于在相对主义的两难境地中，抉择的根据显然是实用性的而不是确定性的”。实用性方法究竟如何操作，迈纳语焉不详。不过，他说：“虽然要对这种方法进行理论阐述是最困难的，但在某些意义上它却是最容易操作的。”[①]

总之，迈纳并没有从相对主义走向不可知论或后现代主义的“怎样都行”。“我们中间没有谁能接受这样一种观念，即认为任何观念都同别的观念一样好。”而“语言，毋容置辩，是指涉性的，即便在条件句和虚拟语气中，也是有明确意义的”。因此，“我们必须假定某个稳定的

---

① Earl Miner, *Comparative Poetics: An Intercultural Essay on Theories of Literature*, Princeton: Princeton University Press, 1990, pp.233－234.

客体，某套合理的观念系统，以及一些有助于联系与区别的内在逻辑”。而我们最佳的做法：“就是使自己研究中的预设条件明确化，以利于他人接受，同时尽量去理解其他研究者为其研究所作的假定。”[①] 我们首先必须确认相对主义，否则我们便无法实现真正的比较，即跨文化比较；同时，在确认了相对主义之后，我们又必须控制相对主义，借助某种稳定性、确定性和科学性，走出相对主义的泥沼。在比较诗学研究中，我们所应当做的就是：“在达成对于各种差异的评判，以及在各种选择的余地或者相关问题之间作出选择的过程中，我们需要尽可能多地解释相关问题，尽可能多地说明切中肯綮的可能性。”[②]

---

① Earl Miner, *Comparative Poetics: An Intercultural Essay on Theories of Literature*, Princeton: Princeton University Press, 1990, pp.4, 237.

② [美] 厄尔·迈纳：《比较诗学·中文版前言》，王宇根、宋伟杰等译，中央编译出版社，2004 年，第 IV－V 页。

思考题

1. 迈纳的研究领域主要在哪些方面?
2. 比较诗学的理论基础是什么?
3. 比较诗学的视野和特征是什么?
4. 什么是比较诗学的困境和出路?

参考书目

1. [美] 厄尔·迈纳:《比较诗学》(Earl Miner, *Comparative Poetics: An Intercultural Essay on Theories of Literature*, Princeton: Princeton University Press, 1990.),可参见中译本《比较诗学》,[美] 厄尔·迈纳著,王宇根、宋伟杰等译,中央编译出版社,2004 年。
2. [美] 刘若愚:《中国文学理论》(James J. Y. Liu, *Chinese Theories of Literature*, Chicago and London: The University of Chicago Press, 1975)。
3. [爱尔兰] 安东尼·泰特罗:《本文人类学》,王宇根等译,北京大学出版社,1996 年。
4. [法] 让·贝西埃等:《诗学史》,史忠义译,百花文艺出版社,2002 年。
5. 杨周翰:《镜子与七巧板》,中国社会科学出版社,1990 年。
6. 黄药眠、童庆炳主编:《中西比较诗学体系》,人民文学出版社,1991 年。

第四章

宇文所安的中国文论阐释

美国汉学家宇文所安（Stephen Owen）的《中国文论：英译与评论》（*Readings in Chinese Literary Thought*，1992）中译本初版于2003年。此书写作目的极其明确，它主要是为西方读者而著，具体而言，是为那些希望了解一点非西方文学思想传统的学者和初学中国古代文学的学生而写的。该书一切的文本阐释主要围绕“考察观念在中国古代文论具体文本中是如何运作的”[①]。《中国文论》[②]一书较为集中地展示了宇文所安对中国古代文论经典读本的理解与阐释，主要论及从《尚书》《论语》等早期经典中涉及文论的文字，中经《诗大序》《文赋》《文心雕龙》《二十四诗品》《沧浪诗话》等核心经典文论读本，止于清代叶燮的《原诗》。

---

① ［美］宇文所安：《中国文论：英译与评论》中译本序，王柏华、陶庆梅译，上海社会科学院出版社，2003年，第1页。

② 为方便起见，《中国文论：英译与评论》，以下一律简称《中国文论》。

一、阐释：译释并举与文史互征

（一）译释并举

《中国文论》摘选了中国传统文学经典主要选本的相关文论的片段，采用翻译加解说的形式，以文本为载体，梳理并论述了传统文学理论与文学批评在广阔的文化史背景下的历史性变迁。这种通过对原典翻译与解说的方式来讲述文学思想的方法，我们权且称为“译释并举”。这种方法在本书中的运用大致表现为两种模式。第一，首先呈现出一段原文，再是一段译文，然后是一段解说——对若干问题的讨论，最后是相关注释。比如，在第一章“早期文本”中，对《论语》《孟子》《尚书》《左传》《易经》和《庄子》中选文的翻译与解说。在《中国文论》中，原典中的一句文言文被译成英语往往需要几句话才能表达完整，而解说的内容却需要更多的文字方能表述清楚。第二，首先概略性地介绍所选原典产生的历史文化背景、原典的主要内容以及后世对该原典的认知与评价，然后依次是原文、译文、解说与相关注释。比如，除了第一章外，其他十章分别对《诗大序》、曹丕《典论·论文》、陆机《文赋》、刘勰《文心雕龙》、司空图《二十四诗品》、欧阳修《六一诗话》、严羽《沧浪诗话》、南宋和元代的通俗诗学、王夫之《夕堂永日绪论》与《诗绎》以及叶燮《原诗》中的选文一一做出介绍、翻译与解说。值得注意的是，在第四章“陆机《文赋》”与第六章“司空图《二十四诗品》”中，宇文所安对选文的解说更加细致，除了对字词和诗行的精确讨论外，还充分地照顾中国的注疏传统，大量征引后世中国学者对两部作品中字词涵义的解释，进行比较分析。

宇文所安这种通过对文本进行翻译与解说的方法来讲解中国古代文论看似简单，实际上极富创造性。第一，通过文本来讲述中国文论思想史的方法本身就是一种大胆的创新。在不多的研究中国文论的海外汉学家中，刘若愚（James J. Y. Liu）、魏世德（John Timothy Wixted）、余宝琳（Pauline Yu）都曾用不同的方法阐释中国文学理论。刘若愚所著《中国文学理论》，把中国文学理论按西方的文论体系划分为形而上理论、表现理论、技巧理论、审美理论和实用理论几个框架，再选择若干经典文本分别举例加以说明；魏世德所著《以诗论诗：元好问的文学批评》，详细讨论了元好问论诗三十首绝句的背景，并一直追溯到它们在诗歌和文学讨论上的源头；余宝琳所著《中国传统的意象阅读》，选择一个核心问题，广泛联系各种文论来进行深入讨论。宇文所安认为，余宝琳所提供的方法是最好的也是最有洞见的，而自己发明的这种翻译加解说的方法则是对以上三种方法的有益补充。① 刘若愚先生用西方文学理论的体系与方法来分析、阐释中国古代文论这种研究方法，在学界普遍被称作“以西释中”的方法，在中国古代文论向现代文论转化过程中，这种方法仍然不失为行之有效的一种方法，但同时它在某种程度上也构成了西方文论话语的霸权，造成大量具有中国文化特色的古代文论话语流失或被遮蔽的负面后果。乐黛云指出，“如果只用外来话语构成的模式来诠释和截取本土文化，那么，大量最具本土特色和独创性的文化现象，就有可能因不符合这套模式而被摈弃在外，结果，所谓世界文化对话也仍然只是一个调子的独白，而不能达到沟通和交往的目的。”②宇文氏这种通过对文本的翻译与解说来讲述中国古代文论思想的方法看似笨重、繁冗，却是直接建构在文本的基础之上，避免了西方理论的先入为主，避免了脱离古人的文本语境，为追求新的学术范式而产生的

① [美] 宇文所安：《中国文论：英译与评论》，王柏华、陶庆梅译，上海社会科学院出版社，2003 年，第 11—12 页。

② 乐黛云：《展望九十年代——以特色和独创进入世界文化对话》，见《文艺争鸣》，1990 年（3），第 14—17 页。

空疏之争——诸如中国古代文论的现代转化、中西文论之争、史论之争等，还避免了直接从文本中抽取“观念”而又排除与所抽出的“观念”不完全吻合的大量相异文本的现象。

第二，中国古代文论文字深奥、语境复杂，任何试图单纯通过文本的翻译来呈现中国古代文学思想的做法都是不切合实际的。因为中国古代文论一旦译成英语，往往不知所云，非得有解释不可。比如，《中国文论》第一章为了描述中国文学思想形成的背景，宇文所安开篇就选择了《论语·为政》里的一句话“子曰：‘视其所以，观其所由，察其所安，人焉廋哉？人焉廋哉？’”，这是孔子关于通过观察一个人的行为、动机进而认识他的道德品质和性格特征的一句话。宇文所安的译文是彻头彻尾的“直译”：

> He said, “Look to how it is. Consider from what it comes. Examine in what a person would be at rest. How can a person remain hidden?—how can someone remain hidden?”

且不说此段译文能否让西方读者通过了解孔子的“知人”的观念进而联想到“知言”或“知文”的路径上来，如果没有随后的大篇幅的解说，恐怕就连这表层的意思是否能领悟还是个未知数。钱锺书先生说过，“某一国的诗学对于外国人总是本禁书，除非他精通该国语言。翻译只像开水煮过杨梅，不够味道。”[①] 确实，古汉语诗学的翻译更像开水煮过的杨梅，可能原味尽失，又怎么可能要求读者品出其中真味。宇文所安更是深有体会：“在中文里原本深刻和精确的观点，一经译成英文，就成了支离破碎的泛泛之谈。唯一的补救之策就是注释，如果不附加解

---

① 钱锺书：《钱锺书散文·谈中国诗》，浙江文艺出版社，1997 年，第 530 页。

说文字，那些译文简直不具备存在的理由。”[①]

宇文所安运用“译释并举”的方法，通过文本来讲述中国古代文学思想，不仅体现他对中国古典文化的尊重，还体现他试图展现文本的多样性、客观性的真实存在，“完全通过文本来讲述文学批评史就意味着尊重那些种类不一的文本”。[②] 正是基于这样的考虑与认知，为了尽量客观地展现文本蕴含的文学观念，宇文所安采用了许多具体、灵活的译释手段。

第一，注重“直译”笔法。为了展示汉语原文的风貌，宇文所安在多数情况下都采用“直译”的笔法。宇文所安认为，“一个有心了解一种确乎不同的文学思想传统的西方文学学者肯定不希望看到这样的翻译：也就是让本来大不相同的东西看起来相当熟悉，一点不别扭。”[③] 为了尊重文本的客观性，求其真，宇文所安宁愿牺牲形式上的文雅。比如，“文”—— literary patterning（wén）；“文骨”—— the bone of writing（wén-gǔ）；“文风”—— the wind of writing（wén-fēng）等，重要术语在翻译成英文的同时都附有汉语拼音。不过，解说和注释在一定程度上弥补了“直译”的不足。

第二，对术语的翻译与释义的灵活处理。术语，一般是文学理论的一些核心观念，是构建文学理论的基本范畴和重要命题的基石。与论说西方文学思想一样，讲述中国古代文学思想，首先不能回避的是其复杂的术语系统。比如，“诗言志”这个开创性的命题在《尚书·舜典》中一经提出，就成为中国古代文学理论两千多年历史中极富代表性的一个命题；如果要理解“诗言志”这个命题的涵义，就必须先解释好“志”

---

① ［美］宇文所安：《中国文论：英译与评论》，王柏华、陶庆梅译，上海社会科学院出版社，2003 年，第 14 页。

② 同上书，第 12 页。

③ 同上书，第 14 页。

这个术语的内涵。宇文所安面向西方读者，要将异域的古代文论思想表述清楚，关键是翻译、解释好重要的术语，他认为，

> 正如西方文学思想的情况一样，离开其复杂的术语系统，中国文学思想的叙述性和说明性力量就难以维系，因为那些术语处在一个随历史而不断沿革的结构之中，在不同阶段发生不同程度的变形……既然它们的意义来自它们在各种具体语境中的用法以及它们与其他术语的一整套关系，所以，在西方诗学的术语中，不可能找到与之完全对等的术语。[①]

因此，宇文所安对待古代文论中术语的翻译审慎而灵活。比如，“far-reaching”（yuan 远 ），“the form of the poetic exposition”（fu 赋 ），“establishing oneself by virtue”（li-te 立德）等，宇文所安曾针对上述这种重要术语的翻译附加拼音的手段提供了一个解释：“这个方法虽然笨拙，但它可以不断提醒英文读者，被翻译的汉语词与它的英文对译其实并不是一个意思。”[②] 这个解释乍听起来真是有点令人匪夷所思：如果不是一个意思，岂不是误人子弟吗？其实，推而论之，这一定是宇文所安在强调英文释义与汉语原文之间存在着不小的差距，二者之间并非完全对等的关系，因为不在同一个文化语境中的人们很难只凭借翻译就能准确无误地参透异域术语的内涵。宇文所安给出的这个善意的提醒并不显得多余。

此外，对于有些术语，宇文所安则根据语境的变化提供各种不同

---

① ［美］宇文所安：《中国文论：英译与评论》，王柏华、陶庆梅译，上海社会科学院出版社，2003 年，第 15 页。

② 同上书，第 15 页。

的翻译，比如，“意”通常被译为“concept”，而在不同的语境中又被译为“thoughts”、“idea”、“meaning”等；“文”在不同语境中被分别译为“pattern”、“literature”、“the written word”等。而对于有些术语，他却总保持一个固定的英文翻译不变。比如，对于“变”这个词，宇文所安总是把它译成“mutation”；对于“气”这个词的处理，宇文所安在译文与解说中总是以汉语拼音的形式“qì”出现（文后的“术语集释”中则有“气”的专门释义）。宇文所安对古老的汉语术语作出各种形式的翻译与解释，是完全站在英语读者的立场考虑的：“我尝试一个词一个词、一段文本一段文本地做出决定，我的首要目标是给英文读者一双探索中国思想的慧眼，而非优雅的译文。”[①] 透过宇文所安如此费尽心机的翻译实践，我们不难看出他给予英语读者的充分尊重。

在中西两套迥然不同的文学理论系统中，寻觅出意思接近的术语绝非易事。不过，宇文所安也发现了一些比较对等的语汇。比如，将《文心雕龙·隐秀》的“秀”译为“out-standing”无疑让英语世界里的读者联想到“秀”的词源，即某种突出（stands out）的或显著的特性，同时又暗示其优秀（excellence）之意。[②] 再如，将“不著一字，尽得风流”（《二十四诗品·含蓄》）的“风流”译为“flair”，十分契合词义，此处“风流”绝非罗曼蒂克式的浪漫，而是一种神采。[③]

此外，还有许多译得通畅、易懂的，堪称经典的句子。比如，“变则其久，通则不乏。趋时必果，乘机无怯。”（《文心雕龙·通变》），宇文氏译为：“By mutation it can last long; By continuity nothing is wanting. To seize the right time brings sure decision; To take the occasion means no

---

① ［美］宇文所安：《中国文论：英译与评论》，王柏华、陶庆梅译，上海社会科学院出版社，2003 年，第 15 页。

② 同上书，第 325−326 页。

③ 同上书，第 358−359 页。

anxiety.”[①]

（二）文史互征

“文史互征”在此并非指的是文学与历史的相互征引，而是指文本与文本产生的历史以及文本诠释的历史互相征引，相互比照，辅以合理的历史想象力去诠释文本，力图动态地展现一个思想文本的本来面目。

第一，从篇章结构上来看，《中国文论》以文本形成的时间为线索，重点选择中国文学思想从萌芽、形成、发展乃至成熟时期的代表性作品，通过翻译与解说文本内容的形式，比较系统地梳理了中国古代文学批评的历史。因此，以古代文论的经典文本为核心，历时性地考察古代文学理论，与潜在地梳理中国文学批评史相结合，这种结构本身就含有了“文史互征”的因子。

第二，除去第一章“早期文本”之外，其余十章都是在正式翻译解说文本内容之前，以概说的形式，揭示文本产生的特定社会文化历史背景、文本的特点以及文本在中国文学批评史上的地位与价值，这些都与文本本身形成一个前后呼应的关系。因为在分析、解说文本具体内容时，宇文所安总是联系文本作者生活的时代、联系文本的读者接受史以及联系文本的诠释史而言说，在辨析了术语、阐释了古老的命题之后，其指向依然是该文本在文学批评史上的地位和价值。这里应该特别指出的是，宇文所安在解说古代文论思想时，特别注重中国古代文学批评的注疏传统。他从《论语·为政》中“子曰：‘视其所以，观其所由，察其所安，人焉廋哉？人焉廋哉？’”所引发出对“知人”或“知世”的“知”的讨论，认为“中国传统诗学产生于中国人对这种解释学的关注，

---

① ［美］宇文所安：《中国文论：英译与评论》，王柏华、陶庆梅译，上海社会科学院出版社，2003年，第237页。

而西方文学解释学则产生于它的‘诗学’”。[①] 进而，宇文所安把西方《诗学》的解释历史拿来与《诗大序》《文赋》《文心雕龙》《二十四诗品》《沧浪诗话》的注疏传统相提并论，并认为，“像《诗学》一样，这些作品无法从它们的解释历史中孤立出来。”[②]

他还认为，“中国文学话语传统中固然也有论文，但其权威性和魅力直到近年仍然比不上以具体文本的感发为基础的评点式批评。”[③] 因此，宇文所安在讨论某一个术语、某一个命题时，总乐于把历史上的注疏家与现代的注疏家一一请来参与讨论，对所给出的不同答案进行辨析，探究其“原本”的涵义。比如，在第四章“陆机《文赋》”中，对于句41、42一个对句“或虎变而兽扰，或龙见而鸟澜”的理解，在解说和后文的注释中，排列了李善、钱锺书、朱群生的笺注进行对比。最后，宇文所安认为钱锺书的解释最好——“面对老虎显其本色，……龙一露面，成群的海鸟便惊飞而起”。[④] 这样的例子在书中俯拾皆是，尤其第四章“陆机《文赋》”和第六章“司空图《二十四诗品》”更是典型范例。

据统计，在整个文论的翻译与解说中，宇文所安用作例证最多的古代注家是李善，现代注家当推钱锺书。从这一点也可以看出，宇文所安讲述文本所蕴涵的文学思想，总是把文本与文本诠释的历史互相征引，相互比照，再以合理的历史想象力去“展现思想文本的本来面目”[⑤]。

---

① [美] 宇文所安：《中国文论：英译与评论》，王柏华、陶庆梅译，上海社会科学院出版社，2003年，第18页。

② 同上书，第15页。

③ 同上书，第39页。

④ 同上书，第111页。

⑤ 同上书，中译本序，第1页。

二、对话：双向阐释与比较分析

宇文所安的《中国文论》并非是一本以西方文学观念阐释中国文论的著作，而是把中国古代文论置于中国文化史的大背景下，以西方的视角去观察，以他者的眼光去审视，并在某些层面上（术语的内涵、命题的意义等）把它与西方的文论相比照，进行对比分析，从而彰显出中国古老文论的现代活力。除了将古代文论中的术语和命题放在中国文化史的大背景下作出纵向的历时性考察之外，宇文所安还非常善于把那些核心的术语和命题放在以中西文论比较的视野下进行横向的共时性考察，这也是乐黛云先生所指称的“西方文论与中国文论多次往返的双向阐释”[①]。因此，宇文所安在书中所列举的大量实例无一不具有跨文化比较的特性。以下我们略举几个例子加以说明。

例一，宇文所安在阐释“诗言志”这个中国诗学传统中开创性的命题时，先从词源学的角度，考察了中西方对“诗”不同定义的内涵。“诗言志”这个定义和“a poem is something made（诗是某种制作）”都是重言式，但是“诗”不是“poem”，因为“诗”不是人们制作一张床或作一张画或做一只鞋子那种意义上的“制作”。英文中的“Poem”在希腊语中为“poiēsis”，最初便是制作、制造之意，与中国的“诗”本质上“是”什么没有关系。“Poem”和“诗”不是完全对等的翻译，这一差异直接“影响到中西传统怎样理解和讲授人与文本的关系”，因为“按照中国文论的说法，‘诗’的作者不能宣称他对自己的文本具有西方

---

① 乐黛云：《中国文论：英译与评论·序言》，王柏华、陶庆梅译，上海社会科学院出版社，2003年，第3页。

文论中的诗人对他的‘poem’那样的控制权”。[1] 自然，宇文所安得出了类似这样的结论：对于西方诗学体系而言，“Poem”是其作者的“客体”，而在中国古代诗学传统的框架内思考，“‘诗’并不是作者的‘客体’，它就是作者，是内在之外在的显现”。[2]

例二，在第一章“早期文本”中，宇文所安节选了《庄子·天道》中一则故事——“反题”。故事讲述了善于斫轮之术的轮扁嘲弄桓公所读“圣人之言”乃“古人之糟粕”，因为语言无法传达人内心中最重要的东西，何况圣人已经死了呢？庄子通过轮扁之口表达了中国的文学传统中“书不尽言,言不尽意”[3] 的思想。宇文所安把庄子在文本中借轮扁之口对“圣人之言”的嘲弄与柏拉图对文学的攻击作以类比，因为柏拉图曾借苏格拉底之口攻击诗人说，“诗人写诗并不是凭智慧，而是凭一种天才或灵感；他们就像那种占卦或卜课的人似的，说了很多很好的东西，但并不懂得究竟是什么意思”，[4] 因此，宇文所安得出如是结论，“庄子的嘲弄驱动了中国的文学思想传统，正如柏拉图对文学的攻击驱动了西方的文学理论传统”，进而发现中西方两大文学传统中全部文学理论之作都像《庄子·天道》一样包含一种强烈的辩护性。[5]

例三，第八章“严羽《沧浪诗话》”，宇文所安依据的底本是郭绍虞《沧浪诗话校释》。也许是他深谙以禅喻诗的观念和诗歌创作绝非始于严

---

① 乐黛云：《中国文论：英译与评论·序言》，王柏华、陶庆梅译，上海社会科学院出版社，2003 年，第 27 页。

② 同上书，第 26—27 页。

③ 出自《易经·系辞传上》，“子曰：‘书不尽言，言不尽意’，然则圣人之意其不可见乎？”祖行：《图解易经》，陕西师范大学出版社，2007 年，第 316 页。

④ 北京大学哲学系外国哲学史教研室编译：《古希腊罗马哲学》，商务印书馆，1982 年，第 147 页。

⑤ [美] 宇文所安：《中国文论：英译与评论》，王柏华、陶庆梅译，上海社会科学院出版社，2003 年，第 36 页。

羽的缘故，文章开始就向读者展示了严羽过于自负的宣言“他的说法将一劳永逸地概括一切时代的诗歌本质，他的著作一出，千百年的纷争和谬论便销声匿迹了”，[①] 继而对严羽的“诗辨”一章的行文腔调提出了强烈的批评：“行话连篇、拿腔作调以及禅宗文字那种做作的白话风格是第一章的主导风格 ...... 严羽为了冒充禅宗大师的权威腔调，对诗禅说作了独特的引申”[②]。宇文氏深恐西方读者难以领悟严羽以禅喻诗的“趣味”（a matter of taste），竟以美国读者熟悉的侦探小说家雷蒙德·钱德勒（Raymond Chandler）小说中的主人公作类比：“时不时冒出一些半懂不懂的德国形而上学术语”。[③] 这种类比的讽刺意味十分明显，但不知道英语读者是否真的能弄明白严羽行文的“趣味”而不致于产生误读呢。宇文所安认为，《沧浪诗话》将盛唐诗经典化，并强化了以盛唐诗为圭臬的价值评判模式，不仅牺牲了中晚唐诗人，而且“只要采用这个模式，宋诗永远别想高过唐诗”。[④] 这种文学史观显然是荒谬可笑的，宇文所安给出了这样一个例子，“按照这个文学史观，盛唐诗人例如李颀应该高于晚唐诗人李商隐”。[⑤] 严羽在《沧浪诗话》中极度推崇盛唐诗歌，推崇李杜，“以汉魏晋盛唐为诗”、“诗而入神，至矣，尽矣，蔑以加矣！惟李杜得之，他人得之盖寡也”（《沧浪诗话·诗辨》），因此，宇文所安认为，《沧浪诗话》与古罗马时代朗吉努斯的《论崇高》存在相似的文学史观，首先二者都有一种“相似的怀旧和忧郁”，后者在结尾引用一个

---

① [美] 宇文所安：《中国文论：英译与评论》，王柏华、陶庆梅译，上海社会科学院出版社，2003 年，第 430 页。原文为“仆之《诗辨》，乃断千百年公案，诚惊世绝俗之谈，至当归一之论。”语出严羽《答出继叔临安吴景仙书》。

② 同上书，第 431－432 页。

③ 同上书，第 432 页。

④ 同上书，第 430、436 页。

⑤ 同上书，参见第 463 页注释 22。

不知名的哲学家的一段话："词语的普遍贫瘠居然如此这般地控制了我们的生命"，因此，《沧浪诗话》与《论崇高》"都向往过去诗歌那种消逝了的、难以言喻的魔力"。[①] 其次，二者都试图通过提供一些重振诗歌的技巧，借以回归古代作家的伟大。[②]

除了对选本中的重要命题的内涵加以比较分析外，宇文所安还在对术语的译介与阐释过程中大量地征引西方文论中的术语，进行比照，互释互证，互相阐发。比如，严羽说作诗要"下字贵响，造语贵圆。"(《沧浪诗话·诗法》)，宇文所安用"euphony"译"响"字，认为"响"字"同时兼有语音与语义这二者，产生某种圆融的'和谐'感——'好听'"，而在西方的诗学理论的语境中，往往将声音与语义二者割裂开来，比如英文诗中的"dung"("粪便")就不"响"，因为"就声音而言是好听的，但就意思而言却很刺耳"；而"圆"——"roundness"暗示"完美"，表示光滑与圆润的风格特性，他以法国象征派诗人瓦莱里（Paul Valéry）及英国玄学派诗人邓恩（多恩，John Donne）为例加以对照："瓦莱里的语言是'圆'的，而邓恩的语言明显是'不圆'"。[③] 再如，在讨论《文心雕龙》中"体性"一词时，宇文所安把英语中的"style"一词拿来与之对比，认为英语中的"style"包含了汉语中"体"所指称的"文体"和"风格"两层涵义。因此，为了更忠实于原文的内涵，宇文所安选择了一个笨拙的词"normative form"来译"体"。[④] 又如，"势者，乘利而为制也。"(《文心雕龙·定势》)，"势"，一词多义，有"形势"("situation")、"趋势"("tendency")等意思，但本句中

---

① [美] 宇文所安：《中国文论：英译与评论》，王柏华、陶庆梅译，上海社会科学院出版社，2003年，第432页。

② 同上书，第432、438页。

③ 同上书，第455页。

④ 同上书，第216页。

的“势”却与“体”和“情”紧密联系在一起：“夫情致异区，文变殊术，莫不因情立体，即体成势”（《文心雕龙·定势》）。其术语之理论范畴复杂难懂。首先宇文所安不得不花大量篇幅去弄明白“势”与“情”、“体”三者之间的逻辑关系，最后方能确定这种“包含那种力度和蓄而未发的即时性”的“势”，应译为“**momentum**”。[①]

钱锺书曾指出，“如何把中国传统文论中的术语和西方的术语加以比较和互相阐发，是比较诗学的重要任务之一。”[②] 美国比较文学家厄尔·迈纳（Earl Miner）也认为，“所论证的一切无非是比较诗学要求的两点：即令人满意的概念和实实在在的比较与对建立在翔实史料基础之上的诗学（文学概念）的重视。”[③] 很显然，从上述宇文所安对中国古代文论一些重要术语、命题的翻译与阐释的实例来看，宇文所安对中国古代文论术语的翻译和解说不仅是一次大胆而有益的尝试，而且是中西比较诗学研究的一项重大研究成果。

三、意义：古今贯通与中西汇流

宇文所安把中国古代文论的术语和命题置放在中国文化史的大背景下，对古今的术语与命题注释进行对照，同时，又把它们置放在中西文论比较的视野下，相互阐发。对照分析古代文论术语、命题在历时性的场域下的各种阐释，属于同一种文化体系内部的比较（比如，比较分析

---

① [美] 宇文所安：《中国文论：英译与评论》，王柏华、陶庆梅译，上海社会科学院出版社，2003年，第237—240页。

② 钱锺书：《钱锺书散文·谈中国诗》，浙江文艺出版社，1997年，第530页。

③ [美] 厄尔·迈纳：《比较诗学》，王宇根、宋伟杰等译，中央编译出版社，2004年，第44页。

清代评注家孙联奎以及当代评注家郭绍虞、乔力、祖保泉、赵福坛、吕兴昌等学者对司空图《二十四诗品·含蓄》的注释与评论[①]），而将某种文论的术语、观念、主旨、意趣置于中西文论比较的情境与视野下进行分析（比如，对于《文心雕龙·物色》中诗人与自然外物之间的关系之一的“摹仿”活动，宇文所安将其与亚里士多德《诗学》中对“行动”/“action”的摹仿进行比较分析[②]），则突破了同一种文化传统的局限，初步具备了相对完整的、世界性的视野与格局，属于跨文化的文论研究，具有比较诗学研究的特质。因此，在一定程度上，宇文所安的《中国文论》已经突破了中西文论体系各自为政、自说自话的拘囿，初步形成了中西文论对话的氛围。之所以这样说，是因为宇文所安以分析阐释中国古代文论本身为主要目的，其中的中西比较成分类似于中国古老的“评点式批评”，具有一种局部性的、“碎片化”特点，而不是两类文化、文学系统之间纯粹学术概念、内涵等范畴层面上的比较。不过，宇文所安对中国古代经典文论的翻译与阐释本身具有跨越中西文化的特质，而其中建构的中西文论的对话氛围，除了为比较诗学研究提供了一种实例之外，显然还具有不同寻常的现实意义。

第一，扩大了中国传统文化典籍西播的途径，为中国古典文论走向世界做出了贡献。尽管宇文所安编译《中国文论：英译与评论》主要是基于建构美国文化的目的，而不完全是为了对中国文化发言[③]，但是，宇文所安在西方不遗余力地推广中国古代文学优秀典籍，客观上促进了中国优秀文学文化对外传播，在一定程度上为增强中华文化国际影响力做

---

① ［美］宇文所安：《中国文论：英译与评论》，王柏华、陶庆梅译，上海社会科学院出版社，2003 年，第 360 页。

② 同上书，第 291—292 页。

③ 张宏生：《对传统加以再创造，同时又不让它失真——访哈佛大学东亚语言与文明系斯蒂芬·欧文教授》，《文学遗产》，1998 年第 1 期，第 111—119 页。

出了积极的贡献。

第二，增进了中外学术、文化交流。在全球化的背景下，随着西方汉学家对中国传统文化、学术的研究的深入，中外学术交流会更加密切，在互识、互补中势必将带来新的学术增长点，促进学术的繁荣，正如钱锺书先生所言“东海西海，心理攸同；南学北学，道术未裂”。[①]美国汉学家、耶鲁大学孙康宜教授在《谈谈美国汉学的新方向》一文中指出，“近年来由于中西方深入交流的缘故，人们所谓的美国‘汉学’，已与大陆和台湾（或香港）的中国文学文化历史研究越走越近了。可以说，它们目前已属于同一学科的范围（field）”。[②]

第三，提供了一种新颖、独特的研究视角：注重把文学理论放在更大的历史文化背景下去研究，形成一种更加开阔的视角，正如宇文所安所言，“对于今天的学者，一个有前景的方向似乎是站在该领域外面，把它跟某个具体地点和时刻的文学和文化史整合起来。”[③]

第四，宇文所安译介、阐释中国古代文论所采用“译释并举”、“文史互征”、贯通古今、中西汇流的方法，十分有助于读者理解文学发生的历史，理解一个时时处于整合、变化中的中国文化传统，使中国古代文学思想得以焕发青春的活力，以崭新的面目进入现代学人的视野，因此，我们还可以视之为对“中国古代文论向现代文论转换”的一大贡献。

正如当代文学批评家童庆炳所言，“中西文论对话是有目的的，不是为了对话而对话。中西对话和对话式的比较，都不是牵强附会的生硬比附对应，我们的目的不是给中国古老的文论穿上一件样式的西装，也不是给西方的文论穿上中国的旗袍，而是为了中国现代形态的文学理论

---

① 钱锺书：《谈艺录》，中华书局，1984 年，第 1 页。

② 孙康宜：《谈谈美国汉学的新方向》，见《书屋》，2007 年第 12 期，第 35—36 页。

③ ［美］宇文所安：《中国文论：英译与评论·中译本序》，王柏华、陶庆梅译，上海社会科学院出版社，2003 年，第 2 页。

的建设。换言之，通过这种对话，达到古今贯通，中西汇流，让中国文论再次焕发出青春活力，实现现代转化，自然地加入到中国现代的文论体系中去。”[①] 宇文所安的诗学理论和实践，其意义和价值正在于此。

思考题

1. 宇文所安如何翻译、阐释中国古代经典文论读本？
2. 如何看待宇文所安对一些重要命题与术语的双向阐释？
3. 宇文所安翻译、阐释中国古代经典文论的意义何在？

参考书目

1. 卜松山：《中国的美学和文学理论》（Karl-Heinz Pohl: *Ästhetik und Literaturtheorie in China: von der Tradition bis zur Moderne*, Munchen: K. G. Saur Verlag Gmbh, 2007.），可参见中译本《中国的美学和文学理论》，向开译，华东师范大学出版社，2010年。
2. 郭绍虞：《中国文学批评史》（全二册），商务印书馆，2010年。
3. 刘若愚：《中国文学理论》，（James J. Y. Liu, *Chinese Theories of Literature*, Chicago: The University of Chicago Press, 1975.），可参见中译本《中国文学理论》，杜国清译，江苏教育出版社，2006年。
4. 叶维廉：《中国诗学》（增订版），人民文学出版社，2007年。
5. 宇文所安：《中国文论：英译与评论》（Stephen Owen, *Readings in Chinese Literary Thought*, Cambridge: Harvard University Press, 1992.），可参见中译本《中国文论：英译与评论》，王柏华、陶庆梅译，上海社会科学院出版社，2003年。

---

① 童庆炳：《中华古代文论研究的现代视野》，《文艺学新周刊》第8辑。

第五章

钱锺书的《谈艺录》《管锥编》及其比较诗学

一、视域：中西文化的互参、互释、互补

钱锺书（1910—1998）所研究的领域广泛，“比较诗学”亦是他十分关注的学术领域，他曾说他的专业是“中国古典文学”，“余兴”则为“比较文学”。他这样说道：“为了更好地了解中国文学，我们也许该研究一点外国文学；同样，为了更好地了解外国文学，我们该研究一点中国文学。”[①] 钱锺书提到“比较诗学”时说：“文艺理论的比较研究即所谓比较诗学是一个重要而且大有可为的研究领域。如何把中国传统文论中的术语和西方的术语加以比较和互相阐发，是比较诗学的重要任务之一。”[②] 钱锺书对“比较诗学”学科做出的最主要的贡献便是《谈艺录》与《管锥编》这两部跨文化、跨学科的学术巨著。

首先，《谈艺录》与《管锥编》是在中西文化相互参照的学术视域

---

① 钱锺书：《美国学者对于中国文学的研究简况》，《写在人生边上的边上》，三联书店，2002 年，第 183、186 页。

② 张隆溪：《钱锺书谈比较文学与“文学比较”》，《读书》，1981 年第 10 期。

下的产物。钱锺书不仅深谙中国古典文化、文论，对西方文化、西方文论也有深刻的理解。他曾在清华大学外文系（1929—1933）、英国牛津大学（1935—1937）、法国巴黎大学（1937—1938）求学。在此期间，他对西方文化典籍耳濡目染，这些都极大地加强了他的西文功底与西学素养。在国外的游学开阔了钱锺书的文化视野，而他深厚的国学根基以及良好的西学素养，为他致力于打通中西文化、中西文学奠定了坚实的基础。

这两部著作的写作与他对待中西文化的立场有极大的关联。《管锥编》中有这样一段话："夫所恶于'西法'、'西人政教'者，意在攘夷也；既以其为本出于我，则用夏变夷，原是吾家旧物，不当复恶之矣，而或犹憎弃之自若焉。盖引进'西学'而恐邦人之多怪不纳也，援外以入于中，一若礼失求野、豚放归笠者。卫护国故而恐邦人之见异或迁也，亦援外以入于中，一若反求诸己而不必乞邻者。彼迎此拒，心异而貌同耳。"[①] 这里提及了两种对待西方的态度，其一是渴望引进西学又唯恐国人不接纳，故而以西学攀附本土文化；其二是渴望固守传统又唯恐国人见异思迁，采取同样的方法以西学攀附传统。钱锺书批评这两种"心异而貌同"的态度，认为他们都没有摆脱"夷夏有别"的观念。

相形之下，钱锺书的态度则耐人寻味。他清醒地认识到了本土文化的意义以及传统与现代之间的复杂关系，打破了传统与现代的对立，也打破了非中即西的二元思维模式。他在《谈艺录》的"序言"中写道："颇采'二西'之书，……以供三隅之反。盖取资异国，岂徒色乐器用；流布四方，可徵气泽芳臭。故李斯上书，有逐客之谏；郑君序谱，曰'旁行以观'。东海西海，心理攸同；南学北学，道术未裂。虽宣尼书不过拔提河，每同《七音略序》所慨；而西来意即名'东土法'，堪譬

---

① 钱锺书：《管锥编》，中华书局，1979 年，第 970 页。

《借根方说》之言。”[①] 这意味着钱锺书广泛地采纳“二西”典籍，目的是为了反思传统文化，以期举一反三、融会中西。

西学东渐以来，随着中国学术的日益科学化、系统化、条理化，现代的学术范式已逐步确立。在文学批评领域，仍有一些批评家从传统的“诗文评”中吸取养分，如李健吾的“印象批评”、宗白华的“随笔式”写作等。钱锺书的《谈艺录》与《管锥编》一反当时主流的文学批评样式，一方面从传统中吸取营养，一方面广泛地吸纳西方文化、文学中的精粹。故而，这两部著作是中西文化的互参、互释的视域观照下的产物。

其次，《谈艺录》《管锥编》[②] 两书的体制也体现了中西文化的互阐、互释。《谈艺录》发表于 1948 年，而《管锥编》于 1979 年前后问世。《谈艺录》主要谈论由唐至清的诗学，该书以“诗分唐宋”开篇，以“论难一概”结尾，结构完整、首位照应，结语为：“知同时之异世，识并在之歧出，于孔子一贯之理、庄生大小同异之旨，悉心体会，明其矛盾，而复通以骑驿，庶可语于文史通义乎。”[③] 可见钱锺书对“一贯之理”、对文史贯通的治学境界的追求。相比之下，《管锥编》内容更为驳杂、丰富，它的时限是唐以前，共论述了《周易正义》《毛诗正义》《太平广记》《全上古三代秦汉三国六朝文》等十种典籍。

两书从时限上是相衔接的，从体制上看，都以“则”为单位，具有札记体的特征，钱锺书采引中西典籍，以此作为议论的基础。两书的体

---

① 钱锺书：《谈艺录》，中华书局，1998 年，第 1—2 页。

② 《谈艺录》第一则前有小序曰：“余雅喜谈艺，与并世才彦之有同好者，稍得上下其议论。”《谈艺录》的书名盖出于此，它在体制上兼具古典“诗话”与古代笔记体、札记体的双重特征。而《管锥编》的书名出自《庄子·秋水》：“以管窥天，以锥指地”，谓此书包含天地的纵横，为的是横贯古今、纵察世界。

③ 钱锺书：《谈艺录》，中华书局，1998 年，第 304 页。

制使得钱锺书的中西比较具有零散的特点，也即论述展开之时并不讲求中西诗学的整体面貌，而是以小见大，有时参考西方以反思中国的诗学，有时通过反思自身来批评西方。他喜好在一则之中将西方的典籍与中国的典籍相提并论，摘抄史料的要点，并加以精妙的评论，从微观入手，论题也较为集中，譬如《谈艺录》第十一则中论及李贺诗歌中的"泣"字，"豆在釜中泣"的"泣"也可指"煎炮时脂膏滋溢"，因而列举西方诗文中亦每以"泣泪称果液"，钱锺书说："圣·奥古斯丁早记摩尼教徒言无花果被摘时，其树'挥泪如乳'。(St Augustine, Confessions, III. X: 'ut crederem ficum plorare, cum decerpitur, et matrem euis arborem lacrimis, acteis?')"他还对"葡萄蓄泪"、"无花果泣泪"两种说法进行了阐发。[①] 再如《管锥编》中论苏秦的《上书说秦惠王》一则，钱锺书引用了近世德国兵家克劳塞维茨（Klausewitz）所说的"战争乃政治之继续而别处手法者"（Der Krieg ist eine blosse Fortsetzung der Politik mit andern Mitteln）来阐释苏秦的"以战续之"。[②] 这样的言说方式既有传统札记、笔记中对待史料的严谨的特点，又有现代著作中理性言说的特征。

可见，钱锺书把中国传统的术语或现象与西方的术语或现象放置于一处，加以比较，让它们互阐互发，相互印证。这样的中西比较在两书中可谓比比皆是，两部著作的体制虽有差别，但对西方和中国进行双向反思，力图打破中西隔阂的总体精神则是一贯的。

---

① 钱锺书：《谈艺录》，中华书局，1998年，第376页。

② 钱锺书：《管锥编》，中华书局，1979年，第863—864页。

二、方法：中西文化、文论的"打通"

在《谈艺录》和《管锥编》中，钱锺书实践了他的中西比较法。张隆溪说："钱锺书先生说他自己在著作里从未提倡过'比较文学'，而只应用过比较文学里的一些方法。"① 钱锺书的批评方法是尊重文学自身规律的，具有实践性与经验性，他的比较方法具体表现在：

其一，致力于打通古今、中西的界限，寻求共通的诗心、文心。他并不是预先找出比较的内容，两书始终有清晰批评思路与明确的比较方法，以期打通中西、学科、文体的界限，发现中西共通的艺术原理。正如他曾对友人所说的："弟之方法并非'比较文学'，in the usual sense of the term，而是求打通，以中国文学与外国文学打通。以中国诗文词曲与小说打通。"② 这种比较方法擅于发现中西文艺理论、技巧、题材上的共通性，使中西诗学相互阐发而发现新意。譬如《谈艺录》在讨论韩愈"以文为诗"的现象时说："西方文学中，此例綦繁。就诗歌一体而论，如华茨华斯（Wordsworth）之力排词藻（poetic diction），见 Lyrical Ballads：Préface. 即欲以向不入诗之字句，运用入诗也。雨果（Hugo）言'一切皆可作题目'（lout est sujet），见 Les Orientales：Préface. 希来格尔（Friedrich Schlegel）谓诗集诸学之大成（eine progressive Universalpoesie），见 Athenaumfragmente，Nr.116. 即欲以向不入诗之事物，采取入诗也。此皆当时浪漫文学之所以自异於古典文学者。后来写实文学之立异标新，复有别于浪漫文学，亦不过本斯意而推广加厉，实无他道。俄国形式论宗（Formalism）许克洛夫斯基（Victor Shklovsky）论文谓：百凡新体，

---

① 张隆溪：《钱锺书谈比较文学与"文学比较"》，《读书》，1981 年第 10 期。

② 周振甫：《〈管锥编〉的打通说》，《周振甫讲〈管锥编〉〈谈艺录〉》，江苏教育出版社，2005 年，第 62 页。

只是向来卑不足道之体忽然列品入流（New forms are simply canonization of inferior genres）。”[①] 钱锺书通过列举西方类似于“以文为诗”的现象，如华兹华斯主张打破陈规，以不入诗的字句运用入诗，什克洛夫斯基主张“陌生化”理论等，对中西文论思想进行比较，说明了西方学者所主张的“陌生化”，正与我国古典文论中“以文入诗”的看法互参、互释、互补。同时，以“不文”为文、“以文为诗”还打破了各文体之间的界限，《管锥编》说：“名家名篇，往往破体而文体亦因以恢弘焉。”[②]“破体”可以出新意，钱锺书举例说，正像贾谊的议论如同赋体，辛弃疾的词作如同议论，都打破了传统文体的限制。故而，“以文为诗”之“诗”兼有诗、文两种文体的特征，是文学上的创新。

正如郑朝宗所说：“(《谈艺录》) 能从具体的语言、意境、艺术手法的比较飞跃到中西造艺精神和原则对比的高度，从而为探索世界共同的艺术原理打开途径。”[③] 上述什克洛夫斯基的“陌生化”理论与我国的“以文为诗”不谋而合，这是艺术原理上的“打通”，这种艺术原理是跨语言的，也是人类有共同的审美，因为人有着共同的感觉器官。《谈艺录》曰：“近世俄国形式主义文评家希克洛夫斯基等以为文词最易袭故蹈常，落套刻板，故作者手眼须使熟者生，或亦曰使文者野。窃谓圣俞二语，夙悟先觉。夫以故为新，即使熟者生也；而使文者野，亦可谓之使野者文，驱使野言，俾入文语，纳俗于雅尔。”[④] 梅尧臣所说的“以故为新，以俗为雅”可以化熟悉为新奇，并且沟通雅俗，这也就是“陌生化”理论所坚持的。又如《谈艺录》第八十八则中，钱锺书结合西方神

---

① 钱锺书：《谈艺录》，中华书局，1998 年，第 34—35 页。

② 钱锺书：《管锥编》，中华书局，1979 年，第 889—890 页。

③ 郑朝宗：《再论文艺批评的一种方法——读〈谈艺录〉(补订本)》，《文学评论》，1986 年第 3 期。

④ 钱锺书：《谈艺录》，中华书局，1998 年，第 320 页。

秘主义思想，通过对《沧浪诗话》的分析评价，比较了严羽诗论与法国的印象主义诗论，指出了两者的共通之处，肯定了《沧浪诗话》的诗学价值。[①] 在这一则的补订中，钱锺书又说："余四十年前，仅窥象征派冥契沧浪之说诗，孰意彼土比来竟进而冥契沧浪之以禅通诗哉。"[②] 故而，他是在中西诗学的对话过程中来彰显古代诗论之珍贵价值的。

作为中国古代文论的研究者，钱锺书的立足点是在中国古典诗学，譬如《管锥编》中说："范氏释'韵'为'声外'之'余音'遗响，足征人物风貌与艺事风格之'韵'，本取于声音之道，古印度品诗言'韵'，假喻正同。"[③] 此处是对谢赫"六法"的阐释，"气韵生动"的"韵"与音乐有渊源关系，钱锺书又举了儒贝尔（Joubert）、让·保罗（Jean Paul）、司当达（Stendhal）等人的观点来论证"韵"与音乐的亲缘关系。以缕缕不绝的余音来比喻含蓄的韵味，西方与我国和印度的用法皆同。钱锺书引用西方和印度的观点是为了论证谢赫的"气韵"，他又说："赫草创为之先，圆润色为之后，立说由粗而渐精也。曰'气'曰'神'，所以示别于形体，曰'韵'，所以示别于声响。'神'寓体中，非同形体之显实，'韵'袅声外，非同声响之亮澈；然而神必托体方见，韵必随声得聆，非一亦非异，不即而不离。"[④] 他最后论证了"神"与"韵"的辩证关系，"神"与"体"、"韵"与"声"都不可分离，尽管"韵"必然借助于"声"外的余音才能表现出含蓄不尽的韵味，但没有"声"，同样也无法表现。故而，通过对印度与西方的相似观点的引证，烘托出了中国传统诗学中"韵"的特点，这一特点是富有新意的。

---

① 钱锺书：《谈艺录》，中华书局，1998 年，第 275 页。

② 同上书，第 276 页。

③ 钱锺书：《管锥编》，中华书局，1979 年，第 1364 页。

④ 同上书，第 1365 页。

总而言之，钱锺书立足于中国古典诗学，广泛地征引西方文论中的各家之说，结合现代西学的理论与方法，将西方文论纳入中国古典诗歌的批评中，赋予中西比较法以活力，形成了富有张力的文论空间。

其二，钱锺书的比较方法建立在精细的语言比较之上。他也这样来分析西方的诗学，与中国诗学相参照。正如他在《中国诗与中国画》一文中所说的："我想探讨的，只是历史上具体的文艺鉴赏和评判。"[①] 而与一般艺术鉴赏相区别的是，钱锺书的个人印象与主观发挥是建立在精细的文本分析之上的。这也就是他在《谈艺录》中所说的"词章胎息因袭，自有其考订，非于文词升堂嗜胾者不能"。[②] 以及在《管锥编》中提及的"修辞胎息"[③]。钱锺书对各种文本的比较依赖于他对文词渊源的细致考订，这也和他重视语言的作用有关，《管锥编》中说："古希腊文'道'（logos）兼'理'（ratio）与'言'（oratio）两义，可以相参，近世且有谓相传'人乃具理性之动物'本意为'人乃能言语之动物'。"[④] 理性的表达必须借助于语言才能传达出来。故而，为了进行意义的阐释，对典籍的语言分析便是十分重要的。

例如，《谈艺录》的第七十五则曰："韩退之《赠同游》诗：'唤起窗全曙，催归日未西'，以二鸟名双关人事。柳子厚《郊居》诗：'莳药闲庭延国老，开樽虚阁待贤人'，以'国老'代甘草、'贤人'代浊酒。李适之《罢相》诗：'避贤初罢相，乐圣且衔杯'，'贤'是贤才，'圣'则清酒，一虚一实。苏子瞻《雪》诗：'冻合玉楼寒起栗，光摇银海眩生花'；以'玉楼'代肩，以'银海'代目。虽皆词格纤巧，而表

---

① 钱锺书：《中国诗与中国画》，《七缀集》，三联书店，2002 年，第 7 页。

② 钱锺书：《谈艺录》，中华书局，1998 年，第 149 页。

③ 钱锺书：《管锥编》，中华书局，1979 年，第 888 页。

④ 钱锺书：《谈艺录》，中华书局，1998 年，第 285 页；钱锺书：《管锥编》，中华书局，1979 年，第 408 页。

里二意均可通，即不作二鸟、甘草、浊酒、肩、目解，亦尚词达。骆宾王《秋日送尹大赴京》诗：'竹叶离樽满，桃花别路长'，又《送吴七游蜀》诗：'桃花嘶别路，竹叶泻离樽'；'桃花'代马，'竹叶'代酒，已衹有里意。刘梦得《送卢处士归嵩山别业》诗：'药炉烧姹女，酒瓮贮贤人'，则'黄熟王逸少之先声矣。若李义山之以'洪炉'代天，《有感》：'未免怨洪炉'，《异俗》：'不信有洪炉'。以'倏忽'代虺；《哭萧侍郎》：'暂能诛倏忽。'黄山谷之以'青牛'代老子，《送顾子敦》：'何人更解青牛句。'用意既偏晦可哂，字面亦欠名隽，宜其虽出大家，而无人沿用也。子才此条道及陶秀实《清异录》。其书依託五代遗事，巧立尖新名目，然舍《伐檀集》卷上咏《雪》、《攻媿集》卷三《白醉阁》诗等以外，宋诗人运用者殊不多。舍张端义《贵耳集》卷中、卷下四则，周密《齐东野语》卷四外，笔记亦尠称道。尚於稗贩中存信而好古之意，不屑借底下倚托之书，为斯文捷径也。"[①] 钱锺书为"代名之体"正名，这段论述中，既有对诗歌用字的细读分析，也有精妙的议论与说明。如他分析"'玉楼'代肩，'银海'代目"，认为这样的替代字"表里二意均可通"。他从语言形式分析出发，列举大量的诗歌文献进行细读分析，对"替代字"所替代的"表"、"里"两意进行了区别，认为有"换字涩体"与"代名之体"的分别，唯有"表里二意"皆合的"替代字"才具有"代名之体"的风范，这样的替代字不仅"词达"，而且能达到极佳的艺术效果。他还列举了"代名之体"，他说："始作俑者殆为古罗马之 Virgil，其 *Aeneid* 史诗中，每不曰面包（panem）而以稷神名代之，如卷一第一七七行之 Cererem corruptam，亦犹吾国诗人之言'福刁枯黄灵殖焦'也；每不曰酒（vinum），而以酿神名代之。"[②] 他的论述

---

① 钱锺书：《谈艺录》，中华书局，1998 年，第 248—249 页。

② 同上书，第 249 页。

精细到了“面包”和“酒”这样的词。这样，中西文学便交相辉映，使我们发现中国文学、语言的精妙之处。

其三，从话语方式上看，钱锺书使用旁征博引的语言风格以及典雅的文言来进行中西比较。正如有的学者曾指出的，《管锥编》就是由多种语言所组成的“引文丛林”，[①] 这部著作共引用了4000多位作者的上万种作品，其中，西方的典籍和文学作品就有近1800种。这种旁征博引的语言风格，不仅继承了清代“朴学”之“言必有征”、“证必多例”的方法，[②] 更重要的是，这些中西典籍、文献中“连类举似”、“互映相发”的“博证”，具有很强的说服力，这一比较方法的目的是为了博观、去蔽，以期达成更为圆融的意义阐释。

“连类举似”出自《管锥编》：“连类举似而掎摭焉，于赏析或有小补云”，[③] 是指排比列举相似、类同的文本或文学现象来比较，强调的是类似的比较。“互映相发”也见于《管锥编》：“古希腊一哲人（Anacharsis）尝乘海舶，询知船板厚四指（four fingers' breadth in thickness），因言‘舟中人死去亦才四指耳’（the passengers were just so far from death）。盖谓空间之厚薄也，而‘去死半寸’、‘死止隔纸’则谓时间之舒促也；心异貌同，互映相发。”[④] 钱锺书列出或中或西、或正或反、或文学文本或实用体文本来加以比较，强调的是不同文本的相互补充、相互参照。此处，钱锺书对古诗词以空间的悠远来叙写悠久的情思的语言模式加以阐释，他共列举出23篇文本，再辅佐以精细的语言分析。除了列举“系春心，情

---

① [德] 莫芝宜佳：《〈管锥编〉与杜甫新解》，马树德译，河北教育出版社，1997年，第1–2页。

② 譬如顾炎武将考据的“义例”归纳为“本证”、“旁证”、“参证”。参 [清] 顾炎武：《音学五书・音论》，中华书局，1982年，第35页。

③ 钱锺书：《管锥编》，中华书局，1979年，第90、860页。

④ 同上书，第19页。

短柳丝长”、“安得床头生两翅，消磨今夜不能眠”这样的传统词曲中的警句，还引用了古希腊哲人的话，说明尽管有着不同的心境，但却有相通的文字表达。

譬如《管锥编》注释陆机《文赋》的23条，一半的篇幅都列举了西方文论以作比较，钱锺书用皮尔斯（Peirce）以“思想”、“符号”、“所指示之物”为三足鼎立的“表意三角”来解释陆机的“恒患意不称物，文不逮意”，目的是更深刻地阐释“意”、“物”、“文”三者的辩证关系。他还列举了贺拉斯（Horace）、席勒（M. Scheler）等人的论述解释陆机的“信情貌之不差，故每变而在颜；思涉乐而必笑，方言哀而已叹”。[①] 这大量的例证，形成了钱锺书的著作中幽深广袤的“引文丛林”，让人目不暇接，它们有正有反，有中有西，有诗有文，甚至还有偏方、逸闻、俗语等，收罗极其广泛，这些观点印证了中国文论，起到了“互映相发”的作用。

此外，两书中使用的是典雅的文言文，遇到西文，则把西文翻译成文言文，把西方文论纳入中国文论的语境中。例如《管锥编》中引用了《堂吉诃德》等小说来解释《诗经》中的“第一人称”的用法，他说：“《堂吉诃德》第二编第五章叙夫妇絮语，第六章起曰：‘从者夫妻说长道短，此际主翁家人亦正伺间进言’云云（En tanto que Saneho Panza y su mujer Tersea Cascajo Pasaron la impertinente referida plática, no estaban ociosas la sobrina y ama de don Quijote）；《名利场》中写滑铁卢大战，结语最脍炙人口：‘夜色四罩，城中之妻方祈天保夫无恙，战场上之夫仆卧，一弹穿心，死矣’（Darkness came down on the field and the city: and Amelia was praying for George, who was lying on his face, dead, with a bullet through his heart）。要莫古于吾三百篇《卷耳》者。男、女均出以第一

---

① 钱锺书：《管锥编》，中华书局，1979年，第1177—1206页。

人称‘我’，如见肺肝而聆欬唾。颜延年《秋胡诗》第三章‘嗟余怨行役’，乃秋胡口吻，而第四章“岁暮临空房”，又作秋胡妻口吻，足相参比。……任昉《出郡传舍哭范仆射》：‘宁知安歌日，非君撒琴晨！’；李白《春思》：‘当君怀归日，是妾断肠时’，又《捣衣篇》：‘君边云拥青丝骑，妾处苔生红粉楼’；白居易《九年十一月二十一日感事而作》：‘当君白首同归日，是我青山独往时’；王建《行见月》：‘家人见月望我归，正是道上思家时’；此类乃从‘妾’、‘我’一边，拟想‘君’、‘家人’彼方，又非两头分话、双管齐下也。”[①] 这一段体现出了钱锺书文风的典雅，他充分利用了文言文语法结构、词语组合上的灵活性，他对西文的翻译也非常简练，既优雅又灵活，沟通了文言文与西文。

三、意义：理论与实践

钱锺书在《谈艺录》与《管锥编》中实践了他的比较法，为比较诗学的理论与实践树立了典范，对现代中国文论的建构而言具有重要的价值与意义。通过比较，能重新审视西方诗学，发现它的新意。更重要的是，在参照了“异域语”、“邻壁之光”之后，[②] 能重新审视中国古典诗学，发掘它的新意与价值。

首先在理论上，他力求打通古今、中西、学科的界限，因而他的著作是跨文化、跨学科的，他的这种学术胸襟与气度为现代中国文论的构建提供了理论上的参考。他说：“人文科学的各个对象彼此系连，交

---

① 钱锺书：《管锥编》，中华书局，1979 年，第 69—70 页。

② 同上书，第 55、166 页。

互映发，不但跨越国界，衔接时代，而且贯穿着不同的学科”，[①] 正是如此，他所实践的“比较诗学”并非只限于文学领域，而是涉及了艺术学、语言学、历史学、哲学、社会学等人文学科，他的“打通说”、“比较”表现了他“欲使小说、诗歌、戏剧，与哲学、历史、社会学等为一家”的学术理想。[②]“与古今中外为无町畦”，[③] 是他一生都追求的目标。他批评那些无视于其他地域、时代影响的学者：“学者每东面而望，不睹西墙，南向而视，不见北方，反三举一，执偏盖全。将‘时代精神’、‘地域影响’等语，念念有词，如同禁呪。”[④] 跨时代、跨文化、跨学科的比较才能加深比较的力度，并拓展批评的深度。例如，他熟悉俄国形式主义批评以及英美新批评的理论，并把它们纳入古典诗歌批评话语之中。他关注“修辞学”，在他看来，“诗学（poetic）亦须取资于修辞学(rhetoric)”[⑤]，正因为他认识到了传统的修辞、训诂的学问与西方新批评理论有相通之处，他在具体的批评实践中，才会有意识地将两者熔于一炉。《管锥编》中曾称重视词句的评点、批改法为“作场或工房中批评”(workshop criticism)[⑥]，这种细致入微的方法便可与西方的批评方法进行对话。总之，他的“打通说”在入思方式与理论探求方面对中国现代文论的建构产生了积极的影响。

其次，在实践上，钱锺书放弃“体系”而关注具体的文化、文学现象，他旁征博引的语言风格、典雅的语体风范，以及他精细的语言分析，都为当代文论、文学的写作提供了参考。他所讲的中西理论的比

---

① 钱锺书：《诗可以怨》，《管锥编》，中华书局，1979 年，第 129 页。

② 钱锺书：《谈艺录》，中华书局，1998 年，第 89 页。

③ 钱锺书：《徐燕谋诗序》，《写在人生边上的边上》，三联书店，2002 年，第 229 页。

④ 钱锺书：《谈艺录》，中华书局，1998 年，第 304 页。

⑤ 同上书，第 692−693 页。

⑥ 钱锺书：《管锥编》，中华书局，1979 年，第 1215 页。

较、对照，与中西文论的体系无关，《谈艺录》《管锥编》两书中所展示出的都是纷至沓来、五光十色的现象世界。钱锺书本人兼有诗人、小说家、翻译家、鉴赏家、学者等多重身份，他的著作带有强烈的经验性与实践性。他把文学的形式、结构、技巧以及手法的分析放在十分重要的位置上，而如果他本人没有写过古诗、小说，没有长期的中西语翻译实践，则不可能对诗歌独特的手法、精细的技巧有如此熟稔的阐释以及透彻的见解。反过来，在具体的文本分析中，他对文字因袭痕迹的分析以及精妙的见解又能给读者以文学实践上的指导。

例如，钱锺书在《管锥编》中列举了“句法以两解为更入三昧”、“诗以虚涵两意见妙”与西方的“混含”（con-fusio）这两种中西方皆相似的修辞技巧。[①]《离骚》的“謇吾法夫前修兮，非世俗之所服”，这两句中的“修”字与“服”字皆有两种意义，所以这句诗也就有着双重的含义，他说：“‘修’字指‘远贤’而并指‘修洁’，‘服’字谓‘服饰’而兼谓‘服行’，一字两意，错综贯串，此二句承上启下。……‘修’与‘服’或作直指之词，或作曲喻之词，而两意均虚涵于‘謇吾’二句之中。”[②]他说，“修”字所兼具的两意为“远贤”与“修洁”，“服”字所兼具的两意为：“服饰”与“服行”。两意相交织，意蕴便显得错综复杂。这双重含义不矛盾而互补，诗句便有了悠长的意蕴，读者也可以做出多层次的解读。钱锺书对技巧的分析对于读者而言极为可贵，鉴赏者读之可以加深他的见解，创作者读之可以丰富他的创作技巧。这字词解读上耐人寻味的双重意蕴，与西方的“混含”相对照，经过钱锺书精细的语言分析与文本内涵解读，使得古代诗歌获得了更为广阔的阐释空间。

---

① 钱锺书：《管锥编》，中华书局，1979年，第589－590页。

② 同上。

综上所述，《谈艺录》《管锥编》这两部巨著体现了钱锺书打通古今、中西、各学科的视域与气度，他的比较方法力求阐发中西共通的"文心"、"诗心"，他强调精细的语言上的分析与比较，在丰富的"引文丛林"中使中西文化与文学互阐、互释、互补，具有比较诗学的理论与实践上的双重意义。

思考题

1. 《谈艺录》《管锥编》是何种视域关照下的著作?
2. 钱锺书的比较诗学的方法具体体现在何处?
3. 《谈艺录》《管锥编》两书的理论与实践意义何在?

参考书目

1. 钱锺书:《谈艺录》,中华书局,1998 年。
2. 钱锺书:《管锥编》,中华书局,1979 年。
3. 钱锺书:《七缀集》,三联书店,2002 年。
4. 季进:《钱锺书与现代西学》,三联书店,2002 年。
5. [美] 胡志德:《钱锺书》,张晨等译,中国广播电视出版社,1990 年。
6. 郑朝宗编:《〈管锥编〉研究论文集》,福建人民出版社,1984 年。
7. [法] 萨莫瓦约:《互文性研究》,邵炜译,天津人民出版社,2003 年。
8. [德] 莫芝宜佳:《〈管锥编〉与杜甫新解》,马树德译,河北教育出版社,1998 年。

第六章

杨周翰及其比较诗学研究

一、关于作者

杨周翰（1915—1989），我国当代著名学者、翻译家，1915 年生于北京，祖籍江苏苏州。1933 年考入北京大学英文系，1936 年应瑞典美术史教授喜龙仁（Osvald Sirén）之约赴斯德哥尔摩协助其完成“中国后期绘画史”的研究工作，1938 年回国后入西南联大英文系继续学习，1939 年毕业并留校任教直至 1946 年。1946 年秋，赴英国牛津大学王后学院系统学习英国语言文学，1949 年毕业后又赴剑桥大学工作一年，主要负责为大学图书馆汉籍编目。1950 年回国后，任清华大学外语系副教授，1952 年因院系调整调至北京大学工作。1985 年，中国比较文学学会成立大会暨首届国际学术讨论会在深圳召开，当选为首任会长；同年，国际比较文学学会（ICLA）第十一届大会在法国巴黎和英国萨塞克斯举行，当选为副会长；1988 至 1989 年，应邀在美国人文科学研究中心担任客座研究员。1989 年 11 月，因患淋巴腺癌医治无效在西安逝世，终年 74 岁。

学术研究上，杨周翰在文学翻译、文学史研究、以莎士比亚和十七世纪英国文学为核心的英国文学研究，以及比较文学研究四个方面成绩卓著。文学翻译方面，杨周翰精通英语（包括古英语和中古英语）、拉丁语、法语、俄语等多种语言，译有古罗马诗人奥维德（Publius Ovidius Naso）的神话长诗《变形记》（*The Metamorphosis*），古罗马批评家贺拉斯（Quintus Horatius Flaccus）的文艺理论著作《诗艺》（*On the Art of Poetry*），古罗马诗人维吉尔（Publius Vergilius Maro）的史诗《埃涅阿斯纪》（*The Aeneid*），英国小说家斯末莱特（Tobias Smollett）的小说《蓝登传》（*The Adventures of Roderick Random*），以及莎士比亚（William Shakespeare）的戏剧《亨利八世》（*King Henry VIII*）等作品。文学史研究方面，上世纪60年代，杨周翰与吴达元、赵萝蕤共同主编了建国后第一部由我国学者自己编写的《欧洲文学史》，在很长一段时期内，该书都是国内高等学校文科学生的必读书与教材，在社会上也有广泛的影响。英国文学研究方面，由杨周翰编选的《莎士比亚评论汇编》（上册1979，下册1981）精心选录了从17世纪初到20世纪60年代最具代表性的莎评论文近百篇，是迄今为止我国最完整、最系统的国外莎评汇编；而他的《十七世纪英国文学》（1985）则通过分析包括培根（Francis Bacon）、邓约翰（多恩，John Donne）在内的几位有代表性的作家及作品，很大程度上弥补了我国在17世纪英国文学研究领域的不足。比较文学研究方面，《镜子和七巧板》（1990）一书是杨周翰比较文学研究成果的集中体现，除此之外，他还尝试将"比较"的方法运用到自身学术研究的方方面面，并为改革开放后中国比较文学学科的创建积极奔走出力。

杨周翰在比较文学界享有盛誉，是学界公认的中国比较文学奠基者之一。1989年杨周翰辞世，来自国际和国内的许多知名学者以各种方式对其表达了深切的哀悼和缅怀。

二、相关背景

《镜子和七巧板》（1990）一书可以说是杨周翰比较文学（比较诗学）研究的一个集中成果。此前的十余年间，杨周翰就比较文学理论进行了许多有益的探讨，并撰写了一系列具有实践性质的论文，这在其学术专著《攻玉集》（1983）和《十七世纪英国文学》（1985）及其绝笔之作《论欧洲中心主义》（“On Europocentricism”）一文中均有体现。

1981 年，杨周翰发表《弥尔顿“失乐园”中的加帆车》（《国外文学》第 4 期，后收入《攻玉集》）一文。在这篇文章中，杨周翰由弥尔顿《失乐园》第三章中出现的中国事物“加帆车”引入，指出了 17 世纪英国作家因时代需要普遍热衷于追求知识这一现象，进而对“作家知识的涉猎和积累牵涉到文学史上常提到的影响问题”[①]进行了深入的探讨。作为我国比较文学研究史上的经典篇章，《弥尔顿“失乐园”中的加帆车》一文对多种研究方法的综合运用和对影响问题深入细致的探讨为后人的研究提供了许多启发和有益的借鉴。

《十七世纪英国文学》一书可以看作是杨周翰将比较文学的方法应用于文学史书写的一种尝试。早在《关于提高外国文学史编写质量的几个问题》一文中，杨周翰就提出：“我们在评论作家、叙述历史时，总是有意无意进行比较，我们应当提倡有意识的、系统的、科学的比较。”[②]通过《十七世纪英国文学》，杨周翰更是提出了“一个隐隐约约的想法，即能不能从一个比较的角度写一段外国文学史？”[③]纵观《十七世

---

① 杨周翰：《攻玉集》，北京大学出版社，1983 年，第 98 页。

② 同上书，第 14 页。

③ 杨周翰：《十七世纪英国文学》，北京大学出版社，1996 年，第 323 页。

纪英国文学》一书，处处可见杨周翰对这一“想法”的探索和尝试。例如，《英译〈圣经〉》一文中，作者在多处对《圣经》观念同中国道教思想进行了比较；而《弥尔顿的悼亡诗》基本上就是一篇中西比较诗学的论文。

谈到杨周翰对中国比较文学研究的贡献，不得不提及其绝笔之作《论欧洲中心主义》一文。此文乃杨周翰在美国人文研究中心担任客座研究员时由英文写出，全文3万余字，后翻译成中文，分两部分先后载于《中国比较文学》1990年第2期和1991年第1期。在此文中，杨周翰分别从中国和欧洲两个角度切入，考察了“欧洲中心主义”（Europocentricism）这一观念在中国的文学研究和中欧漫长交往史中的种种表现，最后指出：“在中国文学研究领域里，人们已认识到，把欧洲的概念强加于中国文学是不妥当的，他们要求‘拆除中心’（decentralization或移心），呼唤一种对各自文化的互为补充（mutual complementation）。”[1] 另外，此文也极好地体现了杨周翰的“学术品格”：“杨周翰先生做学问既高瞻远瞩又论证缜密，他经常在中国语境中研究西方文学问题，也经常在西方语境中研究中国文学问题，他追求的是公正、符合事实的学术论断，很少作带有个人偏见或民族偏见的价值评判。他的这种研究方法始终令我心仪。先生的绝笔之作《欧洲中心主义》就是这种研究方法的一个典型范例。”[2]

---

① 杨周翰：《论欧洲中心主义（续）》，《中国比较文学》，1991年第1期，第46页。

② 乐黛云：《重读杨周翰先生的〈欧洲中心主义〉》，《中国比较文学》，1999年第3期，第2页。

三、《镜子和七巧板》

《镜子和七巧板》一书收录了杨周翰 1982 年到 1989 年间与比较文学研究相关的各类论文 11 篇，是其十余年比较文学研究成果的一个集中体现，且其中的大部分篇章都带有明显的比较诗学特点。纵览《镜子和七巧板》，此书大致具有以下几点鲜明特色：理论探讨与实践研究并举；跨文化与跨学科研究兼备；中西文学平等对话。

（一）理论探讨与实践研究并举

《镜子和七巧板》一书所收录的文章，有从理论的高度对“比较文学”学科本身进行的探讨，如《比较文学：界限、“中国学派”、危机和前途》一文；但更多的是从具体文学现象出发来探索中西文学的共同规律与各自特点的文章，如《维吉尔和中国诗歌传统》《预言式的梦在〈埃涅阿斯纪〉与〈红楼梦〉中的作用》以及《中西悼亡诗》，这三篇平行研究的论文便极具代表性。

《比较文学：界限、“中国学派”、危机和前途》是《镜子和七巧板》收录的首篇论文，通过此文，杨周翰对“比较文学”的研究内容进行了界定，并就当时中国比较文学的发展状况和遭遇的问题提出了自己的看法。如题目所示，文章主要探讨了比较文学的“界限”，“中国学派”的建立以及比较文学面临的“危机和前途”这三个方面的问题。

首先，关于“比较文学的界限”，实际上就是对比较文学究竟“跨什么”进行的探讨。针对混淆民族界限和国家界限所产生的误解，杨周翰认为，比较文学不一定要“跨国界”，关键是要“跨民族”、“跨文化”，此外还可以“跨学科”。“强调民族的不同和语言的不同，归根结蒂还是因为文化传统的不同。只有把文学放在不同文化的背景上来研究，求出其异同，其结果才有更丰富的意义。”[①] 诚如乐黛云教授所言，“在这里，杨周翰已经提出了‘比较文学就是跨文化与跨学科的文学研究’这一定义的雏形。”[②] 值得注意的是，杨周翰在此还特别谈及了比较文学的目的和功能：“我想比较文学能起到的作用大致有两个方面。一是对文学史的作用。……要说清楚本国文学的发展，不可能不涉及外国文学。……第二，比较文学的目的还在于通过不同民族文学的比较研究来探讨一些普遍的文学理论问题。”[③] 后者明显属于比较诗学研究的范畴。

其次，关于建立“比较文学中国学派”的问题，杨周翰先生认为：“我们不妨根据需要和可能做一个设想，同时也须通过足够的实践，才能水到渠成。”[④] “设想”方面，东方文学之间的比较研究以及我国国内少数民族的比较文学研究可以作为“中国学派”的重点研究内容。至于“实践”，杨周翰就两个方面提出了自己的看法。“第一方面，有的台湾和海外学者用西方的新理论来研究、阐发中国文学。他们认为‘中国学派’应走这条路。我觉得这也未尝不可。”同时，“第二个方面就是要回顾一下我国比较文学的历程。发展一门学科总要在前人止步的地方继续走下去。前人错了，我们可以避免他们的错误；前人有好经验，我们应予发扬。”[⑤]

第三，关于比较文学面临的危机与前途。当时，国内外的比较文学可以说都面临着一定的危机，二者既有相同点也有不同点。单就国内而言，“一方面，和国外一样，我国知识界、研究界、文艺界对比较文学不甚理解。另一方面，危机指的是热心比较文学并积极实践的作者群虽

---

① 杨周翰：《镜子和七巧板》，中国社会科学出版社，1990 年，第 2 页。

② 乐黛云、陈惇主编：《中外比较文学名著导读》，浙江大学出版社，2006 年，第 116 页。

③ 杨周翰：《镜子和七巧板》，中国社会科学出版社，1990 年，第 3 页。

④ 同上书，第 3 页。

⑤ 同上书，第 4—5 页。

然做了大量的工作，而且也有成绩，但多数停留在浅层次上，有待更上一层楼。”紧接着，杨周翰指出，“危机并非坏事，有了危机感，事业才能前进。”但将“危机”转化为“前途”无疑还有很多工作要做，也需要创造条件，这里，杨周翰特别强调了从事比较文学研究所需的“精神装备”的问题。“我曾说过：‘我们的先辈学者如鲁迅等，他们的血液中都充满了中国的文学与文化，中国文化是其人格的一部分。这样他们一接触到外国文学就必然产生比较，并与中国的社会现实息息相关。’我们多年受的训练则相反，使我们研究外国文学时像科学家对待原子或昆虫那样，与我们自身毫无关系，也就是隔与不隔的差别。我这样说丝毫不是说要陶醉于固有文化，做个泥古派，而是说要非常熟悉自己的文学、文化，对它们的优秀传统有自己的感受。对一个比较学者来说，还要求对其他国家的文学、文化有相似的修养。这当然是很高的要求，但要做出有价值的成绩，只能取法乎上。”[①]

学科概念的界定是比较文学实践的基础，同时也只有通过实践，比较文学的学科范围才能不断拓展、完善。《镜子和七巧板》一书中，《维吉尔和中国诗歌传统》《预言式的梦在〈埃涅阿斯纪〉与〈红楼梦〉中的作用》以及《中西悼亡诗》可以说是中国比较文学实践的三篇典范之作，它们自身也都带有鲜明的比较诗学特色。

《维吉尔和中国诗歌传统》一文探讨了古罗马诗人维吉尔的诗作中表现出的“中国诗歌传统的一些对应特征”。例如，维吉尔的《牧歌》从意象到情感特别是对焦虑的表达都与陶渊明的某些诗作极为相似，而“维吉尔诗歌的另一个显著特征在于其哀婉的基调，这一点同样也和中国诗歌传统十分吻合。”[②]《埃涅阿斯纪》中多次渲染的分离主题在杜甫

---

① 杨周翰：《镜子和七巧板》，中国社会科学出版社，1990 年，第 9－11 页。

② 同上书，第 64 页。

的“三吏”、“三别”中同样得到了充分的表现。此外，杨周翰还谈及了《埃涅阿斯纪》的英雄主题、形式特征以及翻译过程中遇到的一些问题。《预言式的梦在〈埃涅阿斯纪〉与〈红楼梦〉中的作用》一文“拟就梦在史诗《埃涅阿斯纪》和小说《红楼梦》这两部叙事文学作品中所起的预示灾难的作用，探讨一下这种手法和两位作者的世界观的关系，这种手法和他们的伟大成就的关系。”[①] 而《中西悼亡诗》则讨论了悼亡诗这种“频繁地出现于中国文学中，但在西方文学中却极为少见”的特殊的抒情诗。杨周翰在“描绘了中国悼亡诗的基本特征，简略地考察了一下中国古典文学中这种现象之出现的社会文化背景，并且指出了这种悼亡诗与英国诗人的一些具有相似性质的诗的主要差别”之后，提出了一个问题，即“研究中国的悼亡诗能对作为抒情诗之亚种的哀歌有何贡献？”对此，作者在文末给出了一个解答：“我们现在所能说的就是，如果不考虑到人性的深处，如果不考虑到中国悼亡诗中亲切的家庭生活，以及诗中的种种意象，作为抒情诗之亚种的哀歌的定义就将是不完整的。这一文类通过扩大了抒情内容，也就扩大了抒情感受的表现力，丰富了读者的文学体验。当家庭制度出现了危机、在缓慢地（也许是迅速地）解体时，这种诗也许具有某种意义吧。”[②]

在《钱锺书谈比较文学与“文学比较”》一文中，张隆溪说：“钱锺书先生认为文艺理论的比较研究即所谓比较诗学（comparative poetics）是一个重要而且大有可为的研究领域。”但“进行这项工作必须深入细致，不能望文生义”。“同时，对于脱离创作实践的空头理论，钱先生不甚可许。他强调从事文艺理论研究必须多从作品实际出发，加深中西文学修养，而仅仅搬弄一些新奇术语故作玄虚，对于解决实际问题毫无补

---

① 杨周翰：《镜子和七巧板》，中国社会科学出版社，1990 年，第 70 页。

② 同上书，第 167－168 页。

益。”[①] 可以说，杨周翰的比较诗学研究正是在这样的前提下进行的。一方面，他多从具体作家作品出发进行比较研究；另一方面，深厚的中西文学修养使之没有止步于文学现象表面的相同或相异之处，而是深入到了对中西方文学传统和社会文化背景的比较研究。例如，在《中西悼亡诗》一文中，谈及为何悼亡诗这类抒情诗在古代中国很常见但在西方却极少见的原因，杨周翰从中西方社会文化差异的角度进行了推测与思考：“西方的爱情观与中国的爱情观（或许与整个东方的爱情观）有所不同……在西方，爱情是一种追求，婚姻才是求爱的高潮，而在中国，婚姻只是可能发展为爱情关系的开始。在西方，一旦达到某种结合，人的心理需要就得到了满足，而在中国，这却是婚后的一个漫长的过程。正如伯克利加州大学的已故教授陈世骧所说：‘东方文学中的爱情并不是作为一种对永恒未来的追求而出现的，倒是作为对过去的某样东西而出现的，是回味的对象，而不是推想的对象。’在中国，妻子之死只是男人可以公开合法地表达自己对配偶之爱的唯一机会。”[②] 这种由浅入深的研究路径，钱锺书也甚为推崇：“通过比较研究，我们应能加深对作家和作品的认识，对某一文学现象及其规律的认识，这就要求作品的比较与产生作品的文化传统、社会背景、时代心理和作者个人心理等等因素综合起来加以考虑。”[③]

（二）跨文化与跨学科研究兼备

杨周翰总结我国过去的比较文学实践时认为：“尽管影响研究做得很多，但有待深入，此外还有许多未开垦的处女地有待开发。平行研究

---

① 杨周翰、乐黛云主编：《中国比较文学年鉴》，北京大学出版社，1987 年，第 51 页。

② 杨周翰：《镜子和七巧板》，中国社会科学出版社，1990 年，第 162－163 页。

③ 杨周翰、乐黛云主编：《中国比较文学年鉴》，北京大学出版社，1987 年，第 52 页。

过去做得较少，就现状看，更是有待提高。至于跨学科研究，除了老一辈学者如朱光潜、伍蠡甫、钱锺书等外，展开得更少。”[①] 似乎是有意弥补这种不足，《镜子和七巧板》不仅收录了跨文化的影响研究和平行研究的篇章，对跨学科研究这种方法也有着深入的实践。除了上面提到的三篇论文外，《〈李尔王〉变形记》是《镜子和七巧板》中另一篇从跨文化角度展开论述的文章，同时也是书中唯一一篇以影响研究见长的文章；而《历史叙述中的虚构——作为文学的历史叙述》一文则具有鲜明的跨学科特色，同时也表现了杨周翰对当时学界讨论甚多的“新理论”的接受与应用。

在《〈李尔王〉变形记》中，杨周翰通过考察莎翁名剧《李尔王》“在朱生豪和孙大雨先生的两个中译本里被翻译和忽略的一些重要问题”，试图“揭示翻译可能会有多大程度的误解以及误解的原因，并提供一些实例表明跨越语言与文化界线的交流之困难以及由此而来的理解上的困难”。[②]

钱锺书在《林纾的翻译》一文中论及“翻译这门艺术的特点”时曾说：“我们研究一部文学作品，事实上往往不能够而且不需要一字一句都透彻了解的。对有些字、词、句以至无关紧要的章节，我们都可以‘不求甚解’，一样写得出头头是道的论文，因而挂起某某研究专家的牌子，完全不必声明对某字、某句、某典故、某成语、某节等缺乏了解，以表示自己严肃诚实的学风。翻译可就不同，只仿佛教基本课老师的讲书，而不像大学教授们的讲学。原作里没有一个字可以滑过溜过，没有一处困难可以支吾扯淡。”[③] 这段话可谓一语道破了翻译在字词问题上的

---

① 杨周翰：《镜子和七巧板》，中国社会科学出版社，1990 年，第 8 页。

② 同上书，第 81 页。

③ 钱锺书：《七缀集》，三联书店，2002 年，第 89 页。

“斤斤计较”，杨周翰对《李尔王》两个中译本的对比分析也正是从这一词一句的翻译切入，进而挖掘出隐藏在其背后的中西文化的巨大差异。

《李尔王》中译本的第一个突出问题表现在对“Nature”（自然）一词的翻译上。杨周翰认为，“剧中的‘自然’可以从两个层次来理解：一是宇宙秩序，一是人类天性”。“人类天性亦善亦恶，在这点上，中西伦理哲学毫无龃龉，然而一旦天性作为一种伦理观念涉及亲子关系时，差异即随之而生。”[①] 从题材上来说，戏剧《李尔王》处理的正是亲子关系。在西方，理想的亲子关系更多意味着一种合乎宇宙原则的人类天性，并伴随一定的法律色彩；而在中国，亲子关系主要体现为一种受儒家思想影响而形成的严格的伦理道德规范，即所谓“孝道”。由于忽视中西文化的上述差别，在朱生豪译《李尔王》中，剧本中四十多处“自然”及其同源词与同义词最多的译法就是“孝”，西方亲子关系中“天性”与“法律”的内涵就这样被忽略掉了。相对而言，孙大雨先生的译本就要好得多，为避免混淆中西伦理观，“他的整个译本中，只有两处用了‘孝’字”。“他说这样至少可以避免在把这个伟大而神圣的悲剧译成汉语时，被人误解为是一部儒家道德说教或是佛教因果报应的作品，从而令人产生儒教在西方也流行的印象。”[②] 但受语言和文化的制约，孙译本毕竟还是有两处使用了“孝”这一译法，并同朱译本一样忽视了西方亲子关系中法律的一面。《李尔王》中译本的第二个问题反映在对“all”和“nothing”两词的处理上。“充满全剧的 nothing 和 all 两词的种种含义导致剧本带有一种哲理色彩。说来也怪，‘all’在现代汉语中可译成‘一切’，而 nothing 竟没有一个等义词。于是 nothing 的各种意思只得根据其上下文的意思来翻译。结果是这个词本身完全消失了，既听

---

① 杨周翰：《镜子和七巧板》，中国社会科学出版社，1990 年，第 81—82 页。

② 同上书，第 91 页。

不到也看不到。”[①] 这样，受汉语语言本身的制约，“nothing”一词在译本中完全消失，自然地，作为全剧中心的“all”和“nothing”的对立统一关系也就得不到恰当的处理和表现。

杨周翰认为：“《李尔王》是一个很好的实验，从中可以得出跨文化与语言界限的翻译的一些原则。”通过对两个中译本的对比分析，他在文末总结道：“我们的考察表明，虽然理解有相通之处，但是还是要受历史与文化的制约。两位中文译者有共同的文化和语言传统，其不同在于个性差异，其相似则由于共性与共同的文化。莎士比亚或任何其他文本的翻译，都是双重的、共时的过程的结果：一方面是从产生作品的国土异化出来，另一方面是向所植入的文化的归化。”[②]

自上世纪80年代比较文学学科在中国兴起以来，跨学科研究就一直是比较文学研究领域的一个热点，不少专著辟专章对跨学科研究进行论述和探讨，很多学者都对这种研究方法甚为推崇并加以实践。钱锺书的《中国诗与中国画》《读〈拉奥孔〉》等论文都可谓是这方面研究的经典篇章，他认为“跨学科”是人文科学研究的一个必然趋势：“我们讲西洋，讲近代，也不知不觉中会远及中国，上溯古代。人文科学的各个对象彼此系连，交互映发，不但跨越国界，衔接时代，而且贯穿着不同的学科。由于人类生命和智力的严峻局限，我们为方便起见，只能把研究领域圈得愈来愈窄。此外没有办法。所以，成为某一门学问的专家，虽在主观上是得意的事，而在客观上是不得已的事。”[③] 作为我国比较文学学科复兴的先锋人物，杨周翰在跨学科研究方面自然也不甘落后。《镜子和七巧板》中，《历史叙述中的虚构——作为文学的历史叙述》就

---

① 杨周翰：《镜子和七巧板》，中国社会科学出版社，1990年，第87页。

② 同上书，第91－92页。

③ 钱锺书：《七缀集》，三联书店，2002年，第129－130页。

是一篇具有鲜明的跨学科特色的论文，文章通过梳理几个中西主要史家和史论家的实践和理论，将“历史叙述”的虚构同文学虚构进行对比，从而试图更好地探讨历史叙述的文学性问题。

论文首先对“历史”和“历史叙述”这两个词在文中的使用进行了界定：“为了避免混淆，我将采用‘历史叙述’（historical narrative）一词来指历史著作，用‘历史’来指过去发生的一切。”人们常常将历史叙述和文学进行比较，认为前者意在求真，而后者崇尚虚构。对此，杨周翰指出：“但人们从历史叙述的实践也看到任何历史著作都不可能全真，只能是部分真实。我们稍加研究后，就会发现历史叙述中的虚构和文学虚构是同一类的问题。历史作品和文学作品在虚构这点上可以类比。过去，我们谈历史著作的文学性，如《史记》的文学性，只限于把它看成传记文学，而它的艺术特点也只限于人物个性、‘典型性’的刻画。如果从虚构这个角度插手进去，也许历史叙述的文学性可以更充分地建立起来。”[①] 基于这种设想，杨周翰先后考察了多位中外史家和史论家对“历史叙述”的虚构问题的看法，中国方面以王充、刘勰和刘知几为代表，西方则探讨了从古希腊的希罗多德（Herodotus）、修昔底德（Thucydides）一直到近当代的汤因比（Arnold J. Toynbee）、科林伍德（R. G. Collingwood）和海登·怀特（Hayden White）等人的观点。据此，杨周翰从内外两个角度总结了历史叙述虚构的成因。外部原因方面，除“史料本身残缺”之外，社会政治、道德的压力占了绝大部分；内部原因相对而言则比较复杂，包括主观判断引发的谬误，为追求因果逻辑的合理性而进行的推断，史家不同的历史观，以及历史叙述往往要使用文学叙述的语言和模式等等。虽然历史和文学之间也有差异性的一面，如历史总努力向科学靠拢，历史叙述受材料的限制会大于文学，但

① 杨周翰：《镜子和七巧板》，中国社会科学出版社，1990年，第33－34页。

这并不影响二者在叙述上的共通之处。

在《历史叙述中的虚构》一文跨文化与跨学科的表述中，杨周翰深厚的中西学功底得到了充分的体现，这是老一辈学者的长项，也是新一代学者有待加强的短板。同时，此文的结尾还体现了杨周翰对当时国内外讨论很多的“新理论”的思考与接受：“如按后结构主义的理论，结构主义主张的二元对立是不存在的，那么文学和非文学的界限也不复存在了。在后现代主义的文学里，严肃文学和通俗文学的界限日趋模糊，是否可以以此类推，历史和文学也不应该有明确的界限呢？从这个角度探讨历史叙述和文学的关系则有待异日了。”①

（三）中西诗学平等对话

伴随跨异质文化的中西比较诗学研究的不断深入，中西文学、诗学间的平等对话问题日益凸显并受到了众多学者的关注。如何避免套用西方理论模式带来的不良后果，如何构建一套中西文论平等对话的新话语、新机制，如何借此彰显中国古典文论自身的独特价值，至今仍是一个有待解决的问题。杨周翰等老一辈学者对此也早有认识。早在 1974 年，叶维廉就在他的《中西比较文学中模子的应用》一文中探讨了简单地将西方的“模子”套在中国文学研究上的弊端，并指出：“文化的交流正是要开拓更大的视野，互相调整，互相包容，文化交流不是以一个既定的形态去征服另一个文化的形态，而是在互相尊重的态度下，对双方本身的形态作寻根的了解。”② 无独有偶，杨周翰的《论欧洲中心主义》探讨的也是这样一个问题。在这篇论文中，他以“巴罗克和中国

---

①　杨周翰：《镜子和七巧板》，中国社会科学出版社，1990 年，第 59 页。

②　叶维廉：《比较诗学 / 现象·经验·表现》，《叶维廉文集》（第 1 卷），安徽教育出版社，2002 年，第 42 页。

诗歌”与“中国诗歌史的分期”两个问题为个案，深入探讨了将西方的“巴罗克”概念和“文学史分期观念”套用在中国诗歌研究上的不良后果。他指出思维方式没有优劣之分：“西方传统中具有的分析和逻辑的思维方式，并不一定优越于中国的被斥为‘非逻辑和松散的’直觉与想象的思维方式。两者既具有无限的潜能（potentialities），又具有极限（Limitations）。”他又引用理查兹（I. A. Richards）在《孟子论心》中的话说：“务必警惕的危险，是我们通常倾向于把一种结构强加于……可能根本不具有这种结构的思维方式——而更不能以这种逻辑机制加以分析……中国思想现在正日益接受和汲取整个西方发达的逻辑技巧，但如果它不抛弃中国古代的思想——即把它降到一种历史兴趣的位置上，那么它将以一种更平衡的方式获得更完美的结果，并且将越来越少犯可以避免的错误。”①

读《镜子和七巧板》一书，我们不难体会杨周翰力求“中西诗学平等对话”的态度。他总是先把中西文学放在平等的位置上，然后再去探讨它们之间的共同规律，也彰显它们各自的独特魅力。除上面提到的几篇论文外，《镜子和七巧板：当前中西文学批评观念的主要差异》一文也有力地彰显了“中西诗学平等对话”的理念。

如题目所示，《镜子和七巧板：当前中西文学批评观念的主要差异》一文概述并对比了当时中西文学之间差异很大的两种批评观念。文章开门见山，指出“本文试图对比并简略概述当前中西流行的两种差异极大的批评倾向：其中一种我想用镜子来标志，另一种则用七巧板来标志。”中国的批评家更倾向于“镜子”式的批评，即专注于镜子式地反映在作品中的生活，作品的政治倾向和教育意义；而西方的批评家则多采用“七巧板”式的批评方法，更关注作品本身：“犹如一位手拿手术刀的外

① 杨周翰：《论欧洲中心主义（续）》，《中国比较文学》，1991年第1期，第46页。

科医师，时刻准备切开作品的各个部分，以找出一部作品的组成零件，也可以说，如同一个面对着七巧板的整套部件苦思苦想的人。”[①] 接下来，作者分别梳理了中西批评观念发展演变的历史，试图探究两种不同批评观的成因。中国方面，儒家对诗的政治意义和社会功用的重视，如所谓“诗言志”、“兴观群怨”说，自古便在我国的文学批评中占主导地位，加上近代以来的文学总是和各种社会运动紧密相连，故形成了重社会功用的批评倾向；而西方的文学批评则总体上由“形式主义”所控制，“形式主义批评不屑于考虑文学的社会功能，因而不作道德判断。它是一股与现实主义和教育劝诫相悖的强有力潮流。”[②] 最后，杨周翰既非止步于两种批评观的简单对比，亦非对其孰优孰劣进行简单的评价，而是在指出二者各自优点的前提下提倡优势互补：“由此可见，镜子式的探讨或七巧板式的研究都不尽完备，文学批评所需要的应当是一种综合研究，而非彼此排斥，应当择善而从，而不应偏向一面。”[③]

需要注意的是，鉴于该文写作时间较早等因素，对中西方批评观的这种认识在今天无疑有值得商榷之处，正如附记部分所言：“此文写于1982年，未能涉及结构主义和后结构主义。这两种新理论虽仍是形式主义的理论，但值得作进一步的比较研究。此外，本文也未涉及所谓的‘新历史主义’批评，这一批评流派可以说是对形式主义批评的一种反作用，也值得作比较研究。”[④]

最后需要说明的是，以上对《镜子和七巧板》中的文章按特色分别进行介绍只是出于论述上的方便，事实上这些篇章往往是几种特色兼

---

① 杨周翰：《镜子和七巧板》，中国社会科学出版社，1990年，第22－23页。

② 同上书，第27页。

③ 同上书，第31页。

④ 同上书，第31－32页。

具。另外，还需要指出的是，在杨周翰从事比较文学研究的20世纪80年代，我国的“比较诗学”可以说还只是在比较朦胧的学科意识下刚刚起步，与20世纪90年代自觉进行体系化建构的盛状不可同日而语。但或许也正因如此，相比后来的学者多将“比较诗学”等同于“比较文论”，杨周翰等老一辈学者的研究其实更切合艾田伯（René Etiemble）在《比较不是理由》中对“比较诗学”最初的界定，即从具体作家作品出发，去发现贯穿于其中的“美学的沉思”。①

思考题

1. 杨周翰的学术研究涉及哪些领域？
2. 《镜子和七巧板》之前杨周翰做过哪些与比较文学有关的研究？
3. 《镜子和七巧板》一书主要有哪些特色？试结合相关篇章进行说明。

参考书目

1. 杨周翰：《镜子和七巧板》，中国社会科学出版社，1990年。
2. 杨周翰：《攻玉集》，北京大学出版社，1983年。
3. 杨周翰：《论欧洲中心主义》，《中国比较文学》，1990年第2期。
4. 杨周翰：《论欧洲中心主义（续）》，《中国比较文学》，1991年第1期。
5. 钱锺书：《七缀集》，三联书店，2002年。
6. [法] 艾金伯勒：《比较不是理由——比较文学的危机》，罗芃译，《国外文学》，1984年第2期。
7. 王向远：《比较文学学科新论》，江西教育出版社，2002年。

① 关于艾田伯对“比较诗学”最初的界定以及“比较诗学”与“比较文论”的区别，请参看王向远：《比较文学学科新论》，江西教育出版社，2002年，第180－183页。

第七章

乐黛云及其“世界诗学”

乐黛云（1931—　），女，苗族，贵州贵阳人，1990年获加拿大麦克马斯特大学荣誉文学博士学位。现任北京大学现代文学与比较文学教授、博士生导师，上海外国语大学顾问教授，东北师范大学、天津师范大学、厦门大学、南京大学、南京师范大学、北京语言大学兼职教授。曾任北京大学比较文学与比较文化研究所所长（1984—1998）、深圳大学中文系系主任（1984—1989）、国际比较文学学会副主席（1990—1997）、中国比较文学学会会长、全国外国文学学会理事。

在《我与中国比较文学》一文中，乐黛云曾对“比较诗学”的研究重点作过提纲挈领式的概括，她说：“探讨不同文化体系中各民族文学理论的不同表现形态及其特殊思维方式，在相互参照中寻求文学理论的共同规律并发现自身的独特之处，探讨彼此理解、沟通的对话方式和原则，并特别致力于在世界文化语境中解释中国诗学传统，使其逐步为世界认识和接受，成为世界诗学的重要组成部分。”[①]而《世界诗学大辞典》《独角兽与龙——在寻找中西文化普遍性中的误读》（下文简称《独角兽与龙》）则是其构建“世界诗学”体系的两大表征。

---

① 乐黛云：《我与中国比较文学》，《中外文化交流》，1995年第4期，第35页。

一、研究领域：现代文学、比较文学、比较诗学

乐黛云1952年毕业于北京大学中文系，一直从事现代文学研究，《茅盾论中国现代文学》（北京大学出版社，1981年）、《国外鲁迅研究论集》（北京大学出版社，1981年）就是这一阶段的代表性成果。自20世纪70年代中期，因教学需要，她被安排去教留学生班。为了让留学生们清楚地了解中国现代作家的作品，她不得不进一步探究西方文学与中国现代文学的关系，进而系统研究20世纪以来西方文学在中国如何被借鉴和吸收、如何被误解和变形的演变历程，由此便开始了她的比较文学研究之旅。也正缘于此，乐黛云自一开始便自觉地将自己的研究与世界同行的研究接轨，这一时期的《尼采与中国现代文学》（《北京大学学报》1980年第3期）、《国外鲁迅研究论集（1960—1981）》（北京大学出版社，1981年）都站在全新的历史高度，以世界文化互相影响为背景，体现了鲜明的开放意识。

转入比较文学研究后，她在中国比较文学的体制化、专业化、学科化方面做出了杰出贡献。1981年至1984年，乐黛云游学欧美，以其积极的学术活动和突出的学术成果，很快为国际比较文学界和汉学界所认可和信任，并被国际学界视为与今后的中国比较文学界交往的代表学人之一。回国后，她不仅专注于自己的学术研究，而且立足于中国比较文学学科发展的整体视野。1984年，她在深圳大学兼职任中文系系主任时，在深圳大学开设了中国第一个比较文学研究所。随后她撰写和主编了许多比较文学著作，如《比较文学原理》（湖南文艺出版社，1987年）、《比较文学与中国现代文学》（北京大学出版社，1987年）、《中西比较文学教程》（高等教育出版社，1988年）、《超学科比较文学研究》（社会科学出版社，1989年）、《欲望与幻象——东方与西方》（江西人民

出版社，1991 年）等，也都产生了较大的学术反响。与此同时，她还促成了《北京大学比较文学通讯》改版为《中国比较文学通讯》，并参与了《中国比较文学》的组织编辑工作等。在当今中国，比较文学已日益走向成熟。中国比较文学的崛起，不仅是 20 世纪 80 年代以来国际比较文学界的最重要的事件，同时也使长期以来以西方为中心的国际比较文学研究真正具备了东西方合作对话的现实可能。这一切都与其努力密不可分。

在研究比较文学时，乐黛云始终认为，比较诗学即中外文学理论的比较研究是比较文学的重中之重。她指出，比较诗学在中国曾经走过一些弯路，不是削足适履地以西方理论套用于中国文学，就是仅仅从西方和中国的理论中各取一些片断进行比附。她提出当务之急应是如何在中西诗学之间建立话语中介，使双方都能根据自己的特点进行平等对话。为此，她在 90 年代早期就从三个方面做出了不同努力。第一，关注比较诗学术语概念的对译、理解和误读问题，关注比较诗学范畴的基础概念研究，并极力推动比较诗学方法论问题的探讨。第二，注重比较诗学的人才培养。她的硕士和博士研究生的研究方向主要是比较诗学。她不仅每年都为研究生开设比较诗学课程，还带学生们陆续完成了一系列基本课题研究，形成了一个相对集中而有自身特点的研究群体。第三，加强比较诗学研究群体的分工与协作。她先和王宁共同主编出版了《西方文艺思潮与二十世纪中国文学》（中国社会科学出版社，1990 年），从各自不同的角度就西方文艺思潮对中国创作模式的冲击等问题，进行了系统的梳理和扎实的论证；然后又组织翻译出版了包括国际比较文学学会前主席厄尔·迈纳（Earl Miner）等人的著作在内的一批最新比较诗学专著；而《世界诗学大辞典》和《独角兽与龙》则是其组织比较诗学学者集体创造的成果，充分体现了她构建“世界诗学”的努力。

二、平等对话，共寻诗心

诚然，诗学是一个随着人类历史发展而逐渐深化的复杂概念。但是我们可以依据不同的历史阶段、不同文化体系的特点来对之加以界定。在乐黛云看来，“当代诗学进一步发展所面临的问题就是如何总结世界各民族文化长期积累的经验和理论，从不同角度来解决人类在文学方面所碰到的问题。在各民族诗学交流、接近、论辩和融合的过程中，无疑将熔铸出一批新概念、新范畴和新命题。这些新的概念、范畴和命题不仅将在东西融合、古今贯通的基础上，使诗学作为一门理论科学进入真正世界性和现代性的新阶段，而且在相互比照中，也会有助于进一步显示各民族诗学的真面目、真价值和真精神。”[①] 正是基于此，乐黛云穷尽数年之力，集中了当今学界一批精英人物，编纂了煌煌 176 万言的《世界诗学大辞典》(下文简称《辞典》)。

(一)《世界诗学大辞典》的比较诗学视野

《辞典》是中国比较诗学史上的第一部辞书，是国家社会科学基金“七五”规划重点项目，国家新闻出版署“八五”规划重点图书，也是世界比较诗学史上第一部较完整的辞书。《辞典》第一次对中国、日本(朝鲜)、印度、阿拉伯（波斯、非洲)、欧美五个地区文化体系的一般美学文学概念、形式技巧、文体风格、文论流派、重要文论家、重要文论著作进行了整理和汇集，期望“既能尊重各文化体系的思维方式，又能利用当代社会科学与人文科学知识，对之进行必要的考察与诠释；既能保存原有诗学体系的特色，又能在汇通与类比中达到相互生发的目

① 乐黛云：《世界诗学大辞典》，春风文艺出版社，1993 年，第 4 页。

的。”[1] 综观全书，《辞典》除具辞书基本形态外，还体现了其独特的比较诗学视野。

第一，正本清源，平等对话。乐黛云认为，世界各文化地区的传统诗学需要我们用新的阅读视野加以重新阐释，以实现创造性的转化，而新的视野的形成又来自于世界各文化地区诗学互为主体的长期对话。在彼此互动的阐释循环中，世界各文化地区的传统诗学将得到不断的升华，成为具有普遍意义的鲜活的现代理论。因此在对世界各文化地区的诗学术语、概念进行整理和诠释时，我们既要兼顾世界各文化地区诗学术语、概念所产生的本土文化语境，对其做一些正本清源的工作，又要利用当代社会科学与人文科学知识，对其进行必要的考察与评介。如“韵”是一个使用极为广泛的术语，中国、印度、阿拉伯都有“韵”。在对“韵”进行阐释时，《辞典》先将它们按中国、印度、阿拉伯的先后顺序并列在一起，然后分别从中国、印度、阿拉伯的诗学史本身去考察。认为中国“韵”的涵义在历史上有变化，大约经历了先秦两汉的“音韵、声韵”、魏晋的“人物品藻”（抑或人物的审美形象）、宋代的“审美趣味”三个阶段。而宋以后的美学家讲“韵”因侧重点不同，则意义也大不相同。印度的“韵”有五种含义，其中，作为诗学或批评理论的一个审美范畴，“韵”即暗示义、言外之意，是区分诗与非诗、上品诗与下品诗的批评标准。阿拉伯的“韵”是阿拉伯诗歌的韵律学术语，阿拉伯古代诗学家对其概念有不同的解释。有的认为一个诗联的最后两个静音及二者之间的成分、加上第一个静音前面的动音组成诗韵，有的认为一个诗联的最后一个词为韵。类似于“韵”的词条，在辞典中还有很多。如“《文镜秘府论》”（中、日），“风格”（印、阿），“双关语”（印、欧），“打油诗”（中、欧），“回文”（中、西），“回文诗”（阿、

---

① 乐黛云：《世界诗学大辞典》，春风文艺出版社，1993 年，第 1 页。

中)，“自然”（阿、中)，“自由诗”（印、西、日)，“抒情诗”（阿、西)，“诗病”（日、阿)，“诗剧”（欧、阿)，“诗律”（西、中)，“诗型”（日、印)，“味”（中、日、印)，“物化”（中、西)，“陌生化”（德、俄)，“美”（中、印、欧)，“神话”（中、印、西)，“音步”（阿、西)，“情”（阿、印)，“颂诗”（西、阿)，“章回小说”（印、中)，“隐喻”（印、西)，“虚实”（中、日)，“寓言”（中、欧)，“阐释”（西、阿)，“象征”（印、欧)，“联句”（中、阿)，“意象”（中、西)，“想象”（印、欧)。这种在各文化地区的本土语境中所做的正本清源的工作，既能保存各文化地区原有诗学体系的特色，又能在汇通与类比中相互生发，具有一定的学术参考价值。

第二，求同存异，共寻诗心。如何在中西诗学对话中发展出具有普遍意义的理论一直是其思考的问题。诚如乐黛云所说：“西方诗学着重对语言符号本身进行实体分析，以概念准确、推理明晰为上。中国诗学却强调对‘言外之意’进行一种非语言的意会。重在类似性感受和浑然妙悟。两者并不相同。但它们所企图回答的问题却往往是共同的。诸如文学是什么？诗是什么？文学的功能是什么？文学与自然的关系是什么等等。我们从各个不同文化地区的诗学中，几乎都能找到对这些问题的关注和回答。而探讨这些问题的思路又都大致相近。例如关于‘什么是文学’这个诗学的核心问题，中西诗学千头万绪，却不外乎从文学与世界的关系，文学与读者的关系以及文学自身的语言特点等几个方面来界定。”[①] 在她看来，中西诗学虽然侧重方面、出发点、表现形式都不尽相同，但其思路却大体是一致。其他文化地区的诗学也一样。如印度诗学的味论、韵论、修辞论、曲语论、程式论、合适论；阿拉伯诗学的“批评八型”：历史型、传统型、比较型、施教型、哲学型、语言型、修辞

① 乐黛云：《世界诗学大辞典》，春风文艺出版社，1993 年，第 2 页。

型、阐释型等虽各不相同，但他们提出的问题和解决问题的思路却总有一致的地方。“这大概是由于人类原有着共同的生命形式和体验形式所致。”[①] 而《辞典》通过对世界各文化地区诗学范畴、概念、命题进行系统发掘、整理和阐释，就在一定程度上对人类的共同诗心作了展示。只不过，这种展示是不显山不露水的，因此乐黛云说：“遗憾的是我们原拟写出一部分带有比较性的综合条目，几经试验，终觉条件不够成熟，遂改用并列的办法，由读者自去品味。”[②]

第三，精心设计，纲举目张。作为中国比较诗学史上第一部权威的诗学工具书，《辞典》既不同于专著，又有别于教材，其编排设计也充分体现了其匠心独运。《辞典》共收录了 2497 个词条，遵循着以下三条编排规律：其一，地区为经，性质为纬。《辞典》由五大部分构成，分别按中国、日本（朝鲜）、印度、阿拉伯（波斯、非洲）、欧美的先后顺序编排世界五大文化地区的诗学条目。而在编排每一具体文化地区诗学条目时，则按一般美学文学概念、形式技巧、文体风格、文论流派、重要文论家、重要文论著作等六大类的先后顺序排列。其二，音序为主，标注为辅。《辞典》条目全以中文编排，条目编排顺序按条目标题汉字拼音的首字音序排列。若遇到同一字头时，则按第二字的音序排列，以此类推。如“朱熹”与“朱彝尊”两条，首字都为“朱”，则看第二字的音序，因“熹”的汉语拼音在音序上是排在“彝”的前面，所以“朱熹”条便排在“朱彝尊”条之前。外国条目标题，均注明原文或拉丁拼音，并在《辞典》最后附上笔画索引和中外文对照索引。如“荒诞”条便附带有“荒诞”的原文“Absurd”；“互文性”的原文是“Intertextuality”；“黑色幽默”即“Black humor”；涉及外国人名的，亦

---

① 乐黛云：《世界诗学大辞典》，春风文艺出版社，1993 年，第 4 页。

② 同上书，第 804 页。

注明原文，如“恩格斯”条便标注其原名“Engels，Friedrich”。其三，释文为主，补注为辅。一般而言，一个条目，一段释文。条目不同，释文亦异。但在释文中如果涉及其他条目内容，或可由其他条目补充时，《辞典》则分别用“*”和“参见”标出。如“拜特”条，释文云：“阿拉伯诗歌韵律学术语，即联句*，是组成一首诗的基本单位。”因“联句”为《辞典》中已列的条目，故用“*”标识。又如“半谐韵”条，释文云：“韵式*的一种，是不完全韵*，即韵词只有主元音相同，主元音后的音素不同。”因“韵式”与“不完全韵”均为《辞典》中已列条目，故用“*”标识。再如“风骨”条，释文中引用了刘勰《文心雕龙》中的一段话，因“刘勰”与“《文心雕龙》”皆为《辞典》中已列条目，故亦以“*”标识。至于“克肖自然”条，释文标注“见‘理、事、情’条”；“李东阳”条，释文标注“见《怀麓堂诗话》”；“阿卡德”条，释文标注“参见‘笛旺派’条”等，则都表征被释条目与参见条目之间的密切关系。上述三条编排规律不仅为读者的顺利查阅打开了方便之门，而且为读者的进一步研究提供了可能。尤其是“参见”与“*”的标识，更让散见的知识点连成一个面，颇见功力。

（二）《世界诗学大辞典》的影响与不足

乐黛云一直认为，比较诗学领域的研究相当复杂和艰难，现在还不是搞什么建构体系和作全盘价值判断的时候，更不能急于求成，需有持久作战的准备，一步步从基本的术语、概念做起。这部《辞典》就是世界各文化地区诗学基本术语、概念的集合。该书第一次将全世界的诗学术语、概念纳入编写范围，特别是将长期被忽视的除中国以外的印度、日本、朝鲜、阿拉伯、波斯、非洲等东方国家和地区的诗学纳入世界诗学体系中，是可贵的、有益的尝试。如王向远便盛赞此书：“这部辞典凡一百八十余万字（实为1760千字），十六开精装，收录词条近三千个。内容涵盖包括中国、印度、阿拉伯、欧美、日本等在内的东西方各主要国家的诗学概念、术语，信息量很大，形成了一个较为完整的系统，可以说是熔古今中外诗学知识于一炉，并在体系编排、词条撰写上突出了世界诗学的整体性、相通性和民族文化特性。特别是其中的印度、阿拉伯、日本部分对我国读者而言尤为新鲜，因为此前我国在这方面的介绍几近空白。"[①] 不过，作为第一部世界诗学辞典，因其涵盖面宽，涉及面广，也不免存在一些问题。

其一，因《辞典》致力于切实做到"真正东、西方并重"[②]，所以在正式编写时难免会出现词条收录不全的问题。如"妙悟"是中国诗学的一个十分重要且带有鲜明民族特色的术语，辞典却没收录，仅在"妙"词条后，用"正因为'妙'这个范畴的内涵具有这样的特点，所以后来美学史上出现的很多重要的美学范畴和美学命题，都和它有着直接或间接的血缘关系"一笔带过。这样处理显然欠妥。因为如果其他所有涉及"妙"的中国诗学概念、范畴和命题都一律不收录，也是一种取舍的标准或定向，但《辞典》偏偏又收录了北宋葛洪在《冷斋夜话》中提出的一个诗学命题"妙观逸想"，类似这种"厚此薄彼"的收录现象在《辞典》中还有不少。如《辞典》分别收录了刘安、《淮南子》两个词条，却只收录孔子、老子、庄子三个词条，而将《论语》《老子》《庄子》三个词条分别纳入了孔子、老子、庄子词条中。收录了一些关于诗话著作的重要词条，却遗漏了《六一诗话》，仅在欧阳修词条中一笔带过。现当代著作除毛泽东的《在延安文艺座谈会上的讲话》外，其他著作都没收录。至于世界其他文化地区的诗学，同样也存在此类问题。

其二，缺乏理论创新和抽象思辨是工具书编写的通病，《辞典》也

① 王向远:《中国比较文学研究二十年》，江西教育出版社，2003 年，第 256—257 页。

② 乐黛云:《世界诗学大辞典》，春风文艺出版社，1993 年，第 803 页。

不例外。对此，乐黛云曾做过客观、辩证的说明：“《辞典》是一部集体著作，各位撰稿人的诗学观点难免有不一致的地方。我们希望的是既有大体一致的共识，又能容纳个人在某些方面的独创。作为一部辞典，我们努力采用较为稳妥的、已为大多数人接受的结论，但同时也希望尽量吸收当前理论成果，体现出这是一部八十年代的作品。”[①]“由于各文化地区诗学研究深度和广度的不平衡，以及诗学研究现代化程度的不同，《辞典》所收的条目远远没有达到现代诗学所要求的抽象程度，而是容纳了大量传统诗学、文体学、文学修辞学的内容。这虽然可能有损于《辞典》的理论价值。但由于目前总体的世界诗学研究还处于大量收集材料、积累和分析的阶段，这样较广泛的罗列与汇集也许可以为世界诗学进一步理论化和抽象化提供必要的基础和准备。总而言之，这仅仅是开始。”[②]

不过，《辞典》作为一部工具书，虽存在一些缺陷和不足，但在中西比较诗学史上，其学术价值和学术地位却是不能低估的。该书首次将中国、日本（朝鲜）、印度、阿拉伯（波斯、非洲）、欧美五个地区文化体系的一般美学文学概念、形式技巧、文体风格、文论流派、重要文论家、重要文论著作不分主次、不分轻重地置于同一平等地位，让世界各文化地区的诗学成就自为自足地呈现，不仅切实开启了中外比较文学平等对话之旅，而且为中国比较文学未来的发展指明了方向。如刘介民的《中国比较诗学》（广东高等教育出版社，2004 年）除对一些重要概念、范畴进行比较外，还专列了一章“比较诗学概念论”（第十章），分“诗学概念的概说”、“诗学概念的翻译”、“比较诗学概念举要”（共列举了 50 个重要概念）三节论述，并附录了中英文词汇对照。显然，这是对

① 乐黛云：《世界诗学大辞典》，春风文艺出版社，1993 年，第 804 页。

② 同上书，第 4–5 页。

《世界诗学大辞典》的继承和发展。而曹顺庆的《中外比较文论史》(上古时期)(山东教育出版社，1998年)、饶芃子的《中西比较文艺学》(中国社会科学出版社，1999年)、余虹的《中国文论与西方诗学》(生活·读书·新知三联出版社，1999年)等则将乐黛云在《辞典》中未能实现比较的遗憾完成了一大步。而其本人则在《辞典》的比较诗学视野中走得更远，稍后出版的《独角兽与龙》即是明证。

三、文化“误读”，兽龙共相

《独角兽与龙》由乐黛云和阿兰·勒·比松(Alain Le Pichon)主编，成书背景乃是基于1993年6月北京大学比较文学与比较文化研究所和欧洲跨文化研究院联合举办的“独角兽与龙——在寻找中西文化普遍性中的误读”国际学术讨论会。主要内容由序言、主体和附录三部分构成。序言部分由其主笔，着重介绍了此次国际学术讨论会的相关情况。主体部分是这次国际学术讨论会上提交的19篇论文，大部分是会议参加者的发言，会后又经过一定加工。附录部分由两个议题组成：其一，“现代思想在后工业化的欧洲和当代中国”圆桌会议发言录；其二，“关于建立无墙大学的计划和回应”。该书由北京大学出版社1995年同时出版中文、英文和法文版，备受学界推崇。

在构成主体部分的19篇论文中，乐黛云教授的《文化差异与文化误读》可视为全书总纲。换言之，“文化差异”和“文化误读”是本书的两大课题。阿兰·莱伊(Alain Rey)《从文化的多样性到人类的普遍性》、汤一介《在有墙与无墙之间——文化之间需要有墙吗？》、滕守尧《对话与比较文化》、郭宏安《说“墙”》、雅克·勒·高夫(Jacques Le Goff)《作为文化总体中符号及界限的墙》、阿兰·勒·比松《识得春江夜雨声》、王宾《“上帝”与“天”》、周星《欧洲中心主义与“中华”思想》等围绕前者展开；而翁贝托·艾柯（Umberto Eco）《他们寻找独角兽》、罗芃《翻译、变异和创造》、孙小礼《莱布尼茨与中国的易图和汉字》、周星《异文化间浪漫的“误读”》、孟华《“移花接木”的奇效》、孙尚扬《明末中西文化交流中的误读及其创造性》、陈跃红《文化壁垒、文化传统、文化阐释》、安东尼·当香（Antoine Danchin）《中西对话：潜能的问题》则围绕后者进行。下文将分述之。

（一）“独角兽”与“龙”：中西文化差异

“独角兽”和“龙”分别是西方传统文化和中国传统文化的象征，她在本书《序言》里曾作过解释：“‘独角兽’是西方神话传说中的一种动物，它像马，或小羊，额头上有一只美丽的独角。这一形象最早出现于美索不达米亚的绘画中。后来，在西方一直是幸福和圆满的象征。龙的形象则和中国文化密不可分，它象征权力和位居‘中央’的大帝国。”[①] 中西文化差异就像“独角兽”与“龙”的差异。而如何看待这种文化间差异，则是首先应解决的问题。

其一，文化差异是普遍存在的客观现实，它不仅赋予人类文化以多样性，而且使“异”的研究成为一个很吸引人的课题。关于前者，法国学者阿兰·莱伊《从文化的多样性到人类的普遍性》曾从宏观角度进行了论述。他认为人的普遍性，尽管存在一些可以理解的差别，但仍是大致相同的。要达到人的普遍性的目标，必须“创立跨文化的准则并摧毁那些殖民主义、排外主义的不平等、人为的等级划分”[②]。一条原则、一

① 乐黛云，[法] 勒·比松编：《独角兽与龙——在寻找中西文化普遍性中的误读·序言》，北京大学出版社，1995 年，第 1 页。

② 同上书，第 27 页。

个制度、一种方法，只有当它们能够有益于所有文化，能够融入各种文化之中而不损害整体时才称得上是“普遍性”的。如“革命”这一概念在不同的文化世界，有不同的理解和不同的语言表达法，但因一切社会都处在危险之中，都有弊病，所以“革命”是一种普遍性的需要，而且这一需要还与另一种普遍性有关，这就是政权不完善的特点。这样，“从一个文化上非常特定的和区别性的出发点出发，就可以得到一个具有世界意义的，与一般概念密切相关的概念。”[①] 因此，在不同文化发生碰撞时，各民族不应当放弃自己的语言和文字来接近所谓的普遍性，而应当保留自己的特色。

关于后者，王宾和周星则分别从微观个案角度进行了观照。王宾《“上帝”与“天”》认为利玛窦以降四百年，基督教文化与传统中国文化交往过程中种种观念上的冲突，从跨文化沟通来分析，都不可避免地要回到一对基本的悖论：“必须用汉语表述 God”和“无法用汉语表述 God”。换言之，西文中的“God”与汉语中的“天”是一对“必须表述”与“无法表述”的悖论。这个悖论所揭示的不仅仅是两种思想传统的碰撞，而且是受制于不同‘语言牢笼’的人相遇时所面临的理解与误解并存的两难境地”[②]。为超越悖论提供新的可能，作者又从“原罪”切入，试图在经验生活层面为双方寻得一个交叉点。在作者看来，“从这一交叉点出发，中国人或许能在思维层面拓展另一种精神视界——指向上帝的视界。”[③]

周星《欧洲中心主义与“中华”思想》认为“欧洲中心主义与‘中华’思想异曲而同工，都是文化人类学所揭示的本民族或本文化的自我

---

① 乐黛云，[法] 勒·比松编：《独角兽与龙——在寻找中西文化普遍性中的误读·序言》，北京大学出版社，1995 年，第 34 页。

② 同上书，第 171 页。

③ 同上书，第 185 页。

中心主义，即民族中心主义（ethnocentrism）。它们所内涵的宇宙世界观和文化文明观，是在这两种文明之间，导致‘误读’、偏见、摩擦乃至冲突的主要和基本原因。”[①] 欧洲中心主义自诩欧洲文化、民族，乃至种族的优越感，有时是以潜意识的方式存在，而有时则是赤裸裸的侵略扩张。“中华”思想则显得较为孤立、保守，一方面它固然可能多少强化中华民族的内在凝聚力，另一方面，它又是反对现代化的，成为阻碍中国现代化进程的主要因素。认真思考欧洲中心主义和“中华”思想之间的异同和对立，深入分析它们对中西交流与冲突的影响，将有助于我们冷静地反省我们的文化，有助于我们准确地把握我们民族在未来的机会和在国际社会中的恰当位置。

其二，对待文化差异性的态度。乐黛云、汤一介、滕守尧、郭宏安、雅克·勒·高夫、阿兰·勒·比松分别提出了各自不同观点。

1. 乐黛云：“文化相对主义的态度”。其《文化差异与文化误读》认为历史上关于文化差异性形成了三种不同的态度。第一种将异己文化视为弊端或蛮夷，需征服并同化。第二种虽承认其价值，但只是作为收藏、点缀或研究的历史遗迹，实质上排斥其实用性。第三种是一种文化相对主义的态度。它要求将事物放到其自身的文化语境内去进行观照，它赞赏不同文化的多元共存，反对用产生于某一文化体系的价值观念去评判另一文化体系。承认一切文化，无论多么特殊，都有其合理性和存在价值，因而应受到尊重。

2. 汤一介：“在非有墙与非无墙之间”。其《在有墙与无墙之间——文化之间需要有墙吗？》认为中国传统哲学的一种特殊的思维方式，如“非有非无”、“非常非断”、“非实非虚”等观念构成一种“非 X 非 Y”

---

① 乐黛云，[法] 勒·比松编：《独角兽与龙——在寻找中西文化普遍性中的误读·序言》，北京大学出版社，1995 年，第 188 页。

的思维模式，对文化研究具有一定意义。我们说“有墙”就是说“非无”（不是没有），我们说“无墙”就是说“非有”（不是不是没有），这种不用肯定的方式来说明问题的方法叫“负的方法”，这种方法往往用“非有”来表现“无”；用“非无”来表现“有”。根据这种负的方法，中国哲学往往要求在两极之间找一“中道”，但这“中道”又不是另立一“中”，只是在对两极的否定中显现的。也正缘于此，如果用中国哲学的这种思维方式来看文化之间的“墙”的问题，与其说“在有墙与无墙之间”，不如说“在非有墙与非无墙之间”。换言之，照中国传统哲学看，一种文化或一种文化在多种文化关系中如果能在“在非有墙与非无墙之间”来发展，或者更为理想。

3. 郭宏安：“差异美学”。其《说“墙”》认为面对不同的文化，闭关锁国类的绝对封闭和全盘西化类的绝对开放都不可取，而对异国情调的向往和追求虽是一种较为通达的态度，但其最终结果则包含着一种或隐或显的毁墙的欲望，故应用法国学者谢阁兰的“差异美学”加以修正。这种“差异美学”要求认识者以冷静的目光探索发现不同文化之间差异，并将之作为认识自己的有效途径，而“异国情调”“既不是主体文化的改编，也不是对非我的完全的理解，而是一种强烈的主体和它所感知的客体之间的生动的创造，两者是互补的”①。不同的民族文化各有其墙，要扩大和增加交流，就必须多开门窗、多修道路，多来多往，多进多出。

4. 雅克·勒·高夫：“文化之墙”。其《作为文化总体中符号及界限的墙》以“墙”的历史为话题，认为作为界限之“墙”具有“界定领土与保障安全”②两种职能，对外保护神圣纯洁的土地免遭不纯洁的外界侵

---

① 乐黛云，[法]勒·比松编：《独角兽与龙——在寻找中西文化普遍性中的误读·序言》，北京大学出版社，1995年，第82页。

② 同上书，第88页。

扰，对内保障居民及其财产安全；而作为文化之墙、象征之墙因使双方文化饱受其苦，则必须推倒、消除。

5. 阿兰·勒·比松："共相"。其《识得春江夜雨声》标题化用杨万里《光口夜雨》中的"一生听雨今头白，不识春江夜雨声"而成，围绕"相互人类学"，提出了"共相"课题，即"在拥有多种认知方式的多元文化社会中，是否可以找到一个具有最大容量的参照系和方法，并通过它们对这种多样性进行价值评判"[①]。

6. 安东尼·当香："科学"。其《中西对话：潜能的问题》相信"科学即将是中西对话中的主角"。[②]人们往往带着与生俱来的"习得习见"来认识世界，并从中很自然地分出一个至少在一段时间不容置疑的"公设"集合，这一集合经过适当的"解释"，转译成模式的基本要素。一个模式的诞生、发展和消亡与其对现实的"不符合性"密切相关，这是真正的科学革命的源泉，而不同模式相互竞争，互相补充，则不断推动科学进步。

7. 滕守尧："比较文化"。其《对话与比较文化》认为"比较文化是对话的一种特殊表现形态，包括'文化比较'与'比较文化'两部分，前者指一种动态的比较的活动，后者指比较之后形成的、'来自所比较者而又不同于所比较者'文化。这种'比较文化'是一种特殊形态的文化，它不仅来自两种或多种文化之间的交融，还要在交融时发生一种突变，从而引起新的文化的生成。"[③]对于这种比较文化，我们最好从"对话哲学"的角度去理解，将比较文化看成是对话后生成的、位于相比较者之间的"边缘领域"的新的文化。

---

① 乐黛云，[法] 勒·比松编：《独角兽与龙——在寻找中西文化普遍性中的误读·序言》，北京大学出版社，1995 年，第 61 页。

② 同上书，第 47 页。

③ 同上书，第 93 页。

（二）文化“误读”

关于“误读”，乐黛云教授曾在本书《序言》里给予了形象说明：“所谓‘误读’是指人们与他种文化接触时，很难摆脱自身的文化传统、思维方式，往往只能按照自己所熟悉的一切来理解别人。正如一篇寓言所说，当一只青蛙试图告诉他的好友——无法离开水域的鱼，有关陆地世界的一切时，鱼所理解的鸟只能是一条长了翅膀腾空而飞的鱼，鱼所理解的车也只能是鱼的腹部长出了四个轮子，它只能按照自身的模式去认识这个世界。人在理解他种文化时，首先自然按照自己习惯的思维模式来对之加以选择、切割，然后是解读。这就产生了难以避免的文化之间的误读。”[①] 换言之，文化误读也是一种普遍的客观存在。因为“误读”是按照自己的思维模式去认识观察异己世界，所以我们既不能要求外国人像中国人那样“地道”地理解中国文化，也不能要求中国人像外国人一样理解外国文化，更不能把一切误读都斥之为“不懂”、“歪曲”、“要不得”，而应具体问题具体分析。

其一，文化误读是一种客观存在。翁贝托·艾柯、罗芃、周星分别从原因、表现、出路等不同的角度进行了探讨。

1. 翁贝托·艾柯：“错误认同”。其《他们寻找独角兽》认为误读是一种文化间的“错误认同”（False identification）倾向。所谓“错误认同”，是指旅行者在周游、探索世界时，总是携带着不少“背景书籍”（类似于“先见”、“前理解”，是一种先入为主的观念，来自于旅行者自身的文化传统）。即使在十分奇特的情况下，旅行者仍然知道将发现什么，因为“背景书籍”已经告诉了他。这些“背景书籍”影响之大，以至于它可以无视旅行者的实际所见所闻，而将每件事物用它自己的语言

---

① 乐黛云，[法] 勒·比松编：《独角兽与龙——在寻找中西文化普遍性中的误读·序言》，北京大学出版社，1995 年，第 1 页。

加以介绍和解释，所以误读不可避免地产生了。

2. 罗芃：翻译即误读。其《翻译、变异和创造》认为在东西方文化普遍性的误读和文化个性问题上，翻译是一个很值得深入研究的课题，因为翻译是最直接的文化交流，而且翻译中间遇到的许多问题实际上都和文化共性、个性、误读等问题直接相关。在他看来，翻译既是两个意识的对话，也是两种文化的对话，更是本文的再创造。

3. 周星：浪漫的误读。其《异文化间浪漫的“误读”》认为“‘误读’是把文化看作‘文本’，然后指人们在‘阅读’异文化时所产生的误解”。并指出在异文化之间导致“误读”的主要原因有两个：“一是由于民族中心主义的文化观的影响，而对异文化产生有意或无意的偏见，它以贬低异文化为基本特点；二是将异文化想象的十分美好，予以理想化的‘误读’，它以幻想式的抬高异文化为基本特点。”[①] 贬低和抬高异文化的态度都应该回避，但后者即浪漫的“误读”，在异文化间的交流中曾产生过一些积极作用，虽不能作为文化人类学追求的目标，却可以并应该成为它的研究课题。

4. 陈跃红：文化传统与文化阐释。其《文化壁垒、文化传统、文化阐释》认为中国和西方有各自不同的文化传统，在作跨文化交流对话时，要注意彼此文化传统在过去、现在和将来的活的存在，跨越时空形态，形成多元组合。故中西对话在一定程度上说是古今对话。同时，在中西文化交流和比较研究中，如何走出汉学偏见的考古作坊，如何走出研究者的意识形态滤色镜和西方理论的哈哈镜，聆听“他者”声音，丰富“自我”经验是辩证统一的过程。而“任何研究主体的先在经验结构和意识倾向性，与被研究客体自身的多元性、丰富性和生长能力，都为

---

① 乐黛云，[法] 勒·比松编：《独角兽与龙——在寻找中西文化普遍性中的误读·序言》，北京大学出版社，1995 年，第 113 页。

文化和文学交流中平等的创造性诠释之路开启了并不悲观的可能性”[①]。

其二，文化误读的作用。陈跃红从总体上否定了误读的作用，翁贝托·艾柯、孙小礼、孟华、孙尚扬则分别结合具体的对象肯定了其积极作用。

陈跃红《文化壁垒、文化传统、文化阐释》认为误读是困扰文化有效交往的重要原因，着力渲染自身文化个性，过分强调文化间的差异性，在文化之间堆积起一道无形的精神“贸易壁垒”，在不同程度上影响和阻碍中外文化交往的深入，已成为当今中国文化走向世界过程中一个相当突出的困扰。

翁贝托·艾柯《他们寻找独角兽》以翔实的资料说明基歇尔和莱布尼茨在携带“背景书籍”寻找独角兽的误读旅程中“歪打正着”：前者想去寻找一个他的赫尔墨斯之梦中的中国，其研究却有助于更好地了解中国；后者本是在探求伏羲的数学意识，却对现代逻辑发展做出了贡献。

孙小礼《莱布尼茨与中国的易图和汉字》认为莱布尼茨对中国的《易经》与汉字既有理解，也有误读。一次偶然的机遇，莱布尼茨发现二进制与中国《易经》六十四卦配列方图原理极为相似。他认为“抽象符号曾经是中西文化交流的语言和纽带，抽象符号也将是今后中西文化交流的语言和纽带”[②]。欧洲学者大多认为中国文字源于埃及的象形文字，甚至认为中国文化也可能根源于埃及文化，莱布尼茨则通过比较和思索发现中国文字富于哲学意义，在数目、秩序和关系等方面都需要进行严谨的思考。

孟华《“移花接木”的奇效》以儒学在17、18世纪欧洲的流传为例，具体探讨了传教士利玛窦传教方法中国化的双向误读在中西文化交

① 乐黛云，[法] 勒·比松编：《独角兽与龙——在寻找中西文化普遍性中的误读·序言》，北京大学出版社，1995年，第142页。

② 同上书，第148页。

流中所产生的“移花接木”奇效。

孙尚扬《明末中西文化交流中的误读及其创造性》认为明末传教士利玛窦对中国“儒学”、士大夫徐光启对西方“天学”的误读，都或多或少地带有一定的创造性。而来自耶稣会内部与中国士子僧徒的反误读批判，则不仅使双方失去求同存异、融会创造的可能性，而且意味着封闭、对抗及可能由此带来的社会、文化的滞后。

总之，围绕“文化差异”和“文化误读”两个课题，《独角兽与龙》汇集了当时世界中西比较文化界重量级学者的代表性观点，在中国比较文化，甚至世界比较文化界都产生了不可忽视的影响。

思考题

1. 乐黛云的研究领域主要在哪些方面？
2. 简述《世界诗学大辞典》的比较诗学视野。
3. 简述《世界诗学大辞典》的影响和不足。
4. 《独角兽与龙》中对文化差异的态度有哪几种代表性的观点？
5. 《独角兽与龙》中文化误读的原因、出路、作用分别是什么？

参考书目

1. 曹顺庆：《中外比较文论史》（上古时期），山东教育出版社，1998 年。
2. 乐黛云，[法] 阿兰・勒・比松：《独角兽与龙——在寻找中西文化普遍性中的误读》，北京大学出版社，1995 年。
3. 乐黛云：《世界诗学大辞典》，春风文艺出版社，1993 年。
4. 饶芃子：《中西比较文艺学》，中国社会科学出版社，1999 年。
5. 王向远：《中国比较文学研究二十年》，江西教育出版社，2003 年。
6. 余虹：《中国文论与西方诗学》，生活・读书・新知三联出版社，1999 年。
7. 张法：《中西美学与文化精神》，北京大学出版社，1994 年。

第八章

周发祥与西论中用研究

一、研究领域：西方汉学、比较文学、中外文学交流

周发祥（1940—2007），曾任中国社会科学院文学研究所研究员、比较文学研究室主任、博士生导师，并兼任中国比较文学学会理事。他在西方汉学、比较文学、中外文学交流领域做出了自己的贡献。周发祥曾是下乡知青，做过中学教师，1977年被评为黑龙江省省级模范教师。1978年考入中国社会科学院文学研究所，1981年凭借《英美的汉诗意象研究初探》获文学硕士学位，并被分配在中国社科院文学研究所做研究工作，次年被评为助理研究员。20世纪80年代初，国内各项学术事业百废待兴，各种西方理论思潮被大量引进，比较文学研究更是方兴未艾，周发祥凭借扎实的英语功底在译介西方的中国文学研究及比较文学研究方面做了大量工作。譬如，1986年他主编了《楚辞资料海外编》(与尹锡康合编)，1988年又主编了《中外比较文学译文集》。其中《中外比较文学译文集》收录了当时西方及港台前沿的比较文学论文，在80年代出版的一批比较文学著作中也堪称经典，该译文集给当时的学

界以较大启发。1988 年周发祥被评为副研究员，1989 年翻译了格兰特的《现实主义》；1993 年与赵毅衡合著《比较文学研究类型》。1996 年被评为研究员。1997 年开始与傅璇琮合作主持中华社科基金项目“中国古典文学走向世界”丛书，其中他独立撰写了《西方文论与中国文学》，与王晓平、李逸津合作撰写了《国外中国古典文论研究》。1999 年主编《中外文学交流史》（与李岫共同主编），迄今为止该书仍是唯一一部系统阐述中外文学交流史的著作。2006 年与魏崇新合作主编《碰撞与融会——比较文学与中国古典文学》，收录了美、苏、日等国著名学者撰写的中外古典文学比较研究论文 20 篇。2007 年患淋巴癌去世。

除了上述论著、译著以外，周发祥还曾发表论文、译文百余篇，参与多种辞书的编写，撰写辞书条目数百条。这些著述涉及国外汉学、比较文学、西方文艺理论以及文学研究方法论等多个方面。因此，可以说，自进入研究领域以来，周发祥始终致力于西方汉学的介绍和研究。这项工作在今天看来似乎理论创新价值不足，然而在上世纪 80、90 年代却是不可或缺的一项工作。另外，要对西方汉学有整体把握，理解西方汉学研究的精髓，翻译介绍并从中提炼出对中国研究界有启发的观点，其实是件非常不易的事情。作为一位严谨细致的学者，周发祥的著作《西方文论与中国文学》在掌握大量一手资料的基础上进行归纳分析，系统介绍了西论中用的历史和具体研究实例及操作方法，对移植研究的本体论也提出了自己的见解。

二、西方文论与中国文学的碰撞轨迹

《西方文论与中国文学》按内容分为三编，依次是“渊源与流变”、“方法与操作”和“综论与评价”。第一编从历史角度概述移植研究的缘起、发展和现状。第二编是本书的主要组成部分，在此集中评介了二十余种研究方法，其中有相对传统的研究方法，也有20世纪新兴的现代的研究方法，重点在于后者。第三编是从共时角度对整个移植研究所做的反思，它与分散在前面各章里的评述（尤其是小结部分）遥相呼应，但更着重整体性和综合性的考察。

如“引言”所说，作为两种没有亲缘关系的文学，西方文论与中国文学的相遇只能用“撞击”来形容，不过碰撞日深，也开始形成特殊的因缘关系。从古至今我国学者屡屡进行着“洋为中用”的尝试（如以禅说诗、以悲剧论小说、以马克思主义文艺观指导文学研究等），而西方学者在进行中国古典文学研究时也会使用熟悉的理论或方法进行阐释和剖析，以达到以近喻远、以易解难的效果。因此，“中西结合不仅为中国文学研究提供了多种可能性，而且一旦将西方文学理论用之于遗产丰富、姿态别具的中国文学，也就为检验它的科学性和普遍适用性，找到了一种有效的试金石”。[①]

不过，对于用西方理论来阐释中国文学，周发祥在本书中没有使用当时比较文学界学者力推的“阐发研究”概念，而是使用了“移植研究”这一说法。理由是“移植研究”是将用于西方文学研究的理论，移栽到中国文学研究的园地，使之继续获得生长的沃土。另外在第十六章，作者对“移植研究”的本体论进行了深入阐释，认为这一研究不仅属于比较文学的平行研究，而且是中西文学的一种间接比较。

在第一编中，作者回顾了西方文论与中国文学碰撞的西行和东行轨迹。明清之际，西方传教士大量来华，他们采取适应策略，着儒服、读儒书，其中儒学经典中包含大量文学色彩极强的作品，如《论语》《孟子》《诗经》等，而传教士在解说这些作品时，明显带有神学观色彩。

---

① 周发祥：《西方文论与中国文学·引言》，江苏教育出版社，1997年，第3页。

其中最典型的是利玛窦（Matteo Ricci，1552—1610）。他的以中证西之法主要有两种。一种是从汉籍中仔细寻找上帝字样，并对此作出解释，一种是以基督教教义为本，牵强附会地解释孔孟之道。此外象征派成员如白晋（Joachim Bouvet，1656—1730）将关于神灵启示的秘义说（Hermelism）移为中用，认为姜嫄就是圣母玛利亚、后稷就是耶稣等。对于传教士论及中国文学时的神学特色，作者认为只是从方法论着眼，并不意味着要一概否认他们的历史功绩。事实上，正是通过传教士长期的翻译、介绍和评论，西方汉学才得以滥觞，得以奠基并得以发展，并且他们的著作还对启蒙思想家如莱布尼茨（Gottfried Wilhelm von Leibniz，1646—1716）、孟德斯鸠（Baron de Montesquieu，1689—1755）、伏尔泰（François-Marie Arouet，1694—1778）的观点产生了很大影响。

19 世纪是文学研究逐渐摆脱神学而独立的过渡时期。作者认为这一时期有两种现象值得注意，一是学术视角的转变，二是初步把握中国文学时所做的基本解说和总体关照。关于学术视角的转变，作者以《诗经》的际遇加以说明，详细论述了它如何从最初传教士寻找上帝的解释到有人将其与大卫王的《诗篇》作比较来肯定其艺术性。而到了 19 世纪末，这种观点也在理雅各（James Legge，1815—1897）那里遭到批判。到 20 世纪时《诗经》的研究完全回归到文学的立场。而总体关照则表现在以下方面：（一）由中国文学到世界文学。例如歌德（Johann Wolfgang von Goethe，1749—1832）在接触中国文学后提出了“世界文学”（welt-literatur）的概念。（二）从中国文学看中国文化。如毕瓯（Edouard Biot，1803—1850）《从〈诗经〉看中国人的生活方式》这样的研究。（三）对中西文学做初步的平行比较。如德庇时（Sir John Francis Davis，1795—1890）对中西戏剧的比较研究。（四）概述中国文学。如绍特（W. Schott）的《中国文学述略》、伟烈亚力（Alexander Wylie，1815—1887）

的《中国文学简释》、道格拉斯（Robert K. Douglas，1838—1913）的《中国文学》都是早期的尝试。

20世纪的移植研究有前后期之分。前期是实证主义一统天下，如高本汉（Bernhard Karlgren，1889—1978）采用语文考据方法撰写的《〈诗经〉注释》，翟理斯（Herbert A. Giles，1845—1935）采用史学方法撰写的《中国文学史》，葛兰言（Marcel Granet）用社会学方法写的《中国古代的节日和诗歌》等。后期的移植研究从60年代开始进入繁荣阶段。主要表现为：第一，传统研究方法并未随着法国汉学的中落而式微，适得其反，有些被激活，有些得到了充分的运用，如柯立夫（F. W. Cleaves）研究元代诗人柯九思及其宫体诗时，提供了丰富和翔实的史料；第二，本世纪涌现的形形色色的新方法，如语言学研究、诗歌意象研究、新批评、结构主义、神话与原型批评、口头创作研究、文类学、叙事学、符号学等也被陆续移植过来；第三，在移植实践的同时，也出现了许多关于移植本身的论证。

中西碰撞的东行轨迹主要指的是我国的移植研究，对此作者也进行了梳理和分析。明末清初主要是西方的实学精神给与之密切接触的我国学人以影响，如冯应京、李之藻曾盛赞利玛窦的贡献，并且翻译了众多科学著作。徐光启从中悟出普遍的“格物穷理之学”、寻求“会通以求超胜”，甚至有学者试图在西方实学与乾嘉汉学之间建立联系；近代以来以西方文学为楷模的改良派强调文学作品在社会变革中的教育、感化作用，此外如鲁迅、周作人、马君武等开始翻译西方文学作品，鲁迅《摩罗诗力说》强调浪漫派精神以及林译小说中对中西小说的比较评论等都是早期的一些尝试。此时在传统学术方面开始发生一些质的变化，一是关于文学史的撰写，一是王国维移西就中的尝试。作者认为王国维对西论的借鉴有袭用也有创造，如视《红楼梦》为“悲剧中之悲剧”是基于叔本华的美学思想，而于“优美”、“壮美”之外另立“眩惑”一说，则是对康德、叔本华思想的引申。

作者将五四以来的西论移植分为建国前、建国后、文学新时期三个阶段。第一阶段是个巨变迭起、风云激荡的历史时期。此时西方形形色色的创作理论（如现实主义、浪漫主义、自然主义、象征主义）、批评理论（如马克思主义文艺观、精神分析理论、诗语研究理论、比较文学理论）、美学理论（如联觉说、直觉说、距离说、移情说、内摹仿说）以及文化理论（如罗素的文化互补论、杜威的实用主义、白璧德的新人文主义）陆续传到了我国，西论移植呈现出旺盛发展的势头。此时还出现了很多重要的比较文学研究实绩，如陈铨、方重、陈寅恪、吴康、梁宗岱、尧子、钱锺书、朱维之、朱光潜、闻一多、朱自清等学者的研究都很有影响。学术研究从印象式的鉴赏转向科学的归纳、演绎、比较和分析，也是这个时期发生深刻变化的标志。建国后，马克思主义文艺理论在新的历史条件下占据了主导地位。作者认为，马克思主义文艺观本源和本质上并没有排他性，但是由于政治上左倾路线的干扰，实际上无论是翻译还是研究都受到很大影响。不过作者也肯定了马克思主义文艺观的辩证唯物主义和历史唯物主义在文艺创作的社会历史背景、典型及其意义、现实主义手法等问题上均有独到的见解。

打倒四人帮以后，中西文学交流进入空前繁荣的第三阶段。翻译界引进此前未能译介的理论流派，新理论的涌入开阔了中国文学研究界的视野，也出现了方法热和各种研究实践。此外，作者还介绍了港台的移植研究情况，作为特殊的政治地区，台港学术呈现出明显的多面性：既有传统学术，又有现代学术，既属于中国学术，又部分地属于国际学术。五六十年代夏济安推荐布鲁克斯的《精致之瓮》成为介绍新批评理论的开始。有许多学者也进行了介绍理论和付诸实践的工作，同时也和传统学术发生冲突，引发了争论，如颜元叔与叶嘉莹、夏志安等的辩论，而后有古添洪和陈慧桦从比较文学角度大力提倡阐发研究。

三、西论中用的实例与方法

第二编也是文章的主要部分，重点分析了西方理论应用于中国文学研究的具体实例和方法。

西方理论应用于中国文学研究既包括传统方法，也包括现代方法。传统方法如史诗研究、悲剧研究，寓意研究，修辞学研究，文学史研究。关于史诗研究，围绕“中国为什么没有史诗”的问题，作者列举了多位学者的观点。

现代方法则包括汉字诗学、语言学研究、意象研究、新批评研究、巴罗克风格研究、口头创作研究、原型批评、结构主义研究、文类学研究、叙事学研究、比较文学研究以及其他现代研究方法如心理学、符号学、主题学、统计风格学、母题研究等等。不过，正如钱中文在序中所言，作者在介绍这些方法的同时，“表现了一种应有的辨别能力”[①]，即不但介绍了这些研究方法的应用实践，也对其得失进行了评价。

如在第四章“汉字诗学”中，作者介绍了费诺罗萨“汉字诗学”理论的三个要点：（一）运动说——诗歌应传达力的转移；（二）隐喻说——诗歌的本质在于隐喻；（三）弦外之音说——诗歌应附有附加的意蕴。所谓运动说，是在费诺罗萨看来，汉字乃是运动或动作的速记图画，有时几个字联合起来还能模拟连续的动作。如“人見馬”三个字，“人”用两足站立，扫视空间的眼睛和和奔跑的腿合而成为“見”，“馬”则用四条腿站立，无论是个体还是整体都传达出了动作的本质特征；汉字利用物质的意象暗示非物质的关系就构成了隐喻；而“弦外之音”是指诗歌主旨之外的某种意蕴、某种情调或某种艺术效果。费诺罗萨试图

---

① 钱中文：《序》，见周发祥：《西方文论与中国文学》，江苏教育出版社，1997年，第3页。

以此建立基于汉字的诗歌美学。

不过对于这种理论，作者也给予了评价。他认为，费诺罗萨描述的是一种理想境界。“事实上，单靠汉字并置一种方法似乎难以尽善尽美，即使它们偏旁部首相同，也不一定会产生美妙的‘弦外之音’。因为在中国传统诗学里，连用形貌近似的字并不算妙技。”[①] 作者还举了一首《普洛塞班的花园》最后一节的例子，认为那才是主旋律和弦外之音巧妙配合的例子。

后来庞德对费诺罗萨的理论进行鼓吹并付诸实践，庞德的很多中文诗歌翻译是很有新意的，也对意象派诗歌产生了一些影响，不过不顾原诗意思而生硬地切割诗句也遭到批评。在这一章，作者对许多西方学者试图依据汉字形貌特征来揭示诗歌本质，而给出的却是似是而非的特例的现象进行了总结，指出“费诺罗萨以及庞德等人所推崇的汉字诗学，只能算作准学术研究。”[②]

“语言学研究”一章中，作者首先简单介绍了文学与语言学的关系。中国古典诗歌是否能够像以拼音文字为媒介的西方诗歌那样在语音和诗艺间建立联系？作者介绍了高友工、梅祖麟对杜甫《秋兴》八首的分析，论者认为音型、韵律特点对诗歌的内在蕴含和感情色彩不无增饰效果。程纪贤也有类似的研究，认为轻重音节、双声叠韵不仅有音乐性，更是代表宇宙间的律动或是富于某种情调。关于诗歌的句法，西方汉学家通过对中国诗歌的研究，提出“孤立句法”以及“非连续性诗学”的观点，关于孤立句法形成的条件是：（一）词语无屈折变化；（二）省略；（三）倒置或穿插；（四）以虚代实；（五）并置或对仗。汉学家把这种句法及相关现象视为“非连续诗学”（the poetics of discontinuity），

---

① 周发祥：《西方文论与中国文学》，江苏教育出版社，1997年，第79页。

② 同上书，第89页。

对此做了多角度、多层次的探讨。此外，高友工和梅祖麟还试图根据西方流行的观点，来揭示唐代近体诗语（意象语言和命题语言）所反映出来的神话思维和理性思维。

“意象研究”一章中，作者首先介绍了意象研究的由来。西方的意象研究涉及意象和意象组合的定义、类型、性质、功用以及文化根柢，与我国传统的意象研究是完全不同的。在这一章，作者实际上是将西方汉学家涉及中国诗歌意象的部分进行了分类和综合。如刘若愚在《中国诗艺》中将中国古典诗歌意象分成基本的单纯意象和复合意象两大类，复合意象又有四个基本亚类：并置意象、比较意象、替代意象和转借意象。“联觉”（synaesthesia）又称“通感”，高友工和梅祖麟在分析单纯意象性质发生转移时，涉及“联觉意象”，如“香雾云鬟湿，清辉玉臂寒”中，“云”与“玉”不光有视觉效果，还有触觉效果。杜国清认为李贺笔下斑斓多彩、令人炫目的意象中，有许多联觉意象，如“羲和敲日玻璃声”、“舞裙香不暖”等。我国古典诗词里也经常会出现“画堂”、“栏杆”、“金井”一类的“俗套意象”，但许多学者发现，如果诗人加以翻新就会受到称赞，如“帘卷西风，人比黄花瘦”就把以人喻花的俗套意象用活了，所以有的学者认为“最好不要认为这些词语是陈词滥调，而应该视为诗人必用的一部分技巧语言。它们向诗人的本领挑战。它们考验诗人的技巧，它们磨炼诗人的想象力”。[①] 麦克诺顿创造了一个“并合意象”（composite images）的概念来分析《诗经》的意象群，而在西方意象派那里则经常强调“意象并置”（juxtaposition of imagery）。叶维廉据此做了发挥，认为这种组合会产生以下美学效果：绘画、雕塑性和蒙太奇效果。关于诗剧里的意象，时钟雯认为，元杂剧的意象有强化主题、制造气氛、抒写情感和刻画人物的功能。此外，一些西方学者还用意象

---

① 周发祥：《西方文论与中国文学》，江苏教育出版社，1997年，第132页。

统计的方法来进行研究。关于中国诗歌意象隐喻的文化根柢，到底是否是西方意义上的隐喻，学者们也展开了讨论。作者根据中西有关意象的研究，最后给诗歌意象下此定义：意象是在心理上引起某种体验（尤其是视觉体验）或者传达某种意蕴的艺术形象。作者认为，意象毕竟不是诗歌的全部，运用意象充其量是一种特殊的诗歌手段，因此，割裂意象与意象、意象与其他因素的联系，乃是欣赏和研究意象艺术的大忌。

"新批评研究"一章中，作者认为，探寻新批评本体论的源头，总是要上溯到艾略特的"非个性论"，即"诗歌不是放纵情感，而是逃避情感，不是表现个性，而是逃避个性"。不过刘若愚认为，艾略特一方面主张逃避个性，一方面又主张突现和发展个性，这恰好说明了无个性之个性的悖论。他以对中国古典诗歌的研究剖析了个性与非个性的辩证关系：作诗者首先要去掉自己的个性，然后采取古人的个性，最后丢掉两种个性，而获得一种非个性的个性。关于诗语中的歧义（ambiguity）现象，西方学者分析了中国诗歌中造成歧义的原因；而悖论（paradox）作为一种修辞和思维方式，也在中国诗歌中得到大量运用；另外在中国诗歌中，也有戏剧场面的反讽（irony）和张力（extension）。关于新批评的细读法，作者提供了一个西方研究者细读的实例文本。作者认为，新批评提供了一些科学化、细腻化的具体方策，这些令人耳目一新的结构原则，成为推动诗语研究和意象研究向前发展的动力。当然，新批评的方法没有发展成被人普遍采用的原则，与其自身的偏颇有关，总之它带来多方面的启发，如果加以灵活运用，亦不失为一种有效的方法。

"巴罗克风格研究"一章中，何谓"巴罗克风格"？作者引用了麦克劳德（Russell Mcleod）在《巴罗克作为中国文学的分期概念》中的一段话来加以说明："分裂的个性感，即个人内在的矛盾感；一面追求感官乐趣，一面追求非凡愿望的倾向；优柔寡断，不愿畅所欲言的态度；人类形象的强化，即大于生活的描写；人为的自然世界；人生如梦幻之感，即其中出现的事物并非现实的一种景象；偏爱反衬和悖论的习惯；以及屡屡出现的近于无伦次、无节制的语调。”[①] 20世纪六七十年代，“巴罗克风格”这一术语被移植到汉学研究领域，用来透视中晚唐的诗歌创作。1962年，刘若愚在《中国诗艺》一书中比较孟郊、韩愈、贾岛与英国玄学派诗人的异同，开了移用“巴罗克”的先河，而第一次明确使用这一术语的是傅乐山（J. D. Frodsham）。他在1968年所作题为《中国文学新透视》的演讲中，试图从韩孟诗歌里，辨认出一个“背离中国诗歌传统主脉”的“巴罗克诗派”。次年，刘若愚的《李商隐诗歌》副题是“九世纪巴罗克式的中国诗人”，再次提出了“巴罗克”可用于中晚唐的主张。麦克劳德撰文支持刘氏看法，并且做了较为充分的中西诗歌比较研究。后来，黄德伟再次以“巴罗克风格”为博士论文题旨，据此写成《关于中国巴罗克诗歌的界定》，其他学者如格雷厄姆（A. C. Graham）、宇文所安等也以不同方式涉及这一问题。他们的研究重点一在作品风格，一在研究史分期；研究对象主要是中晚唐诗人，有的还上及杜甫，下及五代词人。除了诗歌研究外，亦偶见以巴罗克风格研究明清戏剧的例子。在这一章，作者介绍了刘若愚研究《锦瑟》的巴罗克风格的例子，麦克劳德以“鼎盛巴罗克”和“矫饰主义诗风”来分析杜甫诗、孟郊诗、韩愈诗和李商隐诗，黄德伟也以此分析韩孟诗歌。在巴罗克时期的界定上，作者列举了傅乐山、麦克劳德、刘若愚、黄德伟等人的观点。

“口头创作”一章，作者主要介绍了帕里—劳德理论，又称套语理论（Formulaic Theory）。这种理论对西方的荷马史诗和其他史诗研究产生了很大影响。西方汉学家将其移植到中国古典文学研究领域始于傅汉思（Hans H. Frankel），1969年他发表了名为《中国民歌〈孔雀东南飞〉

---

① 周发祥：《西方文论与中国文学》，江苏教育出版社，1997年，第183页。

里的套语语言》，70 年代初王靖献发表的《钟鼓集》一书，是移用套语理论规模最大、剖析最详的著作。此外还有一些用于中国古典诗词、古典小说研究的例子。关于套语理论研究，作者详细介绍了王靖献的《诗经》研究的案例以及阿尔萨斯的白话小说研究案例。不过关于《诗经》中套语反复出现的原因，作者也比较了其他西方学者和港台、日本学者的研究，认为套语理论研究者的方法更切实际，不过是否实际情况果真如此，作者又认为仅仅依靠套语理论的内证还是不够的。

“原型批评”一章中，作者介绍了原型批评的形成和发展过程。原型与神话有着密切关联，因此也有人称为“神话—原型批评”。白保罗（Frederic P. Brandouer）根据坎贝尔等人的神话观点，确定了明代小说《西游补》所写世界的性质，并且阐释了所谓“单一神话”在这部小说中的制造过程和文化内涵。经过长期、反复运用的原型，产生了鲜明的象征意义。缪文杰发现唐代边塞诗中多有运用原型意象的实例。比原型意象和原型母题更为复杂的单元是原型模式，汉学家也时常利用现成的原型模式来研究中国文学，不过学者们也看到了中国文化的特殊内涵，开辟了根据这一批评方法的基本观点寻找或铸造中国独具的模式。浦安迪（Andrew H. Plaks）关于《红楼梦》和《西游记》的研究，提供了兼作寓意和原型批评的例证，他总结出“二元补衬”（complementary bipolarity）和“多项周旋”（multiple periodicity）这种原型模式。当然，这种观点也引起了赞同和反对两种截然相反的意见。怀疑原型批评的有效性和合理性的人认为：第一，诗歌里包含的象征是属于作者个人的，原型批评即使不是全然误解，也是过分地挖掘诗作的意义；第二，诗歌里即使包含着普遍的象征，它们也不会使原型批评家所寻找的种种深层含义象征化；第三，这种方法既然强调普遍与一致，就容易忽略作品的多种意义，或抹煞优等与劣等作品的界线；第四，某些人类学家与心理学家一再提醒大家，实际上任何两种文化都不可能是相同的，因此寻找类似的东西并不可靠，甚至反而会制造赝品。不过作者认为，平心而论，原型批评那种溯源索隐、铸模求同的做法，还是给人以多种启发，而且在实践中也揭示出了许多潜隐层次上的规律和意蕴。

“结构主义研究”一章中，作者认为，结构主义的研究方法特别适用于具有同源性质的群体对象。因此，张汉良采用这一方法对三篇唐传奇《枕中记》《南柯太守传》《樱桃青衣》与其原型——南朝刘义庆的志怪故事《杨林》的结构做了分析。不过，作为适用范围较广的结构模式，不仅见于同源系列作品，而且一些表面上看来毫无关联的艺术单元，如隐喻、典故、篇章布局等也有可能包含着这种结构模式，高友工、梅祖麟在《唐诗的意义、比喻与典故》中提供了结构主义用于这方面研究的例子，将雅各布森的对等原则用来分析唐诗。单一的研究对象是否可以采用结构主义的方法？程纪贤研究李白的《玉阶怨》时也采用了结构主义方法来分析深隐的结构原则，如所有的意象都代表光亮或透明的东西，句法也十分整饬，诗歌主体虽然省略，但诗歌参与了这样一个进程——其间每一实物都是总链条上一环，意象循环往复，无休无止，强化了主人公的思绪，而彼此对立的意象也生出诗意。因此，通过保持原始律动的符号的介入，这首诗揭示了一个神话般的、物我交往的月夜的秘密。

“文类学研究”一章认为，文类学是一门貌似简单、实则复杂的学问，“文类”及其相关概念的运用和翻译就有一些缠夹不清的现象，对此作者进行了辨析。作者关于中西文类的总体比较，首先介绍了关于文学总体的比较。普实克在《中国和西方的历史和史诗》一文中分析了以西方史诗和中国史书为代表的文类的不同。他认为，史诗以及对现实的史诗感，在希腊文史著作中占有十分重要的地位，并对整个欧洲的历史编纂产生了巨大的影响；在中国则广泛采用抒情诗般的方法：通过随意缀合的手法，对事实类分化、系统化。希腊的传记著作近似于小说，甚至小说本身在早期即与历史学一并发展；在中国的艺术散文（即“文章”）中，史诗（一段故事或叙述）却没有任何地位，民间的叙事作品也出现较晚。欧洲关注具体的，不可重复的个人命运和多姿多彩的人生；中国则倾向从具体事物中引出结论、评价、真理和规范。关于诗歌的比较，一般认为中国诗歌绝大多数是短小的抒情诗，而缺乏长篇叙事诗。陈世骧从“诗”的字源学角度出发，认为最早的诗歌是舞、乐、歌三者合一的情况，因此，站在世界文学的立场上看，中国的抒情诗应该与古希腊的史诗、戏剧一起，三者构成鼎足之势。关于长篇小说概念的比较，作者介绍了浦安迪的比较，倾向于肯定其中的相似之处。关于戏剧的比较，刘若愚从六个方面归纳了中国戏剧的特点。根据中国古典小说分类学中的一些混乱情况，张汉良探讨了分类标准所应具备的性质和功能。关于文类的发生、发展、变异和消亡，西方汉学界也有不少研究实例，如桀溺（J. P. Diény）探索“古诗十九首”之源，傅乐山探索山水诗之源，卫德明（Hellmut Wilhelm）、倪豪士（William H. Nienhauser）探索小说之源等。

“叙事学”研究一章中，汉学家研究中国叙事作品的类型是在不同层次上展开的。王靖宇试图寻找有关叙事作品本质的，且适用于各国文学的叙事范型，这是一种宏观研究。还有学者进行了具体的研究，如韩南（Patrick Hanan）指出，中国早期短篇小说（16 世纪中叶《宝文堂书目》编纂之前）或是“单一情节”（unitary plot）或是“缀合情节”（linked plots），前者无论多么复杂曲折，也总是上下连贯，任何实质性的内容一旦抽掉，就必然破坏情节的完整性，如《简帖和尚》，而后者只不过是个松散连接一系列故事片段的框架，即使抽掉某一片段也无伤大体，如《宋四公大闹禁魂张》《史弘肇龙虎君臣会》。根据弗莱的叙事模式，韩南对中国古典小说的特点做了一些考察，他认为：第一，情节缀合之作要比情节单一之作位置排得高些，后者的主角不可以悲剧主角视之，他们总是处于低摹仿或反讽等级。第二，在情节单一的作品中，灵怪小说的主角仍是软弱的凡人，仍属低摹仿型，才子小说位于较高的摹仿等级。第三，《金瓶梅》这部小说与缀合情节的长篇小说和短篇小说相比，是有所创新的。它采用了单一情节，首次解决了中国小说整体与部分的矛盾；这部小说的主要人物取自《水浒传》，但形象全然不同，人物类型的升格是早期小说和晚期小说普遍的不同之处。关于叙事手法的研究，汉学家有不少精彩的实例。如韩南认为，文言小说所用方法很多，但最常见的是一个自我消隐而又无所不知的叙事者，而白话小说采用当众说书的形式，后者制造出了“距离效果”。文言小说精炼，白话小说详尽，这不仅是文体风格不同，而且是描述现实的方法不同，后者多有“证词般的细节”。其他如凯瑟琳·卡利茨的《〈金瓶梅〉修辞学》也是借用修辞学一语探讨《金瓶梅》道德说教的艺术手法。古代作家创作传奇、小说，常常以多种多样的方式袭用原有的作品，因此“文本间性”是传统叙事学的一个重要问题，高辛勇在《中国叙事作品种种衍生现象》中条分缕析，试图建立“衍生诗学”。研究叙事作品，在西方有一种广为流传的方法，照王靖宇的话就是“分解出叙事文学的主要成分和因素，然后再逐一加以考察，看看它们在所研究的某部或某类作品中是如何产生效用并相互作用的”。但在确认内在因素时，学者们的意见并不一致，如王靖宇的《左传》研究采用了罗伯特·斯科尔斯和罗伯特·凯洛格的方案，就情节、人物、视点和意旨四种不可或缺的因素加以分析，而倪豪士在研究《文苑英华》里以“传”命名的三十三篇唐代传奇时，则多少受到结构主义叙事学的影响。他指出，标准的传奇作品的文类语码应该包括五个范畴：叙事、模式、风格、结构和意旨，他以此对作品来进行分析。

“比较文学研究”的影响研究，平行研究和跨学科研究是大家比较熟悉的三种类型，在这些方面西方学者自然也做出了很多研究实绩。值得注意的是，作者专门在这一章的小结部分探讨了三种研究类型的可比性问题。他认为，影响研究的可比性取决于特定历史事实（即“实际联系”）之有无；而平行研究的可比性则比较复杂，他以刘若愚比较伊丽莎白时代戏剧和元杂剧为例说明目的在于“证同”，如果旨在辨认比较对象的不同，也往往要寻找一个共同点作为体现可比性的基础。跨学科研究也有实际关联和平行比较两种基本关系，可以以此类推。

其他的现代研究方法还有心理学研究，其中比较典型的是弗洛伊德理论应用于文学的研究；符号学研究如用符号学的语码来研究杜牧；主题学研究中的母题研究；统计风格学研究则是用电脑来进行统计分析；此外还有民俗学的母题研究等等。

四、西论中用移植研究的整体考察

第三编是对移植研究的整体考察，综合分析与评价这些方法的得失。这种考察集中在两个方面，即本体论和价值论。

在本体论部分，作者总结了中国古典文学与西方文艺理论碰撞的方式，主要有如下几种类型：

（一）根据中国文学建立理论。如苏珊·朗格认为诗中所写无非是以符号代表感情的非实在世界时，她引用了韦应物的《赋得暮雨送李曹》；而费诺罗萨的“汉字诗学”则被应用到中诗英译和研究领域；还有一种是如刘若愚一样通盘考虑中西两种文学，试图建立普遍适用的理论——共同诗学，为此他提出“诗歌乃语言和境界之双重探索”。

（二）根据中国文学修正西方理论。如王靖献在移用帕里—劳德理论时，结合《诗经》的实际创作情况，采用了“过渡时期”这一概念，从而修正了原来的西方理论。

（三）兼用中西两种理论与方法。叶嘉莹的《吴文英词现代观》即以西方现代诗歌理论为透视角度，以传统的史实考证和语义辨析为具体的研究手段；又如浦安迪总结原型模式“二元补衬”和“多项周旋”时，所用原型批评理论是西方的，所得模式则是中国的阴阳五行观。

（四）直接运用。如倪豪士关于《毛颖传》的寓意分析。

作者最后认为，修正型和兼用型是移植研究的必然产物，因而也是主要操作方式。

最后，也是最重要的一点，是对这种移植研究的价值评判。作者认为，移植研究属于平行研究的“间接比较”。为什么这么说呢？作者认为“一种文学理论的产生，主要来自相应的文学创作实践，其次是来自非文学领域（其他学科或者其他艺术），但也首先用于本国的文学研究，而将之移植到另一种文学研究时，就必然会涉及到两种文学的比较。换句话说，‘移植研究’实质上是两种文学通过理论的移植而建立起来的一种比较关系”。[①] 因为在移植研究的过程中，西方汉学家对西方理论的取舍之间已经构成一种潜在比较，而在实际的移西解中阶段，两种文学潜在的比较关系就会表面化。如在介绍西方理论时会牵扯西方作品，在分析过程中也常常利用西方文学作品来比况或反衬中国文学作品，因此不仅会引出作品与作品的直接比较，也能够引出批评与批评、理论与理论的直

① 周发祥：《西方文论与中国文学》，江苏教育出版社，1997 年，第 402 页。

接比较。所以作者因此断定移植研究乃是一种间接的平行比较。

关于移植研究的基本特点，作者主要总结如下：（一）多方参照，广做比较；（二）学科间相互融合、渗透；（三）视角灵活多变；（四）着重形式研究；（五）极力追求科学化。

对于移植西论以为中用的做法，作者持乐观态度，并认为具有宝贵价值：第一，开辟检验西论的新途径；第二，充作古典文学的借鉴；第三，开阔比较文学的视野；第四，启发理论建设的思路。

思考题

1. 何谓移植研究？
2. 各文学研究方法的优劣何在？
3. 如何评价移植研究？

参考书目

1. 周发祥:《西方文论与中国文学》,江苏教育出版社,1997 年。
2. 王晓平、周发祥、李逸津:《国外中国古典文论研究》,江苏教育出版社,1998 年。
3. 赵毅衡、周发祥:《比较文学研究类型》,花山文艺出版社,1993 年。
4. 周发祥、李岫立编:《中外文学交流史》,湖南教育出版社,1994 年。

第九章

曹顺庆及《中西比较诗学》

一、曹顺庆比较诗学思想发展概论

曹顺庆，1954 年生，1976 年于复旦大学中文系文学评论专业学习，1980 年毕业后考上四川大学研究生。从这时开始，他便与其结下重要机缘，一是四川大学，一是比较文学。前者成为他身体的栖居之地，后者构成他思想的延伸之路。曹顺庆虽然不是四川人，但从 1980 年起，便一直留在四川大学，1983 年硕士毕业，留校任教，1984 年继续在四川大学攻读博士学位，1987 年获博士学位，同年即破格任副教授，1990 年又破格任教授。他曾去香港中文大学、美国康奈尔大学、美国哈佛大学等地任访问学者，但一直作为四川大学的教师从事教学科研工作，并于 1996 年任四川大学文学院（1998 年之后为文学与新闻学院）院长至今。为此，在学术的地缘上，他已被认为是代表性的“川籍”学者。并且，他团结地方同仁，在中国西南地区开拓出一片独特的学术风景，成为 20 世纪 90 年代在中国比较诗学兴起的三大地缘性学者群体之一，与北京大学为主的华北地区学者群体、暨南大学为中心的华南学者群体相呼应。西南地区的比较诗学群体，“在主攻文论总体规律和传统中国文论名著的阐释，时有热点问题抛出，引发学界争论”。[①] 这一西南地区的学术特色与起核心作用的曹顺庆的学术路线是密切相关的。

与比较文学界多数学者起步于外国文学不同，曹顺庆是从中国古代文论专业进入到比较文学研究中的。他在研究生阶段所学专业是中国文学批评史，并成为中国第一位中国文学批评史方向的博士学位获得者。他师从被誉为“龙学泰斗”的古典文献学大家杨明照先生，养成深厚的中国古代文论功底。这一学缘身份决定了他的学术立场：探索中国古代诗学在现代性与国际化文化境遇中的可能性。在对传统与现代、民族与世界的共同观照下，他主动地、自觉地进入到比较文学的学术思路上。他首先关注的是诗学问题，所以，在比较文学领域，他的重心也是放在比较诗学上。他很早就开始从比较诗学视域去探索中国文论与西方诗学之间的异同。除硕士论文《〈文心雕龙〉中的灵感论》外，他从 1981 年开始，还陆续发表了《亚里士多德的“katharsis”与孔子的“发和说”》《“风骨”与“崇高”》《“移情说”、“距离说”与“出入说”》《中西美学中的物感说与摹仿说》《“迷狂说”与“妙悟说”》等系列论文，这些文章主要采用平行研究的思路来辨析中西诗学。最终他在博士论文《中西比较诗学》中对这些问题进行了汇总与拓展，并于 1988 年由北京出版社出版。

《中西比较诗学》作为曹顺庆比较诗学思想的首次总结，无论对其本人，还是对中国比较诗学学科的创建都有着开拓性的意义。一方面，这部著作既是诗学在跨文化领域的具体比较实践，又是一种在比较视野下对于跨文化诗学的体系性总结，既有丰富细致的证据材料，又有完整高拔的归纳梳理，从而为比较诗学的实践在方法上、视野上、态度上给出了合理的展示，为比较诗学的发展创造出了可能性。另一方面，它以

---

① 陈跃红：《比较诗学导论》，北京大学出版社，2005 年，第 75－76 页。

中西诗学作为比较的两极，将母体文化与外来文化作为对话的双方，既是对本土话语的张扬，又是对作为世界强势文化的西方文化的反思，由此展示出中国学者所应有的话语立场。这一著作也成为他之后的学术方向与学术视域的基础。

此后，曹顺庆在比较文学与比较诗学上的学术路线主要沿着两个方向发展。一是坚持本土的话语姿态，关注中国文化在世界文化语境中的处境及可能性。与这一方面相关的是，他于上世纪 90 年代中期倡导比较文学“中国学派”、提出“重建中国文论话语”及“失语症”问题。“失语症”是他对中国文论在当代世界文化语境中所遭遇的问题的反思所得的结论。“失语症”这一概念正是他在《文论失语症与文化病态》一文中首次提出。文中直接指出当今文艺理论研究最严峻的问题就是“文论失语症”，“这种‘失语症’，是一种严重的文化病态。”他解释道，“所谓‘失语’，并非指现当代文论没有一套话语规则，而是指她没有一套自己的而非别人的话语规则。当文坛上到处泛滥着现实主义、浪漫主义、表现主义、唯美主义、象征、颓废、感伤等等西方文论话语时，中国现当代文论就已经失落了自我。她并没有一套属于自己的独特话语系统，而仅仅是承袭了西方文论的话语系统。”[①]“重建中国文论话语”即是针对这一问题所提出的方法与目标。他就重建的具体工作方面提出了三点：“其一是在立足当代现实的基础上，清理并正确认识中国传统文论话语，认识中国文论所独具的话语模式与特色，并从中发现其生命力和理论价值之所在。其二是将中国文论话语试用于古今一切文学，考验其适应性；结合当代文学实践，用中国文论话语阐释当代文学艺术作品，尝试其共通性、普遍适用性；如果中国文论话语某些（并非全部）东西（术语、范畴、方法等等）的确能适用于现当代文学（例如用意境解释

① 曹顺庆：《文论失语症与文化病态》，《文艺争鸣》，1996 年第 2 期。

现当代诗），那么，我们就应当承认，中国传统文论话语并非僵尸一具，并非博物馆里的秦砖汉瓦，仅仅供人凭吊参观；中国传统文论仍然具有强大的生命力，它足以参与中国乃至世界文论大厦的建造。其三，在恢复中国文论话语、激活其生命力的同时，促进中国文论话语与西方文论话语相互对话，在对话和交流中互释互补，最终达到融汇共存与世界文论新的建构，这是我们基本的、也是最终的目的。”① 他倡导“中国学派”，总结中国比较文学研究的方法体系，也是作为中国学人对“失语”现象的一种自觉的反抗，更是从方法论及学术视野上，将中国文论放在与西方对等的位置上，为中国文论的复兴与重建创造新的可能。

曹顺庆在比较诗学领域的另一个努力方向，是以《中西比较诗学》为基础，将中西诗学的两极比较进一步扩展为世界诗学的多维比较。这是中西比较诗学发展的一个必然逻辑。他在《中西比较诗学》的“后记”中写道：“比较不是理由，只是研究手段。比较的最终目标，应当是探索相同或相异现象之中的深层意蕴，发现人类共同的‘诗心’，寻找各民族对世界文论的独特贡献，更重要的是从这种共同的‘诗心’和‘独特的贡献’中去发现文学艺术的本质特征和基本规律，以建立一种更新、更科学、更完善的文艺理论体系。”② 由此可见，《中西比较诗学》只是他从本土身份考究问题的开端，真正的目标是要超越于中西的对立之外，建立具有统一性的“总体诗学”。曹顺庆对这一目标的追求在他的另一部著作《中外比较文论史》中获得了更直接的展现。这部著作共分四卷，其中“上古部分”于1998年由山东教育出版社出版。全书完成后改名为《中外文论史》在2012年由巴蜀书社出版。在其后记中，他也明确指出自己在研究方法上的两点变化，“其一是从中西两极比较，

① 曹顺庆：《21世纪中国文化发展战略与重建中国文论话语》，《东方丛刊》，1995年第3辑。

② 曹顺庆：《中西比较诗学》，北京出版社，1988年，第270—271页。

转向了总体文学式的全方位多极比较；其二是从文论范畴的对比研究走向文化探源式的跨文化比较文学研究。”[①] 这意味着这个时候他所关注的视野不再限于中国与西方，而是世界上所有重要的文化圈和文论系统，他所追求的目标也不只是揭示跨文化诗学的异质性和重建中国文论话语，而是一种更具普世价值的总体性诗学。

除此之外，曹顺庆在2000年后提出的“跨文明比较”与“变异学”等思想，也是其自身比较诗学思想进一步成熟的表现。将“跨文化比较”发展为“跨文明比较”，既是对中国文明的世界性存在提供话语可能与反思视域，也为建立总体性诗学之可能铺建更开阔的话语路径。“变异学”将比较文学从以“求同”为主的视域，拓展为对“异”的原因与可能性的探索，同样也是为中国文论的重建，以及总体诗学的达成创造理论的基础。由这些清晰的发展轨迹，可以见出曹顺庆的比较诗学思想有着持久的一贯性和不断拓展的气魄。另一方面，它也显示出《中西比较诗学》一书无论对于作者本人，还是对于中国比较诗学的发展，都有着重要的奠基性意义。

二、《中西比较诗学》的理论前提

（一）概念界定

界定“诗学”与“比较诗学”的概念，是进行比较诗学研究的前提。在《中西比较诗学》绪论的第一部分“小引”中，对这两个基础性概念做了简略的说明。作者指出“诗学”这一术语来自亚里士多德的《诗学》，在亚里士多德那里，“诗学”包含诸多内容，其中的“诗”并

---

① 曹顺庆：《中外比较文论史》，山东教育出版社，1998年，第761页。

非文体意义上的诗歌，可以泛指艺术。于是，这里的“诗学”相当于“文艺理论”。亚里士多德奠定了西方传统诗学的概念，到了近代，美学的诞生促成了诗学分成了偏重哲学的美学与偏重批评实践的文艺批评两个部分，20世纪的印象派诗学又提出回归传统诗学概念。由此，作者说明：“‘诗学’是一个包含诸多内容的约定俗成的传统概念，它既包括了诗论，也包括了一般的文艺理论乃至美学理论。”作者进而“采用了这一约定俗成的术语，将各国文艺理论的比较称之为‘比较诗学’”[①]。“‘中西比较诗学’正是从理论的高度来辨析中西文艺的不同美学品格并深探其根源的尝试。”[②]

在对中西诗学进行比较之前，作者对“诗学”、“比较诗学”、“中西比较诗学”的内涵做了简要的说明，为之后更具体繁复的诗学问题的展开建立了一个简洁而清晰的平台。“诗学”概念本身并非该著作论述重点，作者在这里用笔节俭，有利也有弊。其有利处在于：中西诗学问题纷繁复杂，要比较，需先进行学科归属，从简处入，从深处出，总体上明晰，才能在细处有所放开，如此更可以条理清晰，层次分明。虽然在该书的开始，作者没有对西方“诗学”与中国“文论”的异质性给予明确说明，但在之后的具体比较中，在每一个范畴的对照关系中，都凸显了两者所具有的各自的异质性特征。比如在绪论里，作者在谈到中国文论的特点时就做了总结：“中国古代文论著作，主要有四种形态：第一种是子书中散见的文论，如《论语》《庄子》《论衡》《抱朴子》。第二种是选家的序跋，如《昭明文选序》《河岳英灵集序》《古文约选序》。第三种是卷帙浩繁的诗话词话，如《诗品》《六一诗话》《石林诗话》《沧浪诗话》《诗薮》《原诗》《姜斋诗话》《渔洋诗话》《人间词话》。第四种是小

---

① 曹顺庆：《中西比较诗学》，北京出版社，1988年，第3页。

② 同上书，第2页。

说评点（至于‘体大虑周’的《文心雕龙》，则兼有各类论著之特点）。这四大类诗学著作，都有一个基本特征，即在审美直观中，从下而上地进行审美经验总结，由此而构成自己的诗学体系。”[①] 这一概括虽未从“诗学”概念自身入手，却已将中国古代文论的独特面貌呈现出来。

但作者对“诗学”概念的简洁处理，也为之后的行文留下了两个问题。第一，没有清晰界定西方“诗学”与中国“文论”的语义差异，确实对一些中西诗学基础性的异质性问题有所回避，即使作者在具体的比较中尽量追求中西诗学问题的对等与平衡，仍然会造成对各自概念理解上的偏差。第二，直接以“诗学”入题，便已经将中国文论的话语置入西方诗学的语境与体系之中，造成对话的平衡性无法得到完全的实现。

（二）发生学探源

在进行具体的诗学范畴比较之前，作者先从发生学视野对中西诗学个性的形成做了文化性探源。在绪论的第二部分，作者对中西文化特征与中西诗学特色之间的关系进行了比较，对中西诗学个性的生成问题进行了基本说明。这一部分包括三个方面内容：

第一，中西社会经济、政治特征对中西诗学的影响。作者指出，中国与西方都经历过大致相同的社会，但却各具特色。西方文明起源于古希腊，属典型的海洋文明，其地理环境决定了西方社会更具商业性特色，尊崇民主，从而使西方人崇尚个人的自由、个性的发展、个体的创作，为此西方文学艺术更热衷于对个人英雄的赞颂，对私情的讴歌，并且提倡情感的宣泄，具有创新精神。相反，以大陆文明为特点的中国更具农业性特征，重视宗法家国观念，在文艺方面偏于颂赞忠臣，歌颂气节，提倡节制情感，主张复古。

---

① 曹顺庆：《中西比较诗学》，北京出版社，1988 年，第 31 页。

第二，中西宗教、科学与伦理特征对中西诗学也有影响。作者说明，西方宗教意识强，同时也注重科学，两者结合在一起影响西方诗学既有清醒的“摹仿说”，也有宗教色彩的“迷狂说”。这是古希腊商业经济社会所造成的自然与人类尖锐对立的产物：一边是大自然的可怕威力，迫使人们于恐惧中乞求超自然的力量，从而产生了浓厚的宗教意识；一边是生存的本能促使人们去认识大自然，遂产生了发达的自然科学。而中国古代的农业经济社会使得中国人对自然怀有亲切感，尊敬自然，而不是惧怕它，感激它，而不是企图与它作对，形成了人与自然的和谐，“天人感应”的天人合一说。在中国，神的权威是有限的，奉行敬天保民的思想，没有认识自然、战胜自然的迫切感，而是讲求天人合一，听天由命，从而形成怡然自乐的心态，表现在文艺理论上，就形成了节制情感的“中和说”，不仅强调天人之和，也强调人与人之间的和，所以注重伦理关系。

第三，中西思维、语言特征对中西诗学的影响。作者认为，西方的商业性社会开放外向，向外探索形成爱智与“思物”的思维特征，而中国的农业型社会封闭自足，则更多内向性，擅长“思我”，求“仁”。如此，西方重分析逻辑，中国重直觉感悟，所以西方形成了系统性的诗学体系，而中国产生了注重直觉的“妙悟”，强调在审美直观中，自下而上地进行审美经验的总结。西方语言长于精确分析，但却显得缺少形象美感，容易抽象而独断，中国文字虽不擅长演绎分析，却富于形象美感，往往让人在生动具体的形象中获得领悟。

（三）研究方法的确认

在进行中西诗学比较的同时，还需要对比较的方法进行确认。在《中西比较诗学》中，作者主要运用了三种方法：平行研究、双向阐释及文化探源。比较诗学作为比较文学的分支及拓深而出的新学科，在方法论上也具有延续性与拓展性。该书的绪论中说："中西比较诗学"是从理论高度来辨析中西文艺之不同美学品格，并探索其根源。作者将中西诗学放在对等的位置所进行的比较，就是对比较文学平行研究方法的直接运用。这一点在著作的结构与体例中清晰可见，其中各小节多是由两个或两组概念并置，以呈现平行研究的姿态。进而，在对等的两组概念与诗学体系中，作者意图纠正常见的以西释中的单向"阐释法"，而以互证互释的方式，呈现出双向互动的"阐释"理念。这种双向阐释是对平行研究在诗学比较上的具体运用的深层拓展，也是坚持中西诗学平等对话的必然姿态。在此基础上，为了真正发掘中西诗学个性之异同，作者还采用了文化探源的方法，溯本求源，追溯概念生成的源头，并梳理其变化的重要过程。作者在绪论的最后说明："以上对中西社会经济、政治特征的粗略探源，对中西民族特征的简要比较，对中西文化特征的寻根，以及对中西不同的思维方式、心理特征、语言文字的探讨，都是通过'重新寻根的探讨'，从根本上来深入认识中西文学艺术的不同审美特色，认识中西诗学理论所独具的理论价值及其民族特色和世界意义。"[①] 三种方法逐层深入，从同到异，从表面之异同到其发生根源，从而达成中西诗学的全面及深层的对话可能。这些理论方法在这里还只是初步运用，曹顺庆在后来的研究中不断对之进行深化与拓展，将其发展为适合中国学者进行比较文学研究的系统性的理论方法。他在1995年发表的长文《比较文学中国学派基本理论特征及其方法论体系初探》中对此进行了更完整的总结。

---

① 曹顺庆：《中西比较诗学》，北京出版社，1988年，第37页。

三、《中西比较诗学》的内容

《中西比较诗学》除绪论外，著作的主体分为五大部分，分别是：艺术本质论、艺术起源论、艺术思维论、艺术风格论、艺术鉴赏论。这是按照当时中国常见的文艺理论学科体系，将文艺理论的问题分成不同层次。五个方面既有并列性，又具有逻辑的延展性。艺术本质属于本体性问题，作为问题的逻辑起点，放在第一部分；艺术起源是艺术的发生学问题，作为问题的时间性起点，放在第二部分；艺术思维是艺术的主体性问题；艺术风格是艺术的客体问题；艺术鉴赏是艺术的接受者问题。这五个部分包括了文艺理论最重要的问题域，由著作的结构安排既可见出作者所讨论的问题既有一定的系统性和完整性，又富有层次感，如此可以让繁琐的中西诗学问题变得更为清晰，更容易展开。

五个部分的内在结构也是对应的，每一部分包括一个“小引”，往往从异质性的诗学现象或者某些学术论争入手，引出中西诗学在同一范畴中的不同诗学个性与概念表征，从而在其后的小节中分别予以讨论。除“小引”外，第一部分另有三小节，后四个部分各有两个小节，每一小节的主题都是由两个或两组相互对应的中西诗学概念构成。在艺术本质论中，对应的分别是：意境与典型、和谐与文采、美本身与大音、大象；在艺术起源论中，分别是：物感与摹仿、文道与理念；在艺术思维论中，分别是：神思与想象、迷狂与妙悟；在艺术风格论中，分别是：风格与文气、风骨与崇高；在艺术鉴赏论中，分别是：滋味与美感、移情、距离与出入。总共二十三个重要概念，涉及中西诗学的不同领域。作者在体系化的结构中，探索每个概念的源头与演变，内涵与外延，具体入微地辨析中西诗学同一范畴下的不同概念间的异同。这些比较的具体内容不在这里一一陈述，仅选择该著作中关于艺术起源这一部分的论述，借以了解作者的行文思路与基本观点。

该著作第二部分比较中西诗学中的艺术起源观。作者首先指出，关于艺术的起源问题，中国与西方的理论家提出过许多不同的看法，比如摹仿说、感物说、游戏说、交流说、巫术说、性爱说、符号学以及起源于道、起源于神等等。但在这一问题上，国内文论界多数沿用了西方学者的看法。其实，在中国古代文论中，不但有艺术起源论，而且还有非常丰富的认识，先秦两汉就有“抒情言志说”和“发愤著书说”，六朝有“缘情说”，属于“情感表达说”，《礼记》里提到了“巫术说”，《易经》里提出“符号说”等等。进而，作者选择了中国的“物感说”与西方的“摹仿论”，以及中国的“文道论”与西方的“理念论”分别在之后两节里进行了具体的比较。

第一节里，作者指出，在民族形成之初期，一些重要的文艺起源论，会对之后民族文化产生重要的影响。如果能够准确地抓住这些重要理论的特征，对于我们认识过去的文艺美学思想以及指导今天的创作都极有裨益。在西方，亚里士多德在《诗学》中明确提出艺术起源于摹仿，文艺作品是摹仿的产物，摹仿就是艺术的特征，从而形成了对西方文化产生重要影响的“摹仿说”。在中国，儒家经典《礼记·乐记》最早明确提出了“物感说”，说明文艺的产生，是因外物的感发。这一观念也对中国古典文艺影响深远。“摹仿说”与“物感说”都是在探讨文艺的产生时提出来的，并且在时间上也非常接近。它们都认为：摹仿与感物不但取决于客观世界，也与主观自我密切相关，都是主客观的统一，都离不开人的“天性”与“本能”。但是两者偏重有所不同。其中“摹仿说”强调真实再现客观事物，“物感说”要求真实表现内心情志，也就是说，“摹仿说”讲再现，“物感说”讲表现。“再现”与“表现”也构成中西古典美学理论与中西古代文艺的根本区别与特征之一。进而，“物感说”主张表现，则必然要抒情言志，所以抒情文学在中国极其发达，抒情是“物感说”的另一个重要特征。“摹仿说”主张再现，则势必客观地描述现实，所以西方叙事文学尤其兴盛，叙事即成为“摹仿说”的又一特征。抒情是“物感说”的核心，并由此产生“赋、比、兴”的艺术手法与美学原则，以及导致了“意境”理论的出现；而叙事也会导致对“情节、结构、性格”的关注，从而生成了重要的“典型”理论。这也成为中西文艺美学个性完全不同的重要表现。再而，从更复杂的角度去探索，中西文艺美学都有矛盾的一面。讲求客观描述之“摹仿说”的西方，在情感上，却更强调宣泄，也就是“宣泄说”，并且由此造成了西方既以叙事文学为主，同时浪漫主义文学又非常兴盛的特殊状况。追求抒情言志之“物感说”的中国，却更注重情感的节制，由此达到中和与平衡，也就是“中和说”。有趣的是，到了现代，中西文论的个性发生了转移，出现了“交换位置”的现象，即中国开始向“再现”靠拢，而西方却倾向于“表现”。这是因为政治与文化发生了改变，在现代时期，西方与中国都在寻找对传统的突破，并且彼此学习，从而向相反的方向转折。西方开始以内在的表现来反馈现代社会的问题，中国则以叙事性再现来呈现现代社会的境遇。但是，西方现代派的抒情与中国古典的抒情精神并不一致，中国古代主要是一种有理性有节制的抒情，西方则主要是非理性的本能欲望的发泄。另一方面，中国古代追求意境之美，而西方现代派却刻意追求“丑”之美。相比而言，中国古代文艺表现说更辩证一些，在强调主观表现的同时，也强调客观现实，强调抒发情感的同时，也强调有理性地节制情感，不求形似，却不否定形似，提倡含蓄，也不流于晦涩，如此在认识上全面而辩证，但也为此显得保守，缺少创新个性。相比而言，西方现代派更富有创新精神，却因过于追求创新，而容易走向偏激片面。但这种转变也是社会发展与文艺自身发展的必然结果，从这种交互变化的过程中，也能更深入地理解中西诗学的深层个性。

在第二节中，作者比较了中国的“文道论”与西方的“理念论”。中国文艺，以“道”为核心，这种文道论思想在先秦被提出，荀子使之完备，之后成为中国文艺的正统权威理论。西方的权威理论是由柏拉图系统提出的“理念论”。两者都对各自的文化史影响深远。同时作为具有本体性质的概念，都不容易获得清晰的表述。作者指出，“中国的文道论比较复杂，各家皆各道其所道。……但没有人明确指出文道论首先是一种艺术起源论。”[①] 而西方虽也有诸多说法，但都集中认为“理念”是文艺的起源。两者皆认为“理念”与“道”是“文”的本原，是文艺的泉源，从而说明哲学的本体论概念同时也构成了文艺美学的本体思想的基点。同时，“理念”与“道”也是“文”的内容，并且是作为内容与形式的统一。在这些相同之上，因为文化土壤的不同，两者也体现出了不同的文化特色。西方的“理念论”笼罩着神灵的光晕，具有宗教色彩，注重“神道”；中国的“文道论”则充满现实生活气息，属于“自然之道”。另一方面，“理念论”更具哲理意味，“文道论”更有伦理色彩。“理念论”总是紧紧扣住哲理来论述文艺；而“文道论”总与伦理道德融在一起，主张文艺要“经夫妇，成孝敬，厚人伦，美教化，移风俗”。第三个方面，“文道论”紧扣现实生活，强调文学的社会作用，主张文学干预社会，可以说是中国现实主义文艺理论的核心。相反，“理念论”将文艺导向神秘的“天国”，追求超越性的抽象的理念、迷狂、灵魂回忆、理想与崇高，从而对西方的浪漫主义文艺产生了重要影响。最后，中西文化史中都有复古主义的浪潮。相比而言，中国的复古主义潮流比西方更强烈，其原因较为复杂。因为西方的“理念论”虽提出得很早，但并没有成为复古主义的旗帜，反而还成为浪漫主义等文学潮流反对复古提倡创新的理论武器。而“文道论”从一开始就具有浓厚的复古

---

① 曹顺庆：《中西比较诗学》，北京出版社，1988 年，第 133 页。

主义色彩。作者最后总结道，通过这一系列辨析，对中西不同的审美个性的认识，“必将有益于我们的文学史、批评史、美学史的研究，有益于我们的文学创作的继承、借鉴，有益于我们辨析中西文论的不同民族特色。”[①] 不特如此，我们还能从中发现一些过去认识上的局限，比如忽略了“文道论”的保守一面，或者在强调“道”的不同内涵时，却忽略了各家“道”的共同内涵，即忽略了中华艺术及其理论内在的一致性。

四、《中西比较诗学》的特点与价值

《中西比较诗学》在结构与论述个性上有几个重要特点。首先，该著作是以诗学范畴的比较为重心。作品的结构体例非常清晰，从系统的文艺理论体系出发，将问题分为五大领域，每一领域中又由不同的中西诗学的核心概念与范畴构成。全书共选取了二十三个不同的中西诗学范畴，这些范畴彼此对应，有的本质相同，只在细微处有所差异，比如美本身与大音、大象；有的在内涵上有较大差异，如“迷狂说”与“妙悟说”，实际上所反映的问题域是一致的，都是关于艺术思维的共同探索。作者在选取范畴概念时，首先考虑的是其可比性问题。然后再根据可比性之不同，分别进行同中辨异或异中辨同。如在“风骨”与“崇高”的比较中，由于历来论者对“风骨”概念的认识不足，作者先要梳理“风骨”的内涵与变化，然后将其与“崇高”进行辨同。作者认为，二者之所以具有可比性，是因为二者有着一个共同的特质，即对“力”的强调。它们同属于一种以“力”为基本特质的阳刚之美，同属于一个审美范畴。并且细加考察，二者还具有五种相同的要素，分别是：庄严伟大

---

① 曹顺庆：《中西比较诗学》，北京出版社，1988 年，第 154 页。

的思想；强烈激动的情感；运用藻饰的技术；高雅的措辞以及总结性的整个结构的堂皇卓越。在当时西方话语强势的状况下，作者针对西方诗学的范畴，分别找出中国文论中的对应性概念，探索其中的异同与个性特征，其目的正是要做到中西诗学的互释互证，双向阐发，从而试图建立更加适合于中国文艺的诗学体系。

其次，该著作注重对概念进行文化探源。这在绪论中专门论述社会文化特征与诗学特色的关系时就已经鲜明表现出来，这段论述成为之后中西诗学范畴比较的基础，并在具体比较中，又会不断回溯到这一部分中。比如该书第一部分在论述艺术本质问题时，作者首先对西方的“典型论”和中国的“意境说”进行了比较，在两者之间看到共同的特点，即都是强调主客观的统一，意与境的交融。但在辨析各自的特点时发现，“典型论”更偏重客观，注重客观形象的再现，“意境说”更偏重主观，注重主观情感的抒发。然后追溯其文化源头，作者指出，西方具有商业性特征的社会生出以描写人物为主的摹仿再现的叙事文学传统，形成“典型论”产生的土壤，而亚里士多德的“摹仿说”则是“典型论”产生的直接的理论基础。与此相反，中国的“意境说”产生于宗法性与农业性的中国古代社会所生成的以表现为特征的抒情文学传统，并受儒家学派的文学起源论——“物感说”的影响。此外，该书的第二部分艺术起源论，本身就是对起源问题的探讨。这种探源的意图在于，作者不但要在同一范畴找出中西诗学之同，更要通过回溯中西文化的根源，追索出中西诗学的个性生成之因，并在这种辨异的基础上，找到更合理的中西诗学对话的位置与方式。

再次，该著作有着体系化的目标。这种体系化不是指建立诗学、或者比较诗学的体系，而是以体系化的形式来进行中西诗学的比较，从而通过这种比较，更好地全面系统地理解中西诗学各自的异同，并且为创建适合中国的诗学体系打下基础。作者以范畴比较为基点，文化探源是从纵向的历史性角度去理解这些概念范畴的起源与发展，体系化是从逻辑结构层面对这些范畴概念进行归纳与梳理。这三个特点结合在一起，构成了作者的深层用心，将繁复的诗学问题归化在完整的体系中，既是对中国诗学体系的可能性构建，也是为了他更远大的目标——建立总体性诗学，打下最初的基础。

《中西比较诗学》出版之后，在学界引起注意，获得诸多好评，并获全国比较文学图书一等奖。杨义、陈圣生著《中国比较文学批评史纲》中，对其做了专门介绍。新加坡国立大学王润华教授称其为“一篇难度很大的国际一流论文”。在此之前，虽有学者做过具体的比较诗学研究，但许多学者尚未有清晰的“比较诗学”的学科意识。可以说，正是《中西比较诗学》明确提出了“中西比较诗学”这一名称，并对“比较诗学”的概念进行界定，使之作为一门学科的名称固定下来。在曹顺庆主编的《中西比较诗学史》一书中，将2000年以前的中国比较诗学的发展分为三个时期，分别是中西比较诗学的萌芽期（1840—1919），中西比较诗学的前学科期（1919—1987）及中西比较诗学的创立期（1987—2000），其中从前学科时期到创立期的转折时间为1987年，而构成这一变化的标志性事件，就是曹顺庆的专著《中西比较诗学》（北京出版社，1988年）的出版。作者明确指出：“中国比较诗学作为学科的创立则是以曹顺庆的《中西比较诗学》为开端的。”[①] 王向远在《中国比较文学研究二十年》一书中亦指出：“《中西比较诗学》是我国第一部中西比较研究的专门著作。……可以说是开辟了中西比较诗学的一个新阶段。”[②]

鉴于《中西比较诗学》的深远影响，在这本书出版20年后，中国

---

① 曹顺庆主编：《中西比较诗学史》，四川出版集团巴蜀书社，2008年，第186页。

② 王向远：《中国比较文学研究二十年》，江西教育出版社，2003年，第250—251页。

人民大学出版社对其进行了再版。由于20年来，中国比较文学研究不断深入发展，学术视野也有更多拓展，出版社建议作者对原书做一些修改，但作者认为“保持此著的原貌，更有助于读者探求中国比较诗学发展的初始状态，更有利于感受比较诗学研究的历史原貌”[①]。为此，作者只对原著中个别错字和部分注释作了订正和调整。

思考题

1. 曹顺庆的研究领域主要在哪些方面？
2. 中西诗学在文艺起源问题上的同异表现有哪些？
3. 《中西比较诗学》的特点与价值是什么？

参考书目

1. 曹顺庆:《中西比较诗学》,北京出版社,1988年。
2. 曹顺庆:《中西比较诗学》(修订版),中国人民大学出版社,2010年。
3. 曹顺庆主编:《中西比较诗学史》,四川出版集团巴蜀书社,2008年。
4. 曹顺庆:《中外比较文论史》,山东教育出版社,1998年。
5. 陈跃红:《比较诗学导论》,北京大学出版社,2005年。
6. 王向远:《中国比较文学研究二十年》,江西教育出版社,2003年。

---

① 曹顺庆:《中西比较诗学》(修订版),中国人民大学出版社,2010年,第245页。

第十章

余虹及中国文论与西方诗学的分殊与通约

一、作者及成书背景

余虹（1957—2007）是中国著名的文艺学、比较诗学研究者，生前为中国人民大学文学院教授。余虹生于四川开江，早年从四川大学毕业，后在暨南大学中文系文艺学专业获比较文艺学方向的博士学位。1999年他在复旦大学中国语言文学学科文艺学专业从事博士后研究，翌年赴澳大利亚悉尼大学人文学院进行学术访问。余虹在海南大学短暂执教后，于2002年任中国人民大学中文系教授、博士生导师，同时还是复旦大学文艺学与美学研究中心、四川大学比较文学与世界文学研究中心等多所著名高校科研机构的兼职教授。在其并不漫长的学术生涯中，余虹教授著述颇丰，主要著作有《思与诗的对话——海德格尔诗学引论》（北京：中国社会科学出版社，1991年）、《中国文论与西方诗学》（“三联·哈佛燕京学术丛书”，北京：三联书店，1999年）、《革命·审美·解构——20世纪中国文学理论的现代性与后现代性》（桂林：广西师范大学出版社，2001年）、《艺术与归家》（北京：中国人民大学出版社，2005年），译著有《海德格尔论尼采》（石家庄：河北人民出版社，

1990 年）、《海德格尔诗学文集》（武汉：华中师范大学出版社，1992 年），同时在国内外学术刊物上发表诸多学术论文，可谓成果丰硕。

从其著作与译著情况来看，余虹的治学领域始终集中于比较诗学。《中国文论与西方诗学》一书出版于 1999 年，他在导师饶芃子指导撰写的博士论文基础上又在复旦大学从事博士后研究时进一步扩充修改，最终成书。[①] 此书较为集中地反映了余虹在比较诗学领域的基本思考与治学思路："在对（中国）文论与（西方）诗学的严格区分与现象学还原的基础上进行比较研究"，即作者首先明确区分了文论与诗学的概念范畴，进而探讨二者之间通约的可能性与分殊之处，而非笼统地进行"中西比较诗学"研究；但他亦在"后记"中明言"罢笔之后深感心有余而力不足"。[②]

曹顺庆在 2008 年出版的《中西比较诗学史》中曾这样定位余虹的《中国文论与西方诗学》：该书"在比较模式、本体论和语言论上探讨中西比较诗学研究如何达至中西平等，同时又能彰显中国诗学的身份，实现真正意义上的诗学比较。"[③] 他认为，此书之所以有其代表性，乃是因为呼应了当时比较诗学研究的语境转变。上世纪九十年代，随着比较诗学领域问题探讨的不断深入，早期的"以西释中的研究模式"已经遭到了质疑和批判，"以西方文论来阐释中国文论或以西方文论取代中国文论都将导致中国文论丧失自身文论话语权利而滋生'失语症'"。[④]

明清以降，西学东渐，至五四运动以后更有"全盘西化"的主张。西方的学术理论经过译介逐步进入和盘踞中国学界，中国渐有"失语"之症，无法发掘自我的思想资源，更无力与西方文学理论对话。研究者

---

① 余虹：《中国文论与西方诗学》，三联书店，1999 年，第 275 页。

② 同上。

③ 曹顺庆：《中西比较诗学史》，巴蜀书社，2008 年，第 486 页。

④ 同上书，第 485 页。

纷纷使用西方文学理论与批评的术语来阐释中国古典文论。比较文学研究者的感受是最初亦是最深切的，因而在“自我身份定位的焦虑”中被驱使着“把中西诗学比较的关注焦点转向中国文论或中国诗学发展的前途命运上”。[①] 正是在这一研究范式危机的意义上，余虹的《中国文论与西方诗学》是对传统研究理念与方式的突破，摒弃了“中西比较诗学”的惯用词汇，以现象学还原之后的基本概念来从根源上追求中国与西方的文论／诗学的平等对话，因而实现了“真正意义上的诗学比较”。[②]

二、中西比较诗学何以不可能

文论和诗学能否比较？换言之，“中西比较诗学”的命名是否在根本上就是一种所谓的“语法错误”？这是该书开篇就提出来的问题，也是摆在每个比较诗学研究者面前的难题。目前较为流行的说法是“‘文论’即‘文学理论’的简称，‘中国古代文论’即‘中国古代文学理论’的简称，由于‘文学理论’即‘诗学’，因此，中国古代‘文论’即中国古代‘诗学’”。[③]

粗略地阅读这一细致缜密的逻辑推理，并没什么大问题。这一流行说法也正是当时部分诗学研究者的“共识”。但是余虹首先就这一系列概念进行了清理和追溯。他认为，将中国古代“文论”当作中国古代“文学理论”的简称，或者将中国古代“文论”称为诗学或者诗学的一种样式则属武断。为此，他讨论了在现代汉语语境中的“文学理论”与

---

① 曹顺庆：《中西比较诗学史》，巴蜀书社，2008 年，第 485 页。

② 同上书，第 486 页。

③ 余虹：《中国文论与西方诗学》，三联书店，1999 年，第 1 页。

"诗学"究竟为何。"文学理论"与"诗学"这两个词虽为汉语能指，但所指的概念均属舶来品，即其语意完全是西方意义的转换与迻译。"文学理论"是"theory of literature"的对译，而"诗学"则是彻头彻尾地经由"poetics"的翻译阐释从西方引入。二者均"指述一套西方式的思想意识系统和话语系统"。[①] 如此，中国古代"文论"与中国古代"文学理论"就不能简单地画上等号，因为"文学理论"本身就是西来之物。中西比较诗学的称谓实质上取消了中国古代"文论"所独有的前"全球化"时代的中国文化的属性与意味，而将"文论"化约为"诗学"，从而落入了西方话语的陷阱，为西方诗学增添了普遍化的魅影。

那么究竟什么是真正意义上的"中国古代文论"呢？什么又是西方的"诗学"呢？余虹认为，二者的不可通约性正是从概念范畴的区分之上开始的。中国"文论"和西方"诗学"本质上都是前"全球化"时代不同地区的民族形成的较为独立的历史文化，有着清晰的历史分割与地理边界。它们都是"自成一体的文化样式"，而且"它们之间的差别是结构系统上的"，[②] 所以无论以中观西，或以西观中，二者的通约实乃一种神话。

何为中国古代"文论"？在余虹看来，中国古典时代的广义"文论"最为典型的是刘勰《文心雕龙》式的"弥纶群言"。"群言"在此意指与天文、地文、物文并列的"人文"，即"心之言"，同属"道之文"。刘勰不仅讨论了总体文论，还就当时不同的文"体"详细论说了每一种文体，因而"群言"之文实质上一个广义的文的概念。"在'人文'与'心之言'的大共名之下泛论群言乃是中国古代广义文论的基本样式，

① 余虹：《中国文论与西方诗学》，三联书店，1999 年，第 2 页。

② 同上。

此一传统自《文心雕龙》始历千年而不变。”[①] 与此同时，在中国文论史上还有一个小支流——文笔之辨中的“文”，是所谓狭义“文论”，正与“群言”相对。齐梁人沈约以声律为文的标准，梁代萧统则以编《文选》这一更实际的行动来实践自己对“文”的看法：“事出于沈思，义归于翰藻”。刘勰的思路是依经论文与归本宗经，经与文的两面一体被严格地规定为“道”的载体。儒家文化作为中国古代文化的绝对主流，也深刻地影响着中国古代文论之“文”的内涵与外延。“经”就是源初之文，亦是典范之文，《文心雕龙》也明确表达了“群言”祖述五经，因而这一不变的传统就成为文以载道或诗言志的基本逻辑：文因经而贵，因载道而贵。由是观之，中国古代“文论”的言述空间和视野就集中于由儒经而衍生出来的“群言”，依经论文正是中国古代“文论”的方法和宗旨。

何为西方诗学？在余虹看来，西方“诗学”是亚里士多德（Aristotle）所谓的“专论诗艺”，或者专门论说“被称之为诗性的文本言述”。[②] 西方有关“诗”的概念流变纷繁复杂，但始终离不开“诗”与“技艺”（tekhnē）的关系的论说。神话时代，诗作为神力的显现要高于人之技艺。柏拉图（Plato）的迷狂说（divine madness）认为诗是诗人凭借神的力量在迷狂中的歌唱，但是对于理性的无上推崇让诗的价值一落千丈。此外，诗作为与绘画相类的技艺，是理念（idea）的影子的影子，也是谎言。亚里士多德的“论辩策略是先行阐明技艺的理性本质，进而将诗划归于技艺”，诗与技艺对立的古老理念向着同一性转变。[③] 诗不再是理念影子的影子，而是成为对普遍性和必然性的一般的“摹仿”（mimesis），进而获得其诗性本质，因而诗比展示偶然性的历史更具哲学性。诗成

---

① 余虹：《中国文论与西方诗学》，三联书店，1999 年，第 44 页。

② 同上书，第 2 页。

③ 同上书，第 18 页。

为分享理性规则的一种技艺，从而自然地提高了诗的地位。值得注意的是，诗在《诗学》（*Poetics*）那里是与绘画、雕塑并列的“摹仿艺类”，因而“诗”（poiēsis）的意义由制作已经完全窄化为一个专名：在摹仿技艺的门类之下思考的“诗”，包括音乐、舞蹈、戏剧、史诗、抒情诗。这样的思考基本划出了后世探讨诗学与文学理论的界限，“诗”这一概念逐渐被狭义的“文学”所代替，仍是与造型艺术、音乐并列的专有名称。余虹认为，“狭义的文学概念是由有关诗性的理论思考来规定的，因此到19世纪以后，广义之诗与狭义之文学几乎是同一概念”。[①] 正是在这样的历史背景下，从诗学到文学理论的概念嬗变才显得自然，二者成为研究对象基本相同的言述归定。无论是诗学抑或文学理论都只研究具有“艺术性的语言活动，而非所有的语言活动”。[②]

由是观之，研究者尚且不能忽略这一语境与巨大的历史文化差异将其称为中西比较诗学，而应当称为“中国文论与西方诗学比较研究”。[③] 只有将中国文论与西方诗学的不可通约性考虑进来，充分探讨其分殊，才有可能警惕西方话语带来的问题。在余虹看来，最隐秘的话语逻辑仍然是无处不在的西方中心主义：西方诗学作为一种真理性话语，具有一般的普遍性，因而在逻辑上理所当然地推论非西方世界产生的文化中也会产生相应的思想话语，“至少可以用诗学来称名相关的思想话语”。[④] 因而比较诗学研究正是对前提概念的反思，从而不再轻信“诗学”普遍性的神话。“诗学化”的中国文论被西方诗学的范畴所规约，有增有删，从而虚构出了一种中国文论与西方诗学在比较诗学名称之下可以作轻易的比较研究的幻象。“诗学化”的中国文论已经不再是原有的中国古代

---

① 余虹：《中国文论与西方诗学》，三联书店，1999年，第34页。

② 同上书，第37页。

③ 同上书，第4页。

④ 同上。

文论本身，中西比较诗学研究在中国文论缺席的情况下显然是非法的。正是在这一意义上，余虹为我们揭示了中国古代“文论”与西方“诗学”的结构性差异与不可通约性。

三、文论与诗学的比较何以可能

中国古代“文论”与西方“诗学”的结构性差异与不可通约性抽空了中西比较诗学研究的前提，那么，这是否意味着“文论”与“诗学”的比较是不可能的？关于前提的反思“不仅假定了两种文化传统各自内部的同一性，而且假定了研究者必然地只能站在这一传统的限度之内”，因此未能直面和摆脱“形而上学独断论的”思想困境。[①] 余虹的思考进路是在确定二者基本差异的基础上，以“现代语言论”和“现代生存论”为“居于其间的第三者”，从而以现象学还原的方法探究“文论与诗学赖以运思成文的语言论基础和内在的生存价值论立场”。[②] 无论以文论为研究出发点还是以诗学为比较的支点都有失对话的平等精神，只有打开二者之间可能的沟通空间才能进行文论与诗学间的真正的比较研究。在作者看来，文论与诗学都“徘徊在以‘语词和实在’的关系和‘语词与语词’的关系为基础的两大语言观的界域之内，并都在感性（情性）/ 理性，神性（道性）/ 人性的二元价值论上取独断论立场”。[③] 因此，在上述框架内思考文论与诗学的分殊与通约，考察二者的入思之路，打开各自不同的言述空间，对于比较研究不仅有所助益，更是必需的。

---

① 段从学：《比较的支点——评余虹著的〈中国文论与西方诗学〉》，《中国比较文学》，2000 年第 2 期，第 149 页。

② 余虹：《中国文论与西方诗学》，三联书店，1999 年，第 7 页。

③ 同上。

首先，余虹就二者之间所共享的语言论基础进行了探索尝试。自20世纪语言学转向之后，语言学理论的思考成为了人文学术研究所不可或缺的有效工具。在余虹看来，中国“文论”与西方“诗学”都是在实用工具主义和审美形式主义的对立与连续中观照“文”或“文学”的概念的。从现代语言学的视阈来标定中国文论与西方文学理论所共享的语言学空间无疑成为了较好的考察方式。

如上文所述，西方诗学最初对于诗的技术学思考显然属于实用工具主义的范畴。借助海德格尔（Martin Heidegger，1889—1976）对器具经验去思考艺术（诗）之存在与发生的思路来看，器具、技艺、诗、理性成为了同一逻辑锁链上的不同环节。这种诗或文学的观念不可避免地与理性、规则发生关联，也与其有用性密不可分。由此作者得出结论，“古典主义诗学的入思基础乃是希腊哲学所提供的理性与感性之二元对立的心性假定”。[①] 由于古典主义诗学对于文学（艺术）创造中的想象、鉴赏、天才等非理性因素的排斥，康德（Immanuel Kant，1724—1804）美学为西方诗学在美学（Aesthetics）的视域中重新思考诗与艺术提供了另一种可能。审美主义由外而内，从外在理性规则的求索中转向文学艺术内部的创造规律，最终形成了以英国诗人柯勒律治（Samuel Taylor Coleridge，1772—1834）艺术心理学为代表的浪漫主义诗学。无论是古典主义诗学抑或审美主义诗学，都是从文学创作角度的作者心理机制出发，一为作者之心理合于更高的外在理性，一为作者的天才、想象研究。

在余虹看来，与西方诗学从作者创作角度出发有别，中国古代诗论的源头在于如何用《诗》，而非写“诗”。[②] 这也导致了中国古代文

---

① 余虹：《中国文论与西方诗学》，三联书店，1999年，第73页。

② 同上书，第76页。

论中的实用主义倾向要远远大于审美主义倾向。中国诗论强调“诗言志”，而最早提及这一观念的可靠文献是《左传》。《左传》记载春秋各国之史，其间多有诸卿士外交的言谈。如何用《诗》经明志已经成为当时重要的风尚，这也是孟子后来反复强调以意逆志的初衷。《左传》中的用《诗》经验表明，当时的卿士已经“断章取义”，不顾及原诗的语境而直接截取只言片语来表述自己的意见。《论语·季氏第十六》中亦有“不学诗，无以言”的记述，两次印证了当时的实用经验。先秦诸子并不谈论写诗，直到《诗大序》开始才有诗歌创作的论述。即使如此，“《诗大序》之论诗歌写作的内在基础与逻辑仍然是源发于先秦的政治性用《诗》经验”。[①]“发乎情，止乎礼义”的诗论原则显然不是肯定诗表述内心直白情感，而是以“礼义”来限制诗的这种自然发生，为诗标划界限。而后世写诗的“义之府”正是在政治实用中被神话的《诗经》，因而并没有发生根本上的改变，创作新诗仍然是在某种程度上对作为“经”的《诗》的演绎。余虹认为，在中国古代诗论中主流的实用主义背后，审美主义以疏离和背叛用《诗》经验的方式亦暗流涌动。中国古代文论的审美主义较为复杂，缘情说重视人的本性对于外部世界形成的感性刺激，而建立在庄子养生论基础上的审美意识则更近于康德式的审美意识。道家审美诗论为中国古代文论提供“最为庞大而又最为单调的审美心理主义诗论”。[②]

从实用主义的视角来看，中国文论与西方诗学都在潜在的意义上将语词与实在之间建立关联，从而将语词工具化。语词并非独立的自足体，而只是作为实现既定目的、指向终极实在——西方的理性或儒家之礼义——的表达手段而已。20世纪初，语言学和俄国形式主义最大的

① 余虹：《中国文论与西方诗学》，三联书店，1999年，第80页。

② 同上书，第87页。

“发现”就是语词的“复活”，从而与之前的审美主义诗论一同构成了“语词与语词”之域，即研究美学意义上语词本身的审美功效。海德格尔以其诗思打开了“语言与意义”之域，找到了一块突破并限定传统诗思的“可比性地基”，使中西传统诗思的比较在语言学意义上成为可能。

其次，在“文化生存价值论”的视野中追溯文论与诗学的“历史性建构及其最为内存的生存论立场”，[①] 余虹以孔子删诗与柏拉图非诗、庄子非文与荷尔德林（Johann Christian Friedrich Hölderlin，1770—1843）忧诗为个案研究，将文论与诗学作为后世的历史性遗产溯源至雅斯贝尔斯（Karl Jaspers，1883—1969）所谓的“轴心时代”（Axial Age）。孔子删诗与柏拉图非诗并非为了在诗或诗论上有所作为，而是有着背后一致的深层动机：以诗来承载道德理性，实现教化的目的，进而疗治乱世，重新建立理性（礼）的秩序。庄子非文与荷尔德林忧诗则显示着中西传统中差异巨大的入思之路：庄子非文，因其违背自然之道，妨碍人的自然生存；荷尔德林忧诗，诸神退隐，诗人无法与诗的真正作者“神”对话，“只能弹唱起他的无字之歌勉力向神表达感谢与渴望”。[②] 这些个案分析逐步揭橥其间的理性与感性、正统与异端、自然与人为或神性与人性等几对二元对立关系。

悬置孔子删诗的真伪问题，孔子删诗与正乐一样，都是一种当时主要的教化方式。东周初年，礼坏乐崩。不论事实性而就可能性来说，通过删诗、论诗，对“古者诗三千余篇”进行删削，以此规训用诗之经验。于是，无论用诗还是写诗，所抒发的不是自然生发情志（“乐而淫，哀而伤”），而是在感性与理性的二元对立模式中坚定地选择了道德理性（“礼义”），以此克己复礼。诗服务于“大道”的抒发，沦为了理性表露

---

① 余虹：《中国文论与西方诗学》，三联书店，1999 年，第 73 页。

② 同上书，第 125 页。

的工具。这样的思路占据了中国古代诗论数千年的主导地位。柏拉图非诗之举乃是因为亲眼目睹了雅典的衰败与沦落。受苏格拉底影响，柏拉图将理性启蒙当成他的主要工作。其理念论认为，摹仿理念的绘画与诗等均是真实的影子的影子，与真理隔着三层，因而是不可靠的。由于诗对于理想国青年的非理性误导，柏拉图就将诗人逐出理想国。从表面上看，二者相差很大，然而究其内在动机却大抵相近：为了达到教化的目的，重建理想国度，坚定地选择道德理性，摒弃非理性的自然情志，从而建构起了紧张的对立关系。

与孔子、柏拉图相对一致的动机不同，庄子非文与荷尔德林忧诗则展示了东西入思之路的深层差异。庄子先行预设不同于自然的人，即有“心”之人。有心之人不用心即无心，就能重返无心的“自然”。庄子的生存论要求人从人的存在中弃绝自身，重返更源初的自然存在，而自然存在才是人更为本真的生存样态。余虹认为，如果说感性与理性还属人的存在意义上的讨论，自然存在则既非感性亦非理性，开辟的乃是第三维度的言述空间。[①] 这种独特的自然生存观才是中国道家诗文写作与论说的独特基础，也是儒家异端诗论常常借助的话语资源。在荷尔德林那里，诗人并非常人，而是“半神”，因此能够领会作为超验本真意义的“神”意。诗则是神意暗示的外在显现。在对前苏格拉底的追索中，荷尔德林重新回到了荷马与赫西俄德时代的传统，诗人并非人，而是神的代言人，在神启下歌唱神意。荷尔德林经历了神圣的丧失之后，用“无字之歌”为我们昭揭神性的维度。在余虹看来，西方神性与人性的对立与道家自然与人的对立完全不同，二者分别是各自文化中至关重要的独特叙述。[②]

---

① 余虹：《中国文论与西方诗学》，三联书店，1999 年，第 121 页。

② 同上书，第 127 页。

《中国文论与西方诗学》一书通过对中国与西方相关论说的梳理，从现代语言论和现代生存论两大论域中找到中国“文论”与西方“诗学”可比较的坚实基础。理性——感性、正统——异端、自然——人性、神性——人性的二元对立模式较为清晰地厘清了两大传统的共通与差异之处。因此，中国文论与西方诗学在这一意义上的比较研究又是可能的。

四、叙事论、抒情论、形上论、审美论

如果说《中国文论与西方诗学》一书的上篇着重解决中西概念间的分殊与通约问题，从而以现象学意向性还原的方法对中国文论与西方诗学进行了总体性研究，回答了“中西比较诗学”何以不可能、“文论”与“诗学”的比较研究何以可能两大关键性问题，那么下篇显然是在总体框架的思考下，以现代语言学和生存论为二者的比较支点，进而选取叙事论、抒情论、形上论、审美论四个视角旨在揭示与标划中国文论与西方诗学的“传统眼界和言述空间”。[①]

首先，余虹从20世纪著名文学理论家、批评家弗莱（Northrop Frye，1912—1991）关于文史哲的论断进入传统的叙事理论。弗莱曾在《批评的解剖》（*Anatomy of Criticism*）中如此申说文学、史学、哲学的关系：“文学处在人文学科的中间地段，其一侧是史学，而另一侧是哲学。由于文学自身并不是一个自成体系的知识结构，所以批评家只好从史学家的观念框架中寻取事件，又从哲学家的观念框架中借用理念。”[②]

---

① 余虹：《中国文论与西方诗学》，三联书店，1999年，第8页。

② ［加］诺思罗普·弗莱：《批评的解剖》，陈慧等译，百花文艺出版社，2006年，第16—17页。

中国和西方在建构各自诗论的源头上是截然不同的。中国古代在文史初分时就秉持着“诗言志”、“史记事”的理论规则，这一原则贯穿中国诗论的始终。因而“诗”的专职乃是言志，虽然有“诗”在叙事，但意在言说情志；“史”的专职乃是记事，以记录其真实事件为准绳。这样的严格区分隐含的隐秘逻辑是：诗叙事是非法的，即使如唐代诗人杜甫用诗记录表现社会现实，其诗得到的至高称誉也是“诗史”。唐宋之后的传奇、话本、小说等叙事的新文类更是与记事的历史文体紧密相联。凡叙事之文若想求得其合法性，就必须从历史文本中寻求依据，即使是虚构的人物也在文本中会为其安顿详尽的哪朝哪代何州何府人氏，以期获得文叙事的合法基础。因此，中国的叙事论长久以来为历史的因素所支配。

而西方诗学的伊始则与中国截然不同。无论是史诗还是长篇叙事诗，西方的叙事传统可谓发达，除了其文学经验丰富，亦有强有力的理论依据。自柏拉图非诗之后，亚里士多德则力挽狂澜，把诗叙个别之事，揭示一般理性的原则订立下来，深刻地影响了后世的西方诗学。在亚里士多德看来，可以揭示一般理性的诗要比记录个别具体之历史更具“哲学意味”。“哲学意味”成为统治西方叙事论的主要依据，中国文论极为重视的历史恰恰是西方诗学中所贬斥的因素。所以，西方的叙事文类被导引向了摹仿普遍事物的道路。但是在这种有所依凭的逻辑体系中，中国之叙事文的地位终于低于真正的历史，明清小说试图与历史并列之时被责难失范；西方追求普遍理性的诗（包括后来美学体系中的文学艺术）也敌不过哲学，为黑格尔（Georg Wilhelm Friedrich Hegel，1770—1831）宣称的绝对精神所终结。

中国明清两代出现的虚构小说如《红楼梦》的叙事写作已经“暗含一种‘朦胧的’哲思”，近于亚里士多德所论之叙写合理的真事，虽

“事之所无，理之必有”。[1]西方兴起的现代小说却在抵制一般概念，转而认为“现实”是特殊的、具体的、个别的事物，依据一种“史论”：“事件的叙述具体化到实际存在的真实环境”。[2]后现代的西方叙事学理论反转了中西传统之思：历史叙事和哲学叙事本质上都是文学叙事。历史叙事无法排除其作者书写的虚构成分，所有的历史实质上都是书写后的历史，因而本质与文学并无二致；哲学文本表达的基本结构一如文学文本只能是隐喻的，因为“任何抽象的观念表达都以潜在的类推和类比为基础”，文学是一种显明于外的隐喻性文本，而哲学则力图掩饰其隐喻性神话。[3]由此，弗莱的论断被反转，文学不再依靠历史与哲学才能阐明，历史与哲学反而需要文学来发现自身的“真理”。

其次，该书从抒情论的角度对中国文论与西方诗学进行了比较研究。余虹将中国古代文论中的抒情传统称作“兴论”，并将兴论系统分为兴起、兴会、兴喻、兴咏、兴象、兴趣六个维度进行阐发；与之相对应的是，美国文学理论家艾布拉姆斯（M. H. Abrams）在《镜与灯》（*The Mirror and the Lamp*）将西方抒情理论称为“表现论”，充分研究与阐述了西方文学传统中的抒情论。在余虹看来，西方的表现论与中国的兴论都是在理性——感性的二元对立模式中入思，建构在各自的“心理学”与“心学”基础上，因而感性主义立场就成为表现论与兴论最为基本的言述空间。在这样的视域中，中西抒情理论在本质上仍然是关于作者心理学的创作机制，为文本预设了作者的意图。

中国古代有着“诗言志”的古老信念，其理论基础便是道德心性学说，在理性——感性的对立中取了道德理性的维度，心性即道德的合

---

① 余虹：《中国文论与西方诗学》，三联书店，1999 年，第 146 页。

② 同上书，第 148 页。

③ 同上书，第 155 页。

法言说对象。儒家正统诗学正是凭借道德情感内在化来阐发“诗言志”的。在这一意义上，对诗来说，重要的不是任性的抒情，而是符合儒家“大道”的道德情感的抒发。事实上，道德情感内在化的言说显然是可疑的，自然感性观就建立在与正统的疏离反叛的基础上。在余虹看来，缘情说、情性自然说、童真说等当归于儒家异端诗论。说它是儒家诗论，因其仍在道德理性与自然感性的对立中思考诗的本质，大的构架并未发生改变。说其异端，乃是因为它显然倾向于自然感性的心性，通过策略性地借鉴道家庄子的自然养生论，实现了一定意义上的自然／心性的合一。“随着儒家异端与庄禅之学的合流，感性抒情理论逐步取代理性抒情论而代之，成为最具中国特色的抒情理论”，作者名之为“自然抒情兴论”，与西方相关论说截然不同。[①]

西方的理性诗论与中国并无二致，在古典主义的“合适”原则指导下，情感在一定的规约之内抒发，依然是理性知识的附属品。作为后起之“异端”，西方的浪漫诗论无论是卢梭还是华兹华斯都充分表达了对理性的怀疑，而对自然情感予以正面肯定，最终改变了西方诗学的格局，确立起了自然情性诗学无可撼动的地位。正如中国情性诗论需要不断借鉴道家的自然生存论，浪漫主义诗学也缓慢地趋向前苏格拉底时代的神性诗学的时代。[②]

再次，作者在道与理论的形而上学视野下论述了中国文论与西方诗学的通约与分殊。另一位比较诗学研究者刘若愚（James Liu，1926—1986）曾在《中国文学理论》（*Chinese Theories of Literature*）有着精辟的论述：“各种理论，只要它以文学是宇宙原理的显现这一观念为其基

---

① 余虹：《中国文论与西方诗学》，三联书店，1999 年，第 162 页。

② 同上书，第 166 页。

础，便都可以纳入形而上的范畴之内。”[①] 据此，余虹将中国古代文论所体现的道与西方诗学所追求的理念 / 理性划入宇宙原理。刘若愚并非这一观念的发明者，黑格尔早在《美学》(*Aesthetics*) 中作了“美是理念的感性显现”这一判断，而黑格尔所谓的理念又非一般意义上的理性，而是极具形而上学色彩的绝对精神。中国古代文论主流中的诗文亦是对儒家“大道”或道家“自然”的阐明。显然，这些概念均属最宏大意义上的宇宙原理。由于这一部分为前文反复言说，此处不再赘述。

最后，余虹以审美论入题，在中国文论与西方诗学的言述空间中寻找美与真的踪迹。在余虹看来，“诗”的存在样态呈现出双重性：

> 一是人们按社会文化习俗称之为诗的诗，这种诗既显示为一种文体样式，又在审美时代显示为一种审美样式；二是人们出于对诗之为诗的本质领悟而称之为诗的诗，这种诗是超文体、超审美、超时代的，它仅显示为一种生存的本真要求：昭示真并呼唤神圣。[②]

显然，第一种样式乃是审美意义上的“诗”，从美学意义上具文学性或曰诗性的诗。中国古代自魏晋以来，诗循着“由道入玄且禅”的道路“在美的直接诱逼下溺于审美之途”。[③] 从道学向玄学的转移就是从存在论滑向美学的转移，因“道”而“思”的存在论意味渐渐变少，由“玄”生“趣”的美学氛围则越来越浓。在近代的西方，诗与艺术亦是被纳入美学视野思考，西方主流诗学渐而为浪漫诗学、唯美诗学与形式主义，纯粹的审美观逐渐统治了西方对于文学（诗）的思考。

---

① [美] 刘若愚：《中国文学理论》，四川人民出版社，1987 年，第 26 页。

② 余虹：《中国文论与西方诗学》，三联书店，1999 年，第 264 页。

③ 同上书，第 249 页。

针对审美的无功利态度——“无动于衷”，奥斯威辛（Auschwitz）之后诗何以为？西奥多·阿多诺（Theodor Wiesengrund Adorno，1903—1969）正是在这一维度上严酷地批判作为审美之代表的诗。诗何以为？这是一次拷问两大文论/诗学的深刻质问。余虹认为，海德格尔晚期的任务之一正是将审美与诗相剥离，试图重新回到诗的生存意义上的本质中去。因此，生存意义上的诗便是引文的第二个层面，向着本真性的生存的呼喊，对于诸神神性的召唤才是诗的“诗”，才是一种本真要求。由是观之，纯粹审美无功利意义上的诗悄然抛弃了生存本真的思考，难以真正领会与思考奥斯威辛这一灾变事件。只有写诗，写一种真正意义上的诗才是一种生存的必需。①

五、结语

《中国文论与西方诗学》一书从清理概念开始，一方面断然否定了“中西比较诗学”这一命名方式的合法性，暗示了中西比较诗学的不可能性；另一方面又通过理性——感性、正统——异端、神性——人性、自然——人性等几大二元对立模式确立了中国文论与西方诗学的基本内在结构，言述两大思想系统之间的分殊之处，以现代语言学与现代生存论建立比较的新支点，使中国“文论”与西方“诗学”的比较研究成为可能。这样的进路不仅跳脱了西方本质主义的话语陷阱，打破了西方“诗学”普遍性的神话，也没有囿于中国“文论”自然的系统之内，而是在现代学术的全新意义上进行比较研究。该书分别从叙事论、抒情论、形上论、审美论的视角进行了专题性研究，详尽地阐说了中国“文

① 余虹：《中国文论与西方诗学》，三联书店，1999年，第264页。

论”与西方“诗学”的分殊与通约之处。[①]

有研究者对其现象学还原的方法也指出了一定的问题：该书并未对中国文论之“论”与西方诗学之“学”的根本性差异进行现象学还原，因而这样的研究是不完整、不彻底的。[②] 这些批评意见集中在该书中国“文论”的范本——《文心雕龙》——的选取上，因为中国古代文“论”实际上多数是“评”，而非西方“诗学”式的概念命题、逻辑推理等推衍出的“论”。

思考题

1. “中西比较诗学”的名称何以不可能？
2. 中国“文论”与西方“诗学”是否通约？
3. 在何种意义上的中国“文论”与西方“诗学”可以进行比较研究？

参考书目

1. 曹顺庆:《中西比较诗学史》,巴蜀书社,2008 年。
2. [美] 刘若愚:《中国文学理论》,四川人民出版社,1987 年。
3. [加] 诺思罗普·弗莱:《批评的解剖》,陈慧等译,百花文艺出版社,2006 年。
4. 余虹:《中国文论与西方诗学》,三联书店,1999 年。

---

① 该书关于中国“文论”的主要论域仍然集中在古代，余虹的《艺术与精神》论及了中国现代性文论的生发与结构。

② 蒋济永：《概念的现象学还原可行吗》，《中国比较文学》，2001 年第 02 期。

第十一章

陈跃红及《比较诗学导论》

一、作者及成书背景

陈跃红，现任北京大学中文系系主任、人文特聘教授（比较文学与世界文学）、比较诗学与比较文学理论方向博士生导师、中国比较文学学会副会长。他早年毕业于北京大学后，并未放弃其学术领域的拓展，先后师从多位著名的比较文学学者进行不同领域的系统化学习：他硕士时跟从著名学者乐黛云学习比较文学，后于 1992 年赴香港大学比较文学系做访问学者，随香港大学比较文学系前系主任、国际布莱希特协会前主席安东尼·泰特罗（Antony Tatlow）学习戏剧和比较文学理论。泰特罗著有《本文人类学》一书，对比较诗学有着精辟的论述，是比较诗学领域重要的学者之一。1996 年，陈跃红赴荷兰莱顿大学做访问学者，转师时任莱顿大学文学院院长、汉学院院长伊维德（W. L. Edema），学习西方文学理论与国际汉学。伊维德后任美国哈佛大学东亚系教授、系主任、费正清研究中心主任。

陈跃红在学术研究道路上的转益多师，结出了极为丰硕的学术成果。因其“在比较文学理论、比较诗学、西方研究中国文学的理论与方法、比较文化研究等领域均很有成绩，发表了近百万字的著述”，乐黛云对其学术研究称许不已。[①] 自上世纪 90 年代以来，陈跃红已出版学术专著与论文集多部，如《现状与构想》（贵阳：贵州人民出版社，1989 年）、《中国傩文化》（北京：新华出版社，1991 年；修订图文版，北京：中央编译出版社，2008 年）、《比较文学原理新编》（北京：北京大学出版社，1997 年）、《欧洲田野笔记》（成都：四川人民出版社，2001 年）、《比较诗学导论》（北京：北京大学出版社，2005 年）。从其近年来的学术著作所涉及的领域看，陈跃红将研究重心一如既往地放在比较文学上。“他关于比较文学在中国的学科定位、‘比较’的历史与现代多重涵义、比较文学的类型化研究模式的建立，以及比较文学学科建设的系列文章，在学界都有很好的反响。”[②] 然而其学术研究的重中之重仍是比较诗学研究。

《比较诗学导论》一书缘起于作者在北京大学比较文学及相关专业开设的专题性课程讲稿，不仅包括作者本人既有的研究成果，也有在教学中不断讨论增加的内容。《中国比较文学百年书目》将《比较诗学导论》称作“一部专门介绍比较诗学这一比较文学重要分支学科的历史源起、学术语境、理论特征、方法路径、研究范式以及具体研究示例诸方面的系统性著作”，因而此书的开创性意义不言而喻。[③] 陈众议主编的《当代中国外国文学研究（1949—2009）》对陈跃红此书评价很高：“《比较诗学导论》关于问题逻辑、提问原则、方法结构和深度模式的梳理等”是比较诗学研究领域中新思考的“进一步开启”。[④]

---

① 乐黛云：《乐黛云散文选》，民族出版社，2008 年，第 299 页。

② 同上书，第 299－300 页。

③ 唐建清、詹悦兰编：《中国比较文学百年书目》，群言出版社，2008 年，第 636－637 页。

④ 陈众议：《当代中国外国文学研究（1949－2009）》，中国社会科学出版社，2011 年，第 373 页。

二、比较诗学的历史与语境

《比较诗学导论》较其他比较诗学著作更为易读，一方面因其为课堂专题之讲稿，话题转换自如，且每节之前必有提要，简单介绍本节论说之内容；另一方面，其他比较诗学的论著较少谈及比较诗学学科本身的发展及命意。《比较诗学导论》一书对比较诗学的学科产生与建构作了不乏新意的溯源。想要厘清比较诗学的发展历程，就不得不从人类不同地区的文化嬗变谈起。

根据不同文化系统间的关系，陈跃红在比较文化研究的视野中将其粗略地分为三个阶段："一是单一民族文化相对自足时期，二是地区性文化相对自主交往时期，三是世界性文化普遍交流的时期。"[①] 譬如，中国古代的文论思想（如"文以载道"）和以亚里士多德（Aristotle，384—322 B. C.）和柏拉图（Plato，427—347 B. C.）为代表的西方悲剧论都是发轫于雅斯贝尔斯（Karl Theodor Jaspers，1883—1969）所谓的"轴心时代"（Axial Age）的原创性思想。应当说，这一时期的思想均为本民族的独特话语资源。进入区域性文化交流时代后，东西方之间或者两大系统内部进行着中心与边缘的缓慢交流，譬如，印度的佛教传入中国，启蒙时代中国的小说亦通过各种渠道进入西方。全球化时代来临，资本与交通将全世界紧密地联系在一起，不同文化共同体发生了质的层面上的交流与交融。原本异民族、异文化的魅影渐渐消退，不同国家与地区的文化成为共同视野之下的研究对象。

比较人类学、比较解剖学、比较生理学等一系列比较学科，包括比较文学，基本上都是产生于 19 世纪中叶以后的"新鲜事物"，"它们的

---

① 陈跃红：《比较诗学导论》，北京大学出版社，2005 年，第 5 页。

形成与当时的时代风气和各种文化之间的交往程度密切相关”。[①] 在经历了影响研究为代表的法国学派、平行研究为代表的美国学派之后，尤其是第二次世界大战后，西方文学研究界的理论热成为不可忽视的现象。在陈跃红看来，我们今天的众多所谓新理论都是彼时开始造势，随后逐渐发展成熟的。整个 20 世纪伴随着各种文学艺术理论的“轰炸”，从俄国形式主义、英美新批评到精神分析学、符号学，从后结构主义到新历史主义、后殖民主义，理论热潮持续不断地冲击着西方学界。上世纪 80 年代以来，大量思潮通过著作的引进和翻译涌入中国学界。在中国学术界还未能发出自己声音的情况下，西方理论就具有了相当程度的“普世性”。无论如何，“由于理论在比较文学界的风行，为比较诗学，尤其是中西比较诗学的发展扫清了道路，同时也为其提供了更加有效的学术资源”。[②]

西方理论的大规模渗入即意味着中国话语的缺失与中国学界的失声。比较诗学研究者曹顺庆指出，“在比较诗学乃至整个当代文化文论之中，存在一个巨大的问题，那就是长期以来，中国现当代文艺理论基本上是借用西方的一整套话语，长期处于文论表达、沟通和解读的失语状态。”[③] 一方面，西方理论的进入为中国文学研究提供了极为丰富的话语资源；另一方面，一批对此深有警惕的学者又惊呼与痛心中国文论的失语，“发现”西方理论的失效。这种失效主要表现在两个方面：一是理论运用无限度导致的“放大失效”，一是理论本身在另外一个语境中的“逻辑演绎失效”。中西比较诗学的学者从一开始就面临着这样一个思想上的困惑：中国固有的文学理论与西方的文学理论究竟是何关系？

---

① 陈跃红：《比较诗学导论》，北京大学出版社，2005 年，第 10 页。

② 同上书，第 18 页。

③ 曹顺庆、王超：《中国比较诗学三十年》，《文艺研究》，2008 年 09 期。

中国的理论应当以何种姿态与地位在比较诗学的视野中考察？

在作者看来，“真正现代性的观念”并不认可完全自足的、追求永恒不变的真理，意即现代性的研究是建筑于某一种参照系之下的“性质显现”，“参照系的无限性也就意味着事物性质的无限敞开”。[①] 当今所处的时代已非各民族各地区文化独立发展的时期，全球化深刻地改变着这个世界的面貌。西方中心主义或本质主义的立场也不再能够盘踞学术界而不受质疑。这种现代意义上的多元文化“互相依存、互为参照”，尽管如此，却无法取代对方、吞并对方，因而多元文化间离不开对话，也离不开比较。[②]

在这样的思想原则引领之下，中国古代文论的参与本质上是一场与西方诗学的对话和世界性诗学的建构与贡献，而绝非什么第三世界所呈现的异域文化或陌生的他者，仅为西方中心主义的话语体系所牺牲和桎梏。重新激活中国古代文论，积极参与文化对话的进程就成了中西比较诗学研究的题中应有之义。中国古代文论和西方诗学有着质的差异，令其在话语形式方面难以沟通，这种事实上的隔阂深深地影响着两大诗学的对话进程。

陈跃红认为，当下中国文论最重要的任务并非迫不及待在世界上寻找自己的位置，因为这本身反映了文化上的不自信。最紧迫的莫过于从“古典的泥沼”中脱离，在话语、表达方式、学术方法等方面以现代学术的方式呈现出来，与现代意义上的现代阐释学“接轨”，打开古典的场域空间，“让其中理论的活水涌入现代的河床”。[③] 除了开掘历史资源，策略性地利用中国古代文论的思想宝库，构建中国文论新话语也是中国

① 陈跃红：《比较诗学导论》，北京大学出版社，2005年，第25页。

② 同上。

③ 同上书，第36页。

学界迫在眉睫之事。真正的战略目标应当在于“开创”，在于古今中外的对话之后，能够推动中国文学和文学研究的新发展，建构中国文论的新机制和新话语。[①]

三、比较诗学的进路与方法

中国比较诗学的学科建设在台港学人于海外的初创、20 世纪 80 年代钱锺书为比较诗学开辟“打通”的可能、20 世纪 90 年代学科建立后大量著作涌现的过程之后，逐步臻于完善和成熟。无论是大的思想原则还是基本的研究观念，都在相当程度上得到了较好的讨论与反思。厘清了比较诗学的理论和思想原则之后，进行比较诗学研究最为重要的莫过于具体的研究方法了。比较诗学研究方法的好坏直接决定着研究成果的丰硕与否。正如一切研究进行之前必须对概念界定，比较诗学对于文学、诗、诗学、文学理论等基本概念的清理、区分就变得异常重要。只有明确清晰的概念区分才能保证比较诗学研究的深度与客观，而不致落入西方中心主义的话语陷阱。

这些概念的基本语义究竟如何？其中最重要的莫过于“文学”。“文学”这个词在中国古代很大程度上就是“有关广义的人文之学及其写作规范和方法的学问”，至少在春秋以降就与儒家之“经”学密不可分。[②]而西方古典意义上的文学（literature）也曾将一切印刷和手抄材料作为研究对象。尽管如此，二者从内涵到外延上都有很大的差别。西方现代意义上的文学乃是建立在美学视野和概念框架之下的概念，因而，西方

---

① 陈跃红：《比较诗学导论》，北京大学出版社，2005 年，第 37 页。

② 同上书，第 81 页。

今日之文学理念从某种意义上是现代的，但是毕竟西方文化传统没有发生断裂，文学的概念还是具有相当的历史传承。反观中国现代之文学观念，基本上是西方文学（literature）观念的译入与阐释，中国的文学传统进而成为“现代中国的文学史家在西方文学史观念的影响下，不断试图重新描述中国传统文学发展过程的一种结果”。[①] 因此，中国的现代文学观念在根源上就混杂着西方的文学传统，比较诗学概念的清理与限定正是为了避免后期研究的逻辑混乱。

何为诗（poetry）？在古希腊时代，柏拉图将诗当作神启的产物，是诗人身陷迷狂状态之后的“胡言乱语”，因而其代神立言的宣称令人质疑。同时在诗摹仿（mimesis）理念（idea）的意义上，诗又是理念影子的影子，与谎言相差无几。亚里士多德无疑开启了诗的新时代。其《诗学》开端就指出它包括史诗、悲剧、喜剧、酒神颂等文类，亦即史诗、戏剧、抒情诗等三类。这与后世狭义的文学观念基本相近。[②] 随着后来文学观念的建立，诗的意涵逐步缩小，成为与小说、散文、戏剧等并列的文类。因而“诗”作为能指，有着语意不尽相同的两个所指。关于中国之诗，陈跃红的论断是“中国纯文学的源头几乎就完全是诗”。“诗”一方面是《诗经》的简称，另一方面也是骚体、古体、近体、乐府等的通称，其意涵颇近于西方所谓的“抒情诗”。由是观之，中国之诗的观念并不如西方诗的观念广博，且语意范围大小不定，亦是诗学研究中所必须重视的问题。[③]

基本观念梳理完成之后，比较诗学研究中首先要考虑的问题就是：中国人所谓的西方文学理论究竟是什么？中国人从单纯的被动的接受者

---

① 陈跃红：《比较诗学导论》，北京大学出版社，2005 年，第 83 页。

② 同上书，第 86 页。

③ 因《比较诗学导论》一书在“诗学”与“文论”的概念还原中主要参照余虹《中国文论与西方诗学》的相关部分，故本文不再赘述。

的角度来看，将翻译成汉语的西方文学作品视作纯粹的西方文学作品，“对翻译中的文化和语言创造活动基本视而不见”。[①] 同样的道理，我们如今接触的西方文学理论绝大部分是汉语译成的西方文论，我们将其天然地视作与西文的文学理论效力等同的“原作”，陈跃红将其称之为“翻译文论”。[②] 在作者看来，翻译文论实际就是一种西学中译，即经过汉语的选择、复述、翻译、掺杂、阐释等多道工序而形成的跨文化的文学理论，也是作者所称的除了中西诗学比较的两大“原型”理论以外的“第三者”。那么，“第三者”应当是复数的。近些年来，除了西方文学理论译入汉语，在西方学界汉学家的努力之下，刘若愚的《中国文学理论》、宇文所安的《中国文论：英译与评论》等都将中国古代的文论引入西方思想界，成为第二个“第三者”。此外，还有更多的“第三者”，如印度、日本等的文学理论译入西方等等。陈跃红认为，这些第三者本身就是跨文化的文学理论，亦为脱离所谓两种“原型”理论的呆板比较提供了一种新的可能。“在一定意义上，处于今日中国文化立场的比较诗学，它的言述对象，就基本上是在与某类或者某几类由我们所选择和规定的所谓西方诗学或称‘翻译文论’在进行比较和对话，”而非与真正意义上的西方文论作比较。[③] 由于这些第三者的出现都离不开翻译转换、阐发再造、建构性创新等几大译介方式，因而，中西比较诗学的基本思路正是在现代阐释学意义上的古今、中西之深层对话模式。

在陈跃红那里，现代阐释学（hermeneutics）成了比较诗学天然的重要方法。他对现代阐释学在中西比较诗学研究中所发挥的巨大作用作了精辟而细腻的阐释：

---

① 陈跃红：《比较诗学导论》，北京大学出版社，2005 年，第 117 页。

② 同上书，第 118 页。

③ 同上书，第 122 页。

> 所谓比较诗学意义上的阐释学展开，实际上就是借助现代阐释学的理论和方法原则，立足于中国文论追求的现代性主题，以西方理论范式为参照系，以现代人的认识能力作为基本维度，以中西古今对话为方法，对传统文论从整体观念、理论逻辑、论述范畴、术语概念、修辞策略等等方面展开阐释性言说，对其各个方面的理论话语层面加以界定和探讨。[①]

首先，作为比较诗学一方的中国文论并不应只是试图激活原有文本，而是应该立足于“现代性主题、建构新话语”。其次，陈跃红明确了比较诗学研究中的“探讨经典生成的意义”、“诗学话语体制的建构”等应当以西方理论范式为参照系，此处当指现代意义上的符号话语和阐释学理论。最后，作者在此处并未言明的是，现代阐释学不仅包括整个西方固有传统的阐释学，也应包括“对于中国传统阐释学思想的关注和发掘，并且还隐含着一个所谓重建中国文学阐释的学术远景目标”。[②]

在现代阐释学的基本方法论指引下，陈跃红就中国诗学传统的两大命题给出了自己的解决思路：一是所谓的“中国诗学传统的创造性转换命题”，即中国诗学的现代性命题，需要进行古今对话，意在探索如何将中国古代文学理论的话语资源转化为现代诗学体系可接受、可利用、有生命力的部分，使其成为未来新建构的中国诗学新话语中的有机部分。一是所谓的中国诗学的世界意义命题，即如何在世界范围内定位中国文论传统的价值与地位，中国诗学传统的目标意在积极参与国际性诗学系统的对话模式，进而形成“共同的美学据点”。这一命题的实现思路乃是中西对话的根本所在。

---

① 陈跃红：《比较诗学导论》，北京大学出版社，2005 年，第 125 页。

② 同上书，第 126 页。

在古今对话的过程中，出现了一些简单罗列中国文论术语的现象，陈跃红在书中对此提出尖锐的批评：这样的做法不过是搬弄几个中国古代的术语概念，将其排列对比分析对照，“完全不考虑概念范畴的背景和对象，仅仅是凭借表层的符号类似性”。[①] 如果仅是将“文以载道”、“见月忘指”、“象外之象”、“景外之景”等概念与西方相类似的术语排列起来，做一些肤浅的分析，最后得出了颇具狭隘民族主义色彩的论断：中国古代已有的概念到了西方近现代才有的阿Q式精神胜利法。这样的做法不仅不能起到真正发掘和研究中国古代文论形象的作用，更是错误地以现代理论似是而非地包装起一个“原装”的中国诗学，显然不符合中国诗学传统的现代性命意，也会对中国文学理论构成伤害和不良影响。

中国诗学传统在中西对话的语境中本身就面临着一个深刻的悖论或者思想困境。一方面，中国诗学传统在西方文学理论“大军压境”之后面临着边缘化的危险，原本就非系统、非体系的建构模式在西方理论的逼迫下无力发声，失语已经成为中国诗学最大的症候。另一方面，中国诗学传统要在现代汉语和现代学术的语境中言说，就不得不借助西方理论，以其为基本参照系，迂回、策略地构建中国诗学新话语。这是中国现代文化发展的普遍困境。尽管中西交流注定面临着深层次的困境，中国诗学的现代化依然必须进行下去。如此，陈跃红认为，有两个极为重要的前提必须解决：“一个是对话双方的关系地位问题；另一个则是相互理解沟通的话语平台问题。”[②] 对话双方的关系问题并非一种老生长谈的平等或不平等的问题，因为客观上的不平等与西方中心主义已经存在，边缘与中心的既有关系在现代语境下根深蒂固。以汉语言向世界呼

---

① 陈跃红：《比较诗学导论》，北京大学出版社，2005年，第140页。

② 同上书，第145页。

吁自身的平等地位近乎独白。只有在学理上论证西方中心对于世界性诗学研究带来的伤害与威胁才是基本而有效的方式，因而现代阐释学语境中的一次对话（或称应答逻辑）就成为解决问题的一种可能途径。陈跃红认为，“阐释就是一种提问与应答的辩证法。”[①] 其意涵有二，互为主体的提问与回应是前提之一，提问与应答是前提之二。而在对话模式中，我们又必须坚持和争取主动提问的原则，实现自身超越的生长可能。处于主动发问的位置或者处于消极应答的位置本身就是一个非常重要的问题：这是一种中国诗学的姿态，“作为话题的‘问题’或者说主题就在问题意识和追问的方向上较多地倾向于提问的一方，谁就有较大的可能控制话题的预设价值方向。”[②] 因而，在实际的对话过程中，中国诗学要在相对弱势的地位中有所作为，就必须争取提问的主动权，以期消解原有的中心——边缘的不利位置，使二者之间成为一种真正的主体与主体之间的平等对话。这样的对话必然具备关键的实践价值。

四、比较诗学的入思与尝试

现代中西诗学对话的前提条件和方法思路在学理上的论证和阐明并不困难。借助西方现代理论和中国本土立场的思考，我们可以较为容易地建立起一套中西比较诗学的行为准则与入思途径。但是，20 世纪中西文化交流的实践经验与教训告诉我们，“在文化和精神领域的创造一旦逐渐落伍，与对话方拉开了相应的距离，其同时在思维和观念领域造

---

① 陈跃红：《比较诗学导论》，北京大学出版社，2005 年，第 147 页。

② 同上书，第 149 页。

成的失落将是极其难以找回的”。[①]

思想的对话无疑是一个思考自我与他者，或曰“知己知彼”的过程。中国文学理论当前的格局乃是中国古代文学理论、革命文论与西方文学理论三足鼎立、三分天下的格局。其中，中国古代文论是上世纪文论学者在相当程度上依照西方的模式，重新追溯和描述中国古代文学理论的相关文本，其潜在逻辑似乎是“西方拥有的理论和思考在中国一样存在相类似的表达，只是不比西方的系统化逻辑化”。这样的想法对于比较诗学的研究有害无益。革命文论则是马克思主义关于文学的论述，后又经前苏联等社会主义国家的文学意识形态影响，逐步形成至今的文学理论，并且有过与“中国作风、中国做派”等结合的试图，但并未取得完全意义上的成功。应当说，这部分思想还是源于西方思想的革命性、激进性支流。西方文学理论在侵入中国，而且仍有愈演愈烈之势。陈跃红将当前格局概括为：“这是一个西方文论日渐张扬，甚至一家独大，而包括中国传统文论在内的其他文论话语日渐退缩的过程。”[②]

值得注意的是，面对这样的现实情况，陈跃红提出的入思之径颇为有趣。既不是传统意义上的向西方文学理论妥协，也不是从边缘向中心的反抗与疏离，更不是闭关自守完全不顾西方文学理论的莫大影响只管“闭门造车”，而是“制造众声喧哗的理论语境”。[③]不仅是中国历代的文论话语应当进入比较诗学的视野，甚至各种非西方的理论，包括印度、日本、韩国、阿拉伯文化与拉丁美洲、非洲的文艺理论话语都应该共同组成一个世界性的诗学话语平台。纷繁复杂的交往、活力十足的对话才能保证真正的跨文化交流和众声喧哗的文论话语局面，也才能既立足于

---

① 陈跃红：《比较诗学导论》，北京大学出版社，2005年，第176页。

② 同上书，第179页。

③ 同上书，第178页。

中国本土的坚定立场，又不囿于本国本民族的狭隘视野，从而具有一种世界性、国际性的比较诗学的视域。乐黛云、倪培耕、叶朗等人主编的《世界诗学大辞典》就是很好的尝试例证。

作为一部比较诗学的导论著作，通常的言说即止于学理上的阐明与发覆。在讨论了比较诗学的文化语境、历史现状、基本观念、方法思路和入思路径等等理论问题后，《比较诗学导论》一书的重要特色在于试图提出一个实践的问题，即中西诗学研究的实践领域究竟有哪些？何为比较诗学研究的言述空间？陈跃红沿着其中西诗学对话的思路，“站在了理论探讨和实践尝试的分界点上”，[①] 试图提供数种基本的中西诗学对话之共同话题，以此确保对话的深度。

第一，文学的观念属性模式。每一个文学研究者都曾为一个问题所深深困惑：文学是什么？这一极具形而上学色彩的问题追问的事实上正是文学的本质问题，它不仅对于研究的思路和视野极其重要，而且对探讨文学与世界、文学与自然、文学与人、文学与文学自身的关系具有深远的影响。文学的本体论问题也包含着文学性（诗性）的深刻问题。每个传统都给出了一个“唯一性”的答案，有着乌托邦式的期待。显然，不同的国家、民族在面对这一文学研究的“第一性”问题时答案不尽相同。在终极性与差异性的张力之下，比较诗学的目标就是试图将这同一个根本命题之下的不同回应与思考标划入同一个言说的场域，在比较性的对话中追问何为文学的真理性问题。

单以中国文论和西方传统中的“文学”为例，就足以看出文学观念的差异巨大。在以儒家文化为主流的中国文论思想中，文学是什么的问题必须在儒家经典的阐释背景下言说。而在希腊罗马文明与基督教传统塑造的西方文化中，则文学是什么的基本观念有着完全异质性的回答与

---

① 陈跃红：《比较诗学导论》，北京大学出版社，2005 年，第 256 页。

想象。从神启之诗到理念的摹仿物，从比历史更具“哲学意味”的诗到近代美学视野之下的艺术门类之一，文学的概念在西方变动不居。关于文学的本体论认识一定是文学研究永恒的追问，也是比较诗学对话始终关注的根本问题。

第二，文学的意义生成和阐释机制。与“文学是什么”的追问不同，文学的意义生成实际上要解决的问题是：文学是如何产生的？或者用较为现代的表述方式来说，就是文学是如何生产、传播、接受的？文学的意义如何生成？这一系列问题旨在考察文学文本在现实中的生产机制、传播过程和接受情况，每一个环节都是必不可缺的文学实践的一部分。在陈跃红看来，任何关于文本及其意义生成、阐释等的问题均需以文本为核心，以人、社会、自然等因素为作者、读者、世界等基本考察维度，也离不开对其基本关系的思考与关注。[①] 比较诗学的目的之一就是要基于这些关系的研究，从而形成一套行之有效的方法，将这些因素纳入诗学对话的框架，在相互阐发与理解的意义上逐步加深认识。

第三，文学的语言性存在模式。无论我们追问的是“文学是什么”的本源性问题还是“文学意义是如何生成的”这样的实际性问题，事实上都无法触及文学本身——文学的语言性。文学的语言性存在模式正是在这样的意义上将文学文本的语言性问题作为思考与分析的重心。[②]

无论是西方的诗学传统抑或中国的古代文论思想，所有作者或理论家都必须面临一个基本的问题：文学文本乃是由语言构成的。这一点太过平常以至于为人所忽视，人们渐渐忽视语言本身的存在，仅仅把语言、文学作为一种承载思想的载体。这种工具化的倾向不仅在理性至上的西方存在，也在中国“得意妄言”的古老言说中栖身。陈跃红认为，

---

① 陈跃红：《比较诗学导论》，北京大学出版社，2005 年，第 259 页。

② 同上书，第 259 页。

20世纪以来，语言学与形式主义文论对“语言的重新发现”大约有两条路径，一条是从宏观语言论的角度入手，讨论文论与诗学背后的语言观念变迁与其对文学思想演进的影响，另一条是从微观语言出发，各国家各民族的不同语言及其结构特征是如何引导与制约文学的发展，又是如何呈现意义的。语言的表达能力常常直接影响着文学的品质。

第四，文学的文化——审美阐发模式。审美精神对于文学写作、研究、讨论有着极为重要的意义。很难想象，剥离了审美维度的文学、诗学还有什么存在的意义？“审美精神既是人类的基本精神存在方式，同时也是文学和诗学本身的根本属性之一。”[①] 审美精神是不同学科领域都会探讨的重要话题，但是比较诗学意义上的审美精神显然有其独特性。单一学科视野中的审美精神显然是具有特定内涵的文化姿态，即以何种态度去观照文学、艺术文本。比较诗学天生的跨学科、跨文化特征将审美精神纳入差异文化的碰撞中思考与比较。“只有从文化精神出发，才可能在参照和比较中去看清某一文化之下其诗学审美的特点和差异性。”[②]

第五，文学的学科性理论建构模式。以上几种模式都是从不同的角度、不同的文化立场切入比较诗学的研究，具有明显的分析性、阐发性特征。因此，中国理论创新的建构性尝试就成为支撑比较诗学研究的隐秘逻辑。在陈跃红看来，当代中国比较诗学的学术努力就是“尝试在不断的努力中去建构属于中国现代文化自身的、有学科疆界和整体结构感的文学批评理论”。[③] 这不仅是支撑研究背后的潜意识，也应当成为比较诗学研究者明确树立的志向。对此，陈跃红有着极为精彩的论述：“严

---

① 陈跃红：《比较诗学导论》，北京大学出版社，2005年，第266页。

② 同上书，第267页。

③ 同上书，第269页。

格地按照现代学术理论话语的体系和话语结构方式，以有史以来的中国文论为核心资源，结合各种西方理论和现代中国文论的创造性资源成分”，从而构建专属中国诗学立场的文论话语和学科理论。[①]

思考题

1. 比较诗学是如何产生的？
2. 比较诗学应当如何进行？
3. 什么是比较诗学的对话模式？

参考书目

1. 陈跃红：《比较诗学导论》，北京大学出版社，2005年。
2. 陈众议：《当代中国外国文学研究(1949—2009)》，中国社会科学出版社，2011年。
3. 乐黛云：《乐黛云散文选》，民族出版社，2008年。
4. 唐建清、詹悦兰：《中国比较文学百年书目》，群言出版社，2008年。

---

① 陈跃红：《比较诗学导论》，北京大学出版社，2005年，第269页。

下编

比较诗学实践

《诗学的基本概念》[①] 选编

[瑞士] 埃米尔·施塔格尔　著
胡其鼎　译

编者按：埃米尔·施塔格尔（Emil Staiger，1908—1987），瑞士文学理论家，1943年起任苏黎世大学教授。他与沃尔夫冈·伊瑟尔（Wolfgang Iser，1926—2007）创建了“解释学派”（school of interpretation）。该学派重视文学“内部研究”，认为文学作品独立于社会、历史及作家生平，需要通过“直观”及“解释的艺术”去进行理解。这些观念在施塔格尔的《作为诗人想象的时间》（*Time As Imagination of the Poet*，1939）、《解释的艺术》（*The Art of Interpretation*，1955）等著作中都有深入展示。同时，他还研究德国古典文学，撰有《歌德》（3卷，1952—1959）、《席勒》（1967）等，并将一些古希腊作品译成德文。

《诗学的基本概念》（*Basic Concepts of Poetic*，德文原名为 *Grundbegriffe der Poetik*，1946）是施塔格尔的一部重要诗学著作。该书主要谈论了

① 本文节选自［瑞士］埃米尔·施塔格尔：《诗学的基本概念》，胡其鼎译，中国社会科学出版社，1992年，第172－193页。

三个“诗学的基本概念”：抒情式（lyrisch）、叙事式（episch）、戏剧式（dramatisch）。西方传统的文类三分法将文学分为抒情作品、叙事作品、戏剧作品三大类。施塔格尔指出，没有纯粹的类型，任何作品都同时具备抒情、叙事和戏剧三者，所以应将它们当做一种文学表达的内在性构成。这种话语构成是与人的存在属性相辅相成的。施塔格尔受海德格尔的现象学启发，认为人是时间性存在，三分法之所以得到许多认同，恰是因为它们是对生命的时间属性的回应。抒情是自我与世界的融合，自我以“回忆”的方式沉浸于即逝的时间之流中；叙事是自我与世界面对面，世界以故事形式在此时获得“呈现”；戏剧是自我在对世界的构想中，因对未来的预期而张开的“紧张”。所以抒情—叙事—戏剧，就对应着时间中的过去—现在—未来三维。它们展示着人对存在不同维度上的“操心”[①]。此三维共同构成完整性的存在，所以每部作品都同时涵盖三者，只是各有偏重，从而生出各类文体，以及千姿百态的文学形式。不仅如此，抒情—叙事—戏剧还对应着语言要素中的音节—词—句子，以及语言的三个阶段：感性表达—直观表达—概念思维表达，以及情感—图像—逻辑之人类本质的三个领域等。施塔格尔将现象学引入诗学，将话语形式与人之存在的共生关系揭示出来，把问题延伸至诗学的本体领域，对当代文论思想产生重要影响。

这里所选部分是《诗学的基本概念》中“韵文的类的概念之根据”一章中的绝大部分，在前三章“抒情式风格：回忆”、“叙事式风格：呈现”、“戏剧式风格：紧张”之后，该章具有总结作用及更开阔的理论探索性。

---

① 海德格尔认为，“操心”（Sorge）正是此在的存在本性，是作为时间性存在的人因缘于存在的整体性，而对存在可能性的筹划与领会。

韵文的类的概念之根据

前三章的任务是区分韵文的“类”并使每一个单独的“类”明确化。这项任务只能在坚定不移的观念化过程中来完成。这就是说，考虑到先验地把握住的观念，根据诗作识别抒情式、叙事式和戏剧式的特性。**将**这种方法同歌德的类型学[①]作一番比较，或许是适宜的。歌德在致绥默林的一封信（1796 年 8 月 28 日）里讲：

> 关于经验的对象的观念好比一种被我用来把握和占有经验对象的工具。

这种工具不是**由**经验形成的，而是**依据**它和**通过**它而形成的，就像眼睛看来是通过光并且为了光而形成和被装备的，鹰看来是通过空气并且为了空气而形成和被装备的。原始植物[②]的观念是一种掌握植物界多样性的工具；骨学类型的观念能使人综观动物界。抒情式、叙事式和戏剧式的观念也想在这样一种“先于经验”的意义上起作用。

只不过，个别诗作跟“类”的观念的关系不同于个别植物跟原始植物、个别动物跟动物的“类”型的关系。任何个别的植物都不能很纯地显示植物的类。“原始植物”实际上是没有的，纯抒情式、纯叙事式或者纯戏剧式的作品也是没有的。可是就植物而言，这种情况仅仅意味着每一种个别的植物都是被规定的并且受成千种偶然性所制约。即使受到

---

① 歌德的“类型学”方法是指歌德试图通过对自然现象的经验直观和直接直观获得一切自然活动的普遍机制，并用这一整体论的机制解读自然类型及其形态演变。这一自然哲学研究方法后来被人归结为“自然现象学”。——编者注

② 原始植物即植物的原型，是歌德通过其类型学的自然直观方法所获得的对植物本质形态的认识。——编者注

这样的制约，植物仍旧不是别的而是植物。红的颜色，锯齿状的叶子，对于类型而言是无关紧要的，但它们并不接近于动物界或无机界，而是表明类型是个体化了的。一首抒情式的诗作则相反，恰恰因为它是一首诗，所以它可能不仅仅是抒情式的。它在不同的程度上并以不同的方式参与了所有的“类”的观念，仅仅由于抒情式占着**首要地位**，这才限定我们把这些诗行称之为抒情式的。

这种情况，经常被人指出，对此，我们必须最终有比较确切的认识。随后，我们才能看清，“类”的观念究竟是什么，旧的三分法的根据究竟何在。

当我们为了说明抒情式—叙事式—戏剧式的关系而提到音节、词和句的关系时，这可不是单纯的类比。音节可以被认为是真正的抒情式的语言要素。音节没有意义，它只发音，虽能表达，但不能作固定的标记。像“eia popeia”、“ach”、“éleley”、“ailinon”和“om”这些音节的连续，是我们所遇到的最后的音乐性语言现象。它们不确定任何对象。它们没有意向性。但是它们自然可以作为“感觉的呼叫”被直接听懂，就像赫尔德曾描述过的那样（第 50 页）。凡在语言里音节的力量突出的地方，我们就可以谈论抒情式的效果。

在叙事式的风格里则相反，单个的、标明一个对象的词坚持着它的最高权力（第 91 页）。荷马的长篇叙事诗的词汇就使我们相信，必须承认叙事诗人的业绩。词汇的丰盈确定了更替着的生活的丰盈，我们珍视叙事式的诗人，因为他们向我们呈现了生活的丰盈。

“部分”的功能性，亦即戏剧式风格的本质，突出表现在句子的整体中，在那里，主语关涉到谓语，从句关涉到主句，并且，为理解“部分”，必须预见整体。

在句子里较为强有力的不是“部分”的关涉，便是单个的呈现或是语音要素，那末，在一部诗作中，发挥作用较明显的也按此不是戏剧式便是叙事式或抒情式，但不会因此而缺了其他一种，或者说在一部语言艺术作品中缺了其他两种。甚至在同一句子，各按我赋予它的意义，发出的音响也会是抒情式程度较大，或叙事式程度较大，或戏剧式程度较大。……

……

音节—词—句的顺序也说明，为什么类应当按照抒情式—叙事式—戏剧式的顺序去排列。后提到的“类”依赖于先提到的“类”。我可以构成音节——像孩子那样或由着情绪——而不说出一个词来，也不用名词称呼一个对象。但是，我若不同样构成音节，我就一个词也说不出来，同样，我若不使用词以及随着词而使用音节，我就说不出一句句子来。因此，戏剧式的“类”依赖于叙事式的“类”。在戏剧式的“类”之中，具体对象降低为单纯的前提（第120页）。不过，具体对象必须有，这样它才能被带进关联之中接受判断。如果可见度降低，那末，戏剧式风格就会变得抽象，如有时在克莱斯特的新奇故事里，他精确地把各个部分联系在一起，但对各个部分本身却不加细述。叙事式的“类”依赖于抒情式的“类”，这一点表面看来并非不言而喻的。然而，谁想把某事物 vor-stellen（摆到—前面），他必须先同该事物合一。否则，该事物跟他也跟我们毫不相干，他的表现便是“trocken”（干的）——正因为这种表现缺乏抒情式的即流体的要素。原始的呈现行为是以互在其中为前提的。它们不可能由别处出发。

所以抒情式是最后的、可以达到的、一切诗作的底部（第57页），“sunder warumbe”，深处的丰盈，诗作由此发源，上升到戏剧式韵文的高处，超越这个高处诗作就无法继续下去，除非进入悲剧式或喜剧式的临界环境，在这个环境中，人，作为感性本质或精神本质，自己毁灭自己。

但是，这种顺序不可以从文学史的角度去解释，倘若从这个角度去解释，仿佛在断言，某一个人或整个民族的**创作**开始于抒情式而结束于戏剧式。抒情式作为抒情式的**诗作**，叙事式作为叙事式的**诗作**在这一时刻才出现，即韵文的语言，清晰程度不同地、大体上已经形成之时，因此也是人已经跨入戏剧式阶段之时，由这个阶段起，抒情式或者叙事式才能获致一种优先地位。文学史家不注重这一事实，因为他回避证实此事实。他一直追溯到最古老的文本并且发现那里已经有了参与所有的类的韵文。尽管疑难问题尚未成型，在句子里或在故事里的功能性还很原始：没有"前掷物"，没有任何一种紧张，最原始的诗人也难以着手创作。那末，为什么抒情式或者叙事式首先更为突出呢？帮助我们在某种程度上弄明白这个问题的，不是"诗作的哲学"，而只能是关于某一民族、某一诗人的不可重复的处境的历史研究。

我们现在接近了一个点，在这里，必须说明一个"类"的本质究竟是什么以及"类"的基础究竟是什么。在这里，诗作分类学无能为力，语言的哲学和历史将帮助我们继续前进。抒情式－叙事式－戏剧式的阶段顺序、音节－词－句的阶段顺序，符合卡西勒尔[①]所描述的语言的阶段：感性表达阶段的语言，直观表达阶段的语言以及作为概念思维表达的语言。他在《象征形式的哲学》第一卷里跟踪语言的道路，细心周密，无需我们再作补充，只需紧随其后，为他把这条道路照得通明豁亮而欣喜。语言按其天性从情感表达发展到逻辑表达。这一点自然不是依据流传下来的文字逐一证明的，而是从中推断出来的。因为，当一种语言借助文字固定下来时，上述发展过程已经进展得很远了。所以，这种探讨，譬如在威廉·封·洪堡的著作里，已经追溯到文学产生之前，并以大量的篇幅研究原始民族。有大量证据可供使用。它们在很大程度上是一致的。每一种语言都沿着上文指出的方向发展，同每一个人从童年

① 卡西勒尔：《象征形式的哲学》，柏林 1923 年，第一卷。

到少年，从少年到成年再到老年的发展没有两样。赫尔德关于语言年龄的虚构在近代人的精神中得到验证。赫尔德不仅涉及个别的人而且也涉及整个民族，同样，在卡西勒尔的著作中，也可以看到，任何个人还在走远古时代必定走过的道路。幼儿长久地被局限在情感表达的阶段上，直到他说的话逐渐获致意向性意义并说明固定对象。把各种对象联系在一起，制造关联，是又一成就，标志着它的，是所有的父母都不会忘记的、经常提出的疑问“为什么？”后一阶段自然已经包含在前一阶段之中，如同少年已先期在儿童身上。打盹儿，树叶已预示着要开花。同样，已被克服的东西到了更高的阶段也没有消失。它没有成为过去，它“被保存”起来了。在惊讶的一刹那间，成年人会脱口说出一个字来，它确定一个对象，仿佛他第一次看到这个对象，因此怀着幸福感，怀着儿童的原始天性。在情绪激动时，会突然爆发出“感觉的呼叫”，毫无意义，叫它属于一种非交谈性的相互理解的可能性。

如果将抒情式—叙事式—戏剧式的顺序移置到这种关联中来的话，难道还会令人惊讶吗？我们早已清楚了，这三个“类”同不仅仅属于文学的东西有关联。现在我们看清楚了，那是一种什么情况。抒情式的、叙事式的、和戏剧式的这三个概念是表示人的生存的基础可能性的文学科学名词，之所以会有抒情诗、长篇叙事诗和戏剧，仅仅由于情感的、图像的和逻辑的这三个领域组成了人的本质，作为整体也作为顺序，童年、青年和成年依次排列。

不过，这一点需要解释。卡西勒尔指出，从情感的到图像的再到逻辑的这一道路是渐进的客体化过程，在这个过程中，类似于有效对象性的东西才得以形成。我们在前面通过说明间隔距离这个范畴已经对此作了准备。在抒情式的存在中，还没有一个主体和一个客体之间的间隔距离。“我”在易逝之物中一起漂浮。在叙事式中，一个广角的面对面形成了。在直观的行为中，对象固定下来，观察这个对象的“我”也同时固定下来。但是，“我”和对象在“自现”和观看中还是相互结合的。一个产生了并且有赖于另一个得到验证。可是，在戏剧式的存在中，对象好比被存入档案。人不观察，而在判断。判断尺度、含义以及观察者在他的叙事式漫游途中始终借助事物和人已经领悟到的秩序，此刻脱离诸对象，自在，抽象，被把握住并被维持，以至于新的东西只有在考虑到这种“事先的判断”的情况下才得以生效。世界设计结晶化了。世界，精神的自身，变成“绝对的”，这意味着“被替换”并且在替换中成为“绝对有效”。戏剧诗人从这样的高处俯视更替着的生活。

感觉—指示—证明：间隔距离在这种意义上扩大着。如果我们考虑到戏剧式的生活观的抽象性质，另一方面又考虑到抒情式的情调的亲密无间、无法证明和可以领会的性质，那末，我们便不会再犹豫而把戏剧式的本质叫作“精神”，把抒情式的本质叫作“灵魂”，到现在为止，实际上已经是这样，只不过没有把话讲出来。我们当然不可将精神和灵魂看作人所具有的特性或能力。我们也回避对这两个概念所作的任何神学的解释。我们称之为灵魂的，跟那种寓于形体之中的人的不死部分毫不相干。我们称之为精神的，也不是内在的、由神点燃的光。这两个概念所涉及的是基础的存在可能性，它们的现实性不是别的而是现时存在者的情状，对象与开放的状态的情状。灵魂现在是回忆中一处风景的流动性；精神现在是一个更大的整体在其中显现的功能性。

……

然而，抒情式—叙事式—戏剧式这种三分法却获致了一种独特的尊严地位，因为情况表明：它建立在三维时间的基础上。在抒情式的流体中我们听到了易逝性的河流，它不间断地向前流去，以致没有一个人在赫拉克利特[①]之后第二次潜入同一条河里。人回忆着让自己从当前下

---

① 赫拉克利特（约公元前504—约公元前480），古希腊哲学家。“一切皆流动”，“人不能第二次潜入同一河流”，是他的名言。——译者注

到河里，在滑行的波浪上随之漂浮。那里没有逗留。他被驱策向前。

……

我们还不想把歌德所认为的被铭刻下的“胸中的内涵”跟易逝之物区分开来。可是，在赋予易逝之物以持久的“精神里的形式”之中，我们认出了叙事式的生存，它把事物本身固定下来，提供给记忆，并且说：它们就是这样的！在那里，人从当前这个河岸出发，观察易逝之物的河流。当我们把“形式”，一种形体性东西，指派给叙事式的时候，“精神”考虑到一切依它而定的东西观察着被塑造成形的生命。“精神”提出疑问：“因为什么的缘故？”这就是说：抒情式的生存使回忆、叙事式的生存使当前化，戏剧式的生存在设计。使回忆、使当前化以及设计这三个词的意思，应当已经弄清楚了。可是，由于我们现在进行的是一直把人弄糊涂的时态上的解释，所以，作任何说明都不会是多余的。

上文（第 66 页）这样说过，抒情式诗人能使当前的事物和过去的事物，甚至能使过去的事物回忆。现在恰恰相反，“使回忆”一词应得到过去时态的意义。可是，这里并无矛盾。当我们说，抒情式的诗人被赋予能力，使当前的、过去的和未来的事物回忆，那末，我们已经把“维”（Dimensionen）当作当前化了的时间，不管它在钟面上以及在日历中还有待撕去的各页上怎样待在我们的眼前。

不过抒情式的“使回忆”是返归母腹，而且是在**这个**意义上，即一切又处在我们曾经从中产生的过去的状态中出现在它面前。本来在“使回忆”中根本还没有时间。它化为瞬间。可是，从当前的立场出发看，回忆毕竟是过去的事。不仅理论这么说，证实这一点的是感觉：我向后倒！[①] 这种感觉浸袭着使回忆者，即使他在使未来的事物回忆，就像克

---

① 德语动词 zurücksinken 意为“向后倒”，加前置词 in，意为“沉陷”，引申为“故态复萌”。——译者注

尔凯郭尔的《反复》[①] 中那个痛苦的抒情诗人那样。他现在处于存在之中（ist im Sein），这存在过去一直就存在（dasje schon war），而且在某一当前于过去升起（aufging）之前就已经存在，他现在，带着现在填满他的一切，正在返回这从前的存在，因此，眼下这存在于他乃是新近的存在，甚至不可区分地同他自身为“一”，而他在这“一”之中已经失去了自身（消失）并且失去了任何时间的导向。

抒情式的诗人使之回忆（召之入内）的事物，叙事式的诗人使之当前化。即是说，他现在使自己同生活保持面对面，不论这生活的时间状态是什么。不论他叙述的是亚当和夏娃的原罪还是末日审判，他总是这样地把一切呈现在我们眼前，仿佛他过去曾经用眼睛看到过（hätte gesehen）。因此，我们不这样讲：他在现在正发生的事情旁边停留下来。唯有当他一旦下决心去描述他自己的时间，就像歌德在《赫尔曼与窦绿苔》中那样做时，这种讲法才贴切。诚然，他**构成**（即是）当前，他指出被当前化了的生活从何而来，从而说明其根据。叙事式的诗人的艺术最容易领会，因为我们的日常的生存在大多数情况下都在叙事式的轨道上运动。我们通常也使已成过去的事物化为我们眼前的事物。但是，对未来事物采取这样的做法，却同戏剧式的生存是毫不相干的。在那种情况下就必须这样讲：

> 戏剧式的诗人设计叙事式的诗人使之当前化的事物。他不生活“在”未来事物“中”，一如叙事诗人不生活“在”当前“中”。但是，他的生存专注着、紧张地期待着目标之所在。他事先就把目标之所在，把一切均取决于它的这个关键，看在眼里。在难题式的诗作中，

① 克尔凯郭尔：《全集》，耶拿 1909 年，第 2 版，第 3 卷第 122 页以下。

他从一开始就清楚，事情取决于什么；在激情式的诗作[①]中，他还在远处观望，寻找着黑暗中的某个目标。无论在激情式的还是在难题式的诗作中，他仿佛尾随自己走向一个预先设立的未来。判断便是基于这样的预先设立。我考虑到某个预先设立的秩序去观察某事物，在这种情况下，我只能够进行判断。"考虑到……"这一用语总括了戏剧式的行为态度的全部可能情况，从提出疑问的直到热情争取的行为态度。

因此，抒情式的、叙事式的和戏剧式的诗人都关注着同一个现时存在者（dasselbe Seiende），关注着易逝之物的河流，它涌流着，深不可测。可是，他们各有各的看法。这三种不同的看法，都基于"始初时间"（die ursprüngliche Zeie）。始初时间即人的存在，即作为生发性本质（zeitigendes Wesen）[②]的人"使"之"存在"（läßt sein）的现时存在者的存在（das Sein des Seienden）。诗艺学就这样同马丁·海德格尔的《存在与时间》中的难题汇合，这个难题在《论原因的本质》、《康德与形而上学难题》、《论真理的本质》以及在论荷尔德林的文章里逐趋成熟。在那些著作里，我们未见提到诗艺学的类，即使以暗示的方式也一处都没有。可是，类揭示自身系称谓人的生存之诸可能性的文学科学名词，所以，当诸如《生存与时间性》这样的论及普遍性的论著指示我们参考这些名词时，就不会再使我们感到惊讶了。在《存在与时间》里关于"存

---

① 施塔格尔将戏剧式的"紧张"分为"激情"（Pathos）与"难题"（Problem）两种风格。在《诗学的基本概念》中的第三章"戏剧式风格：紧张"中对此有专门区分。——编者注

② 及物动词 zeitigen 意为：使成熟；使产生（效果）；招致（后果）。这都与时间有关，时间不到不会生发。——译者注

在与时间”的那一节中，有如下的话：

> 在始初存有的意义上被把握谓之领会（Verstehen）：设计着（entwerfend）使存在成为一种能够存在（Seinkõnnen），生存每次都为了它的缘故而存有（existiert）。[①]

在一种基础存有状的意义上的领会，就诗作方面而言，首先突出表现在戏剧式的风格里：

> 处在其中（Befindlichkeit）首先基于曾经存在（Gewesenheit）……情调之存有状的基础性格乃是一种带回到（ein Zurückbringen auf）。[②]

处在其中或情调，就诗作方面而言，突出表现在抒情式的风格中：

> 未来首先使领会有可能，曾经存在首先使情调有可能，同样，操心（die Sorge）的第三种根本性的结构要素，亦即沉溺（das Verfallen），在当前中获致其存有状的意义。[③]

从属于此的还有“忘记”和“好奇”，而且是在其完全确定的意义之上。

沉溺符合叙事式的风格。

设计、处在其中和沉溺共同构成“操心”，在《存在与时间》里，“操心”还被用来称谓作为时间的人的存在（das Sein des Menschen als

---

① 马丁·海德格尔：《存在与时间》，哈勒 1927 年，第 336 页。

② 同上书，第 340 页。

③ 同上书，第 346 页。

Zeit)。

作为提示，引用这少数几段也就够了。想要复述海德格尔的本体论，是毫无意义的。这样做或许会引人误入歧途，因为《存在与时间》，至少在表达方式上，还蒙着一层阴沉的严肃（在“沉溺”这个概念里就已经可以感觉到），在我们为探讨诗作本质进行准备时，蒙上这样一层阴沉的严肃看来是不合适的。但是，海德格尔后来的著作更开阔，更明亮，更坦率，有意识地回避对时间的分析，虽然 Sein=Zeit（存在 = 时间）这个主要思想还始终被设为前提。因此，我们的任务看来在于：首先，以他关于荷尔德林的研究的精神、以《真理的本质》的精神，去吸收《存在与时间》的成果，随后架起沟通本体论研究和美学研究的桥梁。但是，倘若有人想要探讨诗作，并因此而从诗作的令人无所措手足的丰盈的经验出发，并且“在半路上遇到观念”（歌德语），谁就会马上感到有理由独自悄悄地完成这件工作，为了只讲他真正关心的事情。这样做，无损于诗学。因为，诗学尽管始终考虑到始初的时间这个观念，却试图从事物本身中发展出三个韵文的类，在这种情况下，它也必须直接使人信服，并且没有任何哲学能够“从外部”保证获得一个不以经验为根据的结果。倘若诗学证实了本体论，本体论证实了诗学，我们毕竟会感到信心更足。我们希望能设立一个本体论所宣告的那种关于生存的精确科学的部门。第一个引起人们重视时间的，无论如何不是海德格尔，因此，这个希望的诱惑力也就更大了。自康德的超验论美学开始，这个难题就使人再也不得安宁。唯心主义哲学自觉不自觉地围绕这个难题转圈。克尔凯郭尔和尼采发现自己奇特地被引导到这个难题上去。柏格森成功地跨出了一大步，这也迫使更年轻的研究者如明科夫斯基[①]和

① 明科夫斯基：《经历过的时间》，巴黎 1936 年。

加斯东·巴舍拉尔[①]或者拒绝，或者赞同。胡塞尔的《内在时间意识的现象学讲座》[②]借助现象学的方法论进攻“描述心理学和认识论这支老朽的十字军”。还可以举出许多人的名字来。问题的分支日益繁多并且通过自身的延展揭示了问题的谜语般性质的严肃性。尤其困难的是，借助语言手段来处理作为“内在时间意识”的时间或作为“直观形式”的时间。过去、当前、未来这三个概念远远不够应付，因为它们显然已经包含着已被采纳的关于时间的偏见。必须费力地克服被牢牢地固定在语言中的偏见来贯彻种种认识，这历来是一件使广大公众感到恼怒的工作。

但是，时间还一直被理解为其他现象中间的现象。马丁·海德格尔第一个敢于揣测存在本身在时间之中并且把他的全部哲学生活奉献给这一个观念。他的事业尚未结束。看来，仿佛在他写作《存在与时间》的同时，一个更宽阔的视野向他本人展开，在其中，已经达到的将被修正并且被提升到更高的意义上去。所以，几乎不应当推荐大家去接受他的个别的成果，甚至怯生生地采用他的尚未最终固定并经常以暴力相强的语言。比任何成果更为重要的，是疑问的暴力（die Gewaltder Frage）本身。康德的疑问：“先于经验的综合判断怎样才有可能？”在他那个时代曾经开创了精神学科的新纪元，同样，有关作为时间的存在的疑问也会蕴含构成历史的力量。决定这种力量能否发生效果的，是一种熟巧，其含义我们无法测定。在海德格尔的疑问之光的照明下，精神传统可以以新的方式被据为已有，这一点今天已经清楚了。表面相斥的，一旦对准时间，就明朗地显现为统一的。精神的历史，不再像在叔本华眼里那样，是一座疯人院，在这座疯人院里，没有一个人愿听另一个人讲话，也没有一个人听得懂另一个人所讲的话。事实反倒已经表明，所有最伟

---

① 加斯东·巴舍拉尔：《绵延的辩证法》，巴黎 1936 年。

② 马丁·海德格尔编，哈勒 1928 年。

大的人物所讲的全都是同一件事。

尤其是"德意志唯心主义的强迫观念"，三元组和三拍子，都从时间中经验到了它们的合法身份。我们在韵文的三个类里说明了"维"，或者，不得不借用海德格尔的话来说，说明了时间的三种"延伸"(Extasen)。我们不能不注意到，三元组不仅在美学中，也在其他的关联中强求我们接受它。我们区分出三种可笑的东西：诙谐、滑稽和幽默。也很容易这样去想：幽默是抒情式的可笑，滑稽是叙事式的可笑，诙谐是戏剧式的可笑。音乐、造型艺术和韵文的三元组同样也可以理解的。黑格尔的美学和菲舍尔的美学作了类似的比较，却没有领悟到这种类比的可能性的真正原因，即纯时间的支配。

但是，这里必须提出警告。含混地玩弄时态的概念是再糟不过的。谁把特定探讨的结果又直接拿到别处去试验，将会一事无成。唯独对事情的最彻底的认识才会赋予科学的表现以价值。可是，作为启迪学的原则——这是任何研究者所不可缺少的，尽管他误以为自己不受任何一种前题限制——时态的解释可以一再地得到验证。

但是，这并不是一种秘密方法，它可以从一开始就把某种结果告诉占有它的人。恰恰相反！方法，譬如黑格尔的辩证法，如果不跟对艺术价值的直接感觉结合，它只能起有害作用。我们业已看到：戏剧式精神如果没有长篇叙事诗式的基础，并因此而缺乏无法测量的抒情式的深度，它便是零。所以，不从亲密无间状态的昏暗中渐渐澄清而是由固定概念组成的科学判断，也是无用的。换句话说，行家如果不同时也始终是爱好者，他便是无用的并且会妨碍任何洞见的获得。可是，爱，尤其是幸福的爱，作为一切有生命的东西的本源，是没有人能够要到和学到的。

尤其在涉及有关诗作的科学时，我们甚至必须进一步缩小我们所获结果的意义。我们确信已经发现了抒情式、叙事式和戏剧式诗作的基础。一首诗的外表的偶然性，不管它表现为叙事作品、舞台剧还是铭文诗、叙事谣、赞歌、颂歌，我们完全不予注意，而是试图阐明什么是抒情式、叙事式和戏剧式。如果这些概念得到了正确的、符合语言惯用法的说明，那末，同抒情诗、长篇叙事诗和戏剧的关系自然也就产生了。我们也就在歌里找到了最纯的抒情式风格，在荷马的长篇叙事诗里找到了最纯的叙事式风格，而适合于某些目的的舞台，则首先被理解为贯彻戏剧式风格的结果。从德语的立场出发，这里显然没有太大的困难。当然，也有未曾显示出戏剧式特点的德语舞台诗人，可是，在规定戏剧的概念时，除了伟大的经典舞台诗人外，他们几乎未被注意到。同样也有无数根本不是抒情式的德语诗歌，然而，抒情式的歌构成了被称作抒情诗的中心。在英语里，在罗曼语里，情况看来完全不同。如果不把莎士比亚看成不折不扣的戏剧式诗人，英国人就几乎无法理解。意大利人一讲到“lirica”（抒情诗），他想到的就是彼特拉克的“Canzoniere”（坎佐那，歌）。但是，我们认为，彼特拉克的作品并不是抒情式风格的原型。

……

我还要补充最后一点。方才提到“价值”这一用语。但到现在为止，还没有明确地谈到过诗作的价值。像眼前这样一部诗艺学，不可能对任何美学估价提出根据。这一点，你可以认为是明显的缺点，也可以认为是优点，见仁见智罢了。如果任何价值判断只有从某一特定的历史环境出发才有可能，那末，这就是优点。如果我们被迫相信存在着一种绝对的价值等级秩序，那末，这就是缺点。我们相信的和科学研究能够对之负责的，这两者我今天还不能把它们统一起来。所以，这个问题还没有答案。

《中国文学理论》[1] 选编

刘若愚　著
杜国清　译

编者按：刘若愚（James J. Y. Liu，1926—1986），美国著名华裔学者，专治中国文学与比较文学。1926年4月生于北京，1948年毕业于北京辅仁大学西语系，1952年在英国布利斯多大学获硕士学位。曾在英国伦敦大学，香港新亚书院，美国夏威夷大学、匹兹堡大学、芝加哥大学任教。1967年起在美国斯坦福大学任教，1969年至1975年任该校亚洲语言学系主任，1977年任中国文学和比较文学教授。主要作品有《中国诗学》《中国之侠》《李商隐的诗》《北宋六大词家》《中国文学理论》《中国文学艺术精华》《语际批评家》《语言·悖论·诗学》等。作为一位"语际批评家"，刘若愚开创了融合中西诗学以阐释中国文学及其批评理论的学术道路，建构了一套认知中国古代文学理论的系统化体系。

杜国清（1941—　），台湾人，美国斯坦福大学中国文学博士，现

---

[1] 本文节选自［美］刘若愚：《中国文学理论》，杜国清译，南京：江苏教育出版社，2006年，第116—132页。

为美国加州大学圣塔芭芭拉东亚语言文化研究系教授。

本文编选的内容截取自《中国文学理论》。在这部著作中，刘若愚运用美国康奈尔大学英语系 M. H. 艾布拉姆斯教授《镜与灯》中的“文学批评四要素”理论[①]，并借鉴艾布拉姆斯所描述西方文艺理论发展史中的“摹仿说”、“实用说”、“表现说”和“客观说”等理论视角，系统地阐述中国古代文学批评发展史。他尝试着将散见于中国不同时期的、具有“零散化”特点的诗学理论系统化。刘若愚根据中国古代诗论的特点，加以改造、归纳出中国古代六种文学理论：形上理论、决定理论、表现理论、技巧理论、审美理论和实用理论。刘若愚认为，文学审美循环系统分成四个阶段：第一个阶段，主要集中在作家与世界的关系方面，世界影响作家，作家反映世界。由此导出两种理论：文学为宇宙原理的显示——形上理论，文学是政治和社会的反映——决定理论。第二个阶段，主要集中在作家与文学作品的关系方面，依照作家创造作品的路径，可导出两种理论：文学是人类情感的表现——表现理论，文学是以语言为材料的精心制作——技巧理论。第三个阶段，主要集中在读者与作品之间的关系方面，读者阅读作品，通过鉴赏作品产生美感，导出“审美理论”。第四个阶段，主要集中在读者与世界的关系方面，读者对世界的反应，因阅读作品而发生认识上的改变，由此而产生“实用理论”。

节选内容主要涉及明代中后期表现理论复苏阶段李贽的“童心说”，公安派三兄弟袁宗道、袁宏道、袁中道所倡导的表现理论，后期理论家清代金圣叹、叶燮和袁枚的表现理论，以及中西表现理论差异的比较。在这部分内容之前，刘若愚归纳了中国表现理论所表现的对象：“或认为是普遍的人类情感，或认为是个人的性格，或者个人的天赋或感受

① “四要素”是指作品、世界、作家和读者。参见艾布拉姆斯著《镜与灯》，郦稚牛、张照进、童庆生译，北京大学出版社，2004年，第4—5页。

性，或者道德性格。”[①] 刘若愚认为，早期的表现思想结晶于“诗言志”这个命题中，体现了古代中国的原始主义诗论。魏晋之后，自曹丕《论文》始，表现理论趋向个人主义，着重个人的性格甚于普遍的人类情感。曹丕“气”的概念，是基于气质的个人天赋。陆机《文赋》的“诗缘情而绮靡”的表现观点，与形上观念不同的是，“它认为作家以情感反应外界的刺激，而不是寻求与宇宙之‘道’直觉地合一。”[②] 此外，陆机屡屡强调“理”(包含“理智”、“事物原理”以及“条理”)，这也表明陆机的文学表现“并非纯粹只是诉诸感情的”。[③] 刘勰“夫情动而言形，理发而文见，盖沿隐以至显，因内而符外者也。”[④]，显示其文学表现思想与陆机类似，不是将文学表现局限于情感，而是将情与理并列。随后从唐代到明前期一千余年的历史时期，刘若愚认为是“表现理论的晦暗时期”[⑤]，文学的表现观附属于实用观，诸如唐初史官姚思廉、宋代理学家邵雍等人多提倡显示对时代的关怀，具有社会意识的诗文。

表现理论的复苏

在以后的时期，文学的表现观继续时时出现，可是一直到晚明（16世纪末与17世纪初），它才获得绝对的提倡，而形成一种“运动”的基础。此一运动的先驱者是性格怪僻、打倒偶像的思想家李贽（1527—

---

① [美] 刘若愚:《中国文学理论》，杜国清译，江苏教育出版社，2006年，第98页。

② 同上书，第106页。

③ 同上。

④ 范文澜编:《文心雕龙注》，北京，1962年，第505页。

⑤ [美] 刘若愚:《中国文学理论》，杜国清译，江苏教育出版社，2006年，第114—116页。

1602)，他属于王阳明学派中所谓的“左派”。[①] 李贽在《童心说》（*On the Childlike Heart*）一文中，主张“童心”（childlike heart）亦即“真心”（true heart）；不失“童心”者为“真人”（true man），能够创作出伟大的文学，不论是诗，或散文，或小说，或戏剧，或八股文。根据他的看法，“天下之至文，未有不出于童心”（all the best literature of the world has always come from the childlike heart），而儒家经典并不代表圣贤之真言，只是提供“道学之口实，假人之渊薮”[②]（pretexts for the moralists and gathering places for false men）。就他的“童心”概念而言，他其实可以引述孟子和老子的话作为根据，因为前者说过：“大人者，不失其赤子之心者也”[③]（A great man is one who has not lost the heart of the new-born child.），而后者问道：“专气致柔，能如婴儿乎？”[④]（In concentrating your vital force and attaining gentleness，can you be like a baby?）然而，李贽是第一位将这种“童心”的概念应用于作家，且认为它是所有伟大文学的唯一泉源的人。如此，他可以说是复苏了原始主义的文学观。他也是第一位将通俗的戏剧和小说视为伟大的文学的人，因而扩大了传统的“文学”概念的范围。

在另一篇题为“杂说”（Miscellaneous Remarks）的文章里，李贽再次表现出原始主义的观点：

---

① Wang, John C（王靖宇），*Chin Sheng-t'an,* New York, 1972, pp.15－16.

② 李贽：《焚书》，北平，1961 年，第 97－99 页；郭绍虞：《中国文学批评史》修订本，上海，1956 年，第 350 页引用一部分。

③ 《孟子引得》，北平，1931 年，第 31 页；英文参照 Lau, D. C.（刘殿爵）, trans. *Mencius.* Baltimore, 1970, p.130。

④ 《老子》，参见高亨编《老子正诂》修订版，第 23 页；英文参照 Lau, D. C.（刘殿爵）, trans. *Lao Tzu.* Baltimore, 1963, p.24。

世之真能文者，比其初皆非有意于为文也。其胸中有如许无状可怪之事，其喉间有如许欲吐而不敢吐之物，其口头又时时有许多欲语而莫可以告语之处。蓄极积久，势不能遏，一旦见景生情，触目兴叹，夺他人之酒杯，浇自己之垒块，诉心中之不平，感数奇于千载。①

Those who can truly write never intended to produce literature in the first place. In the bosom (of a true writer), there are so many indescribable, strange things, in his throat there are so many things he wants to utter yet dare not,in his mouth there are often so many words he wants to say but has nowhere to say. When these have been stored up to the limit and accumulated for so long that they can no longer be checked,then,one day, when he sees a scene that arouses his emotions, when what touches his eye draws a sigh from him, he will grab someone else's winecup to pour over his own grievances, give vent to his feelings of injustice, and lament the ill fates of a thousand years.

文学是抑郁幽怨的不自觉的倾泻，这种观念可以溯至《诗经》，但是李贽给予特别戏剧性的表现。

他对文学批评的贡献虽然值得注意，可是李贽主要的兴趣不在文学。有待公安（在湖北省）袁氏三兄弟出现，才发起自觉的运动，反对长久以来成为文学正统的拟古主义。

组成公安派的三兄弟，袁宗道（1560—1600），袁宏道（1568—1610），以及袁中道（1570—1623），受了李贽的影响，但所持的观点没

① 李贽：《焚书》，北平，1961年，第96—97页；郭绍虞：《中国文学批评史》修订本，上海，1956年，第351页所引。

有那么过激。即使在他们兄弟之间，自然有些不同的意见，尽管他们在攻击摹仿古代作家时，都强调个性（individuality）和自然（spontaneity）。

年纪最大的袁宗道，写了《论文》（*Discourse on Literature*）上下两篇，提出他的文学观。在上篇开头，他写道：

> 口舌代心者也，文章又代口舌者也。展转隔碍，虽写得畅显，已恐不如口舌矣，况能如心之所存乎？①
>
> The mouth and the tongue are what represent the heart (or mind, hsin) , and literature is what in turn represents the mouth and the tongue. Being twice removed, even if it is fluently written, it will not, one fears, be as good as the mouth and the tongue. How can it then be like what lies in the heart (or mind) ?

从这段对文学表现心绪或心志这一古老概念略带怀疑的重述里，他引出文学的主要功用在于表达的结论：

> 故孔子论文曰："辞达而已。"达不达，文不文之辨也。②
>
> Therefore, Confucius, in discussing literature, said, "Words communicate; that is all." The difference between what is literature and what is not lies in whether it communicates or not.

---

① 《论语 · 卫灵公第十五》，四十一章。参见 Waley，Arthur (韦理), *YÜan Mei.* London，1956；rpt. Stanford，1970，p.201。

② 袁宗道：《白苏斋类稿》，上海，1935 年，第 253 页；郭绍虞：《中国文学批评史》修订本，上海，1956 年，第 364 页引用一部分。参见 Wang, John C. (王靖宇), *Chin Sheng-t'an,* New York, 1972. p.19。

至于所表达的是什么，袁宗道强调作家个性上知性的一面，而不是情感的一面。在《论文》下篇中，他说道：

> 爇香者，沉则沉烟，檀则檀气。何也？其性异也。奏乐者，钟不借鼓响，鼓不假钟音。何也？其器殊也。文章亦然。有一派学问，则酿出一种意见；有一种意见，则创出一般言语。
>
> When burning incense, if you use aloeswood, the smoke will smell like aloeswood; if you use sandalwood, the smell will be that of sandalwood. Why? Because each kind of incense has a different nature (hsing). In music, the bell does not rely on the drum's sound, nor does the drum borrow the bell's tone. Why? Because each instrument is different. It is the same with literature. If you have a certain kind of learning, then this will brew a certain kind of opinion; and if you have a certain kind of opinion, then you will originate a certain kind of language.

结果，虽然他反对摹仿古人，可是并不排斥学习。反之，他提倡"从学生理，从理生文"。[①]（Producing reason［li］from learning and producing literature from reason.）

三兄弟中排行第二也是最有名的——袁宏道比较注意情感和个性（性灵），这可从他为三弟中道的诗集所写的序中的这段话看出：

> 大都独抒性灵，不拘格套，非从自己胸臆流出不肯下笔。有时情与境会，顷刻千言，如水东注。[②]

---

① 袁宗道：《白苏斋类稿》，上海，1935年，第254页；郭绍虞：《中国文学批评史上之神韵说》，见《小说月报》，1927年，第365页所引。

② 同上书，第5页；郭绍虞：《中国文学批评史》修订本，上海，1956年，第374页所引。

Most of his works uniquely express his personal nature and are not restricted by convention. Unless it is what flows from his bosom, he will not write it down. Sometimes, when his emotion encounters the right environment, he can write a thousand words in a moment, like water pouring eastwards (into the sea).

在同一序文中，袁宏道提出他的见解，认为唯一可能流传的当代作品是街头妇孺所唱的民歌，理由如下：

犹是无闻无识，真人所作，故多真声。不效颦于汉魏，不学步于盛唐，任性而发，尚能宣于人之喜怒哀乐嗜好情欲。①

These are still the works of "true people", who are without knowledge or learning; hence, they are full of true voices. Not affecting the manners of the Han and Wei, nor following in the footsteps of the High T'ang, they are words uttered in accordance with the free bent of one's nature, and can express people's joy, anger, pleasure, appetites, and desires.

这段文字，将"嗜好情欲"列入文学表现的正当主题之内，这点值得注目；袁宏道在此表示他对李贽的赞同。在介绍一位友人作品的另一篇序文中，他以更为明显的词句附和了李贽的"童心"概念，同时强调另一种概念——"趣"（gusto）：

世人所难得者唯趣。趣如山上之色，水中之味，花中之光，女中之态……夫趣，得之自然者深，得之学问者浅。当其为童子也，

---

① 袁宏道：《袁中郎全集》，上海，1935 年，第 6 页。参见 Wang, John C.（王靖宇），*Chin Sheng-t'an,* New York, 1972，p.20。

不知有趣，然无往而非趣也。面无端容，目无定睛，口喃喃而欲语，足跳跃而不定，人生之至乐，真无逾于此时者。[①]

What is rarest in people is “gusto”, which is like color on mountains, flavor in water, light on flowers, or airs of women. Now, what gusto owes to nature is profound, but what it owes to learning is superficial. When one is a child, one does not know there is such a thing as gusto, yet wherever on goes, gusto abounds: with a face free from serious expressions, eyes, whose pupils are never fixed, a month ever mumbling and muttering, and feet leaping and jumping without stop—there is no other time in life comparable to this for perfect happiness.

如上所述，“趣”似乎是指一个人的天性中（因此也在他的作品中）一种难以形容的风采或风味，以及通常见于小孩而大人少有保存的一种本能的喜悦。因此，这种“趣”的概念，可以看成“个性”（personal nature）的一面，而与严羽的“兴趣”（inspired gusto）的概念（见第二章）不同：后者是一个人观照自然的结果。袁宏道对这种天生之“趣”的怀念，使他不信任学习，而主张依赖自然流露的感情。

三兄弟中最年轻的袁中道，所取的立场较他两兄更为稳健，采取一种历史的相对论。在他看来，提倡个性主义（individualism）作为摹仿以及专事技巧规则的解药是历史的必然，可是他也相信，当个性主义发展过度时，就有必要提倡遵守技巧规则，以便矫正。[②] 换句话说，他并

---

① 袁宏道：《袁中郎全集》，上海，1935 年，第 5 页；郭绍虞：《中国文学批评史》修订本，上海，1956 年，第 376 页所引。参见 Lin Yutang (林语堂), *The Importance of Understanding.* New York, 1960，p.121。

② 袁宗道：《花雪赋引》，参见沈启先编《近代散文抄》，北平，1931 年；重列，香港，1957 年，第 43 页；郭绍虞：《中国文学批评史》修订本，上海，1956 年，第 367 页所引。

不认为自我表现总是文学的唯一目的，而只是文学的钟摆必然摇摆于其间的两个极端之一。

后期的表现理论

公安派在破除拟古主义和倡导个性主义方面，一时获得很大的成功，但其影响不久即衰微，因此在清朝初年，大多数在正统文坛上具有影响力的人物都摒弃了袁氏兄弟所拥护的观点。不过，李贽和袁氏兄弟有一个精神上的继承者，亦即非正统的批评家金人瑞，一般称为金圣叹(1608？—1661)，他对文学也表现出强烈的个性主义观点，而且对通俗小说和戏剧评价很高，视之为最值得推崇的经典著作。[①] 虽然金圣叹是一位实际批评家，很注重技巧的细节，可是他的基本文学概念是表现的，甚至是原始主义的概念。例如，在一封信中，他写道：

> 诗者，人之心头忽然之一声耳，不问妇人孺子，晨朝夜半，莫不有之。今有新生之孩，其目未之能眴也，其拳未之能舒也，而手支足屈，口中哑然，弟熟视之，此固诗也。天下未有不动于心，而其口有声者也。天下未有已动于心，而其口无声者也。动于心，声于口，谓之诗。[②]

Poetry is only a sudden cry from one's heart; everyone, even a

---

① 关于金氏观点的详细讨论，参见 Wang, John C (王靖宇), *Chin Sheng-t'an,* New York, 1972. 尤其是第三章。关于中国小说与戏剧的主要作品，见刘若愚 (Liu, James J. Y.), *The Chinese Knight Errant.* London and Chicago, 1967，pp.167—170。

② 金圣叹：《唐才子诗》，1660 年；重刊，附信札，台北，1963 年，第 546 页。参见刘若愚 (Liu, James J. Y.), *The Art of Chinese Poetry.* London and Chicago, 1962，pp.73—74。

woman or a child, has it, in the morning or at mid-night. Now, suppose here is a new-born baby whose eyes cannot yet turn and whose fists cannot yet open, but who, stretching its arms and twisting its feet, utters a sound from its mouth. When I look at it carefully, I find this is really poetry. There is no one in the world who, not having been moved in the heart, will utter a sound from his mouth, nor is there anyone who, having been moved in the heart, will not utter a sound from his mouth. What moves the heart and is uttered from the mouth is called poetry.

在别处，他又重述这种极端的诗观。然而，在他的《唐才子诗》选集的序文中，他的语气稍为温和。[①] 以优美的骈文写成，而与他的书信和评注中常用的半文半白文体形成对比的这篇序文，含有刘勰在《文心雕龙》首篇[②] 所表现的形而上观念的回响，可是它的主要观点却是表现观，一如下面这段摘录所示：

夫诗之为德也大矣！造乎天地之初，贯乎终古之后，绵绵暧暧，不知纪极。虚空无性，自然动摇。动摇有端，音斯作焉。夫林以风戛而籁若笙竽。泉以石碍而淙如钟鼓；春阳照空而花英乱发；秋凉荡阶而虫股切声。无情犹尚弗能自已，岂以人而无诗也哉？离乎文字之间，极于怊怅之际，性与情为挹注，往与今为送迎。送者既渺不可追，迎者又欻焉善逝，于是而情之所注无尽，性之受挹为不穷矣。[③]

① 这篇序文的可靠性有人曾根据风格表示怀疑，可是其中所表现的观念与金氏信札中所表示的类同，我们没有理由认为他不应该采用不同的风格。见金圣叹，第544－545 页；Wang, John C (王靖宇), *Chin Sheng-t'an,* New York, 1972, pp.41－42。

② 根据评注家虞翻和干宝的说法，孙星衍编《周易集解》，第 202 页所引。

③ 金圣叹：《唐才子诗》，1660 年；重刊，附信札，台北，1963 年，第 1 页。

> The power of poetry is great indeed! It was created when heaven and earth, began, and it will perpetuate itself beyond the end of eternity (sic), continuing and lasting, dim and dark, for we know not how many ages. The void, which has no special nature, moves and stirs of itself. When it moves and stirs for a cause, then music arises. Now, the woods, when shaken by the wind, will produce harmony like pipes and mouth-organs; the fountains, when obstructed by rocks, will resound like bells and drums; when the spring sun shines in the air, flowers will blossom in wild profusion; when the autumn chill sweeps the steps, the insects will chirp urgently. If even such insentient objects cannot help doing so, how can man be without poetry? When one is surrounded by words, at the moment of reaching the limit of sorrow, one's nature and emotion become what one draws from and pours forth; past and present, what one bids farewell and welcome to. Since not only is what one bids farewell to vaguely distant and irretrievable, but what one welcomes is also all too quick to disappear, thereupon what one pours from one's emotion will be endless, and what is drawn from one's nature will likewise be inexhaustible.

虽然在前半段，金圣叹遵循形上传统，可是他随即将注意力转到“性”与“情”的表现，以取代宇宙之“道”的显示。他接下去说道，诗人不需借助于“自然”或“艺术”：

> 斯皆元化之所未尝陶均，江山之所不及相助者也。盖是眉睫动而蚤成于内；喉咯转而毕写于外。彼岂又欲借挥洒于笔林，求润泽于墨江者哉？[①]

① 金圣叹：《唐才子诗》，1660年；重刊，附信札，台北，1963年，第2页。

All this (the writing of poetry) is neither what Primordial Transformation (yuan-htta) has moulded, nor what mountains and rivers are able to aid in time. For as soon as one's eyebrows and lashes move, it is already completed within; as soon as one's throat turns, it is thoroughly described without. How should one need to borrow from the forest of writing brushes in order to brandish (the brush) and sprinkle (the ink) , or seek moisture from the river of ink?

此外，他认为在文字发明之前，音乐和诗已经存在。如此，当“丱角孺子”（a boy with his hair done up in two buns）唱一首歌谣，或者当“女儿置懿筐而太息”（a girl laid down her pretty basket and heaved a sigh）时，这些成为孔子未从《诗经》中删除，而一般认为是“大序”之作者子夏所俯身拜读的诗歌。[①] 金圣叹所暗示的是：真挚的感情足以使任何人成为诗人，而不需得助于天才或技巧——此一理论与他对自己所认为的才子作品所作的实际批评，颇不一致。

虽然没有反叛正统，但对诗却道出一些独特见解的清初批评家是叶燮（1627—1703），他的《原诗》（*On the Origins of Poetry*）（分内外两篇，各两节）是中文里少数有系统的诗论之一。他的诗观似乎以表现理论为主，因为他称道：“诗之基，其人之胸襟是也。有胸襟，然后能载其性情智能聪明才辨以出。”[②]（The foundation of poetry is the poet's mental capacity. If he has this mental capacity, he can then express his personal nature and intelligence, his perceptivity and talent.）从他所举的例子（叶燮

① 这两句涉指《诗经》的两首诗，见《毛诗引得》，第 21、31 页；参见 Karlgren, Bernhard (高本汉), trans. *The Book of Odes*. Stockholm, 1950. p.66 (poem 102), p.96 (poem 154)。

② 叶燮：《原诗》，第 572 页。

相信，大诗人杜甫，因他所遭遇到的每一件事而引起感触，思君忧国，而大书法家王羲之，于欢宴之际所写的文章《兰亭序》中，哀叹人生必有一死)，显然可以看出，他所谓“胸襟”，是指作家的知性能力和道德品格，而不是指情感或审美的能力。[①] 这点可从另一段文章中得到印证，其中叶燮宣称：

作诗者，在抒写性情。此语夫人能知之，夫人能言之，而未尽夫人能然之者矣。作诗有性情，必有面目。此不但未尽夫人能然之，并未尽夫人能知之而言之者也。如杜甫之诗，随举其一篇与其一句，无处不可见其爱国爱君悯时伤乱，遭颠沛而不苟，处穷约而不滥，崎岖兵戈盗贼之地，而以山川景物友朋杯酒抒愤陶情，此杜甫之面目也，我一读之，甫之面目，跃然于前。[②]

The purpose of writing poetry is to express one’s personality. This is something that everyone knows and everyone can say, but not everyone can do. In writing poetry, if one has a personality, one will inevitably have a visage. This is something that not only not everyone can do, but not everyone even knows or can say. For instance, take anyone of Tu Fu’s poems, or even one line, and everywhere you will see his worries for the country and his love for his sovereign, his compassion for the times and his

---

① 试比较宇文所安对“胸襟”的解释：“胸襟”可以跟 18 世纪晚期英国和欧洲的“sensibility”（感受能力）相比。它是一种被培养起来的能力，一种让自己被感动的能力。它假定（一个成问题的假定）这种反应能力是“自然的”，与之相对的是社会习俗对人的感情造成的人为障碍。参见宇文所安（Stephen Owen）著《中国文论：英译与评论》，王柏华、陶庆梅译，上海：上海社会科学院出版社，2003 年，第 626 页。——编者注

② 叶燮：《原诗》，第 596 页。

sadness over disorder, his refusal to compromise in adversity, his integrity in poverty, his way of expressing his indignations and refining his nature by means of enjoying the landscape and drinking with friends, even though he had traveled through rugged, war-torn, bandit-infested terrain: this is Tu Fu's visage. Whenever I read him, his visage leaps before my eyes.[①]

然则，这个“面目”是指作品中作家之道德品格的表现。

叶燮的表现诗观，可以从下面这句话中得到进一步的证明：“诗是心声。不可违心而出，亦不能违心而出。”[②]（“Poetry is the voice of the heart. It may not be uttered against the heart, nor can it be uttered against the heart.”）

然而，他没有忽视艺术过程中宇宙的重要性；在他看来，它可由三个字概括：“理”（principle）、“事”（event）和“情”（manner）。这几个词的意思，他在下面这段中解释道：

> 曰理曰事曰情三语，大而乾坤以之定位，日月以之运行；以至一草一木一飞一走，三者缺一则不成物。文章者，所以表天地万物之情状也。然具是三者，又有总而持之，条而贯之者，曰气。事理情之所为用，气为之用也。譬之一木一草，其能发生者理也；其既发生者则事也；既发生之后，夭乔滋植，情状万千，咸有自得之趣，则情也。[③]

---

① 此段译文可与宇文所安之译文相对照。参见宇文所安 (Stephen Owen) 著《中国文论：英译与评论》，王柏华、陶庆梅译，上海：上海社会科学院出版社，2003 年，第 643－644 页。——编者注

② 叶燮：《原诗》，第 597 页。

③ 同上书，第 576 页。参见第 574－575 页。

> What I called “principle”, “event”and “manner” are the principles by which the Ch’ich (the masculine, receptive, creative, or yang) and the K’un (the feminine, receptive, or yin) fix their positions, the sun and moon revolve; and even down to such things are grass, trees, flying birds and running beasts, if one of the three is lacking, then nothing can be complete. Literature is what expresses the manners (ch’ittg-chuang) of all things in the universe. Yet there is something else that controls these three principles and strings them together; this is the vital force (ch’i) .The functions of “principle”, “event” and “manner” are due to the function of the vital force. Take, for example, a tree or a plant. What enables it to come into being is the “principle”; once it comes into being, it then becomes an “event”; and after having come into being, it flourishes and multiplies, presenting a myriad different manners and appearances, all giving one the feeling that they are contented with their own nature: these constitute its “manner”.[①]

在这段中，叶燮所用的“理”这个词与理学中的用法一样；在理学中，“理”（“principle”或“reason”）和“气”（在此类文脉中时常译为“ether”）相对于希腊哲学中的“form”和“matter”[②]，可是他并没有将“理”和“气”对比，而是将“理”和“事”（“event”，指事物之“原理”的实现)、“情”（在此并非指“情感”，而是指事物发生的情形）对

① 宇文所安将“情”译为“circumstance”、“mood”，而不是此处刘若愚译的“manner”。此段译文可与宇文氏的译文相比较。参见宇文所安（Stephen Owen）著《中国文论：英译与评论》，王柏华、陶庆梅译，上海：上海社会科学院出版社，2003 年，第 560 页。——编者注

② Fung Yu-lan (冯友兰), Trans. By Derk Bodde. *A History of Chinese Philosophy*. Vol. II, 1953, Princeton, pp.500－514。

比，同时将这三者附属于“气”，这个“气”似乎不是意指“matter”，而是指《管子》中的宇宙生命力。[①]

为了把握和表现艺术过程中的宇宙中这三种原理，叶燮相信，诗人应该具有四种内在特质：才（talent）、胆（daring）、识（judgment）、力（strength）[②]：

> 此四言者所以穷尽此心之神明。凡形形色色，音声状貌，无不待于此而为之发宣昭著……以在我之四，衡在物之三，合而为作者之文章：大之经纬天地，细而一动一植，咏叹呕吟，俱不能离是而为言者矣。[③]

> These four qualities are what exhaustively bring out the spiritual light (shen-ming) of the mind. All forms, colors, sounds, and appearances await these to be made manifest and clear... If one uses the fours qualities that lie within one and measures the three principles that lie in things so as to produce the literary works of a true writer, then from the great principles of heaven and earth, down to such small things as an animal or a plant, there is nothing about which one can sing and chant apart from this.[④]

---

① 赵用贤编：《管子集解》上，1582 年；重刊，上海，1936 年，第 59 页。参见郭绍虞《中国文学批评史》修订本，上海，1956 年，第 441－442 页，郭氏将“气”解释为表示四种内在物质的一个概称，这是令人难以赞同的，因为叶燮认为，“气”是统制外在事物的三种原理的东西。

② 宇文所安将“才”、“胆”、“识”、“力”分别译为“talent”、“courage”、“judgement”、“force”。参见宇文所安（Stephen Owen）著《中国文论：英译与评论》，王柏华、陶庆梅译，上海：上海社会科学院出版社，2003 年，第 567 页。——编者注

③ 叶燮：《原诗》，第 579 页。郭序新版中，正像丁氏《清诗话》原版中，标点有误。

④ 此段译文参见宇文所安（Stephen Owen）著《中国文论：英译与评论》，王柏华、陶庆梅译，上海：上海社会科学院出版社，2003 年，第 567－569 页。——编者注

尽管上面所引各段含有某些形上观念，叶燮的诗观终究属于表现理论者多，属于形上理论者少，因为他的理论主要是导向作家：

> 志也者，训诂为心之所之；在释氏所谓种子也。志之发端，虽有高卑大小远近之不同，然有是志，而以我所云才胆识力四语充之，则其仰观俯察，遇物触景之会，勃然而兴，旁见侧出，才气心思，溢于笔墨之外。[①]
>
> The "intent" (chih) is explained as "where the heart (or mind) goes"; and it is what the Buddhists call the "seed". When this intent first occurs, there are indeed differences between high and low, great and small, far and near. But as long as one has this intent, and fills it with what I call "talent", "judgement", "daring", and "strength", then when one observes what is above and investigates what is below, when one encounters objects and is touched by scenes, one's feelings will spring up abundantly and spread all over, and one's talent and thoughts will overflow beyond the words written down.

在作家与宇宙关系的这个说明中，作家并非像形上理论中那样，"虚"其心以接受"道"，而是具备某些精神特质，反映宇宙，然后再将他的反映表现出来。

在本章我要讨论的最后一个批评家是袁枚（1716—1798）。他精炼了"性灵"的概念，而且由于他是一位很受欢迎的诗人，他使这个词比以前更广为流行。我们还记得，他的一些前人将这个词当作"性情"（personal nature）的同义词，可是在袁枚的用法里，这两个词并不表示

---

① 叶燮：《原诗》，第 593 页。

相同的概念："性情"是指一个人的一般个性，而"性灵"是指一个人天性中具有的某种特殊的艺术感受性。① 因此，我将后者译为"native sensibility"。② 事实上，他并没有给这两个词下过明白的定义，可是他用以批评当代某些作者的下面这段话，表示他对这两个词有所区分：

> 今人浮慕诗名而强为之；既离性情又乏灵机。③
>
> People nowadays force themselves to write poetry out of a desire for the reputation of being a poet; not only do their poems depart from their personal natures (hsing-ch'ing), but they also lack the working of sensibility (ling-chi) .

他所谓的"灵机"，在这儿是指感受性（"灵"）的作用（"机"，其本义是"扳机"或"机器"），而感受性（sensibility）是一个人的"本性"（nature）中的一部分。在别处，他时常称赞其他诗人在作品中表现出"性灵"（native sensibility）。在这点上，他与主张只要以真情就足以创造诗的李贽和金圣叹不同。

在另一方面，袁枚强调个性和情感的重要。他一再重复，诗是"性情"（personal nature）或"情"（emotion），尤其是爱情的表现，或者诗

---

① 对袁枚的"性情"概念的这种解释，基本上与顾远芗（《〈随园诗话〉的研究》，上海，1936年，第50—51页）的解释相同，虽然我并不赞同"感情属于知性"。关于其他解释，参见郭绍虞《中国文学批评史》修订本，上海，1956年，第494—496页。

② 参见刘若愚 (Liu, James J. Y.), *The Art of Chinese Poetry*. London and Chicago, 1962, p.74。

③ 袁枚：《小苍山房文集》卷二十八，第1页；顾远芗：《〈随园诗话〉的研究》，上海，1936年，第50页所引。

是“心声”（the voice of the heart）。[①] 他提倡情诗，甚至表现同性爱的诗，因而与儒家道学家沈德潜（我们将在第六章加以讨论）形成强烈的冲突，而同时又博得了某些现代学者称之为的“伟大的自由思想者”这种有点过分的喝彩。[②] 事实上，袁枚没有形成有系统的诗论，而且他大部分的观念并非独创。然而，他的确发挥了他承自较早批评家尤其是前朝公安派的袁氏兄弟的一些观念（尽管他从来没提过他们的名字）[③]，而且他的观点并不像李贽或金圣叹那样一面倒，虽然他基本上与他们同具文学的表现概念。自从袁枚以来，中国的表现理论并没有重大的发展，可是文学的表现观一直受到中国批评家公开或间接的支持，这可从“抒情”（expressing emotion）和“真情”（genuine emotion）这种字眼时常被用为文学批评的标准这点看出来。

中西表现理论的比较

本章所讨论的理论与西方表现理论之间的类似点，对于熟悉后者的人是很明显的，不需要指出。反之，有些差异，可以提出来。第一，在西方的表现理论中，想象力的创造性具有占据重心的重要性，可是中国的表现理论家，除了陆机和刘勰等少数例外，很少强调创造性。例

---

① 顾远芗：《〈随园诗话〉的研究》，上海，1936 年，第 91 页。袁枚：《随园诗话》，北平，1960 年，第 3、35、73、74、87、90、183、196、216、565 页；袁枚《续诗品》与郭绍虞《诗品集解》合刊；重刊，香港，1965 年，第 167 页。

② 参见杨鸿烈《大思想家袁枚评传》，上海，1927 年；顾远芗：《〈随园诗话〉的研究》，上海，1936 年。

③ 关于袁枚出处的讨论，参见顾远芗《〈随园诗话〉的研究》，上海，1936 年，第 52－65 页；青木正儿著《清代文学评论史》，陈淑女译，台北，1969 年，第 328－329 页。关于袁枚一般文学观的讨论，参见 Waley, Arthur (韦理), *YÜan Mei,* London，1956；rpt. Stanford，1970，pp.166－175。

如，柯勒律治描述“第二想象”（secondary imagination，即艺术想象）为“溶化、扩解、消散，以便再创造”（dissolves，diffuses，dissipates，in order to recreate）的能力[①]，而华兹华斯（William Wordsworth，1770—1860）也主张“想象力也赋形和创造”（the imagination also shapes and creates）[②]，可是类似的陈述难得在中国的表现理论中找到。这点差异一如我在前面提示过的，可能是由于中国传统哲学中没有世界的创造者这种人性神祇（anthropomorphic deity）的概念，而与犹太教、基督教的造物主上帝这种概念形成对比；而这种概念为艺术家即创造者这一概念，提供了一种模式。柯勒律治将“第一想象”（primary imagination）（此为“所有人类知觉作用的主要动力”[prime agent of all human perception]，在类别上近似第二或艺术想象）描述为“在有限的心中，无限的‘神’的永恒的创造作用的反复”（a repetition in the finite mind of the eternal act of creation in the infinite I AM）[③]，很明显地说明了这点。

其次，中国的表现理论家，除了一两个过激派像李贽和金圣叹以外，并不像西方表现理论家那样，倾向于重视激情，认为它是艺术创作的先决条件。大多数中国表现理论批评家，会欣然接受华兹华斯认为

---

① Coleridge, Samuel Taylor (柯勒律治), *Eiographia Literaria.* Ed. By J. Sha wcross. Oxford, 1907. Vol. I，p.202；W. K. Wimsatt and Cleanth Brooks (韦姆萨特与布鲁克斯). *Literary Criticism: A Short History.* New York, 1965. p.389；Abrams, M. H. (艾伯拉姆斯) *The Mirror and the Lamp.* Oxford, 1953; rpt. New York, 1958. p.168.

② Wordsworth，William (华兹华斯), *Wordsworth's Literary Criticism.* Ed. By Nowell C. Smith. London, 1925. pp.160—161；W. K. Wimsatt and Cleanth Brooks (韦姆萨特与布鲁克斯). *Literary Criticism: A Short History.* New York, 1965. p.405.

③ Coleridge，Samuel Taylor (柯勒律治), *Eiographia Literaria.* Ed. By J. Sha wcross. Oxford, 1907. Vol. I，p.202；参见 Abrams，M. H.（艾伯拉姆斯）*The Mirror and the Lamp.* Oxford, 1953; rpt. New York, 1958, pp.272—285.

诗是“强烈感情的自然流露”[1]这种理论，但须以“真诚”（sincere）或“真挚”（genuine）代替“强烈”（powerful）。

最后，除了李贽和金圣叹，中国表现理论批评家，虽然同意中国形上理论批评家与西方表现理论批评家，认为自然与直觉比技巧重要，可是他们不会进而像克罗齐（Benedetto Croce，1866—1950）那样，认为直觉即表现[2]，而宁可赞同卡里（Joyce Cary，1888—1957）所认为的，从直觉到表现这段过程是需要全力以赴的艰难过程。[3]大多数中国表现理论家虽然将主要重点放在自然表现上，可是并不完全排除自觉的艺术技巧。

---

① Wordsworth, William (华兹华斯), *Wordsworth's Literary Criticism.* Ed. By Nowell C. Smith. London, 1925, p.15, p.34；W. K. Wimsatt and Cleanth Brooks (韦姆萨特与布鲁克斯), *Literary Criticism: A Short History.* New York, 1965, p.407.

② Croce, Benedetto (克罗齐), *Aesthetic as Science of Expression and General Linguistics.* Trans. by Douglas Ainslie. 2d ed. London, 1922, Chapter I. 参见 W. K. Wimsatt and Cleanth Brooks (韦姆萨特与布鲁克斯), *Literary Criticism: A Short History.* New York, 1965, pp.502—503.

③ Cary, Joyce (乔伊斯·卡里), *Art and Reality*. New York, 1958; rpt. 1961, p.6, p.41, p.42.

《道与逻各斯》[1] 选编

张隆溪 著
冯 川 译

编者按：张隆溪，1947 年生于四川成都，1981 年获北京大学文学硕士学位，1989 年获哈佛大学比较文学博士学位，曾任教于北京大学、美国加州大学河滨分校，1998 年起任教于香港城市大学，2007 年受聘于北京外国语大学，担任教育部“长江学者”讲座教授，2009 年入选瑞典皇家人文、历史及考古学院外籍院士。主要著述有：《二十世纪西方文论评述》（1986）、*The Tao and the Logos: Literary Hermeneutics, East and West*（1992）、*Mighty Opposites: From Dichotomies to Differences in the Comparative Study of China*（1998）、《走出文化的封闭圈》（香港，2000；北京，2004）、《中西文化研究十论》（2005）、*Unexpected Affinities: Reading across Cultures*（2007）等。

《道与逻各斯：东西方文学阐释学》（1992）原著是英文，四川大学冯川教授将其译成中文，于 1997、2006 年先后在四川人民出版社和江苏教育出版社出版。选文“道与逻各斯”虽然只是全书第一章的最后

---

① 本文选自张隆溪：《道与逻各斯》，冯川译，江苏教育出版社，2006 年，第 32—47 页。

一节，但或许是部分地因为此篇名与书名一致，也被认为是全书的“压轴之作”。在序言中，作者明确提及自己写作此书的目的：“通过把历史上互不关联的文本和思想会聚在一起，我试图找到一个共同的基础，在这样的基础上，中国文学和西方文学——尽管它们的历史和文化背景完全不同——可以被理解为彼此相通的。”这个此刻还处在“无名”状态、隐而不彰的“共同的基础”其实就是此处同时作为书名和篇名的“道与逻各斯”：“道与逻各斯”既是这番寻找的目的和终点，也是寻找的动机和起点。“阐释学”的“循环”要义不言自明。

既是“求同”，对于“东西之间没有可比性的说法”的批判就是第一步，其要害是语言问题。因为正是把“非拼音式的汉语”视为“种类上”不同于“西方（拼音）语言”的错误的语言观导致了上述错误结论。作者先引述德里达的看法，支持将此种语言观判为“逻各斯中心主义”和“拼音文字的形而上学”；但因为德里达仅将此种语言观看做“纯粹的西方现象”，于是作者又援引斯皮瓦克的观点将德里达的观点判为“相反的种族优越论”；接着以“懂汉语并因而能够对问题作出判断的人”的身份，兴致勃勃地“解剖”了一个支撑起德里达这种带有几分诡异色彩“优越感”的一个例证——庞德在“中国表意文字”的启发下所完成的“防范得最为严密的西方传统中的第一次突围”，原来是一个误会：中国字“習”曾使得庞德在对中国字的迷恋中“抓住羽毛的意象不放”……

可以看到，作者最终批判的只是“拼音文字／声音的形而上学”，而对于“逻各斯中心主义”及其内在的“形上等级制”，由于“道与逻各斯”的共通性关系，则可以认为是“东西方”所共有的东西，甚至是“思维方式本身”。但这就一方面带来了与德里达式解构策略之间难以化解的张力，也使得本节最后对于“道”之于“逻各斯”的优越性的强调无所依傍。

当我们注意到不仅传统的、黑格尔式的观点把非拼音式的汉语视为种类上不同于西方语言的语言，而且当代对黑格尔偏见的批判也把这种引入歧途的观点用做自己的前提时，我们就感到有更大的必要去回答黑格尔的挑战和处理所谓东西方之间没有可比性的说法。当代批判的错误前提清楚地表现在德里达对西方哲学传统及其在语言问题上的种族优越和语音中心观点的解构主义批判中。德里达把这种语言观视为西方文化中根深蒂固的偏见并名之曰“逻各斯中心主义（logocentrism）：拼音文字的形而上学”。[①] 按照德里达的说法，西方拼音文字作为对生动声音的完整复制，镌刻着一种逻各斯中心的偏见。这种偏见赋予言说以高于文字的特权，把逻各斯的真理视为“声音和意义在语音中的清澈统一。说到这种统一，文字始终是衍生的、偶然的、特异的、外在的，是对能指（语音）的复制。如亚里士多德、卢梭、黑格尔所说，是‘符号的符号’”[②]。德里达举出西方传统中出现在不同时期的三位重要的哲学家，是希望以此强调逻各斯中心的偏见有力和彻底地弥漫于整个西方哲学史。这里，“西方”一词是意味深长的，因为德里达深信：形而上学中的逻各斯中心主义，在西方的书面表达中就表现为语音中心主义（phonocentrism）；它因此是纯粹的西方现象，仅仅只与西方思想相关联。正如斯皮瓦克（Gayatri Chakravorty Spivak）在《文字学》（*Of Grammatology*）译者前言中指出的那样，“几乎以一种相反的种族优越论，德里达坚持认为逻各斯中心主义乃是西方的财产……尽管西方的中国偏见在第一部分中得到了讨论，德里达的文本却从未认真研究和解构东方”[③]。事实上，不仅东方从未得到认真的研究和解构，而且德里达还从非拼音的中

---

① Jacques Derrida, *Of Grammatology*, trans. Gayatri Chakravorty Spivak (Baltimore:Johns Hopkons University Press, 1976), p.3.

② Ibid., p.29.

③ Ibid., p.82.

国文字中发现了“在一切逻各斯中心倾向之外发展的强大文明运动的证明”[①]。当德里达在西方传统之内翘望着一种突围时，他能够发现的只有埃兹拉·庞德（Ezra Pound）和他的导师厄内斯特·费诺洛萨（Ernest Fenollosa）的诗学——这一形象生动的诗学无疑建立在对中国表意文字的奇特读解上：“这就是费诺洛萨作品的意义，他对庞德及其诗学的影响是众所周知的：这一形象生动的诗学与马拉美（Mallarme）一样，是防范得最为严密的西方传统中第一次突围。中国表意文字对庞德产生的魅力因而可以获得其所有的历史意义。”[②]

由于汉语是一种有生命的语言，并且拥有一整套功能明显不同于任何西方语言的非拼音文字，它自然会对那些生在西方、厌倦了西方传统、试图在世界的另一面（东方）找到某种替换模式的人具有极大的魅力。所谓中国偏见，就正是这样出现在 17 世纪末和 18 世纪的。那时，一些西方哲学家，特别是莱布尼茨（Gottfried Wilhelm Leibniz），“在新近发现的中国文字中看到了一种脱离于历史之外的哲学语言”，并且相信：“那把中国语言从声音中解放出来的力量，同样也——武断地和凭借发明的技巧——把它从历史中揪了出来，并把它给了哲学。”[③] 这也就是说，莱布尼茨（以及其他人）从汉语中看到的，乃是他们希望看到的和投射出去的东西，正如德里达所说，它是“欧洲人的幻觉”。“这种幻觉更多地被认为是误解而不是无知。它并未受到中国文字知识的干扰，这种知识当时虽然有限，但却可以现实地利用。”[④]

现在，人们可以向当代解构主义提出的问题是：是否这种解构的努

---

① Jacques Derrida, *Of Grammatology*, trans. Gayatri Chakravorty Spivak (Baltimore:Johns Hopkons University Press, 1976), p.90.

② Ibid., p.92.

③ Ibid., p.76.

④ Ibid., p.80.

力就已经安全地防范了同样的偏见和幻觉？——要知道正是这种偏见和幻觉使莱布尼茨的计划化为乌有并使它重蹈逻各斯中心主义的覆辙。一个更为基本但必然随之而来的问题是：是否逻各斯中心主义仅仅是西方形而上学的外在征兆？西方思想的形而上学是否确实不同于东方思想的形而上学？它会不会是一切思想赖以构建和工作的方式？正像斯皮瓦克暗示的那样，如果“这种语音中心论和种族优越论关联于‘中心论’本身，关联于人类渴望设定一个中心的愿望”，那么，无论解构主义者做出什么样的努力，他们又怎么可能成功地压抑或窒息这样一种愿望呢？[①] 换句话说，如果逻各斯中心主义既见于西方也见于东方，既见于拼音文字也见于非拼音文字，我们又怎么可能突出它的包围呢？

既然德里达对庞德和费诺洛萨十分信任，认为他们完成了“防范得最为严密的西方传统中的第一次突围”，仔细考察这次突围，就应该有助于我们找到回答上述问题的答案。的确，费诺洛萨对庞德及其诗学的影响是众所周知的，然而在那些懂汉语并因而能够对问题作出判断的人们中，这一影响在汉学问题上的误导也是众所周知的。在这一影响下，庞德对中国文字的理解是奇怪的和不可靠的。德里达文本中的一个注释把我们引向这样一段话：“费诺洛萨回忆起中国诗基本上是字符（script）。”[②] 这意思是说：中国诗是用表意文字写的（费诺洛萨相信表意文字“是对自然过程的速写”），它最大限度地探索了这种文字的图画价值。[③] 中国诗的每一行都成为一串意象，这些意象把符号独立的视觉侧面变得明显。追随这一思想，庞德把汉字分解成它的画面性元素并

---

① Jacques Derrida, *Of Grammatology*, trans. Gayatri Chakravorty Spivak (Baltimore:Johns Hopkons University Press, 1976), p.xviii.

② Ibid., p.334, n.44

③ Ernest Fenollosa,*The Chinese Written Character As a Medium for Poetry*. ed. Ezra Pound (San Francisco: City Lights Books 1969), p.8.

神往于他由以发现的意象。例如，中国字“習”（习）是由两个要素构成的——上面一个“羽”，下面一个“白”，然而它的意思却并不是“白羽”而是“实行”。这个字出现在《论语》第一句话中，它可以翻译成：“孔子说：学了并随时予以实习，不也是一种快乐吗？”然而，在对中国字的热烈而兴致勃勃的解剖中，庞德抓住羽毛的意象不放，遂把这句话翻译成“学习中季节飘飘飞去，不也是一件高兴的事吗？”① 在汉语中，“习”字前面往往有“学”字，正像汉学家乔治·肯尼迪（George Kennedy）机智评论的那样，“这样重复的意思是说：除非付诸力行，否则学习就是徒劳。庞德牺牲了这样一个极为重要的思想，只是为了使之成为随季节飘飞而去的田园牧歌。无疑，这是很好的诗。但是无疑，这是很坏的翻译。庞德实行了，但却没有学习。他将受到尊重，但却不是作为翻译家而是作为诗人。”②

出于完全不同的背景和意图，T. S. 艾略特也否认庞德是一位翻译家。他预言庞德的《中国》“将被（公正地）称为‘20世纪诗歌而非翻译的伟大标本’”③。艾略特把传统视为一套经典，这些经典既由新的艺术作品改变，又形成着新的艺术作品。基于这一见解，艾略特试图把庞德放在欧洲文学的传统中，并把罗伯特·布朗宁、威廉·巴特勒·叶芝和其他许多人视为对庞德作品有很大影响的前辈。至于中国诗，艾略特坚持认为，出现在庞德作品中的并不是中国诗本身，它更多的是庞德心目中的一种变体或一个幻觉。艾略特那句著名的警句——“庞德为我们的时代发明了汉诗”——包含着甚至艾略特本人也没有意识到的许多

---

① Ezra Pound, trans. *Confucian Analects*, (Londen: Peter Owen, 1956), p.9. 原文为：Study with the seasons winging past, is not this pleasant? ——编者注

② George A. Kennedy, “Fenollosa, Pound, and the Chinese character,” in *Selected Works of George A. Kennedy*, ed. Tien-yi Li (New Haven: Yale University Press,1964), p.462.

③ T. S. Eliot, intro. to Ezra Pound, *Selected Poems* (London: Faber& Gwyer, 1928), p.xvii.

洞察。[①] 问题之关键在于：无论庞德还是费诺洛萨，都并没有跳出德里达在莱布尼茨身上发现的欧洲偏见，因为他们也像两百多年前的莱布尼茨一样相信，“那把中国语言从声音中解放出来的力量，同样也——武断地和凭借发明的技巧——把它从历史中揪了出来，并把它给了（诗歌）。”

奇怪的是，正像黑格尔声称“象形文字的阅读是一种聋读和哑写”，费诺洛萨也相信“在阅读汉语时，我们似乎并不是在玩弄智力上的对手（mental counter），而是在观看事物演出它们自己的命运”。[②] 这里，赞成者和反对者都想错了，因为阅读汉语也像阅读任何语言一样，乃是一种语言学行为，即领悟一连串符号的意思（它既可以凭默默的理解，也可以发出声音），而并不是一种考古学行为，即从厚厚的土层下挖掘出一些暧昧隐晦的语源学根据。德里达用雷南（Ernest Renan）的话提醒我们，“在最古的语言中，用来称呼外邦人的词有两个来源：这些词或者表示‘结结巴巴地说’，或者表示‘默默无声’” [③]。但这似乎并不只是古代的做法，因为黑格尔在 16 世纪，费诺洛萨在 20 世纪，不是都把汉语视为哑语吗？在黑格尔那里，讽刺在于，他很可能根本不知道：他最喜欢的德国母语（Muttersprache），在俄罗斯人那里却被说成是所谓 Hemeiikuŭ язык——其字面上的意思就是“哑巴的语言”。至于费诺洛萨，几乎已没有必要指出：中国诗基本上并不是有待解释

---

① T. S. Eliot, intro. to Ezra Pound, *Selected Poems* (London：Faber & Gwyer, 1928), p.xvi.

② George Wilhelm Friedrich Hegel, *Enzyklopädie der philosophischen Wissenschaftem in Grondrisse* ([Hamburg:Meiner, 1969], sec. 459, p.373), quored in Derrida, *Of Grammatology*, p.25; Fenollosa,The Chinese Written Character, p.9.

③ Ernest Renan,*Oeuvres complètes* (10 vols.,ed. Henriette Psichari [Paris: Cabmann lévy, 1947－1961]), Del' origine du langage, 8:90, quoted in Derrida, *Of Grammatology*, p.123.

的字符而是用来吟诵的歌谣，其效果依赖于高度复杂的平仄韵律。在讨论费诺洛萨和庞德并特别涉及德里达在《文字学》中的论述时，约瑟夫·里德尔（Joseph Riddel）指责费诺洛萨的“盲视和缺乏一贯性使他忘了……他本人对表意文字的阅读完全是一种西方式的理想化”[①]。这就不能不使人们对德里达的说法提出疑问，并把西方传统中的“第一次突围”还给这一传统。于是，人们开始想要知道：涉及思维、言说与文字的逻各斯中心主义或形上等级制，真的也同样存在于东方传统中吗？非拼音式的汉字真的标志着逻各斯中心倾向的外围吗？在汉语中有没有一个字也像“逻各斯”一样，代表了一种与西方形上等级制相同或相似的东西呢？

靠一种最奇怪的巧合，汉语中确实有一个词恰恰抓住了思想与言说的二重性。叔本华曾引用西塞罗（Cicero：*De Officiis*，I.16）的话说：“逻各斯”这个希腊词既有理性（ratio）的意思，又有言说（oratio）的意思。[②] 斯蒂芬·乌尔曼也评论说：“逻各斯”作为一个众所周知的歧义词，对哲学思想产生了重要影响，因为它“具有两个主要的意思，一个相当于拉丁文 oratio，即词或内在思想借以表达的东西；另一个相当于拉丁文 ratio，即内在的思想本身。”[③] 换句话说，“逻各斯”既意味着思想（Denken）又意味着言说（Sprechen）。[④] 伽达默尔也提醒我们：“逻各

---

① Joseph Riddel, "'Neo-Nietzschem Catter'-Speculation and/on Pound's Poetic Image," in lan F. A. Bell, ed., Ezra Pound: *Tactics for Reading* (London:vision, 1982), p.211.

② Arthur Schopenhauer, *On the Fourfold Root of the Principle of Sufficient Reason*, trans. E. F. J. Payne (La Salle, lll.: Open Court, 1974), pp.163—164.

③ Stephen Ullman, *Semantics: An Introduction to the Science of Meaning* (New York: Barnes & Noble, 1964), p.173.

④ Joschim Ritter and Karlfried Grunder, eds., *Historisches Wörterbuch der Philosophie,* vol.5 (Basel: Schwabe, 1980), s. v. "Logos".

斯”这个词虽然经常翻译成“理性”或“思想”，其最初和主要的意思却是“语言”，因而，人作为“理性的动物”，实际上也就是“有语言的动物”。[①] 在这个了不起的词中，思想与言说从字面上融成了一体。意味深长的是，“道”这个汉字也同样再现了最重要的哲学思想，它也同样在一个词里包含了思想与言说的二重性。在英语中，“道”通常翻译成 way。[②] 虽然并不是误译，way 却仅仅是这个颇多歧义的汉字的一个意思，而且还不是它的关键性意思，即那个直接涉及思想与语言之间复杂的相互关系的意思。[③] 有一点值得注意，而且也与我们这里讨论的问题有关，那就是：在《老子》这本哲学著作里，“道”有两个不同的意思：“思”与“言”。在对《老子》开头几行的一个颇有洞见的解释中，钱锺书已经指出：“道”与“逻各斯”在很大程度上是可以比较的。[④]

“道”这个字在《老子》第一行中重复了三遍，这种重复无疑通过利用“道”的两重含义——思想和言说——达到了目的：

---

① Gadamer, “Mensch und Spreche,” in *Gesammelte Werke* (Tübingen: J. C. B. Mohr [Paul Siebeck], 1986), 2:146; also see *Philosophical Hermeneutics*, ed. and trans. David E. Linge (Berkeley: University of California Press, 1977), pp.59, 60.

② There are well over forty English translations of the *Laozi* or *Dao de jing*, and the key term tao (dao) is translated as “way” in many of them. See e. g. the otherwise excellent translations by Wing-tsit Chan (*The Way of Lao Tzu* [Indianapolis: Bobbs Merrill, 1963]) and D. C. Lau (*Tao Te Ching* [Harmondsworth: Penguine, 1963]).

③ 在这段文字中，作者显得对以“way”来译“道”有些微词；但值得指出的是，和合本《约翰福音》开篇即是“太初有道（logos /λογοσ）”，随后又说“道成了肉身”，即是耶稣，而耶稣则说：“我就是道路（the way）”。在通行的英文译本中，λογοσ 又被译作“Word”，即“神言”。依此线索，不但英文以“way”译“道”的确抓住了“道”的一个“关键性意思”，似乎也能赋予《道与逻各斯》全书正文前所引哈姆莱特的台词“Words, words, words”某些深意。——编者注

④ 《管锥编》，第 403—410 页。

The tao that can be tao-ed (“spoken of”) // Is not the constant tao；

The name that can be named // Is not the constant name.

（道可道，非常道；名可名，非常名。）[①]

这样的双关语确实不可翻译，其神髓在英语译文中大都荡然无存。英语译文通常是 the way that can be spoken of is not the constant way，然而问题在于：“way”和“to speak”在英语中并没有任何相通之处[②]，而在汉语原著中，这两个字却是同一个词。因此，在上面的译文中，我试图使“tao”这个词显得像动词，以便抓住这个双关词在原来文本中的特色。按照老子的看法，“道”是既内在又超越的；它是万物之母，因而不能随万物一起命名。换句话说，“道”是不可说的，是超越了语言力量的“玄之又玄”。甚至“道”这个名称也并不是它的名称：“吾不知其名，字之以道”，“道常无名”。老子使人清楚地意识到：道只有在懂得沉默的时候才保持其完整，因而才有这一著名的悖论：“知者不言；言者不知。”[③]

人们也许会反驳：尽管《老子》极为简明，却毕竟是一部五千言的书，因而老子不仅说了话，而且把他相信不可说的东西写成了书。然而，仿佛是有所预见，这一悖谬也许可以部分地从司马迁（前 145？—前 90？）的一段记载中得到调和。在司马迁为老子写的传记中，记录了《老子》传奇性的成书经过：

---

① 王弼：《老子注》，《诸子集成》本，第 1 页。

② 据此前编者注，虽然初看上去，“way”和“to speak”在英语中确实没有相通之处，但这并不意味着在西方思想中没有将其联系起来的线索：说出（to speak）的“言辞 / words”即是通向大写的“言辞 / Word”也就是“λογοσ/ 道”的“道路 / way”。——编者注

③ 王弼：《老子注》，《诸子集成》本，第 1、14、18、34 页。

> 老子修道德，其学以自隐无名为务。居周久之，见周之衰，乃遂去。至关，关令尹喜曰："子将隐矣，强为我著书。"于是老子乃著书上下篇，言道德之意五千余言而去，莫知其所终。①

在这个故事中我们知道：《老子》是应关令之请而写的，显然，这位关令并不是一位哲学家，对神秘的道也缺乏直觉的知。为了使他和世人有所悟，老子面临着言说不可言说和描述不可描述的困难任务。正如注释者魏源（1794—1857）解释的那样：

> 道固未可以言语显而名迹求者也。及迫关尹之请，不得已著书，故郑重于发言之首，曰道至难言也。使可拟议而指名，则有一定之义，而非无往不在之真常矣。②

这一注释简要地阐明了《老子》第一句的关键，显示了在汉语中也有一个词试图揭示思想与言说之间的悖谬关系——就像我们在逻各斯和西方关于理性与外在言说之间的整个问题中发现的那样。同时，它也证明：这一悖谬关系在中国古代最重要的哲学文本中就已经被清楚地规划出来。老子在其著作的开篇便强调文字是无力的甚至是徒劳的，他这样做是利用了"道"的两层含义："道"作为思否弃了"道"作为言，然而两者又锁连在同一个词中。按照老子的意思，内在把握到的思一旦外现为文字的表达，便立刻失去了它的丰富内涵，用老子的话说就是失去了它的恒常性（"常"）。像柏拉图的理念一样，道也是恒常不变的，因此，在第二句中，老子声称没有任何具体可变的名可以正确地指称这一

---

① 王弼：《老子注》，《诸子集成》本，第5页。

② 魏源：《老子本义》，《诸子集成》本，第1页。

恒常。我们不妨回想一下老子关于道没有名称的说法。同样，在第七哲学书中，柏拉图也认为“没有任何聪明人会鲁莽得把他的理性沉思付诸语言，特别是付诸那种不能改变的形式。……我认为名称在任何情况下都是不稳固的。”[①] 在引用了这段文字之后，钱锺书说它“几可以译注《老子》也”。[②] 确实，如果在柏拉图和老子及其所代表的传统中，思与言之间的关系是如此的正相反对以至人们竟可以用诸如内与外、直觉与表达、所指与能指一类概念相反的术语来说明它，那就没有理由不把对逻各斯或道进行沉思的柏拉图与老子视为处于和谐相通的境地。何况，在两位哲人及其所代表的传统中，书面文字都比口头语言更值得怀疑和更不足以传达作为内在言说的思想。

按照德里达的说法，形而上的概念化总是依靠等级制进行的：“在古典哲学那里，我们涉及的并不是面对面的和平共处，而毋宁说是一种粗暴的等级制。两个术语中，一个统辖着另一个（价值上统辖，逻辑上统辖），一个对另一个占据上风”[③]。因而在语言中，形上等级制建立在意义统辖言说、言说统辖文字的时候。德里达发现：这种等级制早在柏拉图和亚里士多德时代就已经在西方传统中开始了。它尤其表现在拼音文字是最初的原始能指这一看法中。“如果，例如在亚里士多德那里，‘口说的话象征着内心体验而书面文字象征着口说的话’，那是因为声音作为原初符号的生产者，与心灵有一种基本的、当下的接近。”[④] 然而，这种亚里士多德的等级制却不仅适用于拼音文字，而且也同样适用于非拼音文字。翻开中国最早的字典《说文解字》（公元二世纪），我们发现

---

① Plato, *Epistle* vii, 343, in *Collected Dialogues*, p.1590.

② 《管锥编》，第 410 页。

③ Jacques Derrida, *Positions,* trans. Alan Bass (Chicago: University of Chicago Press, 1981), p.41.

④ Derrida, *Of Grammatology*, p.11.

同样的等级制也见于“字”（词）的定义中——在这本书中，“词”被定义为“意内而言外”。在《易・系辞》中，我们发现了这种等级制更早、更清楚的表述：“书不尽言，言不尽意。”[1] 这里，对文字（“书”）的贬低建立在与西方同样的考虑上——书面文字是第二性的能指：它们比言说更加远离心灵中内在发生的事情：它们构造出一个空洞、僵死的外壳，那里面却没有活生生的声音。“逻各斯的时代就这样贬低文字，把它视为媒介的媒介，视为向意义的外在性的堕落。”[2] 确实如此！这也就是为什么《庄子》中轮扁会对桓公说“然则君之所读者，古人之糟魄已夫”[3] 的缘故。在庄子那里也像在亚里士多德那里一样，文字是外在的、可有可无的符号；一旦它们的意义、内涵、所指被提取出来，它们就应该被抛弃。于是我们从《庄子》中看到了这样一段很美的话——这段话在中国古典哲学和诗歌中产生了许多反响：

> 筌者所以在鱼，得鱼而忘筌；蹄者所以在兔，得兔而忘蹄；言者所以在意，得意而忘言。吾安得夫忘言之人而与之言哉？

庄子呼唤的这个人，确实应该是哲学信息的合乎理想的接受者，是保持其内在意义而非外在形式的“道”或逻各斯的容纳者。这个人忘掉了作为外在表达的言词，却记住了内在把握到的东西。我们不妨拿它与赫拉克利特的残篇作一比较——“不要聆听我，要聆听逻各斯。”也不妨拿它与维特根斯坦《逻辑哲学论》末尾的隐喻作一比较——读者在领悟了他的主张之后，应该像“登楼入室后抛弃梯子”一样抛弃这些主

---

① 《周易正义》，《十三经注疏》本，上册第 82 页。

② Derrida, *Of Grammatology*，pp.12－13.

③ 《庄子・天道》，见郭庆藩《庄子集释》，《诸子集成》本，第 217 页。

张。显然，不仅意指与言词、内容与形式、志意与表达的二分性深深植根于中国和西方的传统，而且这两两相对的术语还总是处于等级制关系之中。可见，思想、言说和文字的形上等级制不仅存在于西方，同样也存在于东方；逻各斯中心主义也并非仅仅主宰着西方的思维方式，而是构成了思维方式本身。

如果情形就是这样，思想还能以别的方式在逻各斯中心主义的包围圈之外运作吗？对这种可能性，德里达本人似乎是怀疑的。他曾说，由于思想的运作不可能把旧的结构要素孤立出来，“解构工作便总是以某种方式成为自己的猎物。”种种要素中的每一分子既然是整个思维结构的组成部分，解构主义者也就不可能把思维的某一成分分离出来，并对逻各斯中心倾向的其余部分予以净化。德里达煞费苦心地铸造了一些新词，人们期盼着这些新词——例如“痕迹”（trace）、“元书写”（archiécriture）以及最值得注意的“延宕”（différance）[①]——能够既负载意义，又不被形上思维的旧结构污染。于是，德里达急匆匆地声明：“延宕”也和他使用的其他词汇一样，“严格地说既不是一个词，也不是一个概念”。与此同时，他的词库却继续不停地铸造新词。然而，这种煞费苦心的努力却似乎并没有什么用处，而解构主义的词汇也在合适的时候成了另一套术语——既是词也是概念的术语。唯一能够走出这一循环的，似乎只能是完全放弃这种命名的工作，让所有那些非概念的词汇没有名称。但甚至这样做也很难使问题得到解决，因为它又会走向逻各斯中心主义的另一极，走向未曾命名和不可命名的道与逻各斯本身——而这的确是逻各斯中心主义最古老的形式。

另一方面，当开始作为词和概念发挥其功能时，解构主义的用语

---

① 此为德里达的生造词，通常译为“延异”，以强调（时间性）延宕和（空间性）差异之双重含义。——编者注

却变得有趣和有用起来。例如，“延宕”一词在对语言中形上等级制实行解构的策略中，就发挥了极大的作用。通过把费尔迪南·德·索绪尔“语言中只有差别”的主张向前推进，德里达证明了意义和所指从来就不是超验、自在的在场（presence），从来就不是在能指的形式中变得可见的实体，而是与能指一样，始终是一个踪迹，一个在场者并不在场的标志，正因为如此，“迹印”便始终是“有待抹去的”。语言作为符号系统，不过是由彼此不同并相互定义的术语所组成，这不仅适用于文字，同样也适用于言说。因此，言说优越于文字，拼音文字优越于非拼音文字是根本不能成立的。黑格尔式的偏见暴露出了它哲学上的漏洞，人们看出它建立在对文字性质的误解上——因为逻各斯作为内在言说已经受到“延宕”的纠缠和阻挠[①]。同样，柏拉图对文字的担心也暴露出它的站不住脚。尽管伽达默尔承认柏拉图的对话体具有阐释学意义，他的讨论最终却试图纠正柏拉图那种误入歧途的观点，这种观点把文字仅仅看做暧昧双关话语的外在阶段，它最终将被真正的辩证所抛弃。对话体意在仿效对纯粹思想的默默把握，因为它是“灵魂与自身的对话”。内在的对话在口语中是立刻被阐明的——“逻各斯是从这一思想中流出的水流，它从口中迸发而出”。然而，伽达默尔接着说：“可以被听觉感受到，并不能保证所说的是真实的。柏拉图无疑没有考虑到这样一个事实：思想的过程，如果被视为灵魂的对话，本身便牵涉着语言。”因而，在《克拉泰洛斯》和第七哲学书，柏拉图实际上并没有抓住“语词和事物之间的真实关系”，而他对文字的贬低则“掩盖和遮蔽了语言的真正性质。”

于是我们发现，不仅在西方的逻各斯中，而且在中国的“道”中，

---

① 此处漏译一个从句——而有了“延宕”才可能形成概念（...différance, which makes conceptualization possible in the first place）。——编者注

都有一个词在力图为那不可命名者命名，并试图勾勒出思想和语言之间那颇成问题的关系，即：一个单独的词，以其明显的双重意义，指示着内在现实和外在表达之间的等级关系。“道”与逻各斯这种明显的相似，显然激励着人们的进一步探索。中国和西方都同样存在的这种在极大程度上是同一种类的形上等级制，以及这种同样担心内在现实会丧失在外在表达中的关注，为我们提供了比较研究的丰饶土壤。它有助于开阔我们的视野，并最终走出语音中心的囿限，获得对语言性质的理解。不过，中国文字作为非拼音文字，却的确以一种饶有意味的方式不同于西方的拼音文字，这种文字可以更容易也更有效地颠覆形上等级制，而在这种文字中，也确实有某种东西在诉诸德里达式的文字学研究。在关于中国文字起源的传说中，这种文字从未被视为口语的记录，而是被视为独立地发生与言说之外。文字摹仿着鸟兽和一般自然现象在大地上留下的痕迹模式。一种广泛流传的说法是：当中国字的创造者仓颉通过观察这些模式而发明出文字的时候，出现了“天雨粟，鬼夜哭”的情形。一位诠释者解释说：文字的发明标志着失去天真和启用机诈，标志着“上天预知人们注定要饥馑而降下谷粟，而鬼神[①]则因为害怕受到文字的判决而在夜里啼哭。”这里，诠释者一方面把文字的出现视为失去天真并引致灾难，另一方面也认识到：人从文字中获得了甚至鬼神[②]也对之感到害怕的力量。有一点很有趣，那就是K. C. 张从现代考古学和人类学的角度，对同一段文字作了再一次的诠释，他把“天雨粟，鬼夜哭”视为中国古代神话中“极为罕见的高兴事件”，并把中国文字视为“通向权威的路径”。

---

① 原文只有ghosts，译文增加了“神”，也增加了理解的困难。因为在整句话里，“天”似乎已经占据了“神”的位置。——编者注

② 原文也只有ghosts。——编者注

中国文字的力量，无疑从大量镌刻在陶器、青铜器、甲骨、竹简和石碑上的铭文得到了证实。进一步的证据则是中国人把书法视为传统艺术这一重要而人所共知的事实，以及古代文字作为权威性经典所具有的统治性影响。任何人只要去过中国的宫殿、庙宇或园林，都不可能不注意到镌刻在大门、廊柱和墙壁上的各式各样的铭文。任何人只要看见过中国画，都知道题款和铭印是一幅完成了的绘画的有机组成部分。的确，由于其创作是建立在对种种“踪迹”的观察上，中国字倾向于比任何拼音文字都更好地投射出自然的迹印，并因而揭示出语言是一个由不同符号组成的系统。中国古代以作者之名为一本书命名的习惯，古代作家在引用更早的著作时的常规做法，都不太强调该著作起源于其作者，而宁可使作者首先在其著作中得以确认，并把老子、庄子这样的哲学家的著作，变成伟大的源头性著作，视为权威之起源和中国文字著作的互文性中最终的参照性文本。的确，几乎每一部中国古代文本都是一部互文（intertext），然而这互文却颇有意味地不同于解构主义批评的理解。解构主义的互文是一个没有起源的“踪迹”，中国的互文作为踪迹却总是引导人们回到起源，回到传统的源头，回到道与儒的伟大思想家们。在这一意义上，中国文字的力量把作者变成了权威文本，当从古代著作中引用一句话时，并不存在老子其人或《老子》其书的分别。可见，在中国传统中，文字的权力就这样在受到贬低的同时也为自己行使了报复，而形上等级制也在刚刚建立之时便从基底遭到破坏。这也许正是“道”不同于逻各斯之处：“道”几乎无需等待直到20世纪才开始的对拼音文字的拆除，无需等待德里达式的解构技巧和解构策略。

《比较诗学的有关问题》选编[①]

安东尼·泰特罗　著
张洪波　译

编者按：安东尼·泰特罗（Antony Tatlow），1935 年 6 月生于爱尔兰的首都都柏林，幼年求学于都柏林大学、慕尼黑大学等欧洲著名高校。他曾任香港大学比较文学系教授、系主任，赴世界上 40 多所大学进行过学术访问，曾三次到北京大学讲学。泰特罗的主要研究领域为戏剧、比较文学、比较诗学等，其布莱希特（Bertolt Brecht，1898—1956）研究受到学界的广泛关注和好评，兼任国际布莱希特学会（International Brecht Society）主席多年。其著述主要有关比较文化研究，特别是布莱希特和东亚文化研究，如《本文人类学》（*Textual Anthropology*，1996）、《布莱希特在亚洲与非洲》（*Brecht in Asian and Africa*，1989）、《极端相遇处：重读布莱希特与贝克特》（*Where Extremes Meet: Rereading Brecht and Beckett*，2002）、《莎士比亚、布莱希特和跨文化符号》（*Shakespeare,*

---

① 本文节选自安东尼·泰特罗：《本文人类学》，王宇根等译，北京大学出版社，1996 年，第 69—89 页。

Brecht, and The Intercultural Sign，2011）等。

该文就节选自泰特罗在北京大学的讲演集《本文人类学》第三讲《比较诗学的有关问题》。泰特罗教授从讨论厄尔·迈纳的著作《比较诗学》入手，他认为《比较诗学》一书并非全新的跨文化的普遍诗学的尝试，而是“强加于文学实践之上”，对已有的诗学体系历史的爬梳。[①] 传统的诗学既涵纳应当如何写作的描述，亦引导读者以特定的方式阅读那种写作。虽然迈纳的研究取得了相当丰硕的成果，然而在泰特罗看来，研究者依然必须追问：这种摹仿诗学是可靠的吗？通过对迈纳诗学的分析，他认为传统的“摹仿论”建构在哲学实在论的基础上，即戏剧或虚构之外总有一个更为基础、更为坚实的世界，无论是文学还是艺术只是对这个世界的再现。这其中隐藏着摹仿论的逻辑秘密：作者的权威。通过对所谓“真实世界”的再现，作者的意图在文本中得到了实现，意义得以生成。然而，为迈纳所厌弃的贝克特与布莱希特的戏剧似乎表明，反摹仿的戏剧不但可能，亦是戏剧完全可以接受的一种形式。在泰特罗看来，迈纳自身的论述就有相当程度的自我矛盾。能剧作为东方艺术可以被豁免作为普遍诗学的摹仿的义务，同时也潜藏着某种超越摹仿论，甚至自我超越的可能。日本狂言《文山赋》的强盗不仅视摹仿英雄人物的伟大悲剧为无意义，更通过语言、叙事使“自我”逃离，更使摹仿的基质成为碎片。

---

① 安东尼·泰特罗：《本文人类学》，王宇根等译，北京大学出版社，1996 年，第 58 页。

比较诗学的有关问题

迈纳将叙事界定为“实现了的连续性”，并将此作为这一文类的普遍要求。[①]这是否令人回忆起卢奇契诗学通过小说徒劳地追求的，试图组合经验、重新获得能确保哲学实在论的意义的完整性和充实性的史诗的原始的整一性？这种批评语言起码意味着作者所确保的那种整体性以及他维护的作品的一致性，虽然这种观点与迈纳对日本叙事的复杂所做的实际论述很奇怪地互相对立，日本叙事似乎超越或拒斥了批评家所偏好的价值标准。

叙事的这种“实现了的连续性”和戏剧中附属的“可辨别的身份”统一了作品并要求读者关注并解释这些通过形式组织起来的视角。在此过程中，读者获得了确认并重建这些先设关系的必要空间。本文并未被赋予能导致与表面的程序相对的阅读的潜意识，对本文的激进的重读变得不可能，因为本文被逼真性这个客观标准所控制。

此标准同样操纵着对叙事中的时间、地点和角色的控制。考虑到情节的需要，结果是带来了渐增的复杂性：时间变得最简单，而角色变得最复杂。每一项在逻辑上的优先权都被讨论到了，结果存在这么一种推测：即你可能改变时间而不改变角色或地点，但地点的改变却要求时间或角色都需改变，“一个角色逻辑上不可能同时出现在不同地点。”[②]他的分析中隐含着的实在论前提又一次非常明显，虽然在叙事中任何这种不合逻辑的情况都可能而且确实会发生。迈纳陈述了这个原则，并且遵守了这一原则，虽然存在着一个明显的悖论：

---

① Earl Miner, *Comparative Poetics: An Intercultural Essay on Theories of Literature*, Princeton: Princeton University Press, 1990, p.140.

② Ibid., p.149.

> 既然这是逻辑问题，它们对我们所能设想的任一文化而言都是真实的。在解决这些问题的方式上，一个时代或一种文化将不同于另一个时代或另一种文化……[①]

但如果你相信一个叙事中的角色总是三维的，因此逻辑上便不能一次出现在一个以上的地点或同一时间出现数次的话，那么你便是以一种奇怪的眼光看待叙事能力，你事实上将叙事或再现与经验事实混为一谈了。显然，你可能得到没有角色的叙事，或者说没有迈纳那种对叙事必不可少的角色的叙事，这些角色们总是知道它们各自的位置。从乔伊斯开始的现代叙事，充满了无角色虚构或者，以此标准来说，不完善虚构的例子，因为这种叙事是一种不言而喻的有意识的写作而非经验中的事实。《为芬尼根守灵》中的安娜·利维亚·普拉贝拉（Anna Livia Plurabella）或冯尼库特《第五号屠场》中的比利·琵尔格林（Billy Pilgrim）属哪种叙事中的哪种角色？歌德的书信体小说《少年维特之烦恼》中的主角是通过写作而产生的，他同时不在任何地方而又无处不在，因为此角色建构了他自身，而其它每一件事都由他叙述出来的。他唯一不能代表的东西是歌德的一个熟人，历史人物耶路撒冷（Jerusalem），此人确实在维茨拉（Wetzlar）自杀了。[②]

---

① Earl Miner, *Comparative Poetics: An Intercultural Essay on Theories of Literature*, Princeton: Princeton University Press, 1990, p.150.

② 歌德写作《少年维特之烦恼》是受了卡尔·威廉·耶路撒冷（Karl Wilhelm Jerusalem）殉情的巨大影响，“因与友人的妻的不幸的恋爱则导致的耶路撒冷之死，把我突然从梦中撼醒。”耶路撒冷与歌德曾是莱比锡大学的同学，但并无深交，因而也算不上歌德的熟人，他因为爱上同事的妻子而深感无望，在德国小城维茨拉尔自杀。见［德］歌德：《歌德文集》第5卷，刘思慕译，北京：人民文学出版社，1999年，第623页。——编者注

迈纳告诉我们："事实在逻辑上优于虚构，"[①] 他还这样说："……没有假定的事实就不可能有假定的虚构。"[②] 但什么是"事实"？歌德提醒我们，没有理论它就不存在。而理论即"叙事"。另一种说法是：我们看不见事实，除非它们被阅读建构，那时才成为事实。在此之前只有对差异的预感和模糊的观察。语言或表述与"现实"到底谁优谁劣，并不是那么泾渭分明的事。

有趣而且特别的是，迈纳对那个一直藐视亚里士多德标准的作家贝克特（Beckett）相当恼火。这种对亚里士多德精神的敌意在一些当代批评家身上得到延续，他们的阅读理论拒绝承认传统观念中作者的优越地位，也拒不承认本文可以将对现实的统一再现提供给读者。奇怪的是，迈纳对日本作品的解读中对此反摹仿的批评方式表现了更多的容忍。他书中的议论显示了一种两难困境：一方面在具有全球视野的诗学中西方的"摹仿说"是一个特例；而另一方面他本人的诗学原则和维护此原则的假定却反其道而行之。

迈纳反对：

> ……贝克特的"反摹仿论"，它企图使用无意义的词语来排斥现实。[③]

在更早的戏剧家如克莱斯特（Kleist）[④] 看来，世界是真实可知的，

---

① Earl Miner, *Comparative Poetics: An Intercultural Essay on Theories of Literature*, Princeton: Princeton University Press, 1990, p.223.

② Ibid., p.223.

③ Ibid., p.66.

④ 贝恩德·海因里希·威廉·冯·克莱斯特（Bernd Heinrich Wilhelm von Kleist, 1777—1811）生于法兰克福，是德国著名的诗人、戏剧家、短篇小说家，曾创作《赫尔曼战役》（*Die Hermannsschlacht*）、《O侯爵夫人》（*Die Marquise von O*）、《破瓮记》（*Der zerbrochene Krug*）等。失去公职后一生穷困潦倒，醉心于康德哲学，在世时默默无闻，死后却声名籍籍，他的剧本因富于民族主义色彩，在德意志（接下页）

因此我们得知，他们仍然相信摹仿说。贝克特不相信；迈纳在反对，正如他反对有着零散的倾向的其他作家一样：拉伯雷，斯威夫特及路易斯·卡罗尔（Lewis Caroll）。[①]合而言之，这也许可被视为一个意义重大的写作整体，凭之足够对标准的摹仿原则的效用和适用范围提出疑问。我想根据作为此诗学的基础文类的戏剧来探索这个问题，因为最终将涉及的是阅读的一般策略。

我们知道，贝克特致力于“与真实的教条相对立的反摹仿活动。”[②]将莎士比亚与贝克特比较，迈纳发现莎士比亚戏剧中对摹仿的确证是可靠的，而贝克特作品虽然看起来摹仿成分已缩至最小，但实际上它包含着对西方文化整体的参考性摘要和记忆。贝克特在《等待戈多》和《最后的游戏》[③]中或多或少引用了“哈姆雷特”的话，但迈纳的批评认为，对哈姆雷特而言，“存在着另外一个精神世界”，即使他，在那段著名的自白中，曾不愿进入其中；然而在贝克特的更为间接的本文中这种假定

（接上页）第三帝国时期为希特勒大加利用。德国克莱斯特文学奖就是以他的名字命名。——编者注

① Earl Miner, *Comparative Poetics: An Intercultural Essay on Theories of Literature*, Princeton: Princeton University Press, 1990, p.155. 路易斯·卡罗尔是道奇森（Charles Lutwidge Dodgson, 1832—1898）的笔名，毕业于牛津大学基督堂学院，在数学上天赋异禀，却患有口吃的毛病。著有《爱丽丝梦游仙境》《爱丽丝镜中奇遇》等儿童文学作品。——编者注

② Earl Miner, *Comparative Poetics: An Intercultural Essay on Theories of Literature*, Princeton: Princeton University Press, 1990, p.155.

③ 《等待戈多》（En attendant Godot, Waiting for Godot）与《最后的游戏》（*Fin de partie, Endgame*）均为贝克特的著名戏剧，起初为法语对白，后均自译为英语。其中 Fin de partie 指弈棋的残局或（政治进程的）最后阶段，译成《残局》或《终局》更为贴切。《贝克特作品选集》即取“《终局》”，剧中主人公 Hamm 与莎士比亚剧中的 Hamlet 从命名上看确有几分相近。见贝克特：《贝克特作品选集 7 戏剧集》，长沙：湖南文艺出版社，2014 年。——编者注

是不可能的。[①] 因此迈纳将贝克特的本文视为“毫无意义的唠叨。”[②]

甚而有之：

> 他的目的是为拒绝有关摹仿和哲学实在论的先在前提并通过对主题、角色、思想内容的降级来对摹仿本身提出挑战，代之而起的占据中心地位的抒情诗关注的是语言——这现在当然是一切，但却毫无意义。[③]

问题显然在于语言和现实之间稳固联系的这种断裂。从此争论可以看出，如果在戏剧中对语言的抒情式运用不是以被哲学实在论所确证的摹仿再现论为基础的话，就不具有意义。虽然你会认为这非常矛盾，但确实贝克特几乎无法做任何正确的事情，因为在《等待戈多》中，他：

> 使用着正是他所反对的摹仿假定，这是他的力量和我们的介入之所以存在的基本理由。[④]

作为这样的拯救摹仿的证据，他举出“被波卓用绳子在幸运儿的颈上勒出的伤痕”，以及爱斯特拉冈的“真正的靴子”等，其中的自然主义标准同样明显。[⑤]

迈纳这种将“摹仿”作为判断西方戏剧的标准的情结，在最后概述

---

① Earl Miner, *Comparative Poetics: An Intercultural Essay on Theories of Literature*, Princeton: Princeton University Press, 1990, p.57.

② Ibid., p.58.

③ Ibid..

④ Ibid., p.68.

⑤ Ibid., pp.68−69.

的段落中十分明显。这一段断言“事实—虚构的区分只针对戏剧而非针对抒情或叙事。”[1] 他认为：

> 贝克特的“空白”也许并未完全填满他的戏剧，不过它的主导地位决定了对现实的预先假定不再可行。贝克特明显感觉到失落的痛苦，但又为一种超越革新欲望的信仰所牵引，此信仰认为现实性在艺术中丧失了，因为在这个世界上它根本不可能被推测到。[2]

贝克特认为，抒情场面（正如我们所听到的）也许是“一切，不过毫无意义”，或者，同非摹仿的能剧相比较而言，最多是“对弄脏了的色彩的抚摸”。[3] 戏剧的正规要求是，贝克特的本文必须摹仿，如果这本文违背贝克特的意愿而用上那些长靴和墨色圆礼帽的话，迈纳会赞赏，或至少不会那么厌恶。但对日本抒情的能剧而言，由于处于与西方不同的文化传统中因而没有摹仿的义务，所以以其抒情性以及“可爱的小小的”象征性的戏剧定理使他获得愉悦。能剧中的世界与贝克特戏剧中的世界相比较而言，“有一种从痛苦本身到它所具有的美的转换”，因为能剧将痛苦进行了审美处理。[4]

我认为我们这里所遭遇的是，对于伴随诠释而来的、表现了跨文化大混乱的规范诗学的一种全面展示。诗学和诠释二者哪个最重要？在《等待戈多》中，我们知道“痛苦就像可笑的无意义一样真实。”[5] 迈纳的

---

① Earl Miner, *Comparative Poetics: An Intercultural Essay on Theories of Literature*, Princeton: Princeton University Press, p.74.

② Ibid., p.74.

③ Ibid., p.68.

④ Ibid., pp.71－72.

⑤ Ibid., p.70.

论说存在着明显的尖锐的矛盾，因为一方面，此戏剧是反摹仿论的，而另一方面，痛苦是“真实”的，不过这是谁的痛苦？从引用的段落来看，似乎是作者的痛苦。本文本身可以有痛苦吗？角色可从本文中分离出来吗？在什么意义上角色在遭受痛苦？他们仅是写作和表演的产物而已。这些矛盾冲突指向一个隐藏着的意识形态根源：寻求一种特殊的“意义”，寻找对本文之外某物的“摹仿”所提供的可靠性的明显欲望。正是这种对于“摹仿”的否定困住了贝克特。对能戏[①]而言则根本无须作此尝试，在那里我们不用“反摹仿”，只有“非摹仿”。你可以轻松地享受演出。但是那种假定的对“摹仿”的否认意味着什么？

我们不得不设想，在个人的层次上，这种否认以及显然是自相矛盾的阅读来自诠释者被压抑的恐惧；存在着一种难以为人接受的可能性，即贝克特也许是对的，他的反摹仿可能是所有再现中最准确的“摹仿”。在对本文有意识的分析的层次上，我们可以说，反摹仿实践自然而然地推翻了基础文类以及由其派生而出的诗学的前提。日本的审美观之所以可接受，是因为它消解了这一论题，使我们可以不必面对它。在迈纳的潜意识中，诠释者不应受到质疑，而这显然正是反摹仿作品所力图做到的。这就是它为什么必须被边缘化或被否认，或者仅仅在它突破自身前提的条件下可被容忍。

因为能戏并不企图体现摹仿实践或是对客观现实进行再现或挑战，所以它只有审美愉悦方面的意义。这里我想提出异议，虽然我在下一篇

---

① 能剧为日本的传统戏剧，融入了多种艺术表现形式，如音乐、舞蹈、杂技、滑稽戏等。能剧为广泛的指称，又可细分为能剧与狂言；能剧以乐、舞为主，由剧中主角头戴面具，讲述故事推动剧情发展，而狂言类似两人对话的相声剧，以幽默滑稽见长。两者的脚本都以古代日本文学作品为主，因此语言上颇有古风。到了日本室町时期，狂言渐渐成为能剧演出的附属物，即幕间狂言。见张德明：《世界文学史》，杭州：浙江大学出版社，2006 年，第 79 页。——编者注

论文中将更为彻底地讨论这个突出的问题。我所反对的，并不是对能戏的审美愉悦的认知，而是那种认为审美愉悦在一定程度上削弱了痛苦的看法。这种痛苦强制性地承载于戏剧中，以至于非常荒谬，它与形式的愉悦以及发现的愉悦密不可分。审美愉悦是对真理的发现的一种后果。如果像布莱希特戏剧那样将痛苦间离，则会使痛苦更加深厚。形式的复杂所带来的审美化或“净化”不比我们第一次对“间离”的震惊更明显。而强制性的认知建构了我们称为审美的那种愉悦：对经验事实的氛围的全力投入产生了一种魔力，一种我们遭际自身，自我发现的场景。这仅仅是“净化”对自身的小小满足。

在迈纳的《比较诗学》中我们已经看到，任何论述都有对再现物与被再现物之间的关系进行非现实化之嫌，在西方文学中尤为如此，它们对语言和现实之间的联系提出质疑，并且关注交流的虚构或符号性质，认为它们应根据自身术语进行研究，与作为权威或统一的批评的隐喻的作者，与摹仿论有时能使我们有所触及的外在所指物，分离开来。那种不使用迈纳所建立的，对普遍诗学必不可少的术语的论述被认为是“有失偏颇的，因为它所使用的证据有限”。[①] 他提醒人们注意“单一解释的错误”。[②] 彼得·桑迪（Peter Szondi）也许是战后最为杰出的戏剧形式理论家，[③] 他认为戏剧隐含着一种全然不同的诗学。因此他因讨论“文学上不寻常的权力”而受到人们的指责，他声称：

---

① Earl Miner, *Comparative Poetics: An Intercultural Essay on Theories of Literature*, Princeton: Princeton University Press, 1990, p.19.

② Ibid., p.19.

③ Peter Szondi, *Theorie des Modernen Dramas*, 1880—1950, Frankfurt: Suhrkamp, 1965. 现Peter Szondi在汉语学界多译为彼得·斯丛狄。另外，王宇根等的中译本《本文人类学》中将此条注释中的“Modernen”误注为“Modernes”，见安东尼·泰特罗：《本文人类学》，王宇根等译，北京大学出版社，1996 年，第 91 页。——编者注

戏剧是第一性的，它不是什么别的第一性东西的第二性表现；反之，它表现它自己，它就是它自己。[①]

在戏剧中作者的权威处于最不稳定的状态，因为有关表演的符号学的复杂性能将本文转变到传统批评的对立面，不管你是否认为那种批评可能为权威意识所推崇。因此戏剧特别适于提醒我们在艺术工作中的所作所为，提醒我们注意诠释或解构艺术的符号学的复杂性。“摹仿论”促使我们认为戏剧本文是透明的，是别的真正值得注意的事物的运输工具。但桑迪指出：戏剧本文是第一性的而非第二性的，它的再现仅仅再现了它自身。

在摹仿论的基础诗学中，作者是产生本文意义的中心因素。作者被认为是有意识的意图的源泉，他往往赋予某种特殊的阅读方式以优势，这就是为什么迈纳会说，是贝克特本人痛苦，而非他戏剧中的角色痛苦。所以对“作者”观念的最近冲击必须被消解，但是那种用于消解的术语告诉我们这个问题仍未解决。比如“从世界中抽取出语言以作为一种怀疑论诗学的中心”的这种“反诗学”：

我们可以考察一下那种关于“已经区别了的”以及“可以区别”的作者观念。对于这种作者，用任何语词去指称都是不合适的。甚至连无名氏这个名词也不合适。这些人（就在把自己的姓名作为著作者署上去的作品之中）宣告了作者的死亡。[②]

---

① Earl Miner, *Comparative Poetics: An Intercultural Essay on Theories of Literature*, Princeton: Princeton University Press, 1990, p.19.

② Ibid..

罗兰·巴特是攻击的目标。但这个问题仍未解决。这种讽刺未及要害。作者的死亡仅仅宣布了本文的诞生，宣布一个超越于被权威意识所控制的诠释之外的本文的诞生。当然每个本文都源自于某个头脑，但作者只是为语言作品的产生提供一个场所。只有话语自身和由此而来的话语实践才是重要的，因而作者消失在本文中。就迈纳而言，这并非好消息，事实上它是“坏信息”，因为：

语言被迫进入不断被推延的“本文性”的无意义之中。

迈纳认为在此情况下，作者“……无法使读者确认他的意思是什么或者讲的是什么。”①

他认为，当作者在此相反的诗学中不被信任，或根本不存在的时候，读者便在诠释中发展自信，并由此任意武断地将他的名字置于批评著作上。但是读者的本文并不比作者的本文更神圣，它同样是话语实践的一部分。

在代之而起的迈纳的摹仿诗学中，读者被建构为本文的功能，而“净化”的心理学过程则显示了它将诠释者与其自身的视点相协调的能力。“本文性”并非无意义，它仅仅是隐喻，不会是单纯意义；它具有将诠释者从意识形态的单一控制中解放出来的能力。但迈纳对此毫无认识，他相信“将文学从生活基础上分离出来的努力需要被证明：叙事不能产生意义。”

文学和“生活”不在同一等级上，因此它无法从生活中分离，在传统理论看来，文学仅仅产生了另一种意义。

---

① Earl Miner, *Comparative Poetics: An Intercultural Essay on Theories of Literature*, Princeton: Princeton University Press, 1990, p.125.

显然，对摹仿论诗学的这种评注自身是有所选择的，亚里士多德式幻想与文学复兴时期戏剧再现论的或然性都未被讨论。所以极简抽象派艺术家贝克特如此频繁地与莎士比亚相呼应。《最后的游戏》的主角被称为“哈姆”，并非偶然。贝克特的本文并不比莎士比亚的本文更无意义，它同样富于文化暗示性，虽然看来它对精神世界的存在不太肯定。在哈姆雷特居住的世界里没有事物可以仅从表相来认识，没有事物是它所不是的东西，确定性不过是老人的陈词滥调。因那里一切都是表演和不确定的再现，正如在《最后的游戏》中一样。

莎士比亚的戏剧将不断的追问转向对它自身的再现方法的追问。在他的喜剧的语言游戏中，语无伦次的小丑、改换动词的妇女们对男人们的语义学自然主义观点及他们的权力欲提出挑战。而这种喜剧的语言游戏现在转变为对带毒剑的敌手的防范，在此，游戏规则一再变动。这样便可理解哈姆雷特对一切行为方式的强烈兴趣，因为在每张面具后面存在着另一张面具，在每一个再现后面存在另一本文。哈姆雷特进入对自身的永远变换着的表述之中，变换角色和语言策略。他成为一个可能性的系列，几乎无法区分曾经一度是“他自己”的任何东西。他是他自己的纠葛与烦恼的表演者。

哈姆雷特不明白，演员的角色是怎样变得比任何人自身的“现实”更有说服力的，因为他们被已知的传统限定，而现实则纯粹成为表演。当每一事物都成为表演（除表演自身以外）的时候，没有任何价值是可以确定的。所有认知都可怀疑。自然秩序被粉碎，被传统所覆盖，同时人的身份变为一系列的主体位置。主体性成为一个话语问题。哈姆雷特被迫面对这样一个事实，即表相后面也许不存在真实，表相即唯一的真实，最重要的是对表相的控制。这是一种权力游戏。这也正是贝克特《最后的游戏》所显示的：除了由语言所控制的表相以外，没有东西是确定的。

已被确认的戏剧的虚构性并不损害再现。迈纳考虑的不是抑制因素，而是意义产生的条件。柏拉图认为艺术乃对理念歪曲的摹仿因而应被完全抛弃，亚里士多德提出的“摹仿”这一概念正是对柏拉图的否定。亚里士多德认为，戏剧摹仿与历史不同，历史针对不确定的细节，而戏剧摹仿的对象则是整个宇宙。因此从哲学角度看，文学比历史更加可以被接受。但是，非摹仿的想象也是戏剧中可以被接受的手法，使用这种手法不是什么可耻的事，它可以使我们看到一些用别的方法表达不出的东西：文化潜意识与我们现在状态的内在联系。这种对于无形之物的摹仿可以被理解成一种对于受抑制的、隐秘的、无意识事物的摹仿。这种手法有时候也用在另一种场合，因为处于社会公众场合，戏剧表现会受到官方检查的限制，所以只能借助于这种手法。

现在我们可以回顾一下这种摹仿的影响，最初是阿里斯托芬的幻想表达了对于生殖失败和社会分裂的潜在恐惧；然后，在普劳图斯的喜剧《孪生兄弟》中，那一对孪生兄弟代表了一个人心中无形的压抑，莎士比亚在《错误的喜剧》中对此进行了再创造；此后，皮兰德娄更进一步，他在《六个角色寻找剧作者》中抛弃了摹仿的真实性，这出戏中的“作者”并没有出现，他自己潜逃了，而留下他所创造的人物自己照顾自己；接着，布莱希特在《人人平等》(*Man Equals Man*) 中塑造了一个主人公，他在自己的坟墓上发表演讲，因为他的性格本身就是多重的，由于个性是可以自由塑造的，因而“摹仿”再一次成为躲避官方审查的武器。这些代表性作品的作用，就是用揭示所塑造的人物内在性格的各种方法消除了确定性。

我们关于戏剧如何探索现实与再现之间的分裂这一主题的最后一个例子是一出日本戏，名字叫《文山赋》(*Literate Highwaymen*)，[①] 全文如下：

---

① *Japanese Folk Plays: The Ink Smeared Lady and Other Kyogen*, trans. Shio Sakanishi, Tokyo: Tuttle, 1960, pp.90－94.

文山赋

人物：根大余（Gendayu） 陈备（Chobei）

G：（惊恐地往回跑，且大叫）：抓住他，抓住他！难道你想让他从这里逃走吗？

C：一起走，一起走！啊，你在那里！你为什么不上去抓住他呢？

G：因为你说："一起走，一起走！"我以为那家伙是你的朋友或亲戚，必须让他走掉，不能伤害他呢。

C："一起走"是说我和你一起走，你知道拦路强盗的行话吗？"一起走"的意思是，那家伙很有钱，我们可以抢劫他。

G：如果是这个意思的话，你为什么不直说呢？瞧，那家伙跑得多快？

C：谁会不逃呢？唉！这都是由于你太胆怯，一拉你入伙，我的运气就坏了，事实就是这样。（说着，把剑扔到地上。）

G：不想与我合作，那也没什么，又何苦把剑扔到地上去呢！

C：我是故意这样干的。如果你还不明白，那我就告诉你："请你滚蛋！"

G：哼，你竟敢这么说，是吗？（他把他的弓和箭也扔到地上）

C：喂，你把弓箭扔到地上是什么意思？

G：蔑视你！

C：我一条汉子，怎容你轻蔑！（他们开始打起来了）

G：住手！别推我，我的后面有一丛荆棘！

C：对一个行将就死的人，一堆荆棘又算得了什么！

G：好，那你就来吧！

C：等一下！

G：什么？

C：别推我，我后面是悬崖！

G：对一个行将就死的人，悬崖又算得了什么呢！

C：喂，我说——

G：怎么啦？

C：我们相互扭打的样子真有趣！

G：的确如此！我将把它告诉所有有骨气的硬汉们！

C：如果我们现在就死去，没有任何人会知道这英雄的一幕的。而且，就连我们的妻子和孩子也不会知道这种悲壮的结局。我们恐怕是完全白死了！

G：有道理！我们的家人确实会无从知晓的！

C：我们可以留下一份遗书，你觉得如何？

G：好主意！可是我们的手臂紧紧地扭在一起，没法分开！

C：这很简单，我们说“一”、“二”、“三”，当说到“三”时，两人同时松手。

G：行！同时数：一！二！

C：就要说“三”了，你可不能骗我！

G：你瞧，你瞧，我们哪儿像是决斗！来，我们友好地松手吧！

C：好吧！可是，你有墨水和笔吗？

G：没有！

C：我有！我想当我们抢到一些有价值的东西，想要作个记录时可能会用得着的。

G：你是个伶俐的伙伴。

C：你口述遗书，我来执笔！

G：好吧！怎么写呢？

C：是呀！该怎么写？

G：“在这吉祥欢庆的新年之际……”这样开头怎么样！

C：我们都行将就死，很难说得上“吉祥欢庆的新年之际”。

G：说的也是，那到底怎么开头呢？

C：我不知道！

G："纸短情长，请你们原谅……"这样如何？

C：得！得！得！这种情形下如此浮夸的词藻是不合适的！有了！我来写！

G：写吧！呵，他写得真优美，他的笔简直就是在跳舞。

C：你瞧，写好啦！

G：怎么写的！

C：我是这样开头的："追根溯源……"

G：很好！

C（读）："追根溯源，因为一个莫名其妙的灾祸，我逃离了家庭，成了一个强盗，我抢掠无辜的旅客和教士。今天，我与我的一个同伙发生了争执，经过一番长时间的艰苦搏斗，我终于抓起了我的剑……"

G：（一跳而起）哼，你这个叛徒！

C：怎么啦？

G：你说"抓起我的剑"，你不是想杀死我吗？

C：说说而已！

G：噢，说说而已！你为什么不早告诉我呢？我差不多给你吓晕了！

C：对不起！我们一起来念吧！

同时："我抓起我的剑，但是转念一想，如果我不明不白地死去，人们会认为我是被卑鄙的同伙杀死的。所以，亲爱的妻子，我希望你能知道我的事迹，正确地叙述我悲惨的命运并以此为荣。呜呼，想起留下孤独的你和无助的孩子们，我情不自禁，涕泪沾襟……"（同时大哭）

C：多么悲壮的情景！

G：豪迈悲壮！

C：推迟一段时间再死好吗？

G：五天怎么样？

C：似乎太短了，再长一点儿吧！

G：一年怎么样？两年也行！

C：一年，两年的时间转瞬即逝。仔细想想，事实上，没有人看到我们争吵，只要你我愿意，我们完全可以彻底放弃这一想法，如何？

G：一点不错，我们重归于好吧！

C：这才是真正明智的做法。我们再体会一下我们今天的英勇冒险，然后回家去吧。

G：很好！太好啦！

C：应该意识到，死是完全不值得的。

一起：两个强盗手拉手，心满意足往家走！

C：听着，伙计！

G：怎么？

C：你和我都会活到580岁的。

G：对，活他七个轮回！

C：啊，幸福的，幸福的一天！

在这一段戏剧中，我们看到一对胆怯的荒唐的强盗，两个连为一体的懦夫，如同贝克特一个戏剧中的一对互相对对方的生存提出疑问并以此获得对自身本存的确认的人的翻版。其中的陈备比根大余聪明一些，否则他们之间就不会有任何妥协折中了。他们之间的“问题”是：他们对语言与意义之间的联系提出了质疑，从而混淆了叙事和现实。一个强盗必须果断行事，但他们俩甚至在语言含义上都无法取得协调一致。

也许，我们可以把它视为一场哲理滑稽剧。在格斗中，这不幸的一对死死地扭住对方，难解难分，而为了记录他们之间所发生的一切，他们又必须脱开身来，这种戏剧性冲突的根源在题目中就有了暗示。

观众（读者）可以看到，虽然他们已经有了无法胜任的抢劫意图，但是因为他们还没有“叙述”这些意图，还没有对想象中的情景进行编辑和组织，因此，事实上，它们并不真正存在。所以剧中人在否认客观事实的“真实性”。自然，这就使我们想到，我们是如何根据我们内在的训练有素的叙述方法，通过谨慎地、有选择地、并且往往是不自觉地将事件组织成某种合适的叙述这一手法，来构造对我们自身、对我们过去的行为的诠释的。但是，如果这种叙述还没有得到适当的组织，那么这种特征也就难以形成。

看来这两个歹徒还是具有高度的自我意识的，不但害怕荆棘，而且，当他们进行生死搏斗时，他们还在担心他们只能在别人的意识中才确实存在，他们只能在想象的幻想中认识他们自己，作为一个英雄的幻想而不是一个英雄。他们只有在被作为阐释的对象时才真正存在。剧中人物也希望在相互之间建立合作，作为一种审美的体现，作为一个参与者展现在壮烈的冲突画面中。他们无法表现自己，除非作为这样一个美的化身或作为被阐释的对象。因此，除非通过语言的媒介作用，严格说来他们不能真正存在。虚构叙事可以产生一种现实效果，这在以前是缺乏的，它会使有些人感到迷惑不解，因为他们会把这些叙事当作事实来看待，而他却被告知这“仅仅是一个句子”，这最终使得这些叙事的构成变得没有必要。

真实性是叙事、回忆所产生的效果，而不是直接经验的效果。这一点至少在舞台上是成立的。只有当我们说“这两个人物在寻找观众”时他们才成其为故事中的人物。但如果他们真的可以找到的话，那么他们为了维护他们的荣誉就不得不死去。但因为他们找不到一个人来“正确地讲述我的悲剧命运”，他们就可以避免死亡，继续活下去。他们本来准备根据预想的方式创造一个关于他们的行为和生存的悲壮故事。然而，预想这一文学情节或神话又使他们觉得这一行为是不必要的，只有创造情节本身可以使行为发生改变，这一点需要加以解释和证明。这种对“悲剧”神话的诙谐摹仿只能使他们感觉到可笑。他们终于在再现的力量的作用下改变了他们的行为。他们写出了自己通向幸福的道路。

对被神话和文学叙述所再现和建构的文化传统进行调整或组建这种观念，使得自我超越成为可能，因为它给予读者以逃离它自己虚构的陷阱的可能。强盗们没有“看到”这点，因为他们毕竟是剧中的角色，仅此而已。他们同时是他们自我包含的叙事中的演员、作者和读者。当然读者和观众的缺失首先使他们感到遗憾，但他们随后便转向他们自身的优势，观察他们自己在戏剧中的每一个动作，这种对“摹仿”进行解构的示范相应地使得他们得以重新发现他们自己。

整个故事显示了一种自我超越的潜在可能性，即从被语言、叙事和传统所限定的“自我”中逃离出来，因为那“自我”默许了一种为这些文化媒介所束缚的、自己显然无法逃避的结构。佛教禅宗实际上是被发明来处理这个问题的。此即这个戏剧为什么回避神学和哲学性的大叙事，而偏好玩笑、谜语以及任何打破常规的表现形式，以及它为什么打破传统模式并消解支配性的成规，使摹仿基质破碎并从而对其可靠性提出质疑的原因。

这就是日本式的对“摹仿论”，对摹仿学说及其政治和学术束缚力所提出的怀疑，正是这些观念构建了如此之多的最好的西方戏剧创作。“摹仿论”与权力欲望纠缠在一起，这即戏剧中以及戏剧之外的名目主义本文批评家为什么老是对摹仿现实主义者提出挑战的原因。而本质的形式主义诗学从维护摹仿理论的决定作用出发，过多地忽略了作品中对作品具有规定作用的历史证据。这种诗学自身经常不自觉地与权力的学术及社会结构共谋，这种权力结构总是知道现实是什么，并且希望通过再现将其反映出来。人们总是希望诠释能将再现和此权力结构内在化，直至它成为二者的功用为止。

《诗学史》[1] 选编

[法] 让·贝西埃　[加] 伊·库什纳　[比] 罗·莫尔捷
[比] 让·韦斯格尔伯　主编
史忠义　译

编者按：让·贝西埃，法国巴黎新索邦大学教授，曾任国际比较文学学会会长，代表作品有《文学理论的原理》等；伊·库什纳，加拿大渥太华大学比较文学教授，曾任国际比较文学学会会长、渥太华大学校长等职；罗·莫尔捷，比利时布鲁塞尔自由大学教授，比利时皇家法语语言和文学院院士，皇家道德和政治科学学院院士；让·韦斯格尔伯，比利时大学教授，比利时著名学者和出版家。

史忠义，中国社会科学院外文所研究员、研究生院博士生导师、中国作家协会会员。

《诗学史》一书是由国际比较文学学会酝酿讨论，法国、美国、加拿大、比利时等国近30所院校的36位学者撰写而成的总结性西方诗学史著。全书涉及文论作者近2000人，文论作品1500余部（篇）。整部

---

① 本文节选自［法］让·贝西埃、［加］伊·库什纳、［比］罗·莫尔捷、［比］让·韦斯格尔伯主编：《诗学史》（修订版），史忠义译，河南大学出版社，2010年。

作品内容丰富翔实，结构宏大严整。时间跨度上，包括了自古代至20世纪西方文学诗学的历史：上自前柏拉图时代起，下讫20世纪末。全书根据大的历史分期划分为古代诗学，中世纪诗学，文艺复兴时期的诗学，17世纪诗学，18世纪的法国、德国、英国和意大利诗学，19世纪：浪漫主义、现实主义、自然主义、象征主义，20世纪这七大部分。各个部分在指出当时的主要诗学特点的同时，也分节介绍了各自时期诗学的代表人物，如《古代诗学》中的柏拉图、亚里士多德、贺拉斯。从第五部分的名称中，也可以看出，《诗学史》一书在空间上，将西方各主要国家的诗学传统及其流变摄入文本的尝试。作者们在该书中对西方诗学的发展情况进行了新的思考，揭示了传统诗学仍然在当今诗学中发挥着难以想象的作用。

尽管《诗学史》主要介绍民族间背景和语言间背景基础上的西方主要诗学概况，没有试图勾勒导致这种诗学建立的民族间的影响史和关系史，但是这本书仍旧带有明显的比较色彩。这一方面表现在后世各国对古希腊罗马诗学传统的继承上；另一方面，同一时期，各国诗学间的相互影响，也在对诗学传统的介绍中显现。例如，第五部分《18世纪的法国、德国、英国和意大利诗学》中，第2节《18世纪的德国与诗学》的几个小标题最能说明这一问题：《法国范式，戈特谢德》《英国范式，瑞士批评家》《启蒙范式，莱辛》《神学范式，克洛普施托克》《古代范式，歌德》，单从名字中就可以看出，在18世纪的德国诗学中，法国、英国、启蒙思想、神学、古典理论等带来的影响。

因为《诗学史》一书是作为国际比较文学学会某项计划的历史部分出版，与作为理论部分出版的《问题与观点：20世纪文学理论综论》相比，《诗学史》对诗学的介绍，更侧重历史源变，而非对诗学本身的介绍。但其对这种诗学源变的思考，为研究者理解诗学，提供了坚实的基础。

诗学史：第一部分　古代诗学

弗朗西斯科·德拉科尔特　伊娃·库什纳

各种文明喜欢把它们之前的古老文明奉为祖宗，古老文明的魅力增添了源泉的神圣性。我们的西方文明正是如此，甘愿从希腊罗马文明中吸取营养，有时甚至反对或否定希腊罗马文明，以突出现代文明的创造性，或突出现代文明的外来成分或更遥远的渊源。在诗学领域，人们几乎自发地引用希腊起源说，甚至不曾想到这一渊源意味着漫长而又复杂的演变过程。另外，我们对这一渊源也知之不深。然而，如果不首先思考一下文化内部诗学、文学性或诗性的诞生方式，我们就无法确定诗学的定义，更遑论文学性或诗性了。《伊利亚特》和《奥德赛》不可能是一代人的偶然成果。

这里不可能重现一种源泉的全过程，而是假设这种源泉。确实，雅各布森概括的“突出”言语与“非突出”言语的对立很重要，舍此，诗与诗学问题便无从谈起。宗教节日、神圣的礼仪或世俗礼仪，自（个人或社会）童年起即喜欢玩弄文字的乐趣，口语性中语言与音乐的联姻等，都为突出言语提供了良机，突出言语因其特殊能力而被人们另眼看待。当然还需要这种另眼看待变成自觉的意识行为：只有有关诗的意识言语问世之后，成为元言语，方可谈论诗学。

那么西方诗学传统的情况如何呢？断言西方诗学深受希腊源泉的影响还不够。古希腊提出了所有重大问题，特别是亚里士多德，提问的同时已经预先构建了许多答案。因此，我们既要从古典诗学自身的历史性角度去理解它们，又要善于与它们保持一定的距离。

无论如何，系统而又明确的诗学之前，似乎存在着一个漫长的思考阶段；在这个阶段里，人们思考诗之性质、目的及在人们活动中特别是智识学科中的地位，思考诗——及诗人——在社会中的作用，思考美及其在最高价值中的地位，思考诗的构成体裁、形式和手段。让我们简单考察一下这个阶段吧，我们的考察较少出自对清晰诗学之渊源的关心——这不是我们这里的任务——而是因为一开始就存在着潜在诗学，与系统而又明确的诗学相对立，它们的重要性绝不亚于后者。我们谨以柏拉图的情况为例……

柏拉图

柏拉图并非一个真正的诗学理论家，却认为诗在人类活动中占有重要的位置。但是，他的位置论里还有许多问题，有必要予以澄清。如果把我们对柏拉图思想的阐释建立在有关诗的唯一一篇对话的基础上，有可能导致不公正的部分肯定。我们还是尝试着从相关文本中分离出一个总体结论。如果问题是决定知识学科中哪个学科最能可靠地把人引向真理，毫无疑问，在柏拉图眼里，这个学科即哲学，因为唯有哲学可以完全进入思想世界。但是，我们的问题是确定柏拉图是否把诗与哲学相对立，抑或向它们描画了一条共同的道路。

如果只考虑柏拉图把诗人逐出其理想国那篇著名的文章（《理想国》，398A），我们可能很快得出两个学科彻底对立的结论。柏拉图确实要求诗大力持久地支持青年人的道德培养工作，正像他要求所有艺术门类那样。我们可以把这看做是诗从属于道德的一个标志，但是这样做不啻于忘记了我们已经提到过的一个基本事实——诗对精神的特殊作用。因为诗的作用如此巨大，有必要观察——有时则要控制——诗人及其作品的影响。从这个角度看，直至把自己改造成他人的摹仿能力，既诱人，又危险；柏拉图正是从这个意义上建议把神奇的艺术家驱逐出境的。另外，诗人并非像罪犯那样被放逐，而是爱抚有加之，被遗憾地礼送出境，并被陪伴到另一城邦。请注意这种礼遇，它完全改变了问题的实质内容。我们还提醒读者，柏拉图从来不曾建议理想国废诗；他要求更严谨的诗人出现——介入，要求他们所选择的摹仿对象，有助于城邦未来卫士的道德培养。

……

另外，个人艺术以及个人艺术的实践者不进入普遍知识领域。他们的表达手段其实建立在感官的基础上（在柏拉图看来，后者在认识论方面的局限性是根本性的），他们的功能在于摹仿真实。然而，摹仿真实的本体论地位低于被摹仿对象的定位，因为后者也是对理想形式的摹仿：这是从《理想国》卷十中三张床的例子得出的思想。

柏拉图没有自我否定，也没有像亚里士多德后来那样明确为诗学定位，但是他暗示了一种严肃诗学，这就是他自己作品中的内在诗学。在这方面，尽管《伊昂篇》里诗人—吟游者的认识水平属于二流水平，但是从该著中已经可以看出，诗之美从来不曾受到质疑。

最后，有必要提及《法律篇》对柏拉图音乐理论和诗学理论的巨大丰富。《法律篇》赋予音乐两大功能：即《理想国》已经充分界定的教育功能，此外，还包括独特的消遣功能。柏拉图的著作中似乎没有无偿的纯娱乐概念，他至少承认音乐节和诗的节日能够中断单调的劳动节奏，让人们重新掌握自己的情感。这样，诗和音乐的乐趣就承担了与亚里士多德的陶冶功能颇为相似的心理和社会功能。

亚里士多德

在亚里士多德的巨著内部，与诗之思考相关联的，《诗学》之前，还有《诗人篇》中的对话一篇和《荷马问题》中的至少六卷。《诗学》第 XXV 章所陈述的原则中，也许还有《荷马问题》六卷留下的痕迹。而《诗人篇》的对话残篇喻示着这部分著作涉及某些诗人的生平，其中某些材料与《诗学》第 I 章相类似。然而，只有《诗学》赋予我们揭示亚里士多德话语艺术思想的和谐的结构。

在《诗学》一书中，亚里士多德以很多篇幅关注悲剧，“悲剧是对一个严肃、完整、有一定长度的行动的摹仿，借助能够引发怜悯或恐惧情感的人物”。

区分了悲剧的六个部分（戏景、唱段、言辞、性格、思想、情节）之后，亚里士多德赋予情节更多的重要性，认为情节比人物及其性格更重要，“情节是悲剧的灵魂”。他建议诗人缜密构思情节，然后再把它逐渐解开；他并非因此而轻视悲剧结构以及诗人运用悲剧结构时的形式和言语。

《诗学》的创新之一是对陶冶即借助恐惧和怜悯净化感情的发现。

从诗学的角度看，与柏拉图的对立似乎是最根本的对立。

一旦承认诗既非纯愉悦又非纯消遣活动，那么问题就不再是驱逐诗，而是从史诗的吟游式背诵与悲剧的戏剧表演中做出选择。

第二部分 中世纪诗学

达尼埃尔·雷尼埃一博莱 主编

1. 中世纪拉丁语的文学理论

中世纪诗学的源泉

中世纪诗学的源泉涵盖面甚广，从高深的哲学思考到辛勤耕耘的教师对初学者的具体建议等等，不一而足。它们包括的书籍数量之庞大有可能湮没那些更多属于感受性的判断。另外，从这些文本中分离出以它们为载体的理论时，要注意考虑到那些因为没有传统习惯而未明确论述的潜在内容：中世纪的诗学艺术之前，理论虽然对古代遗产有所改造，但仍然建立在古代遗产这一坚实基础上；中世纪之后，则重新整理收集材料，然后在卷帙浩繁的材料的基础上，进行更注重效率的综合。

经院哲学的思想家们把诗学附属于逻辑学的做法，不啻于通过否认灵感，把寓意贬低为一种表面游戏，从而最终把诗学推向边缘地带，推向它只能发挥低级价值的领域。除了圣·托马斯的礼拜诗以外，这种观念未产生任何大作，只能算是12世纪的新柏拉图主义与前人文主义同归寓意主张之间的一段插曲。由于自西塞罗和贺拉斯以来，诗学一直被包括在修辞学的范畴内，而在实践中，修辞学对于诗艺的主导地位又从来不曾受到质疑，这就为作为说服艺术的修辞学与诗学的潜在混淆提供了一种可能性，须知13世纪的亚里士多德派哲学家还特别把感染他人的功能移到诗学名下。因此，中世纪诗学艺术中出现修辞手段的一席之地，那是不足为奇的。还有，由于语法课和修辞课一般是由同一老师讲授的，修辞学本身之宗旨很难在语法学（全部韵律学皆依附于语法学）与论辩学之间找到自己的准确位置。其结果是，很难把诗与艺术散文分割开，从词源角度看，两者皆符合“诗学”的定义，在教学中又密切联系在一起。事实上，艺术散文与诗的许多规律、追求目标和特征都是相同的（同样关注结构，同样追求节奏和韵律，都使用修辞手段），唯一的区别在于诗体的书面形式。这样看起来，诗学似乎实际上被局限于格律和韵律，这种观点似乎缩小了诗学的范畴，但是它不是空穴来风，基本内容是在有关表达之一般理论的总体范围讨论的，诗是其中的一个方面。中世纪的散文可以以诗体形式出现，而且经常这样。除了做诗的规律以外，有关诗人的内容也包括艺术散文，包括所有作文艺术。文学艺术与广义的诗混为一谈。

第三部分 文艺复兴时期的诗学

吉赛勒·马蒂尼—卡斯特拉尼

导论

雅努斯诗学

如果说修辞学是对语言场以及交际程序方式的挖掘，那么文艺复兴时期的诗学既是对修辞学大传统的继承，又是一个桀骜不驯的学生，逐渐脱离演说家范式，而以自己的方式阐明诗之反言语的实质和文学现象的特征。

典范的地位

文艺复兴时期与中世纪一样，没有再生产的先验观念，文学创作是不可思议的。因此，体裁诗学的第一宗旨就是确定种种典范和再创作的程序。已有文本是形式和内容的源泉，对已有文本的参照成为一种传统。

文艺复兴之诗学揭示了一文本与另一文本或一系列文本（如一种体裁）的关系，实践了普遍化的文本间性并从理论上作了总结：引语、寓言、借鉴或抄袭、填塞、文本蒙太奇、杂交（有时甚为怪异）及滑稽摹仿等，是一种文学的种种构成手段，该文学吸收种种文本（只言片语或片段）而不消除它们的差异，以他人作品之碎片构成自己的意义。

第五部分 18世纪的法国、德国、英国和意大利诗学

罗·莫尔捷 主编

导语

在诗学领域，犹如在一般美学领域一样，18世纪是一个大变动的

时代。

新诗学与传统诗学决裂的程度因民族文化和年代的不同而不同：转折点通常被定在1760年前后，直到19世纪，裂痕愈来愈深。

1. 18世纪法国的诗学思考

诗艺的地位及发展。

从诗学到艺术哲学和文学哲学

撰写诗学史要求不同类型的分析和描述：把握诗学一词使用过程中的多义性及变化，它们反映了这个可谓承上启下时代的某些理论家们指出的特别明显的动荡；描述上述多种元言语的内容，它们的雄心、规模和形态各异，并试图在最后阶段把影响各种诗学观念、诗人的行为观念、诗人行为力求实现之价值观念以及相关的各种类型（性质、等级体系中的地位）的变化因素与思想史或形式生活史以外其他层面可捕捉到的现象联系起来。

第六部分
19世纪：浪漫主义、现实主义、自然主义、象征主义

让·贝西埃　主编

导语

众所周知，19世纪的诗学、19世纪的种种诗学可以按照该世纪重大文学运动的发展和承接顺序，按照不同国度以及一种民族语言场到另一民族语言场的过渡中诗学问题的承接和重组而解读。

这一诗学、这些诗学也可以按照它们与18世纪的先驱者们的对接情况以及与20世纪这些思想的或明或暗或重要或不太重要的重组情况的衔接来解读。

奇怪的是，这一诗学、这些诗学属于拒绝关于文学的任何系统思想——如关于浪漫主义——的几个时代，或者说这些时代在考虑这类系统思想时突出该思想与非文学领域的不可分割的联系特征——应该这样看待关于文学与文化、文学与社会之关系的十分广泛的思考，或者突出该思想作为对文学的某种反面思考——如对象征主义——的特征。

这一诗学、这些诗学的特点是，经常由最重要的作家们提出。文学创作与批评思考的这种直接联系的本身并非什么新生事物，但是它在19世纪得到了明显的发展；这种联系与试图建构关于文学的系统思想——兼及文学和其他领域的思想——的努力以及界定文学行为的地位的考虑是分不开的，即使文学被认为具有突出的自主性。

诗学与诗：确定定义的尝试与民族气质

德国学者：什么是美？

像上面那样从一般美学角度切入了解德国诗人之诗学内容的实质也许很复杂，但是，就德国诗人而言，把美学与修辞学结合起来的方式断然不可避免，绝非多余之举；几乎所有的德国浪漫主义作家同时又是思想家，深受最抽象的思考的诱惑。例如诺瓦利斯，他身后不是留有一部《哲学百科全书》吗？更有甚者，这些浪漫主义思想家们比较明确地分为理论家和实践家，前者如施莱格尔兄弟，后者较少关心理论问题或陈述原则的能力稍弱一些，但都有些“胆大妄为”的气势，如霍夫曼。

象征主义诗学的演变

1. 历史

在《恶之花》中，波德莱尔在引用大量象征的同时，提出了一套诗学术语，并毫不怀疑它们的结果。《天鹅》一诗浓缩了即使在自己的国家里也犹若陌生人一般的背井离乡者的全部特征，通过这个身兼天、地、水的居民——鸟的形象，他成功地恰如其分地界定了对人世间所有雷同都不适应的诗人的身份。这里，波德莱尔无疑提出了后来昭示象征主义运动之各种灵魂状态的最有持久力的象征。

理论分析

象征主义的根本在于一种新诗学的诞生，20世纪上半叶最重要的诗人们都从这种诗学中吸收营养，它取代了古老的神秘主义，从语义深处探索超验性；它创立了一种与音乐、与艺术以及其他任何非语言性艺术表达形式相接近的语言交际。

象征主义进入多国文学已经一个多世纪，它的变化不仅反映了审美观念的修正，也反映了本体论思想的改变，后者与我们的宇宙观的演变是分不开的。

关于表现的诗学：19世纪与20世纪的交叉解读

我们知道，现实主义诗学、自然主义诗学和象征主义诗学构成当代批评思考和20世纪诗学建构的基本内容。这是安娜·巴拉吉昂分析象征主义诗学演变时展示的观点之一。这些诗学的共同点在于提出了文学表现（再现）的问题。这里，我们将围绕现实主义和文学表现问题扼要介绍一下19世纪诗学论点的后继情况。

某些当代诗学所选择的牺牲参照系的做法并非一种反现实主义的态度或者对不定阐释或反阐释（反对现实主义所主张的确定性阐释）的选择，而是对19世纪的表现诗学所承认的回归时刻的无知。根本问题在于，20世纪的诗学和批评，在对19世纪的现实主义和表现诗学及批评所主张的回归运动的无知中，走向了种种极端的方式：通过对文字的介入，有可能准确地表述真实；应该取消“我”对字词的投入以便让言语本身超越“我”而承担起想说的责任。这等于从解读19世纪诗学入手，每次都界定与19世纪相关诗学和批评无关的语言练习和写作练习获得成功的理想条件。

第七部分　20世纪

让·韦斯格尔伯　主编

引言

20世纪理论著作前所未有的丰富、多样和相互影响，刺激我们放弃对文论作者们的详细考察而把重心放在思想潮流方面，围绕这些思想潮流，作者们此时或彼时形成一些动荡的群体。今天，诗学由专业人士垄断的色彩并不比上个世纪浓厚，然而，大学校园的研究仍然统治着这个领域。由阿诺德、泰纳、布吕内蒂埃和布兰德斯等人所开创的这种浓厚的学院特色大体上为自己确定了两个目标：目标之一是建立可直接应用于文学现象之描述和阐释的方法论；另一目标更宏伟一些，即建立文学的总体理论，建立文学之哲学。对文学言语的考问远非总是支撑某种实践活动，而是朝着以自身为目的、对任何类型的应用都无动于衷的方向发展的。

诗学的发展总是与艺术流派密切相关，如现代主义、后现代主义、先锋派等。在这些诗学的对面，很少有其他诗学敢于公然宣称彻底抛弃过去。从这点上说，今天的诗学接近科学，一般是在接受昨天的成果，在昨天成果的基础上建构起来的。

在所有前辈中，20世纪最乐意参照、也参照最多的是亚里士多德和浪漫主义者。其他遗产则引起了颇多争议。例如，思想史的香火一直很旺，米歇尔·福柯以决定一个时代认识水平和言语的所有前提即认识阶为研究重心［《词与物》，1966；《知识考古学》，1969］而革新了思想史。反之，无阶层反映及其概念——“时代精神”的信徒则愈来愈少。

在空间方面如同时间方面一样，对于过去的态度经常因社会政治因素而变化。30 年代的欧洲，人们可以谈论文化地理学，其中的两种官方美学，即纳粹德国的“种族与地缘文学”和苏联的社会主义现实主义，虽然植根于截然不同的意识形态，但相对于其他地方占主导地位的诗学，它们都构成落后的孤岛。

从 1917 年的革命到米哈伊尔·巴赫金

在很快被迫处于沉默状态的形式主义者与始终回避文本物质性的各种社会学流派之间，巴赫金团体试图进行新的综合，重新从文学事实的根源、关系和媒介思考与文学事实相关的问题，提出了独特的文本间性观念和一系列允许同时思考文本之社会决定因素和文本运作的概念（如“对话原则”、“复调”、“狂欢性”等)。如果说巴赫金之前（之后亦经常出现）的马克思主义批评家的传统问题即回答“为什么”——为什么某作家在某时候写了某作品？为什么某体裁成为主导体裁，根据与哪些外部决定因素相关的公理体系而达到这种程度的？那么巴赫金在完全保留这一问题的同时，更感兴趣于“如何”：创作是如何进行的？某作品的“构建原理”是什么？但是，他抛弃了审美现象之独特性完全存在于文本内部的思想。

斯大林主义阻止了形式主义者、社会学学派旗帜最鲜明的支持者与巴赫金主义者之间的争论的继续。然而，在布拉格，穆卡罗夫斯基发展了一种文化及“审美对象”的社会—符号学理论，该理论没有继续巴赫金的思想（他可能并不了解巴氏思想之存在)，却属于同一认识论区域。穆卡罗夫斯基从索绪尔的结构主义语言学，从非马克思主义的社会学传统和本格森主义中提炼出一种审美规范和价值理论，这种审美规范和价值理论是在对创新与经典化的辩证思考进行持续不断地历史性重组并界定“审美对象”的基础上诞生的。审美对象产生于不可简化的独特的社会审视活动，该活动把自己的审美特征赋予审视对象。穆卡罗夫斯基主要关心文学作品与社会之间语言结构和文化符号体系的媒介作用；由此，他继续了巴赫金的事业并启发了后来60—70年代那些“社会批评”学说的孕育者，该学说又超越了结构主义和社会学主义。穆卡罗夫斯基本人则向着属于总体文化符号学的诗学方向发展，其思想见于《诗学之源》(1967)一书。

结构主义

1. 源泉

结构主义处于众多传统的交汇处，这些传统并非一定都是文学传统。其中最重要者有：(由罗曼·雅各布森和勒内·韦勒克引入西欧和美国的) 俄罗斯形式主义以及程度稍弱一些的布拉格学派的结构主义；索绪尔和耶仁姆斯莱夫的语言学；法国批评中形式主义传统，尤其是瓦莱里和蒂博代；按照现代语言学之类型重新组建的古典修辞学；最后还有符号学，包括其语言学版本（索绪尔、耶仁姆斯莱夫）和哲学版本(皮尔斯、莫里斯)。

这些成分的重要性因作者而变化：罗兰·巴特的参照系主要是索绪尔和耶仁姆斯莱夫，热拉尔·热奈特主要参照瓦莱里的批评观和修辞学，兹维坦·托多罗夫则主要参照俄罗斯形式主义。巴特接过耶仁姆斯莱夫的内涵理论，把文学作为建立在由语言构成的体系之上的第二符号体系（因此他特别青睐文学言语的自我参照成分)。热奈特主要研究文学的“技术”因素（例如修辞形象和叙述技巧)。受结构主义启发的批评赞同（来自俄罗斯形式主义的）下述思想：文学分析的首要对象是文本及其内在特征，这些特征不管是语义方面的（题材、情节之动力)、句法方面的（诗歌手法、叙述形式）或语用方面的（作品与读者的关系)，都应该通过它们相互之间的区别性关系予以研究（如果说文本尚未构成一个关系体系，那么它至少构成了一张关系网络，各种成分因其在这张网络中的所占地位才成为有效成分)。

2. 批评与诗学

尽管新批评、细读和结构主义都关注文本，但是它们之间仍然有着很大的差异。

细读通常反对理论，而理论在结构主义批评中却发挥着中心作用。结构主义关注的中心不是独特的个人作品，而是从个人作品中可以分离出的文学的一般特征（从这个意义上说，结构主义者与芝加哥的新亚里士多德派更接近)。细读是一种批评方法，而结构主义则试图建立总的诗学理论。

对于结构主义者而言，批评与诗学的区别至关重要。例如热奈特在分析作品时，就注意区别个人作品之意义的探索与超越作品个性之因素的研究（热奈特，1972，第10页)。托多罗夫则把具体作品与诗学建构的抽象的理论宗旨相对立，他强调下述事实，即“具体作品之所以位于结构主义者的宗旨之外，较少因为阅读时所产生的意义投资，更多因为其个性物质地位”（托多罗夫，1971，第44页)。

小结

如果我们把结构主义意识形态的总结问题搁置一旁（它更属于思想史范畴）而专注于文学上的结构主义这种方法论，便可得出两条结论：我们首先发现，文学文本研究的严谨性并不为文献类研究所专有，而应贯彻于分析的各个方面；第二，结构主义批评与俄罗斯形式主义一起并继俄罗斯形式主义之后，复活了诗学，亦即复活了由亚里士多德卓越开创的，而后直至19世纪末并未得到几多真正发展的文学现象的形式分析。于是，关于结构主义与“传统”批评之对立的已经比较古老的争论，如同结构主义与解构主义或焕发青春的文学史之对立的比较新鲜的争论一样，也就没有什么根据了：结构主义与诗学同样古老（或同样年轻）。

3 文本的接受

文本间性

巴赫金的对话原则

像形式主义者和后来的结构主义者一样，巴赫金非常重视言语，但是，他所谓的言语已经与索绪尔的言语范式大相径庭。他把言语建立在预先意识到存在核心发生着冲突的基础上，所谓存在核心的冲突意即试图分割事物的离心力量与竭力把事物聚合在一起的向心力量之间存在着持续不断的斗争。他认为这种针锋相对的冲突既存在于文化之中，也存在于自然界中；它既是个人意识的特征，也在具体话语中表现突出。巴赫金以为，没有“抽象语言”：语言要表示某种意义，必然意味着一个人要面对另一个人，哪怕后者是他内心深处的自我。

巴赫金的关键概念之一即“言语”，这是语言的一种动态观念，强调每个词都不能单从自身去抽象地理解，而应放进一定环境中去理解：如果我们希望抓住该词的意义，就不仅要把它放进语言环境中，还要放进历史环境和文化环境中。显然，这种意义不是单一的，而是多样的，如同该词的环境可能多种多样一样。无疑，后来的结构主义基本上也把总体关系放在优先于各个孤立部分的地位，但是没有像巴赫金那样，向历史层面开放。

巴赫金关于拉伯雷的著作有力地昭示了他的论点：任何货真价实的诗学都应该建立在对其主题重新定义的基础上，文学文本应该作为理解问题并作为与历史不可分割的社会进程问题去考察。同时，这部著作还阐明了巴赫金的小说观，因为它把《卡冈都亚》的关键与小说使用中世纪狂欢节之资源的方式相提并论。巴赫金把中世纪的狂欢节看做种种姿态和形式的武库，看做反对已有秩序现状的礼仪武器（巴赫金，1970，第 18 页）。那里散发出一种使所有僵化价值“大打折扣的欢快气氛”。

解构主义

1. 导语

“解构”是 60 年代雅克·德里达引入的一个术语，用以表示他对西方形而上学的批评分析。它属于尼采和弗洛伊德一线哲学批评传统，但是它与海德格尔颠覆形而上学的计划以及胡塞尔现象学中的“简化”概念的联系更密切。然而，解构与德里达所谓的颠覆言语的前辈旗手们的关系不能简单地概括为延伸。另外，我们将看到，这一理论与文本的接受理论的联系亦非没有困难。

对言语中心主义的批评

异延是德里达创造的一个新词，表示不断延宕之差异，即一直推延差异在在场领域的位置。德里达比索绪尔走得更远。不仅一种言语成分可以获得一种意义，因为反射体系的其他成分；而且在他看来，其他成分的意义也建立在同一原则即它们与其他成分之关系的基础上，如此类推，直到无穷。简言之，意义松开了自己的缆绳，它绝不会最终投锚于现实之中。关于这一点，人们还经常谈到反补（反衬、补充）概念，德里达并不把它理解为简单的增补，而是理解为所谓本质的另一面，它必然同时制约着本质，犹如盾一样。这样，写可以视为说的原始补充，而意义的损失可以视为意义本身的反衬。

《红楼梦评论》[①] 选编

王国维

编者按：王国维（1877—1927），初名国桢，字静安，亦字伯隅，初号礼堂，晚号观堂，又号永观，谥忠悫。汉族，浙江省海宁人。中国近现代时期重要的学者之一。他与梁启超、赵元任、陈寅恪并称为清华四大导师，其主要作品有《红楼梦评论》《宋元戏曲史》《人间词话》等。

自1898年入罗振玉所办东文学社，至1906年这几年间，王国维以攻读哲学为主，研究了康德、叔本华等人的哲学，同时兼及美学、文学、教育学等，他自称这一时期的工作为“兼通世界之学术”。《红楼梦评论》即出版于这一时期。

《红楼梦评论》五章最初刊发于《教育世界》杂志第8、9、10、12、13期（1904年6月至8月），后收入《静庵文集》，出版于1905年。王国维在《静庵文集》自序中曾言：“余之研究哲学，始于辛壬（辛丑年，1901年；壬寅年，1902年）之间。癸卯（1903年）春始读汗德之《纯理批评》（即康德《纯粹理性批判》），苦其不可解，读几半

① 本文节选自王国维：《红楼梦评论》，见王国维、蔡元培：《红楼梦评论·石头记索引》，上海古籍出版社，2011年，第1—22页。

而辍。嗣读叔本华之书而大好之，自癸卯之夏以至甲辰（1904 年）之冬，皆与叔本华之书为伴侣之时代也。其所尤惬心者，则在叔本华之知识论，汗德之说得因之以上窥，然于其人生哲学，观其观察之精锐与评论之犀利，亦未尝不心怡神释也。后渐觉其有矛盾之处，去夏所作《红楼梦评论》，其立论虽全在叔氏之立脚地，然于第四章内已提出绝大之疑问，旋悟叔氏之说，半出于其主观的气质，而无关于客观的知识，此意于《叔本华及尼采》（发表于 1904 年《教育世界》第 84、85 期）一文中始畅发之。”由此自序可以看出，《红楼梦评论》立论之基础为叔本华的哲学，也杂糅了康德的部分思想，但是同时王国维也发现叔本华的学说近半是其主观气质的显现，而非客观的知识，并进而对伦理学作综合的考量，得出了《红楼梦》“同时与吾人以二者之救济”的结论。

王国维在《红楼梦评论》一书中，旁征博引，在扎实的传统文化功底之外，也显示了较为深厚的西学功底。他从叔本华的悲剧观入手，指出《红楼梦》所蕴含的西方意义上的悲剧价值。同时，他借用叔本华的媚美概念，厘清《红楼梦》之美与“眩惑”的区别。他将浮士德之痛苦、解脱与贾宝玉之痛苦、解脱作比较，将浮士德的痛苦归结为天才所有之痛苦，而将贾宝玉的痛苦归结为人人所有之痛苦，指出《红楼梦》伟大之处，正在于写出了这一人类痛苦之基本的生命经验。在此之前，《红楼梦》研究的主要方法是索引、考据等，王国维的《红楼梦评论》为《红楼梦》研究开辟了一条全新的道路。

《红楼梦评论》作为中国文学批评史上第一篇运用西方哲学、美学的观点和方法研究中国文学的专著，可以被看做是中国比较文学的源头，同时，也是中国比较诗学的源头。本文编选以其涉及国外哲学、文学处为主，因为此书出版距今已有 110 余年，人名翻译有所不同，故在相关文下加以编注，以期方便理解。

第一章　人生及美术之概观

《老子》曰："人之大患，在我有身"。《庄子》曰："大块载我以形，劳我以生。"[①] 忧患与劳苦之与生相对待也久矣。夫生者，人人之所欲；忧患与劳苦者，人人之所恶也。然则讵不人人欲其所恶而恶其所欲欤？将其所恶者固不能不欲，而其所欲者，终非可欲之物欤？人有生矣，则思所以奉其生：饥而欲食，渴而欲饮，寒而欲衣，露处而欲宫室。此皆所以维持一人之生活者也。然一人之生，少则数十年，多则百年而止耳。而吾人欲生之心，必以是为不足。于是于数十百年之生活外，更进而图永远之生活：时则有牝牡之欲，家室之累；进而育子女矣，则有保抱、扶持、饮食、教诲之责，婚嫁之务。百年之间，早作而夕思，穷老而不知所终，问有出于此保存自己及种姓之生活之外者乎？无有也。百年之后，观吾人之成绩，其有逾于此保存自己及种姓之生活之外者乎？无有也。又人人知侵害自己及种姓之生活者之非一端也，于是相集而成一群，相约束而立一国，择其贤且智者以为之君，为之立法律以治之，建学校以教之，为之警察以防内奸，为之陆海军以御外患，使人人各遂其生活之欲而不相侵害：凡此皆欲生之心之所为也。夫人之于生活也，欲之如此其切也，用力如此其勤也，设计如此其周且至也，固亦有其真可欲者存欤？吾人之忧患劳苦，固亦有所以偿之者欤？则吾人不得不就生活之本质熟思而审考之也。

生活之本质何？欲而已矣。欲之为性无厌，而其原生于不足。不足之状态，苦痛是也。既偿一欲，则此欲以终。然欲之被偿者一，而不偿

---

① 王国维开篇引用老子、庄子的话，进而点出生活的本质在于欲，并引述叔本华对于生活之欲的痛苦的观点：欲求得不到满足，痛苦；欲求满足，又会产生倦怠之感。而且一个欲求满足之后，其他的欲望又接踵而至，人生就如同钟摆一样，在痛苦与倦怠之间往复。详情参见叔本华《作为意志和表象的世界》。——编者注

者什百。一欲既终，他欲随之，故究竟之慰籍，终不可得也。即使吾人之欲悉偿，而更无所欲之对象，倦厌之情即起而乘之，于是吾人自己之生活，若负之而不胜其重。故人生者，如钟表之摆，实往复于苦痛与倦厌之间者也。夫倦厌固可视为苦痛之一种。有能除去此二者，吾人谓之曰快乐。然当其求快乐也，吾人于固有之苦痛外，又不得不加以努力，而努力亦苦痛之一也。且快乐之后，其感苦痛也弥深。故苦痛而无回复之快乐者有之矣，未有快乐而不先之或继之以苦痛者也，又此苦痛与世界之文化俱增，而不由之而减。何则？文化愈进，其知识弥广，其所欲弥多，又其感苦痛亦弥甚故也。然则人生之所欲，既无以逾于生活，而生活之性质又不外乎苦痛，故欲与生活、与苦痛，三者一而已矣。

　　而美之为物有二种：一曰优美，一曰壮美。苟一物焉，与吾人无利害之关系，而吾人之观之也，不观其关系，而但观其物；或吾人之心中无丝毫生活之欲存，而其观物也，不视为与我有关系之物，而但视为外物，则今之所观者，非昔之所观者也。此时吾心宁静之状态，名之曰优美之情，而谓此物曰优美。若此物大不利于吾人，而吾人生活之意志为之破裂，因之意志遁去，而知力得为独立之作用，以深观其物，吾人谓此物曰壮美，而谓其感情曰壮美之情。普通之美，皆属前种。至于地狱变相之图，决斗垂死之像，庐江小吏之诗，雁门尚书之曲，其人固氓庶之所共怜，其遇虽戾夫为之流涕，讵有子颓乐祸之心，宁无尼父反袂之戚，而吾人观之，不厌千复。格代（今译歌德，下同）之诗曰：

> What in life doth only grieve us,
>
> That in art we gladly see.
>
> 凡人生中足以使人悲者，于美术中则吾人乐而观之。

此之谓也。此即所谓壮美之情，而其快乐存于使人忘物我之关系，则固与优美无以异也。

至美术中之与二者相反者，名之曰眩惑。夫优美与壮美，皆使吾人离生活之欲而入于纯粹之知识者。[①] 若美术中而有眩惑之原质乎，则又使吾人自纯粹之知识出而复归于生活之欲。如粔籹蜜饵，《招魂》、《七发》之所陈；玉体横陈，周昉、仇英之所绘；《西厢记》之《酬柬》，《牡丹亭》之《惊梦》；伶元之传飞燕，杨慎之赝《秘辛》：徒讽一而劝百，欲止沸而益薪。所以子云有“靡靡”之诮，法秀有“绮语”之诃。虽则梦幻泡影，可作如是观，而拔舌地狱，专为斯人设者矣。故眩惑之于美，如甘之于辛，火之于水，不相并立者也。吾人欲以眩惑之快乐，医人世之苦痛，是犹欲航断港而至海，入幽谷而求明，岂徒无益，而又增之。则岂不以其不能使人忘生活之欲及此欲与物之关系，而反鼓舞之也哉！眩惑之与优美及壮美相反对，其故实存于此。

第二章 《红楼梦》之精神

裒伽尔[②]之诗曰：

Ye wise men, highly, deeply learned,

Who think it out and know,

---

① 王国维关于优美与壮美的区分，很明显来自于康德。而眩惑与叔本华在优美和壮美之外，提出的新的美学范畴媚美一脉相承。叔本华认为“媚美是直接对意志自荐，许以满足而激动意志的东西”。这种美取魅于意志，把鉴赏者从纯粹观审中拖出来，使其被受诱惑的意志主宰。详情参见叔本华《作为意志和表象的世界》。——编者注

② 裒伽尔（Gottfried August Bürger，1747—1794），今多译为戈特弗里德·奥古斯特·比格尔，德国民间歌谣诗的奠基人，也是德国狂飙突进运动时期的重要诗人，对德国浪漫主义作家有着重要的影响。——编者注

How, when and where do all things pair?

Why do they kiss and love?

Ye men of lofty wisdom, say

What happened to me then,

Search out and tell me where, how, when,

And why it happened thus.

嗟汝哲人，靡所不知，

靡所不学，既深且跻。

粲粲生物，罔不匹俦。

各啮厥唇，而相厥攸。

匪汝哲人，孰知其故？

自何时始，来自何处？

嗟汝哲人，渊渊其知。

相彼百昌，奚而熙熙？

愿言哲人，诏余其故。

自何时始，来自何处？（译文）

哀伽尔之问题，人人所有之问题，而人人未解决之大问题也。人有恒言曰："饮食男女，人之大欲存焉。"然人七日不食则死，一日不再食则饥。若男女之欲，则于一人之生活上，宁有害无利者也，而吾人之欲之也如此，何哉？吾人自少壮以后，其过半之光阴，过半之事业，所计画所勤勤者为何事？汉之成哀，曷为而丧其生？殷辛、周幽，曷为而亡其国？励精如唐玄宗，英武如后唐庄宗，曷为而不善其终？且人生苟为数十年之生活计，则其维持此生活，亦易易耳，曷为而其忧劳之度，倍蓰而未有已？《记》曰："人不婚宦，情欲失半。"人苟能解此问题，则于人生之知识思过半矣。而蚩蚩者乃日用而不知，岂不可哀也欤！其自哲学上解此问题者，则二千年间仅有叔本华之“男女之爱之形而上学”耳。[①] 诗歌、小说之描写此事者，通古今东西，殆不能悉数，然能解决之者鲜矣。《红楼梦》一书非徒提出此问题，又解决之者也。彼于开卷即下男女之爱之神话的解释。其叙此书之主人公贾宝玉之来历曰：

却说女娲氏炼石补天之时，于大荒山无稽崖炼成高十二丈见方二十四丈大的顽石三万六千五百零一块。那娲皇只用了三万六千五百块，单单剩下一块未用，弃在青埂峰下。谁知此石自经锻炼之后，灵性已通，自去自来，可大可小。因见众石俱得补天，独自己无才，不得入选，遂自怨自艾，日夜悲哀。（第一回）

此可知生活之欲之先人生而存在，而人生不过此欲之发现也。此可知吾人之堕落，由吾人之所欲，而意志自由之罪恶也。夫顽钝者既不幸而为此石矣，又幸而不见用，则何不游于广漠之野，无何有之乡，以自适其适，而必欲入此忧患劳苦之世界？不可谓非此石之大误也。由此一念之误，而遂造出十九年之历史与百二十回之事实，与茫茫大士、渺渺真人何与？又于第百十七回中述宝玉与和尚之谈论曰：

“弟子请问师父，可是从太虚幻境而来？”那和尚道：“什么幻境！不过是来处来，去处去罢了。我是送还你的玉来的。我且问你，你那玉是从那里来的？”宝玉一时对答不来。那和尚笑道：“你的来

① 叔本华“男女之爱的形而上学”，也即叔本华的爱情观，主要集中于其《论爱情与性爱》一书中，他把爱情理解为精神本源的下放，这种精神表现在外的是一种懵懂感，它的内在却是生硬的欲望精神，也就是生命意志。

路还不知，便来问我！”宝玉本来颖悟，又经点化，早把红尘看破，只是自己的底里未知，一闻那僧问起玉来，好像当头一棒，便说：“你也不用银子了，我把那玉还你罢。”那僧笑道：“早该还我了！”

所谓“自己的底里未知”者，未知其生活乃自己之一念之误，而此念之所自造也。及一闻和尚之言，始知此不幸之生活，由自己之所欲；而其拒绝之也，亦不得由自己，是以有还玉之言。所谓玉者，不过生活之欲之代表而已矣。故携入红尘者，非彼二人之所为，顽石自己而已；引登彼岸者，亦非二人之力，顽石自己而已。此岂独宝玉一人然哉？人类之堕落与解脱，亦视其意志而已。而此生活之意志，其于永远之生活，比个人之生活为尤切；易言以明之，则男女之欲，尤强于饮食之欲。何则？前者无尽的，后者有限的也；前者形而上的，后者形而下的也。又如上章所说，生活之于痛苦，二者一而非二，而苦痛之度与主张生活之欲之度为比例，是故前者之苦痛，尤倍蓰于后者之痛。而《红楼梦》一书，实示此生活、此苦痛之由于自造，又示其解脱之道不可不由自己求之者也。

呜呼！宇宙一生活之欲而已，而此生活之欲之罪过，即以生活之苦痛罚之：此即宇宙之永远的正义也。自犯罪，自加罚，自忏悔，自解脱。美术之务，在描写人生之苦痛与其解脱之道，而使吾侪冯生之徒于此桎梏之世界中，离此生活之欲之争斗，而得其暂时之平和，此一切美术之目的也。夫欧洲近世之文学中，所以推格代之《法斯德》（即《浮士德》）为第一者，以其描写博士法斯德之苦痛及其解脱之途径最为精切故也。若《红楼梦》之写宝玉，又岂有以异于彼乎！彼于缠陷最深之中，而已伏解脱之种子：故听《寄生草》之曲，而悟立足之境；读《胠箧》之篇，而作焚花散麝之想。所以未能者，则以黛玉尚在耳。至黛玉死而其志渐决。然尚屡失于宝钗，几败于五儿，屡蹶屡振，而终获最后之胜利。读者观自九十八回以至百二十回之事实，其解脱之行程，精进之历史，明了精切何如哉！且法斯德之苦痛，天才之苦痛；宝玉之苦痛，人人所有之苦痛也。其存于人之根柢者为独深，而其希救济也为尤切，作者一一掇拾而发挥之。我辈之读此书者，宜如何表满足感谢之意哉！而吾人于作者之姓名，尚未有确实之知识，岂徒吾侪寡学之羞，亦足以见二百余年来，吾人之祖先对此宇宙之大著述如何冷淡遇之也。谁使此大著述之作者不敢自署其名？此可知此书之精神大背于吾国人之性质，及吾人之沉溺于生活之欲，而乏美术之知识有如此也。然则，予之为此论，亦自知有罪也矣。

第三章 《红楼梦》之美学上之精神

《红楼梦》一书与一切喜剧相反，彻头彻尾之悲剧也。其大宗旨如上章所述，读者既知之矣。除主人公不计外，凡此书中之人有与生活之欲相关系者，无不与苦痛相终始。以视宝琴、岫烟、李纹、李绮等，若藐姑射神人，敻乎不可及矣，夫此数人者，曷尝无生活之欲，曷尝无苦痛，而书中既不及写其生活之欲，则其苦痛自不得而写之；足以见二者如骖之靳，而永远的正义无往不逞其权力也。又吾国之文学，以挟乐天的精神故，故往往说诗歌的正义，善人必令其终，而恶人必离其罚：此亦吾国戏曲、小说之特质也。《红楼梦》则不然。赵姨、凤姐之死，非鬼神之罚，彼良心自己之苦痛也。若李纨之受封，彼于《红楼梦》十四曲中，固已明说之曰：

[晚韶华] 镜里恩情，更那堪梦里功名！那韶华去之何迅，再休提绣帐鸳衾。只这戴珠冠，披凤袄，也抵不了无常性命。虽说是人生莫受老来贫，也须要阴骘积儿孙。气昂昂头戴簪缨，光灿灿胸悬

金印，威赫赫爵禄高登，昏惨惨黄泉路近。问古来将相可还存？也只是虚名儿与后人钦敬。（第五回）

此足以知其非诗歌的正义，而既有世界人生以上，无非永远的正义之所统辖也，故曰《红楼梦》一书，彻头彻尾的悲剧也。

由叔本华之说，悲剧之中又有三种之别：第一种之悲剧，由极恶之人，极其所有之能力以交构之者。第二种由于盲目的运命者。第三种之悲剧，由于剧中之人物之位置及关系而不得不然者，非必有蛇蝎之性质与意外之变故也，但由普通之人物、普通之境遇，逼之不得不如是；彼等明知其害，交施之而交受之，各加以力而各不任其咎。① 此种悲剧，其感人贤于前二者远甚。何则？彼示人生最大之不幸，非例外之事，而人生之所固有故也。若前二种之悲剧，吾人对蛇蝎之人物与盲目之命运，未尝不悚然战栗，以其罕见之故，犹幸吾生之可以免，而不必求息肩之地也。但在第三种，则见此非常之势力，足以破坏人生之福祉者，无时而不可坠于吾前；且此等惨酷之行，不但时时可受诸己，而或可以加诸人，躬丁其酷，而无不平之可鸣：此可谓天下之至惨也。若《红楼梦》，则正第三种之悲剧也。兹就宝玉、黛玉之事言之：贾母爱宝钗之婉嫕而惩黛玉之孤僻，又信金玉之邪说，而思压宝玉之病；王夫人固亲

① 叔本华把悲剧分为三类：首先，它可能因为一个特别坏的人造成的。例如《威尼斯商人》中的夏洛克。其次，它可能是由于盲目的命运造成的，大多数的古希腊悲剧，如《俄狄浦斯王》等都属于这类。最后，它可能仅仅是由于剧中人物所处地位不同，由于他们的关系造成的。这种悲剧只需要将普普通通的人安排在互相对立的地位，这样，他们就会损害对方，而在情理上却又不能完全归咎于任何一方。在王国维眼里，毫无疑问，《红楼梦》属于这种悲剧。在三种悲剧中，叔本华尤其欣赏第三种。因为他认为前两种悲剧离我们较远，而第三种悲剧就发生在我们身边。叔本华的悲剧观，详见《作为意志和表象的世界》第四卷——世界作为意志再论。——编者注

于薛氏；凤姐以持家之故，忌黛玉之才而虞其不便于己也；袭人惩尤二姐、香菱之事，闻黛玉“不是东风压倒西风，就是西风压倒东风”（第八十一回）之语，惧祸之及，而自同于凤姐，亦自然之势也。宝玉之于黛玉，信誓旦旦，而不能言之于最爱之之祖母，则普通之道德使然；况黛玉一女子哉！由此种种原因，而金玉以之合，木石以之离，又岂有蛇蝎之人物、非常之变故行于其间哉？不过通常之道德、通常之人情、通常之境遇为之而已。由此观之，《红楼梦》者，可谓悲剧中之悲剧也。

由此之故，此书中壮美之部分，较多于优美之部分，而眩惑之原质殆绝焉。作者于开卷即申明之曰：

> 更有一种风月笔墨，其淫秽污臭，最易坏人子弟。至于才子佳人等书，则又开口文君，满篇子建，千部一腔，千人一面，且终不能不涉淫滥。在作者不过欲写出自己两首情诗艳赋来，故假捏出男女二人名姓，又必旁添一小人拨乱其间，如戏中小丑一般。（此又上节所言之一证。）

兹举其最壮美者之一例，即宝玉与黛玉最后之相见一节曰：

> 那黛玉听着傻大姐说宝玉娶宝钗的话，此时心里竟是油儿酱儿糖儿醋儿倒在一处的一般，甜苦酸咸，竟说不上什么味儿来了……自己转身，要回潇湘馆去，那身子竟有千百斤重的，两只脚却像踏着棉花一般，早已软了。只得一步一步慢慢的走将下来。走了半天，还没到沁芳桥畔，脚下愈加软了。走的慢，且又迷迷痴痴，信着脚从那边绕过来，更添了两箭地路。这时刚到沁芳桥畔，却又不知不觉的顺着堤往回里走起来。紫鹃取了绢子来，却不见黛玉。正在那里看时，只见黛玉颜色雪白，身子恍恍荡荡的，眼睛也直直的，在那

> 里东转西转……只得赶过来轻轻的问道："姑娘怎么又回去？是要往那里去？"黛玉也只模糊听见，随口答道："我问问宝玉去。"紫鹃只得搀他进去。那黛玉却又奇怪了，这时不似先前那样软了，也不用紫鹃打帘子，自己掀起帘子进来……见宝玉在那里坐着，也不起来让坐，只瞧着嘻嘻的呆笑，黛玉自己坐下，却也瞧着宝玉笑。两个也不问好，也不说话，也无推让，只管对着脸呆笑起来。忽然听着黛王说道："宝玉，你为什么病了？"宝玉笑道："我为林姑娘病了。"袭人、紫鹃两个吓得面目改色，连忙用言语来岔，两个却又不答言，仍旧呆笑起来……紫鹃搀起黛玉，那黛玉也就站起来，瞧着宝玉只管笑，只管点头儿。紫鹃又催道："姑娘回家去歇歇罢。"黛玉道："可不是，我这就是回去的时候儿了。"说着，便回身笑着出来了，仍旧不用丫头们搀扶，自己却走得比往常飞快。(第九十六回)

如此之文，此书中随处有之，其动吾人之感情何如！凡稍有审美的嗜好者，无人不经验之也。

《红楼梦》之为悲剧也如此。昔雅里大德勒于《诗论》[①] 中，谓悲剧者，所以感发人之情绪而高上之，殊如恐惧与悲悯之二者，为悲剧中固有之物，由此感发，而人之精神于焉洗涤，故其目的，伦理学上之目的也。叔本华置诗歌于美术之顶点，又置悲剧于诗歌之顶点；而于悲剧之中，又特重第三种，以其示人生之真相，又示解脱之不可已故。故美学上最终之目的，与伦理学上最终之目的合。由是，《红楼梦》之美学上之价值，亦与其伦理学上之价值相联络也。

---

① 雅里大德勒《诗论》，即亚里士多德的《诗学》。在这里，王国维引用了亚里士多德关于悲剧的定义，进而指出，悲剧要达成伦理学的目的，通过怜悯与恐惧，将这些情感"洗涤"，也即 Catharsis，净化。——编者注

第四章 《红楼梦》之伦理学上之价值

然则解脱者，果足为伦理学上最高之理想否乎？自通常之道德观之，夫人知其不可也。夫宝玉者，固世俗所谓绝父子、弃人伦、不忠不孝之罪人也。然自太虚中有今日之世界，自世界中有今日之人类，乃不得不有普通之道德，以为人类之法则，顺之者安，逆之者危；顺之者存，逆之者亡。于今日之人类中，吾固不能不认普通之道德之价值也。然所以有世界人生者，果有合理的根据欤？抑出于盲目的动作，而别无意义存乎其间欤？使世界人生之存在，而有合理的根据，则人生中所有普通之道德，谓之绝对的道德可也。然吾人从各方面观之，则世界人生之所以存在，实由吾人类之祖先一时之误谬。诗人之所悲歌，哲学者之所冥想，与夫古代诸国民之传说，若出一揆，若第二章所引《红楼梦》第一回之神话的解释，亦于无意识中暗示此理，较之《创世纪》[①]所述人类犯罪之历史，尤为有味者也。夫人之有生，既为鼻祖之误谬矣，则夫吾人之同胞，凡为此鼻祖之子孙者，苟有一人焉，未入解脱之域，则鼻祖之罪终无时而赎，而一时之误谬，反覆至数千万年而未有已也。则夫绝弃人伦如宝玉其人者，自普通之道德言之，固无所辞其不忠不孝之罪；若开天眼而观之，则彼固可谓干父之蛊者也。知祖父之误谬，而不忍反覆之以重其罪，顾得谓之不孝哉？然则宝玉"一子出家，七祖升天"之说，诚有见乎所谓孝者在此不在彼，非徒自辩护而已。

夫然，故世界之大宗教，如印度之婆罗门教及佛教、希伯来之基督教，皆以解脱为唯一之宗旨。哲学家说，如古代希腊之柏拉图，近世德意志之叔本华，其最高之理想亦存于解脱。殊如叔本华之说，由其深邃

---

① 《创世纪》，今作《创世记》。此处借夏娃被诱惑，吃下禁果，被逐出伊甸园，人类自此得以在地面上繁衍，讲人生来有罪，反驳认为贾宝玉不忠不孝的观点。为贾宝玉求解脱，不再加重人之罪而辩护。——编者注

之知识论，伟大之形而上学出，一扫宗教之神话的面具，而易以名学之论法；其真挚之感情与巧妙之文字，又足以济之：故其说精密确实，非如古代之宗教及哲学说，徒属想象而已。然事不厌其求详，姑以生平所疑者商榷焉：夫由叔氏之哲学说，则一切人类及万物之根本，一也。故充叔氏拒绝意志之说，非一切人类及万物，各拒绝其生活之意志，则一人之意志，亦不可得而拒绝。何则？生活之意志之存于我者。不过其一最小部分，而其大部分之存于一切人类及万物者，皆与我之意志同。而此物我之差别，仅由于吾人知力之形式，故离此知力之形式而反其根本而观之，则一切人类及万物之意志，皆我之意志也。然则拒绝吾一人之意志而姝姝自悦曰解脱，是何异决蹄涔之水而注之沟壑，而曰天下皆得平土而居之哉！佛之言曰："若不尽度众生，誓不成佛。"其言犹若有能之而不欲之意。然自吾人观之，此岂徒能之而不欲哉！将毋欲之而不能也。故如叔本华之言一人之解脱，而未言世界之解脱，实与其意志同一之说不能两立者也。叔氏于无意识中亦触此疑问，故于其《意志及观念之世界》之第四编之末，力护其说曰：

> 人之意志于男女之欲，其发现也为最著，故完全之贞操，乃拒绝意志即解脱之第一步也。夫自然中之法则，固自最确实者，使人人而行此格言，则人类之灭绝，自可立而待。至人类以降之动物，其解脱与堕落亦当视人类以为准，《吠陀》之经典曰："一切众生之待圣人，如饥儿之待慈父母也。"基督教中亦有此思想，珊列休斯于其《人持一切物归于上帝》之小诗中曰："嗟汝万物灵，有生皆爱汝。总总环汝旁，如儿索母乳。携之适天国，惟汝力是怙。"德意志之神秘学者马斯太哀克赫德亦云："《约翰福音》云：予之离世界也，将引万物而与我俱，基督岂欺我哉！夫善人，固将持万物而归之于上

帝，即其所从出之本者也。今夫一切生物皆为人而造，又自相为用；牛羊之于水草，鱼之于水，鸟之于空气，野兽之于林莽，皆是也。一切生物皆上帝所造，以供善人之用，而善人携之以归上帝。”彼意盖谓人之所以有用动物之权利者，实以能救济之之故也。

于佛教之经典中，亦说明此真理。方佛之尚为菩提萨埵也，自王宫逸出而入深林时，彼策其马而歌曰：“汝久疲于生死兮，今将息此任载。负余躬以遐举兮，继今日而无再。苟彼岸其予达兮，予将徘徊以汝待。”（《佛国记》）此之谓也。（英译《意志及观念之世界》第一册第四百九十二页）

然叔氏之说，徒引据经典，非有理论的根据也。[①] 试问释迦示寂以后，基督尸十字架以来，人类及万物之欲生奚若？其痛苦又奚若？吾知其不异于昔也。然则所谓持万物而归之上帝者，其尚有所待欤？抑徒沾沾自喜之说，而不能见诸实事者欤？果如后说，则释迦、基督自身之解脱与否，亦尚在不可知之数也。往者作一律曰：

生平颇忆挈卢敖，东过蓬莱浴海涛。

何处云中闻犬吠，至今湖畔尚乌号。

人间地狱真无间，死后泥洹枉自豪。

终古众生无度日，世尊只合老尘嚣。

何则？小宇宙之解脱，视大宇宙之解脱以为准故也。赫尔德曼人类

---

① 王国维在此对叔本华的学说提出质疑，认为其说大多是出自其主观气质，而不是客观的知识。——编者注

涅槃之说，所以起而补叔氏之缺点者以此。[①] 要之，解脱之足以为伦理学上最高之理想与否，实存于解脱之可能与否。若夫普通之论难，则固如楚楚蜉蝣，不足以撼十围之大树也。

第五章 馀论

至谓《红楼梦》一书为作者自道其生平者，其说本于此书第一回“竟不如我亲见亲闻的几个女子”一语，信如此说，则唐旦之《天国喜剧》[②]，可谓无独有偶者矣。然所谓亲见亲闻者，亦可自旁观者之口言之，未必躬为剧中之人物。如谓书中种种境界、种种人物，非局中人不能道，则是《水浒传》之作者必为大盗，《三国演义》之作者必为兵家，此又大不然之说也。且此问题实与美术之渊源之问题相关系。如谓美术上之事，非局中人不能道，则其渊源必全存于经验而后可。夫美术之源，出于先天，抑由于经验，此西洋美学上至大之问题也。叔本华之论此问题也，最为透辟。兹援其说，以结此论。其言曰（此论本为绘画及雕刻发，然可通之于诗歌、小说）：

> 人类之美之产于自然中者，必由下文解释之：即意志于其客观化之最高级（人类）中，由自己之力与种种之情况而打胜下级（自然力）之抵抗，以占领其物力。且意志之发现于高等之阶级也，其形式必复杂：即以一树言之，乃无数之细胞合而成一系统者也。其

---

① 赫尔德曼（Eduard Von Hartman），今译爱德华·封·哈特曼（1842—1906），德国哲学家，主要著作为《无意识的哲学》《道德意识现象学——情感道德篇》等。他认为，绝对意志从自身解脱而复归于佛教所说的宁静的涅槃，是绝对精神演化过程的最高目的。——编者注

② 即意大利诗人但丁之《神曲》。——编者注

阶级愈高，其结合愈复。人类之身体，乃最复杂之系统也：各部分各有一特别之生活，其对全体也，则为隶属；其互相对也则为同僚，互相调和，以为其全体之说明，不能增也，不能减也。能如此者，则谓之美。此自然中不得多见者也。顾美之于自然中如此，于美术中则何如？或有以美术家为摹仿自然者。然彼苟无美之预想存于经验之前，则安从取自然中完全之物而摹仿之，又以之与不完全者相区别哉？且自然亦安得时时生一人焉，于其各部分皆完全无缺哉？或又谓美术家必先于人之肢体中，观美丽之各部分，而由之以构成美丽之全体。此又大愚不灵之说也。即令如此，彼又何自知美丽之在此部分而非彼部分哉？故美之知识，断非自经验的得之，即非后天的而常为先天的；即不然，亦必其一部分常为先天的也。吾人于观人类之美后始认其美；但在真正之美术家，其认识之也，极其明速之度，而其表出之也，胜乎自然之为。此由吾人之自身即意志，而于此所判断及发见者，乃意志于最高级之完全之客观化也。唯如是，吾人斯得有美之预想。而在真正之天才，于美之预想外，更伴以非常之巧力。彼于特别之物中，认全体之理念，遂解自然之嗫嚅之言语而代言之，即以自然所百计而不能产出之美，现之于绘画及雕刻中，而若语自然曰："此即汝之所欲言而不得者也。"苟有判断之能力者，心将应之曰："是。"唯如是，故希腊之天才能发见人类之美之形式，而永为万世雕刻家之模范。唯如是，故吾人对自然于特别之境遇中所偶然成功者而得认其美。此美之预想，乃自先天中所知者，即理想的也，比其现于美术也，则为实际的。何则？此与后天中所与之自然物相合故也。如此，美术家先天中有美之预想，而批评家于后天中认识之，此由美术家及批评家乃自然之自身之一部，而意志于此客观化者也。哀姆攀独克尔[①]曰："同者唯同者知之。"故唯自然能知自然，唯自然能言自然，则美术家有自然之美之预想，固自不足怪也。

芝诺芬[②]述苏格拉底之言曰："希腊人之发见人类之美之理想也，由于经验。即集合种种美丽之部分，而于此发见一膝，于彼发见一臂。"此大谬之说也。不幸而此说蔓延于诗歌中。即以狭斯丕尔[③]言之，谓其戏剧中所描写之种种之人物，乃其一生之经验中所观察者，而极其全力以撰写之者也。然诗人由人性之预想而作戏曲小说，与美术家之由美之预想而作绘画及雕刻无以异，唯两者于其创造之途中，必须有经验以为之补助。夫然，故其先天中所已知者，得唤起而入于明晰之意识，而后表出之事，乃可得而能也。（叔氏《意志及观念之世界》第一册第二百八十五页至二百八十九页）

① 哀姆攀独克尔，今译恩培多克勒，古希腊朴素唯物主义哲学家，认为万物由土、水、火、气四元素组成。——编者注

② 芝诺芬，今译色诺芬，著有《苏格拉底言行回忆录》等。——编者注

③ 狭斯丕尔，即英国文豪莎士比亚。——编者注

《诗可以怨》[①] 选编

钱锺书　著

编者按：钱锺书（1910—1998），江苏无锡人，字默存，号槐聚，中国当代著名学者、作家。他曾就读于清华大学外文系，又以《十七十八世纪英国文学中的中国》一文获牛津大学学士学位。他的比较诗学专著《谈艺录》《管锥编》等已成为二十世纪重要的学术经典。本文选自文艺论集《七缀集》，只略去原文首段开场白。

该文通过大量引用古今中外文学、文化文献乃至日常用语的例子来论证"诗可以怨"这样一个中西共通的命题。概而言之，"诗可以怨"可作如下理解。第一，从文学创作的动机和效果来说，好诗多源于哀怨、穷困之境，这是因为处于这样境地的诗人希冀他们的作品能使他在身后获得不朽的名声——司马迁《报任安书》中的最后一句"思垂空文以自见"便是此意，或给人于现世以排遣、补偿，诸如钟嵘、李渔、弗洛伊德。第二，从文学创作的发生学角度来说，诗源于"不平"，包括愤郁、欢乐两面（韩愈），而好诗中前者多于后者，这是因为"乐主散，

---

① 本文节选自钱锺书:《七缀集》,生活·读书·新知三联书店,2001年,第135—153页。

一发而无余；忧主留，辗转而不尽。意味之浅深别矣”（张煌言、陈兆仑等）。进一步，从文学创作与传记的关系来看，“不愤而作”、“不病而呻”、假病生真珠的艺术虽颇具讽刺意味却并非全无价值；读者“姑妄听之”，不必当作纪实。

有论者批评钱文举例丰富而似乎无意构建自己的理论体系。应该看到，将如此多分散的材料糅合进一篇论文，一定是作了周详的逻辑安排；否则，上一段概括是不可能的。更为重要的是，钱锺书作为中国比较文学奠基人的贡献。引题之后，他即指出我们没有把“诗可以怨”这个中国古代“诗文理论里的常谈”“当作中国文评里的一个重要概念而提示出来”，体现了敏锐的理论意识。结尾处则说明，论述这一中国文学主张的过程中牵上西洋是“很自然的事”，而学界后来许多 x+y“拉郎配”式的论文不可与之同日而语。譬如，钱文所引西文中，最有说服力的理论可能是精神分析批评，他并未将其与某一中国文论观点并置于同等地位——为比较而比较，而是化之于自己的论题，全当一印证，不经意间流露出的是中西诗学平等对话精神，成为中国学派的研究典范。跨学科研究在他看来则是学科细分现状下不得不走的路。可以说，钱氏的比较文学研究不发宏论，皆出于真心、落到实处、自然而然。

钱文最后说“不解决问题比不提出问题总还进了一步”，似乎是为未给出结论自辩。其实，本题的困难是属于本体论的，一个关于创作的经验性问题如何成为学术课题？为此，论文不可避免地从文学转向心理学、社会学（如其结尾所述），除了一笔带过弗洛伊德、张煌言、陈兆仑等人的只言片语，几乎滑向尚无法言说的黑暗广大的意识世界，也就很难再写下去。

诗可以怨

尼采曾把母鸡下蛋的啼叫和诗人的歌唱相提并论，说都是“痛苦使然”（Der Schmerz macht Huhner und Dichter gackern）[①]。这个家常而生动的比拟也恰恰符合中国文艺传统里一个流行的意见：苦痛比快乐更能产生诗歌，好诗主要是不愉快、烦恼或“穷愁”的表现和发泄。这个意见在中国古代不但是诗文理论里的常谈，而且成为写作实践里的套板。因此，我们惯见熟闻，习而相忘，没有把它当作中国文评里的一个重要概念而提示出来。我下面也只举一些最平常的例来说明。

《论语·阳货》讲：“诗可以兴，可以观，可以群，可以怨。”“怨”只是四个作用里的一个，而且是末了一个。《诗·大序》并举“治世之音安以乐”、“乱世之音怨以怒”、“亡国之音哀以思”，没有侧重或倾向哪一种“音”。《汉书·艺文志》申说“诗言志”，也不偏不倚：“故哀乐之心感，而歌咏之声发。”司马迁也许是最早两面不兼顾的人。《报任少卿书》和《史记·自序》历数古来的大著作，指出有的是坐了牢写的，有的是贬了官写的，有的是落了难写的，有的是身体残废后写的：一句话，都是遭贫困、疾病以至刑罚磨折的倒霉人的产物。他把《周易》打头，《诗三百篇》收梢，总结说：“大抵圣贤发愤之所为作也。”还补充一句：“此人皆意有所郁结。”那就是撇开了“乐”，只强调《诗》的“怨”或“哀”了；作《诗》者都是“有所郁结”的伤心人或不得志之士，诗歌也“大抵”是“发愤”的叹息或呼喊了。东汉人所撰《越绝书·越绝外传本事第一》说得更清楚：“夫人情泰而不作，……怨恨则作，犹诗人失职，怨恨忧嗟作诗也。”明末陈子龙曾引用“皆圣贤发愤之所为作”那句话，为它阐明了一下：“我观于《诗》，虽颂皆刺也——

---

① 《扎拉图斯脱拉如是说》（*Also Sprach Zarathustra*）第4部13章，许来许太（K. Schlechta）编《尼采集》（1955）第2册，第527页。

时衰而思古之盛王。”(《陈忠裕全集》卷二一《诗论》) 颂扬过去正表示对现在不满，因此，《三百篇》里有些表面上的赞歌只是骨子里的怨诗了。附带可以一提，拥护“经义”而反对“文华”的郑覃，苦劝唐文宗不要溺爱“章句小道”，说：“夫《诗》之《雅》、《颂》，皆下刺上所为，非上化下而作”(《旧唐书·郑覃传》)，虽然是别有用心的谗言，而早已是“虽颂皆刺”的主张了。《公羊传》宣公十五年“初税亩”节里“什一行而颂声作矣”一句下，何休的《解诂》也很耐寻味。“太平歌颂之声，帝王之高致也。……独言‘颂声作’者，民以食为本也。……男女有所怨恨，相从而歌：饥者歌其食，劳者歌其事。”《传》文明明只讲“颂声”，《解诂》补上“怨恨而歌”，已近似横生枝节了；不仅如此，它还说一切“歌”都出于“有所怨恨”，把发端的“太平歌颂之声”冷搁在脑后。陈子龙认为“颂”是转弯抹角的“刺”；何休仿佛先遵照《传》文，交代了高谈空论，然后根据经验，补充了真况实话：“太平歌颂之声”那种“高致”只是史书上的理想或空想，而“饥者”、“劳者”的“怨恨而歌”才是生活里的事实。何、陈两说相辅相成。中国成语似乎也反映了这一点。乐府古辞《悲歌行》：“悲歌可以当泣，远望可以当归。”从此“长歌当哭”是常用的词句；但是相应的“长歌当笑”那类说法却不经见，尽管有人冒李白的大牌子，作了《笑歌行》。“笑吟吟”的“吟”字不等同于“新诗改罢自长吟”的“吟”字。

司马迁的那种意见，刘勰曾涉及一下，还用了一个巧妙的譬喻。《文心雕龙·才略》讲到冯衍：“敬通雅好辞说，而坎壈盛世；《显志》、《自序》亦蚌病成珠矣。”就是说他那两篇文章是“郁结”“发愤”的结果。刘勰淡淡带过，语气不像司马迁那样强烈，而且专说一个人，并未扩大化。“病”是苦痛或烦恼的泛指，不限于司马迁所说“左丘失明”那种肉体上的害病，也兼及“坎壈”之类精神上的受罪，《楚辞·九辩》所说：“坎壈兮贫士失职而志不平。”北朝有个姓刘的人也认为困苦能够激发才华，一口气用了四个比喻，其中一个恰好和南朝这个姓刘人所用的相同。刘昼《刘子·激通》：“楩柟郁蹙以成缛锦之瘤，蚌蛤结疴而衔明月之珠，鸟激则能翔青云之际，矢惊则能逾白雪之岭，斯皆仍瘁以成明文之珍，因激以致高远之势。”(参看《玉台新咏》卷一〇许瑶之《咏柟榴枕》：“端木生河侧，因病遂成妍”，“榴”通“瘤”。《太平御览》卷三五〇引《韩子》：“水激则悍，矢激则远”；《史记·范雎蔡泽列传》：“太史公曰：‘然二子不困戹，恶能激乎’”；又《后汉书·冯衍传》上章怀注引衍与阴就书：“鄙语曰：‘水不激不能破舟，矢不激不能饮羽。’”)后世像苏轼《答李端叔书》：“木有瘿，石有晕，犀有通，以取妍于人，皆物之病”，无非讲“仍瘁以成明文”，虽不把“蚌蛤衔珠”来比，而“木有瘿”正是“楩柟成瘤”[①]。西洋人谈起文学创作，取譬巧合得很。格里巴尔泽（Franz Grillparzer）说诗好比害病不作声的贝壳动物所产生的珠子（die Perle，das Erzeugnîs des kranken stillen Muscheltieres）；福楼拜以为珠子是牡蛎生病所结成（la perle est une maladie de l'huître），作者的文笔（le style）却是更深沉的痛苦的流露（1'écoulement d'une douleur plus profonde）。[②]海涅发问：诗之于人，是否像珠子之于可怜的牡蛎，是使它苦痛的病料（wie die Perle，die Krankheitsstoff，woran das arme Austertier leidet）[③]。豪斯门（A. E. Housman）说诗是一种分泌（a secretion），不管是自然的（natural）分泌，像松杉的树脂（like the turpentine

---

① 参看赵翼《瓯北诗钞》七言律三《闻心余京邸病风却寄》之二：“木有文章原是病，石能言语果为灾”；龚自珍《破戒草》卷下《释言》：“木有彣彰曾是病，虫多言语不能天。”

② 墨希格（Walter Muschg）：《悲剧观的文学史》（*Tragische Literatur geschichte*）3版（1957）第415页引了这两个例。

③ 《论浪漫派》（*Die Romantische Schule*）2卷4节，《海涅诗文书信合集》（东柏林，1961）第5册第98页。

in the fir)，还是病态的（morbid）分泌，像牡蛎的珠子（like the pearl in the oyster）[①]。看来这个比喻很通行。大家不约而同地采用它，正因为它非常贴切“诗可以怨”、“发愤所为作”。可是，《文心雕龙》里那句话似乎历来没有博得应得的欣赏。

司马迁举了一系列“发愤”的著作，有的说理，有的记事，最后把《诗三百篇》笼统都归于“怨”，也作为一个例子。钟嵘单就诗歌而论，对这个意思加以具体发挥。《诗品·序》里有一节话，我们一向没有好好留心。“嘉会寄诗以亲，离群托诗以怨。至于楚臣去境，汉妾辞宫；或骨横朔野，魂逐飞蓬；或负戈外戍，杀气雄边，塞客衣单，孀闺泪尽；或士有解佩出朝，一去忘反，女有扬蛾入宠，再盼倾国。凡斯种种，感荡心灵，非陈诗何以展其义？非长歌何以骋其情？故曰：‘诗可以群，可以怨。’使穷贱易安，幽居靡闷，莫尚于诗矣！”说也奇怪，这一节差不多是钟嵘同时人江淹那两篇名文——《别赋》和《恨赋》——的提纲。钟嵘不讲“兴”和“观”，虽讲起“群”，而所举压倒多数的事例是“怨”，只有“嘉会”和“入宠”两者无可争辩地属于愉快或欢乐的范围。也许“无可争辩”四个字用得过分了。“扬蛾入宠”很可能有苦恼或“怨”的一面，譬如《全晋文》卷一三左九嫔的《离思赋》就怨恨自己“入紫庐”以后，“骨肉至亲，永长辞兮！”因而“欷歔涕流”（参看《文馆词林》卷一五二她哥哥左思《悼离赠妹》：“永去

---

① 《诗的名称和性质》（*The Name and Nature of Poetry*），卡特（J. Carter）编《豪斯门散文选》（1961）第194页。豪斯门紧接说自己的诗都是“健康欠佳”时写的；他所谓“自然的”就等于“健康的，非病态的”。加尔杜齐（Giosuè Carducci）痛骂浪漫派把诗说成情感上“自然的分泌”（secrezione naturale），见布赛托（N. Busetto）《乔稣埃·加尔杜齐》（1958）第492页引，他所谓“自然的”等于“信手写来的，不经艺术琢磨的”。前一意义上“不自然的（病态的）分泌”也可能是后一意义上“自然的（未加工的）分泌”。

骨肉，内充紫庭。……悲其生离，泣下交颈”)。《红楼梦》第一八回里的贾妃不也感叹“今虽富贵，骨肉分离，终无意趣”么？同时，按照当代名剧《王昭君》的主题思想，“汉妾辞宫”绝不是“怨”，少说也算得是“群”，简直竟是良缘“嘉会”，欢欢喜喜，到胡人那里去“扬蛾入宠”了。但是，看《诗品》里这几句平常话时，似乎用不着那样深刻的眼光，正像在日常社交生活里，看人看物都无须荧光检查式的透视。《序》结尾又举了一连串的范作，除掉失传的篇章和泛指的题材，过半数都可以说是“怨”诗。至于《上品》里对李陵的评语：“生命不谐，声颓身丧，使陵不遭辛苦，其文亦何能至此！”更明白指出了刘勰所谓“蚌病成珠”，也就是后世常说的“诗必穷而后工”[①]。还有一点不容忽略。同一件东西，司马迁当作死人的防腐溶液，钟嵘却认为是活人的止痛药和安神剂。司马迁《报任少卿书》只说“舒愤”而著书作诗，目的是避免姓“名磨灭”、“文采不表于后世”，着眼于作品在作者身后起的功用，能使他死而不朽。钟嵘说“使穷贱易安，幽居靡闷，莫尚于诗”，强调了作品在作者生时起的功用，能使他和艰辛冷落的生涯妥协相安；换句话说，一个人潦倒愁闷，全靠“诗可以怨”，获得了排遣、慰藉或补偿。随着后世文学体裁的孳生，这个对创作的动机和效果的解释也从诗歌而蔓延到小说和戏剧。例如周楫《西湖二集》卷一《吴越王再世索江山》讲起瞿佑写《剪灯新话》和徐渭写《四声猿》：“真个哭不得，笑不得，叫不得，跳不得，你道可怜也不可怜！所以只得逢场作戏，没紧没要，做部小说。……发抒生平之气，把胸中欲歌欲哭欲叫欲跳之意，尽数写将出来。满腹不平之气，郁郁无聊，借以消遣。”李渔《闲情偶寄》卷二《宾白》讲自己写剧本，说来更淋漓尽致：“予生忧患之中，处落魄之境，自幼至长，自长至老，总无一刻舒眉。惟于制

---

① 参看《管锥编》(三)，第135—139页。

曲填词之顷，非但郁藉以舒，愠为之解，且尝僭作两间最乐之人。……未有真境之所为，能出幻境纵横之上者。我欲做官，则顷刻之间便臻荣贵。……我欲作人间才子，即为杜甫、李白之后身。我欲娶绝代佳人，即作王嫱、西施之原配。”正像陈子龙以为《三百篇》里“虽颂皆刺”，李渔承认他剧本里欢天喜地的“幻境”正是他生活里局天蹐地的“真境”的“反”映——剧本照映了生活的反面。大家都熟知弗洛伊德的有名理论：在实际生活里不能满足欲望的人，死了心作退一步想，创造出文艺来，起一种替代品的功用（Ersatz für den Triebverzicht），借幻想来过瘾（Phantasiebefriedgungen）[①]。假如说，弗洛伊德这个理论早在钟嵘的三句话里稍露端倪，更在周楫和李渔的两段话里粗见眉目，那也许不是牵强拉拢，而只是请大家注意他们似曾相识罢了。

在某一点上，钟嵘和弗洛伊德可以对话，而有时候韩愈和司马迁也会说不到一处去。《送孟东野序》是收入旧日古文选本里给学童们读熟读烂的文章。韩愈一开头就宣称：“大凡物不得其平则鸣。……人声之精者为言，文辞之于言，又其精也。”历举庄周、屈原、司马迁、相如等大作家作为“善鸣”的例子，然后隆重地请出主角：“孟郊东野始以其诗鸣。”一般人认为“不平则鸣”和“发愤所为作”涵义相同；事实上，韩愈和司马迁讲的是两码事。司马迁的“愤”就是“坎壈不平”或通常所谓“牢骚”；韩愈的“不平”和“牢骚不平”并不相等，它不但指愤郁，也包括欢乐在内。先秦以来的心理学一贯主张：人“性”的原始状态是平静，“情”是平静遭到了骚扰，性“不得其平”而为情。《乐记》里

① 弗洛伊德《全集》（伦敦，1950）第14册，第355和433页。卡夫卡（Franz Kafka）日记说自己爱慕一个女演员，要称心偿愿（meine Liebe zu befriedigen），只有通过文学或者同眠共宿（Es ist durch Literatur oder durch den Beischlaf möglich.—Tagebücher 1910－1923, ed. M. Brod, S. Fischer, 1949, p.146）。我不知道是否有人引过这句话作为弗洛伊德理论的最干脆的实例。

两句话："人生而静，感于物而动"，具有代表性，道家和佛家经典都把水因风而起浪作为比喻[①]。这个比喻也被儒家借而不还，据为己有。《礼记·中庸》"天命之谓性"句下，孔颖达《正义》引梁五经博士贺瑒说："性之与情，犹波之与水，静时是水，动则是波，静时是性，动则是情。"韩门弟子李翱《复性书》上篇就说："情者，性之动。水汩于沙，而清者浑，性动于情，而善者恶。"甚至深怕和佛老沾边的宋儒程颐也不避嫌疑："湛然平静如镜者，水之性也。及遇沙石或地势不平，便有湍激，或风行其上，便为波涛汹涌，此岂水之性也哉！……然无水安得波浪，无性安得情也？"(《河南二程遗书》卷一八《伊川语》)通俗小说里常用的"心血来潮"那句话，也表示这个比喻的普及。《封神榜》第三四回写太乙真人静坐，就解释道："看官，但凡神仙，烦恼、嗔痴、爱欲三事永忘，其心如石，再不动摇。'心血来潮'者，心中忽动耳。"——"来潮"等于"动则是波"。按照古代心理学，不论什么情感都是"性"暂时失去了本来的平静，不但愤郁是"性"的骚动，欢乐也一样好比水的"波涛汹涌"、"来潮"。我们也许该把韩愈的话安置在这种"语言天地"里，才能理解它的意义。他另一篇文章《送高闲上人序》就说："喜怒窘穷，忧悲愉快，怨恨思慕，酣醉无聊，不平有动于心，必于草书焉发之。""有动"和"不平"就是同一事态的正负两种说法，重言申明，概括"喜怒"、"悲愉"等情感。只要看《送孟东野序》的结尾："抑不知天将和其声而使鸣国家之盛耶？抑将穷饿其身，思愁其心肠，而使自鸣其不幸耶！"很清楚，得志而"鸣国家之盛"和失意而"自鸣不幸"，两者都是"不得其平则鸣"。韩愈在这里是两面兼顾的，正像《汉书·艺文志》讲"歌咏"时，并举"哀乐"，而不像司马迁那样的偏主"发愤"。有些评论

---

① 参看《管锥编》(三)，第608－610页。

家对韩愈的话加以指摘[1]，看来他们对“不得其平”理解得太狭窄了：把它和“发愤”混淆。黄庭坚有一联诗：“与世浮沉唯酒可，随人忧乐以诗鸣。”（《山谷内集》卷一三《再次韵兼简履中南玉》之二）下句的“来历”正是《送孟东野序》。他很可以写“失时穷饿以诗鸣”或“违时侘傺以诗鸣”等等，却用“忧乐”二字作为“不平”的代词，真是一点儿不含糊的好读者。

韩愈确曾比前人更明白地规定了“诗可以怨”的观念，那是在他的《荆潭唱和诗序》里。这篇文章是恭维两位写诗的大官僚的，恭维他们的诗居然比得上穷书生的诗，“王公贵人”能“与韦布里闾憔悴之士较其毫厘分寸”。言外之意就是把“憔悴之士”的诗作为检验的标准，因为有一个大前提：“夫和平之音淡薄，而愁思之声要眇，欢愉之辞难工，而穷苦之言易好也。”早在六朝，已有人说出了“和平之音淡薄”的感觉，《全宋文》卷一九王微《与从弟僧绰书》：“文词不怨思抑扬，则流淡无味。”后来有人干脆归纳为七字诀：“其中妙诀无多语，只有销魂与断肠。”（方文《涂山续集》卷五《梦与施愚山论诗醒而有作》）为什么有“难工”和“易好”的差别呢？一个明末的孤臣烈士和一个清初的文学侍从尝试地作了相同的心理解答。张煌言说：“甚矣哉！‘欢愉之词难工，而愁苦之音易好也’！盖诗言志，欢愉则其情散越，散越则思致不能深入；愁苦则其情沉着，沉着则舒籁发声，动与天会。故曰：‘诗以穷而后工。’夫亦其境然也。”（《国粹丛书》本《张苍水集》卷一《曹云霖诗序》）陈兆仑说得更简括：“‘欢娱之词难工，愁苦之词易好。’此语闻之熟矣，而莫识其所由然也。盖乐主散，一发而无余；忧主留，辗转而不尽。意味之浅深别矣。”（《紫竹山房集》卷四《消寒八咏·序》）

---

[1] 参看沈作喆《寓简》卷四、洪迈《容斋随笔》卷四、钱大昕《潜研堂文集》卷二六《李南涧诗序》、谢章铤《藤阴客赘》。

这对诗歌“难工”和“易好”的缘故虽然不算解释透彻，而对欢乐和忧愁的情味很能体贴入微。陈继儒曾这样来区别屈原和庄周：“哀者毗于阴，故《离骚》孤沉而深往；乐者毗于阳，故《南华》奔放而飘飞。”（《晚香堂小品》卷九《郭注庄子叙》）一位意大利大诗人也记录下类似的体会：欢乐趋向于扩张，忧愁趋向于收紧（questa tendenza al dilatamento nell'allegrezza，e al ristringimento nella tristezza）①。我们常说：“心花怒放”，“开心”，“快活得骨头都轻了”，和“心里打个结”，“心上有了块石头”，“一口气憋在肚子里”等等，都表达了乐的特征是发散、轻扬，而忧的特征是凝聚、滞重②。欢乐“发而无余”，要挽留它也留不住，忧愁“转而不尽”，要消除它也除不掉。用歌德的比喻来说，快乐是圆球形（die Kugel），愁苦是多角物体形（das Vieleck）③。圆球一滚就过，多角体“辗转”即停，张煌言和陈兆仑都说出了这种区别。

韩愈把穷书生的诗作为样板；他推崇“王公贵人”也正是抬高“憔悴之士”。恭维而没有一味拍捧，世故而不是十足势利，应酬大官僚的文章很难这样有分寸。司马迁、钟嵘只说穷愁使人作诗、作好诗，王微只说文词不怨就不会好。韩愈把反面的话添上去了，说快乐虽也使人作诗，但作出的不会是很好或最好的诗。有了这个补笔，就题无剩义了。韩愈的大前提有一些事实根据。我们不妨说，虽然在质量上“穷苦

---

① 利奥巴尔迪（Leopardi）：《感想杂志》（*Zibaldone di Pensieri*），弗洛拉（F. Flora）编注本 5 版（1957）第 1 册，第 100 页。

② 参看拉可夫（G. Lakoff）与约翰逊（M. Johnson）合著《咱们赖以生活的比喻》（*Metaphors We Live By*）（1980）第 15 页“快乐上向，忧愁下向”（Happy is up; sad is down），第 18 页“快乐宽阔，忧愁狭隘”（Happy is wide; sad is narrow）诸例。

③ 歌德为孟贝尔（J. Ch. Mämpel）自传所作序文，辛尼尔（G. F. Senior）与卜克（C. V. Bock）合选《批评家歌德》（*Goethe the Critic*）（1960），第 60 页。参看海涅《歌谣集》（*Romancero*）卷二卷头诗那一首《幸福是个浮浪女人》（*Das Glück ist eine leichte Dirme*）《诗文书信合集》第 2 册，第 79 页。

之言”的诗未必就比“欢愉之词”的诗来得好，但是在数量上“穷苦之言”的好诗的确比“欢愉之词”的好诗来得多。因为“穷苦之言”的好诗比较多，从而断言只有“穷苦之言”才构成好诗，这在推理上有问题，韩愈犯了一点儿逻辑错误。不过，他的错误不很严重，他也找得着有名的同犯，例如十九世纪西洋的几位浪漫诗人。我们在学生时代念的通常选本里，就读到这类名句：“最甜美的诗歌就是那些诉说最忧伤的思想的”（Our sweetest songs are those that tell of saddest thoughts）；“真正的诗歌只出于深切苦恼所炽燃着的人心”（und es kommt das echte Lied / Einzig aus dem Menschenherzen, / Das ein tiefes Leid durchgluht）；“最美丽的诗歌就是最绝望的，有些不朽的篇章是纯粹的眼泪”（Les plus désespérés sont les chants les plus beaux. / Et j'en sais d'immortels qui sont de purs sanglots）[①]。有位诗人用散文写了诗论，阐明一切“真正的美”（true Beauty）都必染上“忧伤的色彩”（this certain taint of sadness），“忧郁是诗歌里最合理合法的情调”（Melancholy is thus the most legitimate of all the poetical tones）[②]。近代一位诗人认为“牢骚”（grievances）宜于散文，而“忧伤（griefs）宜于诗”，“诗是关于忧伤的奢侈”（poetry is an extravagance about grief）[③]。上文提到尼采和弗洛伊德。称赏尼采而不赞成弗洛伊德的克罗齐也承认诗是“不如意事”的产物（La poesia，come è stato ben detto，nasce dal“desiderio insoddisfatto”）[④]；佩服弗洛伊德的文

① 雪莱《致云雀》（*To a Skylark*）；凯尔纳（Justinus Kerner）《诗》（*Poesie*）；缪塞（Musset）《五月之夜》（*LaNuit de Mai*）。

② 爱伦坡（Edgar Allan Poe）《诗的原理》（*The Poetic Principle*）和《写作的哲学》（*The Philosophy of Composition*），《诗歌及杂文集》（牛津，1945），第 177 和 195 页。

③ 弗罗斯特（Robert Frost）《罗宾逊（E. A. Robinson）诗集序》——《论奢侈》（*On Extravagance*），普利齐特（William H. Pritchard）《近代诗人评传》（*Lives of the Modern Poets*）（1980），第 129 和 137 页引。

④ 《诗论》（*La Poesia*）5 版（1953），第 158 页。

笔的瑞士博学者墨希格（Walter Muschg 甚至写了一大本《悲剧观的文学史》）证明诗常出于隐蔽着的苦恼（fast immer，wenn auch oft verhüllt，eine Form des Leidens），[①] 可惜他没有听到中国古人的议论。

没有人愿意饱尝愁苦的滋味——假如他能够避免；没有人不愿意作出美好的诗篇——即使他缺乏才情；没有人不愿意取巧省事——何况他并不损害旁人。既然“穷苦之言易好”，那末，要写好诗就要说“穷苦之言”。不幸的是，“憔悴之士”才会说“穷苦之言”；“妙诀”尽管说来容易，“销魂与断肠”的滋味并不好受，而且机会也其实难得。冯舒“尝诵孟襄阳诗‘不才明主弃，多病故人疏’，云：‘一生失意之诗，千古得意之句’”（顾嗣立《寒厅诗话》）。白居易《读李杜诗集因题卷后》：“不得高官职，仍逢苦乱离；暮年逋客恨，浮世谪仙悲。……天意君须会，人间要好诗。”作出好诗，得经历卑屈、乱离等愁事恨事，“失意”一辈子，换来“得意”诗一联，这代价可不算低，不是每个作诗的人所乐意付出的[②]。于是长期存在一个情况：诗人企图不出代价或希望减价而能写出好诗。小伙子作诗“叹老”，大阔佬作诗“嗟穷”，好端端过着闲适日子的人作诗“伤春”、“悲秋”。例如释文莹《湘山野录》卷上评论寇准的诗：“然富贵之时，所作皆凄楚愁怨。……余尝谓深于诗者，尽欲慕骚人清悲怨感，以主其格。”这原不足为奇；语言文字有这种社会功能，我们常常把说话来代替行动，捏造事实，乔装改扮思想和情感。值得注意的是：在诗词里，这种无中生有（fabulation）的功能往往偏向一方面。它经常报忧而不报喜，多数表现为“愁思之声”而非“和平之音”，仿佛鳄鱼的

---

① 《悲剧观的文学史》，第 16 页。

② 参看济慈给莎拉·杰弗莱（Sarah Jeffrey）的信：“英国产生了世界上最好的作家（the English have produced the finest writers in the world），一个主要原因是英国社会在他们生世时虐待了他们（the English World has ill-treated them during their lives）”。见济慈《书信集》（*Letters*），洛林斯（H. E. Rollins）辑注本（1958）第 2 册，第 115 页。

眼泪，而不是《爱丽斯梦游奇境记》里那条鳄鱼的“温和地微笑嘻开的上下颚”（gently smiling jaws）。我想起刘禹锡《三阁词》描写美人的句子：“不应有恨事，娇甚却成愁。”传统里的诗人并无“恨事”而“愁”，表示自己才高，正像传统里的美人并无“恨事”而“愁”，表示自己“娇多”[①]。李贽读了司马迁“发愤所为作”那句话，感慨说：“由此观之，古之贤圣不愤则不作矣。不愤而作，譬如不寒而颤、不病而呻也。虽作何观乎！”（《焚书》卷三《〈忠义水浒传〉序》）“古代”是召唤不回来的，成“贤”成“圣”也不是一般诗人愿意和能够的，“不病而呻”已成为文学生活里不可忽视的事实。也就是刘勰早指出来的：“心非郁陶，……此为文而造情也”（《文心雕龙·情采》）；或范成大嘲讽的：“诗人多事惹闲情，闭门自造愁如许”（《石湖诗集》卷一七《陆务观作〈春愁曲〉，悲甚，作此反之》[②]）：恰如法国古典主义大师形容一些写挽歌（élégie）的人所谓：“矫揉造作，使自己伤心。”（qui s'affligent par art）[③] 南北朝二刘不是说什么“蚌病成珠”、“蚌蛤结疴而衔珠”么？诗人“不病而呻”，和孩子生“逃学病”，要人生“政治病”，同样是装病、假病。不病而呻包含一个希望：有那么便宜或侥幸的事，假病会产生真珠。假病能不能装来像真，假珠子能不能造得乱真，这也许要看各人的本领或艺术。诗曾经和形而上学、政治并列为三种哄人的顽意儿（die drei Täuschungen）[④]，不是完全没有原因的。当然，作诗者也在哄自己。

我只想举四个例。第一例是一位名诗人批评另一位名诗人。张耒

---

① 吴曾《能改斋漫录》卷一六引王辅道《浣溪沙》：“娇多无事做凄凉”，就是刘禹锡的语意。

② 范成大诗说“多事”，王辅道词说“无事”，字面相反，而讲的是一回事；参看《管锥编》（一），第 323－331 页。

③ 布瓦洛（Boileau）《诗法》（*L'Art poétique*）2 篇第 47 行。

④ 让·保尔（Jean Paul）《美学导论》（*Vorschule der Aesthetik*）第 52 节引托里尔特（Thomas Thorild）的话，《让·保尔全集》（慕尼黑，1965）第 5 册，第 193 页。

取笑秦观说："世之文章多出于穷人，故后之为文者喜为穷人之辞。秦子无忧而为忧者之辞，殆出于此耶？"(《张右史文集》卷五一《送秦观从苏杭州为学序》)第二例是一位名诗人的自白。辛弃疾《丑奴儿》词承认："少年不识愁滋味，爱上层楼，爱上层楼，为赋新词强说愁。而今识尽愁滋味，欲说还休，欲说还休，却道天凉好个秋。"上半阕说"不病而呻"、"不愤而作"；下半阕说出了人生和写作里另一种情况，缄默——不论是说不出来，还是不说出来——往往意味和暗示着极（"尽"）厉害的"病"痛、极深切的悲"愤"。第三例是陆游《后春愁曲》，他自己承认："醉狂戏作《春愁曲》，素屏纨扇传千家。当时说愁如梦寐，眼底何曾有愁事！"(《剑南诗稿》卷一五）——就是范成大笑他"闭门自造愁"。第四例是一个姓名不见经传的作家的故事。有个李廷彦，写了一首百韵排律，呈给他的上司请教，上司读到里面一联："舍弟江南没，家兄塞北亡！"非常感动，深表同情说："不意君家凶祸重并如此！"李廷彦忙恭恭敬敬回答："实无此事，但图属对亲切耳。"这事传开了，成为笑柄，有人还续了两句："只求诗对好，不怕两重丧。"（陶宗仪《说郛》卷三二范正敏《遯斋闲览》、孔齐《至正直记》卷四）显然，姓李的人根据"穷苦之言易好"的原理写诗，而且很懂诗要写得具体有形象，心情该在实际事物里体现（objective correlative)。假如那位上司没有关心下属、当场询问，我们这些深受实证主义（positivism）影响的后世研究者，未必想到姓李的在那里"无忧而为忧者之辞"。倒是一些普通人看腻而也看破了这种风气或习气的作品。南宋一个"蜀妓"写给她情人一首《鹊桥仙》词："说盟说誓，说情说意，动便春愁满纸。多应念得'脱空经'，是那个先生教底？"（周密《齐东野语》卷一一）"脱空"就是虚诳、撒谎[①]。海涅的一首情诗

---

① 与"梢空"同意。"经"是佛所说，有"经"必有佛；《宣和遗事》卷上宋徽宗对李师师就说："岂有浪语天子脱空佛？"

里有两句话，恰恰可以参考："世上人不相信什么爱情火焰，只认为是诗里的词藻。"（Diese Welt glaubt nicht an Flammen, / und sie nimmt's für Poesie）[①]"春愁"、"情焰"之类也许是作者"姑妄言之"，读者往往只消"姑妄听之"，不必碰上"脱空经"，也死心眼地看作纪实录。当然，"脱空经"的花样繁多，不仅是许多抒情诗文，譬如有些忏悔录、回忆录、游记甚至于国史，也可以归入这个范畴。

我开头说，"诗可以怨"是中国古代的一种文学主张。在信口开河的过程里，我牵上了西洋近代。这是很自然的事。我们讲西洋，讲近代，也不知不觉中会远及中国，上溯古代。人文科学的各个对象彼此系连，交互映发，不但跨越国界，衔接时代，而且贯串着不同的学科。由于人类生命和智力的严峻局限，我们为方便起见，只能把研究领域圈得愈来愈窄，把专门学科分得愈来愈细。此外没有办法。所以，成为某一门学问的专家，虽在主观上是得意的事，而在客观上是不得已的事。"诗可以怨"也牵涉到更大的问题。古代评论诗歌，重视"穷苦之言"，古代欣赏音乐，也"以悲哀为主"[②]；这两个类似的传统有没有共同的心理和社会基础？悲剧已遭现代"新批评家"鄙弃为要不得的东西了[③]，但是历史上占优势的理论认为这个剧种比喜剧伟大[④]；那种传统看法和压低

---

① 海涅：《新诗集》（*Neue Gedichte*）35 首，《诗文书信合集》第 1 册，第 230 页。

② 参看《管锥编》（三），第 154－157 页。

③ 例如罗勃－格理叶（Alain Robbe-Grillet）《新派小说倡议》（*Pour un nouveau roman*）（1963）第 55 页引巴尔脱（Roland Barthes）的话，参看第 66－67 页。

④ 黑格尔也许是重要的例外，他把喜剧估价得比悲剧高；参看普罗阿（S. S. Prawer）《马克思与世界文学》（*Karl Marx and World Literature*）（1976）第 270 页自注 99 提示的那两节。费歇尔（F. T. Vischer）也认为喜剧高于悲剧，是最高的文学品种，参看威律克（R. Wellek）《现代批评史》（*A History of Modern Criticism*）第 3 册（1965），第 220 页。

“欢愉之词”是否也有共同的心理和社会基础？[①] 一个谨严安分的文学研究者尽可以不理会这些问题，然而无妨认识到它们的存在。在认识过程里，不解决问题比不提出问题总还进了一步。当然，否认有问题也不失为解决问题的一种痛快方式。

---

① 西方文学传统中的悲剧是一个特定的文体概念，大体上有这些要求：用古典语言（希腊文、拉丁文）而非世俗语言（如意大利语）写就，诗体而非散文体，主人公为神、英雄、王公贵族而非奴隶、平民，题材是悲剧性的拔高事件而非日常琐事，基调是崇高而非戏谑，自然地，其情感是悲怆而非欢愉的。（可参［德］埃里希·奥尔巴赫：《摹仿论：西方文学中现实的再现》，吴麟绶、周新建、高艳婷译，商务印书馆，2014 年）如此说来，西方悲剧比喜剧之伟大主要在于其“崇高”的文体因素，而不在通常所理解的“悲”，也即是说，“压低‘欢愉之词’”的原因若有，也在其次。——编者注

《中西比较诗学体系》[①] 选编

黄药眠　童庆炳

编者按：黄药眠（1903—1987），广东梅州人，诗人、小说家、文艺理论家和北京师范大学教授。主要文艺理论著作有《黄药眠文艺论文集》《黄药眠美学论文集》。童庆炳（1936—2015），福建连城人，文艺理论家、教育家和北京师范大学教授。其主要著作有《旧梦与远山》《文学理论教程》《艺术与人类心理》《中国古代心理诗学与美学》《文学活动的美学维度》等。

《中西比较诗学体系》（上、下）系黄药眠和童庆炳共同主编的著作，由人民文学出版社于1991年出版。全书由三部分组成："第一编　中西诗学的背景比较"，旨在梳理和辨析中西诗学的民族传统精神背景、文化背景和哲学背景的差异性。"第二编　中学诗学的范畴比较"，精选中西诗学中有代表性的十八对范畴——"诗言志"论和"诗言回忆"论、"兴"论和"酒神"论、"感物"论和"表现"论、"虚静"说和"距离"说、"发愤著书"论和"苦闷的象征"论、"怨、愤、哀、悲"论和"悲、悲剧、悲剧性"论、"意境"说和"典型"说、"诗为乐

① 本文节选自黄药眠、童庆炳主编:《中西比较诗学体系》，人民文学出版社，1991年，第3—13页。

心”说和“乐为诗之高境”说、“言意象”论和“层次”论、“文如其人”论和“风格即人”论、“大”论和“崇高”论、“阴柔·阳刚”论和“优美·壮美”论、“美善相乐”说和“寓教于乐”说、“意象”说和“意蕴”说、“诗味”说和“纯诗”说、“别材、别趣”说和“美的艺术”说、“兴趣”说和“有意味的形式”说、“幻境”说和“幻象说”，作深入细致的平行比较，力图揭示诸范畴之间同中有异、异中有同或相互发明之处。“第三编 中西诗学的影响研究”，以尼采影响王国维，普列汉诺夫影响鲁迅，高尔基影响鲁迅，西方人道主义思潮影响周作人，西方浪漫主义影响郭沫若及前期创造社，西方现实主义，自然主义影响茅盾，美国新人文主义影响梁实秋，西方现代主义诗学影响中国现代文艺思潮，俄苏诗学影响中国现代诗学，西方悲剧传统影响中国现代悲剧意识，卢卡契影响胡风为典型案例，梳理和阐明西方诗学如何影响中国诗学的发生和发展。

《中西比较诗学体系》是继曹顺庆的《中西比较诗学》（北京出版社，1988 年）之后，我国第二部以“中西比较诗学”命名的比较文学著作。它视野开阔、思路清晰、逻辑严密、层次分明、论证充实、文字灵动，既有耐读性，也有可读性。它的出版，标志着“中西诗学比较”事业迈向自觉和成熟的阶段，进而在很大程度上推动着中国比较文学走向更深层、更广阔的比较诗学、比较美学和比较文化等领域。

第一节 中西方社会经济特点所造成的精神上的差异

孟子有一句话：“不揣其本，而齐其末，方寸之木可使高于岑楼”。这就是说，把两个事物相比较，必须从根本上开始比起。诗学，是社会文化意识形态中的一个小小的分支，中、西之不同，绝不仅仅表现在诗学上，它们在整个民族文化和传统精神上都有着明显的差异。而这种差异，归根到底又是社会经济不同特点的反映。

那么，综观中国与西方的整个古代史，二者在社会经济特点上有什么不同呢？

我们说，虽然中西双方在社会形态发展上经历了大致相同的几个阶段（如原始社会、奴隶社会、封建社会等），但西方的社会经济从很早的时候起就带有明显的商业性特征，古希腊的史诗中不少地方描写海外经商，就说明了这一点。而中国的古代却是农业性的社会。《诗经·国风》中描写先民们的劳动，净是种地、养蚕、挑菜、砍柴等农家事务。这种社会经济上的农业性与商业性之别，也就决定了中西双方具有不同的传统精神与民族性格。大体上来说，它表现在以下几个方面：

第一，在人和自然的关系上，西方较多的表现为人与自然的对立。因为经商跑买卖，总要冒风险。今天碰巧了可以赚一大笔，到明天也许就大亏血本，赔得连裤子也穿不上。因为人们不能认识商业规律，故觉得运气的到来与自己的努力没有关系，在这种难以把握自己命运的情况下，人对自然当然就有一种对立的情绪，认为自然中存在着一种可怕的、神秘的力量在驾驭着自己、玩弄着自己。所以希腊神话中的天帝宙斯，是一个喜怒无常的家伙，它住在远离人间的奥林匹斯山上，随便拿人开玩笑，这正反映西方古人对自然的不信任的态度。中世纪时，西方人对上帝顶礼膜拜，十分畏惧。其实这畏惧本身也正是与自然对立关系的反映，因为双方的关系不是亲和，而是你不得不怕它。近代资产阶级兴起后，西方的宗教神权被摧毁，资产阶级要发展自己，进行商业资本积累，使过去的那种人与自然的关系颠倒过来，这时人对于自然，不再是惧怕它、膜拜它，而是压倒它、征服它。《鲁宾孙漂流记》[①] 中描写主人公对

① 《鲁宾孙漂流记》，又译为《鲁滨逊漂流记》，英国作家丹尼尔·笛福的小说，首次出版于 1719 年 4 月 25 日，讲述了商人鲁宾孙因为一场海难而在一座荒岛上生活了 28 年，最后重返文明社会的故事。

自然的征服就是这种观念的典型表现。总而言之，在西方人的整个传统观念中，人与自然的矛盾是对抗性的，难以调和的，有它无我、有我无它。要么就是自然压倒我，要么就是我征服自然，这就是西方社会的商业性特点所造就的人和自然的关系。再看中国的古代，我们的古人在对人与自然关系的认识上与西方相反，他们是较多地看到人和自然的融洽与亲和。因为我国古代是农业性的社会，在农业经济中，人与土地气候的关系是非常密切的，因此我们民族从很早的时候起就对大自然有着一种亲近感。我们的先民们懂得，天地是养育自己的东西。我国古代自然观中有个很重要的看法，那就是“天地自然育成万物”。同时，农业生产要比商业稳定得多，“买卖经商眼前花，锄头落地是庄稼”，这是我国旧时广为流传的一句农谚。农夫总是信心百倍地恪守“人勤地不懒”的原则，坚信人对得起地，地也对得起人，只要你在土地上辛勤耕作，汗水就会变成收成，不至于像经商一样，生活大起大落，没有保证。农业生产的这种相对稳定的特点，自然也就造成了我们古人对自己的力量和自然的信任态度。他们的理想信念就是人与自然的亲密合作、达成相互默契，这表现在古代的哲学思想上就是有名的“天人合一”论。

第二，在对人的看法上，西方人重视人的外在的实际活动，而东方人重视人的内在情感。这个区别，也是由双方社会经济特色不同造成的。西方是商业性社会，在商业活动中，人的群体性不突出，而突出的是个体性，因为商业有强烈的竞争性。尤其是社会主义以前的商业，一个人的所得，需建立在另一个人的所失上；一个人的利益，需建立在另一个人的赔本上，所以西方社会中，自古以来人与人之间的感情就比东方薄弱得多，家庭观念、集体观念也比东方淡漠得多。当然，作为社会，总是一个群体，但维系着西方社会群体的最有力纽带是外在的公共契约：社会中人人都想发展自己，都想从别人身上获得利益，而另一方面，人人又都有被别人侵吞的危险。那么要缓和这种发展自己和保护自己的矛盾，不使社会崩溃，陷入野蛮，故久而久之，社会上就自然形成了一种公共契约，规定什么样的发展是合法律的、合道德的，什么样的发展是不允许的。卢梭有一部名著叫《社会契约论》，实际上是对商业性社会中群体关系的揭示。尼采曾用冬天的豪猪来比喻西方世界人与人之间的关系：满身带刺的豪猪，由于天冷，不免要互相挤靠在一处来取暖，但如挤得过近，就会感到刺痛；离得太远，又会感到寒冷。为处理这刺痛与寒冷的矛盾，于是它们之间只好保持一个既不远又不近的距离，尼采所说的这个“距离”，实即商业社会中的契约。在西方的契约性的社会中，人与人之间的对立性大于人与人之间的亲和性；人和人相处，所注重的不是内在情感的融洽，而是外在关系的平衡。同时，因为个体之间的对立性比较强，那么如何在契约的限度内充分发挥个体的才能，便成了每一个个体首要的生存条件。所以西方人历来比较注重人的外在的实际活动，不太注重内在的修养；在活动中注重的是实效，不太注重主观意图的纯净。再看中国古代，在农业性的社会中，人与人之间的竞争性不像商业社会那么突出。家庭是农业劳动的生产单位，而家庭关系是以血缘关系维系在一起的。我国古代的整个社会与国家，就是以家庭为基础、以家庭结构为模式建立起来的，以至于现在我们管“国”还叫“国家”，管众人还叫“大家”。这说明在我国的传统意识中，整个社会群体只是一个扩大了的“家”。古代国君视天下为家天下，君为父，臣为子，社会伦常都是家庭关系的引申。不仅如此，人们甚至将家庭观念贯彻到对自然的看法上，如天为父、地为母。这种以家庭为基础、为模式的社会，就是我们常说的宗法性社会。它不同于西方的契约性社会。因为它既以家庭为基础为模式，所以整个群体的维系就比较注重内在的情感纽带，社会上的公共道德的建立也是以人的血缘性的自然情感为出发点的。古人云，“夫妇，人伦之始”，就是说家庭的初始结构——夫妻关系是社会伦理的源头。孟子说，社会达到和睦的途径，是“老吾老，以及人之老；幼吾幼，以及人之幼”，认为将家庭情感推而广之，即“推恩足以保四海”。因此，我们民族的传统道德不是建筑在外在的契约上，而是建筑在人的内在情感上。相应的，与西方相比，我们民族在传统上并不太注重人的外在活动和实效，而更强调内在情感的纯净。

第三，在世界观和思想方法上，东西方也存在着不同的特点：西方人较倾向于看到宇宙事物的差异性、矛盾性，东方人则较多地看到它们的整体性、统一性；西方人对事物的认识方法有较强的分析性、思辨性，而东方人看事物往往带直观性。这一条区别是从上述两条区别中生发出来的，也就是说，正因为在西方商业性、契约性的社会中，人与自然、人与人对立的一面较突出，从而也就造成了西方人看事物习惯于较多地注意不同因素的矛盾和差异的一面。自古以来，西方人总喜欢把世界分割为多元的，比如神话中的神的世界和人的世界；宗教中的此岸世界和彼岸世界；哲学中的理念世界和现实世界、物质世界和精神世界等等。而且他们所看到的往往是这些范畴之间的对立，比如西方神学中的此岸和彼岸是完全对立的两个世界，彼岸存在于现实之外，它是绝对完美的，而此岸的现实界则是卑污的、苦难的；哲学上的理念世界与现实世界亦是如此。柏拉图认为前者是完美无缺的，后者只不过是前者黯淡的影子。而中国古人看世界，往往较多地从它的整体性、混一性上着眼，一般不太喜欢分割事物。当然，这不等于说古人对事物的不同范畴不作区别，没有思辨能力。黑格尔瞧不起中国哲学，认为它还没有达到思辨的阶段，这是由于他对中国哲学缺乏了解而产生的误会。事实上，古人对事物的范畴也是有区分的，不过在区分的同时，总倾向于从统一性上来把握它们。比如中国古代哲学分世界元素为“金、木、水、火、土”五行，但同时强调五行的共同基质，强调它们之间的相生、相尅，这说明古人在分割世界的时候不忘统一与联系。提起“五行”说，我们会想到古希腊也有一种类似的说法，那就是安佩都克里斯提出的土、水、气、火四元素构成宇宙说。但在他那里，这四种元素是彼此分立的。据亚里士多德解释，这四种元素在宇宙中的分布位置为：土在最中央（象征宇宙的中心为地球），外面一层是水（象征地球上有海洋），再外一层是气（地球上空有大气），最外一层为火（象征空中的日、月、星辰）。这就是说，他们把宇宙构成看成是由彼此分立着的不同层次包裹着的“洋葱头”，这种说法和中国古代五行说对于元素存在关系的理解显然不同。后来，中国哲学把世界分为“道”和“器”，“形而上者谓之道，形而下者谓之器”（《易传·系辞上》），这很接近西方古代的“理念”与“现象”两个范畴，但我国古人还是注重从统一、同一的角度来把握二者，所谓“道不离器”，正是这样的观念。在我国封建社会的宗教中，当然也出现过鬼神以及人间、天堂，今生、来世等说法，但这些说法却一直没有形成正统观念，相反地，它们基本上是受正统观念排斥的。儒家不讲鬼神，只讲人，“子不语怪力乱神”即是明证。当然，儒家讲祭祀，祭祀天地和已死的祖先，但祭祀的时候并不要求你真的相信这些对象还存在，只要求你在内心想象它们存在就够了，因为只有想象它们就在你的身边，你才能祭祀得虔诚，这就是孔子所谓的“祭神如神在”。在正统的儒家观念中，所谓“神”，并不像西方宗教中那样是一个人格化的实体性存在，而是对神秘的东西，搞不清楚的东西的一个代名词。《易传》云：“阴阳不测之谓神”，正是此意。人活得好好的，怎么一死就没了呢？他到哪里去了呢？这在古人看来是不可测度的，既不可测度，就不必费心思去谈它。孔子说，“未知生，焉知死”，他把全部注意力放在活人上，对死人的祭祀也是为了活人，使活人能够取法于过去的祖先。墨子是相信鬼神存在的，所以被正统儒家斥为“乱儒义”的人。道家的正宗也不讲鬼神。汉末以后的道教受佛学小乘的影响，讲仙术、炼丹、日月飞升，那是道家的末流，为正宗道家所不齿。佛教自东汉时传入我国，其小乘教义有此岸、彼岸的说法，主张今世苦行，来世可登极乐的佛界。但这种说法也一直未能打入中国人的正统观念。迨至唐代，佛教经过几百年中国精神的同化，终于出现了具有中国气派的佛学——禅宗，禅宗吸取并发展了大乘教义，扫除了小乘中关于此岸、彼岸的虚妄之说，断然否定现实世界之外存有彼岸，而主张佛界就存在于现实的活人之中，一个人要想成佛，只在现实界中达到心灵的净化即可。禅宗也否认人与佛之间有一条绝对的鸿沟，而主张每个人、甚至狗、树木身上都有佛性，能不能成佛，就在于你是否能通过自证自悟，将蒙蔽真如之性的孽障除去。这固然是一种唯心主义的观点，但它否认此岸与彼岸，人与佛的对立，正是一元地、统一地把握世界的东方传统精神的体现。也正因为它渗透着东方的传统精神，所以它是中国佛学中最有势力的一宗，而且对我国的哲学、诗学都发生了极深的影响。东西方把握世界的这种一元与多元的区别，也决定了二者在思想方法上的不同：西方人注重对事物的细节性分析，中国人注重对事物的整体性直观；对一个事物，西方人总喜欢把它拆卸开，以对它原态的人为破坏来探究它的组成，这种认识方法可以说是“探究式”的，而中国人面对一个东西，却不太愿意对它进行掰开揉碎的拆卸，好像是不忍心破坏它的整体性，所以总是怀着很大的耐心和兴致，站在旁边来直观它的原态，这种认识方法，可以说是“静观式”的。一个事物，经过西方人探究式的认识，往往给人以许多新的知识，但经过中国人静观式的认识，告诉人们的往往是对对象的生动感受。所以有人说，西方传统的意识形态都偏于科学，中国传统的意识形态则偏于艺术，这是很有道理的。因为对外物采取静观，注重感受，这本身就是一种艺术的审美态度。

第四，在历史观上，西方人尚“变”，东方人尚“通”。也就是说，西方人对于事物的发展，较多地注意到它前后的不同，看到它变革的一面，而东方人则较多地注意事物发展的前后承袭，看到它稳定的一面。这里我们可以举东西方两位古代哲人的话来作对比。古希腊的赫拉克利特曾有两句名言：“人不能两次涉进同一条河流”；“太阳每一天都是新的”。他用这两个比喻来说明“一切皆流，无物常在”的道理。而我国古代哲人惠施也有一句话：“飞鸟之景未尝动也”，鸟影本来是动的，但他偏偏从动中看出静来，以至肯定它没有动，这和赫拉克利特偏偏从同一条河、同一个太阳上看出新来正好形成鲜明的对照。东西方传统上这种事物发展观的差异，究其原因，也是双方社会经济的不同特点造成的。西方为商业型社会，而商业的特点是流动性、开拓性：商品在不断的流通之中才有利润，市场在不断地开拓之中才有发展。故西方人在传统精神上是进取多于守成。而在中国古代的农业社会中，小农经济的本质特点就是自给自足，一家人守着一块地，世世代代吃着这块地、穿着这块地，多求于己，少求于人。因为农业产品基本上是自产自用，不作为商品，因此也就不用费心思去更新质量，改换牌号，更不会热心于市场的开拓、财源的发掘。长期处于这样一种经济状态中，自然也就造成了东方古代的民族精神是守成多于进取，在社会形态上也有一种封闭性。在商业活动中，行情瞬息万变，人们长期在不稳定中讨生活，所以也就容易看到事物的不稳定的、变化的一面。而农业生产活动正好相反，它不论在内容上还是形式上总带有很大的单调性、重复性：春种、夏作、秋收、冬藏，年复一年，循环往复。这种生产活动的特点，造就了东方古代民族的较强的因循性，看问题当然也往往容易从事物发展中稳定的、不变的一面来着眼。大家知道，中国古人对事物的发展有一个很固执的观念，那就是循环论。《周易》中说，“无平不陂，无往不复”，即认为事物的发展、平衡早晚要发生倾斜，过去了的东西早晚还得回来。我们古人把大道的运行轨迹看成是封闭的圆圈，八卦图、太极图都是这种循环观念的形象表现。这种观念的形成，归根到底是小农生产循环往复的生产方式的反映。在我们的祖先看来，事物当然也流动、也运转，但转来转去，总不离那个圆心，此所谓“万变不离其宗”。正因为古人对事物的发展有这样的观点，也就决定了他们看事物总把目光投向过去：未来不过是过去的重返，把握过去即等于把握未来，这就是孔子所谓“温故而知新”的真正含义。中国的正统学者，不论讲什么，往往是口不离三代，言必称尧舜。搞个什么事情，总把对过去传统的继承看得很重，思想上有浓重的道统观，文学上有浓重的文统观，而且要改革现实的弊端，总喜欢以“复古”为号召。这种封闭的历史观，与西方进化的历史观相比，毋庸讳言，是具有很大的保守性的。它作为以小农经济为基础的社会历史的产物又反作用于社会历史本身。因为人们以稳定不变为天经地义，所以也就甘于停滞、满足现状，从而使社会、思想的历史发展更加缓慢。中国历史上也常发生急风暴雨式的动荡，但因这种动荡只是上层的改朝换代，故毋宁说它是旧制度、旧基础得以沿袭的表现方式。当然，我国的社会和思想在沿袭之中也有发展，但这种发展是那样的沉稳缓慢，以至于实现一个微小的质变，也往往需要几百年的挣扎。此外，在思想发展的形式上，中西方也存在着显著的区别，西方思想史的进程表现为“替变”：后者替代前者、新的否定旧的，如古代文明为中世纪文明所替代、所否定，近代资产阶级又以自己的思想和文明取代中世纪神学。在具体的理论概念上也是一样：往往是新概念取代老概念，新的思想体系取代旧的思想体系。正因为如此，所以西方思想史中那种稳定的传统观念是比较模糊、薄弱的。而中国古代在思想认识上的发展多表现为“蜕变”。蜕变从实质上来说也是对旧的内容的否定，但这种否定并不采取取代的形式，而是保留原有的体系和概念，在既定的外壳之内发生变化。中国古代的思想家，极少抛开传统的思想体系而自己创立一套。甚至他们所用的概念、范畴也总是古已有之的，其新鲜的看法大多只表现在对旧体系、旧概念的阐释、发挥之中。孔子有一句信条叫“述而不作”，这种只祖述先王而不另起炉灶的态度，一直是正统学者思考和著述的准则。明朝的李卓吾，也许可以说是中国历史上最敢标新立异最富于叛逆性格的思想家，最后壮烈地死在统治者的法庭上。其以身殉道的精神，决不亚于西方的布鲁诺。但他对自己思想的表述方式与布鲁诺可不一样。布鲁诺是直接以日心说的科学体系取代地心说的神学体系，而李贽总的看来还是保持了传统儒家仁学体系的大形，而且他本人也是以“真儒”自命的。他只是在传统仁学体系的框架内注入了新鲜的内涵。上述这种理论发展形式的不同，也就决定了东西方思想史在整个轨迹上的差异：西方人思想发展因多表现为替变，所以整个思想史的轨迹表现为推移、延展，各个时代的思想缺乏一条明确的，一脉相承的共同基础；而中国思想史的发展则表现为历史积淀，一代一代的人往往在一个共同的基础上和同一个模式内积累着整个民族的思想和智慧。如果把思想的发展比成一条河，那么西方的思想史好像那后浪推前浪的河水．而中国的思想史好比那越积越厚的河床。

以上几点，就是东西方由于社会经济特点的不同所造成的精神气质上的大体差异。如果用一种象征性的方法来总结这种差异，我们似乎可以把东西方民族想象成两个性格不同的巨人：站在西方的，是一个活泼好动的、精明的、具有外向性格的巨人；而站在东方的，是一个沉静的、敦厚的、具有内向性格的巨人。或者不妨说，西方的那个巨人是商人的形象，东方的这个巨人是农民的形象。

后 记

对于比较诗学研究来说，实践恐怕远比理论重要，在西方如此，在中国更是如此。没有充足的比较诗学研究的实践成果，建构比较诗学理论即便不是不可能的，至少也是非常困难的。因此，迄今为止，我们已经有了极为丰富的比较诗学实践成果，但有关理论的建树我们还非常薄弱。基于此，我们编写此书也就有了理由和意义。

本书从选题、立项、分工写作到最后完稿经历了几年时间，中间也颇有些起伏。比较诗学并不是一个与现实生活密切相关的问题，但它常常受到现实生活的挤迫，只得在学术研究的边缘游弋，很难进入学术的中心。但这对于那些还能耐住寂寞的研究者来说，倒并非不是一件好事。本书的选题属于中国人民大学文学院比较文学与世界文学学科各位老师的集体智慧，本选题的完成也应归功于这个集体各位老师的共同努力。

本书分为上下编，上编为比较诗学理论，但其实不过是在“说理论”，即论说那些著名的比较学者的理论；下编为比较诗学实践，就是直接将那些优秀的比较诗学实践成果横移过来，以为典范。我们只不过增加了一些介绍、导引方面的文字。如此理论与实践的结合或许可以将比较诗学思考和研究稍稍向前推进一步，而对于那些初涉此领域的学子，也算是有了一本起点甚高的入门书籍。此书涉及的研究领域极为广泛，也极为深厚，这自然非个人能力所能完成。于是我们邀请了国内一些从事相关研究的专家学者或博士生撰写相关章节，具体安排如下：

中国人民大学文学院	曾艳兵	绪论 上编第三章
黑龙江大学文学院	李 琪	上编第一章
北京语言大学研究生院	于 伟	上编第二章
山西师范大学文学院	高 超	上编第四章 下编第二篇
四川大学博士后	刘 鑫	上编第五章
湘潭大学文学与新闻学院	闫 杰	上编第六章
湖北民族学院文学与传媒学院	张金梅	上编第七章
对外经济贸易大学中国语言文学学院	蒋春红	上编第八章
山西师范大学文学院	王 涛	上编第九章 下编第一篇
中国人民大学文学院	贾 俊	上编第十、十一章 下编第四篇
浙江师范大学人文学院	赵山奎	下编第三篇
中国人民大学文学院	邵泽鹏	下编第五、六篇
中国人民大学文学院	胡秋冉	下编第七篇
湘潭大学文学与新闻学院	宋德发	下编第八篇

在本书的撰写过程中，我的博士生贾俊付出了许多时间和精力，本书的许多细节的处理和完善都有赖于他的细心和认真，这是应当特别加以说明并表示感谢的。

曾艳兵

2017 年 5 月

主编由于各种原因没能联系到部分选文的作者和译者，敬请本人或代理人联系编辑部领取稿酬，联系方式见版权页。